# 社團、思潮、媒體：
# 臺灣文學的發展脈絡

張羽 編著

崧燁文化

# 目錄

## 清領時期臺灣書院教育的儒學思想
- 一、前言
- 二、臺灣書院的濫觴與發展
- 三、儒學教育之宗旨
- 四、書院教育中的儒學思想
- 五、結語

## 「東方邏輯」和臺灣現代性接受的多源性
## ——以日據時期臺廈場域為實例的文學觀察
- 一、從「現代」到「本土」：東方的邏輯
- 二、廈門（大陸）作為臺灣現代文明的重要接收源
- 三、與「殖民」並行的「本土化」現象

## 「道問學」與「尊德性」
## ——胡適派學人與現代新儒家的「漢宋之爭」
- 引言
- 一、《水經注案》與「中國文藝復興」
- 二、考據與義理
- 三、道德與知識

## 張愛玲「地母形象」與臺灣文學
## 黃春明的童話之於海峽兩岸兒童文學創作的啟示意義
## 《文訊》：臺灣文學研究的主要媒介
- 一、搶救文學史料，傳播文化遺產

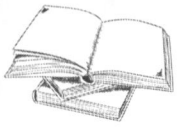

社團、思潮、媒體:臺灣文學的發展脈絡

　　二、跟蹤文壇動態,形塑當下史識
　　三、策劃各類專題,建構文壇史志
　　四、藉助文學會議,培育研究人才

## 全球化情境下臺灣文化論述對影像敘述的影響
　　前言:全球化與華人敘述
　　一、電影製作與文化論述的共謀
　　二、從全球化看蔡明亮與侯孝賢的電影
　　三、全球化與國際影展得獎的可能性
　　結語

## 海峽兩岸作家日本敘事的比較研究———以郁達夫與翁鬧為中心
　　一、「私小說」籠罩下的生命精靈
　　二、駐足扶桑之國的日本觀
　　三、悲憫與超越維度下展開的思考
　　四、結語

## 重層現代性與臺灣文學史的重構
　　一、前言
　　二、文學史觀與文學研究
　　三、重層現代性與傳統文人的位置
　　四、重層現代性視野下的歧義
　　傳統婚禮習俗概述
　　歌仔冊「食茶講詩句」中所呈現的現代性與轉變意義
　　結語

女性？民族？歷史救贖
——臺灣1970年代鄉土文學思潮與女性文學「占位」

歷史的想像與救贖
——讀施叔青的臺灣三部曲《行過洛津》與《風前塵埃》
　　一、臺灣歷史書寫的困境
　　二、「以小說為臺灣的歷史立下史傳」
　　三、文學的超越與救贖

臺灣文學新視野：日治時代漢文通俗小說概述
　　一、前言
　　二、「大眾文學」與「通俗小說」的指涉義界
　　三、現代性、報刊與漢文通俗小說
　　四、主要小說類型
　　五、重要作家簡介
　　六、結語

臺灣「新」身體：疾病、醫療與殖民
　　一、前言
　　二、病體與隱喻
　　三、「醫病」：選擇戴著帝國面具的西醫？還是選擇鄉土中醫？
　　四、為福爾摩沙會診：「生活改善運動」、文化猛藥與皇民之道

鍾怡雯散文的感性與知性——兼談臺灣女性文

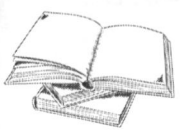

社團、思潮、媒體：臺灣文學的發展脈絡

**走向臺灣學——以沃勒斯坦「開放社會科學」為理想型**
　　一、情報與學術
　　二、作為理想型的「開放社會科學」
　　三、建構開放的臺灣學

**總結近代以來中國特殊歷史經驗的「臺灣學」**
**——芻議「臺灣學」的建立及其研究方法**
　　一、作為「當代」和「歷史」知識總和的「臺灣學」
　　二、在總結近代以來特殊歷史經驗的意義上建立「臺灣學」
　　三、敘事與認同：「文化研究」作為臺灣學的重要方法
　　四、「臺社」與陳映真：知識介入兩岸問題

　　跋

# 清領時期臺灣書院教育的儒學思想

吳進安[1]

## 一、前言

臺灣在近代史上是從一個蠻荒化外之地,歷經列強攘奪數易人手,直至清康熙二十二年(1683年)才正式納入中國版圖。明鄭時期有陳永華的文教措施初試啼聲,清朝二百多年的統治,漢文化隨著移民而進入臺灣,文治教化之功才漸漸顯著。不管是明鄭時期或是清朝治理時期,居於生活與文化的核心因素,即是儒家思想;換言之,儒家思想是臺灣社會的價值系統,它支配著生活、倫理、教育、風俗習慣等種種文化層面,雖然在明鄭與清朝統治時期之學風有異取捨不同[2],但仍然是孔門儒學的道統及傳承。

儒家由孔子發其端,諸子繼其餘緒,由一私家之學而至西漢武帝時獲得獨尊地位而成唯一之欽定學派,扮演了文治教化的功能,這種教化功能的傳播是透過兩種管道,一是少數的知識分子對儒學的詮釋與開創,以維繫儒學慧命於不墜;另一則是將儒學義理世俗化於人民百姓,成為世俗生活的常規。因此讀書人傳統上即被賦予「士不可不弘毅,任重而道遠」的道德使命。自儒家取得知識傳播的主導權後,影響所及即是對儒學傳統的使命繼承與發揚,進而透過科舉考試制度及書院教育將儒學義理傳至民間,所以知識分子乃背負著儒學與儒教的雙重任務。

書院自宋明以來即為儒學傳播的重鎮,歷史上傳為佳話的首推朱熹修竣白鹿

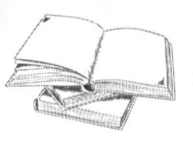

## 社團、思潮、媒體：臺灣文學的發展脈絡

洞書院,訂立書院的教規與學規,此即是爾後書院「校訓」的基本典範。儒家何其有幸成為顯學,孔孟之道垂諸後世,慧命之學得以成為俗世社會之價值理據;但何其不幸的是儒學成為御用之學,失去孟子所謂「大丈夫」與「浩然正氣」之志節,而淪為科舉考試之教本,莘莘學子為求功名利祿,不復知明倫之意義與聖賢之道,大道隱晦而不明,倖進之徒則居廟堂之上,「士」之使命淪為記誦辭章而已,價值判斷之依據唯以功利是尚。故賢者憂。在此情形下,如何力挽狂瀾,繫儒學哲理於不墜,是為迫切的問題。近代新儒家之巨擘熊十力對書院以更貼近於哲理的表達方式,道出其中的意涵:

> 書院性質扼重在哲學思想與文史等方面之研究。吾國年來談教育者,多注重科學與技術,而輕視文哲,此實未免偏見。……至於推顯至隱,窮萬物之本,激萬化之原,綜貫散殊,而冥極大全者,則非科學所能及。……哲學,畢竟是一切學問之歸墟。……若無哲學,則知不冥其極,理不究其至,學不由其統,奚其可哉。……哲學者,所以研窮宇宙人生根本問題,能啟發吾人高深的理想。須知高深的理想,即是道德。從澈悟方面言之,則曰理想;從其冥契真理,在現實生活中而無所淪溺言之,則曰道德。……吾人必真有哲學的陶養,有高遠深微的理想;會萬有而識其源,窮萬變而得其則。極天下之至繁至雜,而不憚於求通也;極天下之至幽至玄,而不厭於研幾也,極天下之至常至變,而不倦於審量也。智深以沈,思睿曰聖;不囿於膚淺,不墮於卑近。以知養恬,其神凝而不亂,故其生活力日益充實而不自知,孟子所謂養浩然之氣者也。[3]

熊十力先生在《復性書院開講示諸生》一文以證書院教育之宗旨,唯以培育浩然正氣之生命氣象而不隨波逐流之士,這是書院教育的終極關懷,亦即是儒門學問認知與實踐之始,此種精神不因政治扞格而變異。這樣的結果正體現孟子所說:「人人親其親,長其長,而天下平。」[4]的道德內化與實踐的過程。若吾人再從朱熹於白鹿洞書院學規所揭示:「父子有親,君臣有義,夫婦有別,長幼有序,朋友有信。……右五教之目,……學者學此而已。」[5]可觀朱熹對於明人倫是非常重視,並以為學規。

## 二、臺灣書院的濫觴與發展

　　清朝江日昇在其所著《臺灣外記》一書中，談到臺灣書院之創立，推溯到明鄭時期的陳永華對鄭經所說的一段擲地有聲的建言，方有「全臺首學」之舉。

　　昔成湯以百里而王，文王以七十里而興，豈關地方廣闊？實在國君好賢，能求人才以相佐理耳。今臺灣沃野數千里，遠濱海外，且其俗醇；使國君能舉賢以助理，則十年生長，十年教養，十年成聚，三十年真可與中原相甲乙。何愁侷促稀少哉？今既足食，則當教之。使逸居無教，何異禽獸？須擇地建立聖廟，設學校，以收人材。庶國有賢士，邦本自固，而世運日昌矣。[7]

　　鄭氏採納其說，而在臺南置聖廟並設明倫堂，開展臺灣儒學教育與傳播之學風。雖然這是官方建立的學校機構，但從陳永華剴切之言的涵義來說，其設立書院的根本精神與儒家思想與目標是一致的。陳昭瑛對陳永華在儒學傳播上的貢獻有深入的介紹，並以實踐南明實學精神稱之。[8]

　　康熙二十五年（1688年）第一任臺廈道周昌在〈詳請開科考試文〉中言：「本道自履任後，竊見偽進生員猶勤藜火，後秀子弟亦樂絃誦。」[9]可見明鄭時期對儒學的重視與提倡，已獲得具體效果。除此之外，尚有對原住民教化的記錄，如康熙三十九年（1700年）蒞臺的郁永河在其《裨海紀遊》之記錄亦可看到明鄭時期教育的成果。[10]

　　潘朝陽教授以「抗拒與復振之儒學」[11]稱明鄭時期的儒學思想，若從孤臣孽子的心情來看明鄭時期的儒學學風確屬適當，尤其是陳永華所言的聖王典故，無論成湯、文王皆是以仁義之師，高舉文化復興的大旗，抗拒夷狄之亂，拯斯民於水火之中。不以一時偏安海隅而放棄重振華夏文明，透過立聖廟，設學校，儒家精神得以流傳，留下一盞不熄之薪火。這種儒家文化的慧命薪傳，同樣地延續至日據時期。連橫所著《臺灣通史》的史觀及對各種歷史發展的價值判斷上，亦表現出此種「抗拒與復振」的精神，正也說明儒者除實踐孔子之「君子」為道德人格理型外，亦實踐孟子所說的「大丈夫」浩然正氣的器識與胸襟。連雅堂的《臺

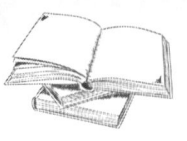

## 社團、思潮、媒體：臺灣文學的發展脈絡

灣通史・藝文志》即曰：

> 鄭氏之時，太僕志卿沈光文始以詩鳴。一時避亂之士，眷懷故國，憑弔河山，抒寫唱酬，語多激楚，君子傷焉。連橫曰：吾聞延平郡王入臺之後，頗事吟詠。中遭兵燹，稿失不傳。其傳者北征之檄，報父之書，激昂悲壯，熱血滿腔，讀之猶為起舞，此則宇宙之文也。經立，清人來講，書移往來，曲稱其體；信乎幕府之多士也。在昔春秋之際，鄭為小國，聘問贈答，不失乎禮，齊、楚、秦、晉莫敢侵凌。[12]

連雅堂稱明鄭時期之文章為「宇宙之文」，可謂推崇至高。以明鄭遺老孤臣孽子之心，秉春秋之筆之志節為價值判斷之據，雖然明朝已遭異族荼毒，但期待存留一絲一縷文化命脈於海外，其意義乃是面對華夏文明的衰敗與危機，而有待於臺島之士的淬勵奮發。陳昭瑛認為明鄭文學除了充滿悲憤抗爭的意識外，亦寓有「不歸之思」及「發現臺灣的熱忱」兩項特質。[13]這即是「王氣中原盡，衣冠海外留」的遺民悲情，亦可說是知識分子面對時局動盪的心情與抉擇。因此宋明儒學發展之高峰——陽明心學在臺島幾無跡可尋，設聖廟與明倫堂，重振理學之風走向經世致用之學，此與心學流弊則有其關聯性。

## 三、儒學教育之宗旨

清朝統治臺灣之後，儒學教化之風並未隨明鄭之滅亡而趨於寂滅。在科舉考試之制度下，學子對功名之熱衷有增而無減，加上官方有意、有計畫的提倡而有儒學大興。透過學校教育與民間的提倡，官方儒學與民間儒學並起，官學則有中央的國子監，地方則有府、州、縣、廳等，這些統稱為「儒學」。經由這套教育的機制，使得儒生有了按部就班、循序漸進的求學與仕進管道。綜觀清朝在臺灣統治的時期，儒學傳播的教育單位名稱頗多不一致，如儒學、社學、義學、義塾、蒙塾、家塾、私塾等不同名號，而這其中屬於初級啟蒙的教育並且是地方性質的則有社學、義學、蒙塾、家塾、私塾等單位，而儒學（府、州、縣、廳）是

屬於較高級的教育,建有孔廟,以作為教育的場所。由此可看出清領時期臺灣教育事業是呈現蓬勃發展,氣象一新的景象,對於儒家在知識的啟蒙、為學與做人的薰陶等方面,可說是影響深遠。

此一時期影響臺灣儒學學風發展的首推「臥碑文」之頒行,此文於順治九年(1652年)頒行於中國大陸各省、府、州、縣之儒學明倫堂,臺灣在康熙二十二年(1683年)納入清朝版圖之後亦不例外,文中規定:

生員之志,當學為忠臣、清官,書史所載忠清事蹟,務須互相講究。……軍民一切利病,不許生員上書陳言;如有一言建白,以違制論,黜革治罪。生員不許糾黨多人,立盟結社,把持官府,武斷鄉曲。所作文學,不許妄行刊刻。違者聽提調官治罪。[14]

從「臥碑文」的內容來看,近於是箝制讀書人的思想與言論,包括不許生員上書以陳治國之方,亦不許刊刻文字散布思想,於是在箝口結舌之下,儒學教育已非原來之目的,而是統治者治國導群倫而為順民的手段;加上文字獄盛行,知識分子僅能從科舉的路上尋找功名而已。在這樣的背景之下,儒學活活潑潑的生命智慧,轉而以科考功名之形式出現,成為知識分子晉身改變命運的唯一管道,原始儒家「風聲雨聲讀書聲,聲聲入耳;家事國事天下事,事事關心」的使命感與熱誠頓成冰炭,趨之若鶩於科舉之途也就不足為奇。因此主其事者上如能做好文教振興的工作,即有治績的事實。這些振興文教的作為如下,在外在的形式上:包括文廟、學宮、考棚、書院、文昌祠、塾舍等建物的創建與重修,學田經費的籌撥,亦有建立教師、學生的考核評校與獎勵,學額的爭取,教育與考試等學政問題的興革等實質的變易。而社學、義學是深入窮鄉僻壤的教育場所,所占數量最多,亦可見地方對文教事業的殷切期盼。治臺的官員,皆認為社學、義學教育與地方的風俗教化密切相關。但如何化民成俗以收立竿見影之效?只有立學校以達化民成俗才是唯一的方法,此種立學校以化民成俗的觀念,即是受到中唐以來書院思想影響之下的一個傳統,范咸《重修臺灣府志》指出:

自三代以來,化民成俗,莫不以學為先。我國家菁莪造士,聲教覃敷;薄海人文,蒸蒸蔚起。臺雖外島,作育數十年,沐浴涵濡,駸駸乎海東鄒魯矣。……

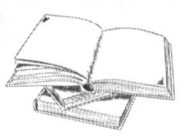

社團、思潮、媒體：臺灣文學的發展脈絡

而且番社有學，文身者亦習絃歌，豈特在野之俊秀有德、有造已哉！志學校。[15]

化民成俗以學為先，透過各級教育來傳遞儒門思想與規範而達治理百姓。因此清代教育單位的設立，上有中央太學，下有地方府、縣、州、廳學，鄉里的社學、義學，就形式上來說皆是基於教化與育才的雙重目的而作。清代在臺灣，除重建文廟外，歷任治臺官員，在臺灣各地設立儒學、書院、鄉學（義學、社學與民學）等，但由於儒學（府、縣、州、廳之儒學）設置較晚，或根本未設，在無法滿足人民求知需求之情形下，各地的鄉學、包括義學、社學與民學則隨之而起，但所授內容較為簡略，有如初等啟蒙教育，因此介於官學與鄉學之間的學院一躍而為地儒學教育之重鎮，此中最具代表性者乃崇文書院，在移風易俗傳播中華文化的成效有顯著的效果。康熙四十一年的《訓飭士子文》開頭即言：

國家建立學校，原以興行孝化、作育人材，典至渥也。[16]

臺灣社學、義學的普遍設立，對於平民百姓的教化功能居功厥偉，如藍鼎元[17]在康熙六十年（1721年）〈覆制軍臺疆經理書〉即提到儒學教化是治臺的急務：

興學校、重師儒、自郡邑以至鄉村，多設義學，延有品行者為師；朔望宣講聖諭十六條，多方開導，家喻戶曉。以「孝悌忠信禮義廉恥」八字轉移士習民風，斯又今日之急務也。[18]

藍鼎元亦提出「多設義學，振興教化。集諸生講明正學，使知讀書立品，共勉為忠教禮讓之士。」[19]藍鼎元可說是清初治臺主張者中最具慧眼者，關切臺灣的政治家。黃秀政《論藍鼎元的積極治臺主張》稱：「因藍鼎元的積極主張治臺，有功於臺灣早期的開發，有助於中華文化在臺灣的擴大綿延，可謂前無古人。」[20]在歷任的各級治臺官吏中，除官學外，小至窮鄉僻壤皆有設立義學，獎掖後進並照顧貧寒子弟，透過對經典的閱讀與實踐，明白義理移風易俗，是他們治績的表徵。因此官方設立初級學校，除為培養人才外，教化百姓也是官方設學的宗旨。學校本來就有教化的功能，透過教育來化民成俗，達到風俗善良與社會安定，這是為政的目標。

12

清朝在儒學教育上，分成初級的教育系統，所謂「設學校以興教化」，如社學、義學之建立，此外尚有府、縣、廳設立之儒學等，但本質上與原始儒家所強調的精神與旨趣已相去甚遠；換言之，授儒學大義僅是手段，達成統治才是目的，利用儒學義理訂出社會規範而要百姓遵守。透過官方學校教育灌輸的這套思想，與古典儒家所標榜的一套自我生命開發實踐的價值系統（value system），所謂「己立立人，己達達人」，基本上已有差異，古典儒家可說是孔子因應個人生命的自我實現之要求而創建，其本質與風貌，李杜以「傳講」與「競存」稱之。[21]而儒學於漢代與君主政制之結合，而表現其在君主政制中的文治教化與典範性的功能與效用，當非孔孟儒學之本意，源於歷史的偶然，這種情形也就一直延續到清代，因此文教性與典範性成為儒教的最大功用，也就形成了統治者手中「不可替代性」的工具。這個影響力是巨大的，從各種學制的教化過程中，儒學思想已被轉化，甚至是簡化而成有利於統治者的信念與教條，而要求放諸四海皆準，這已非古典儒家所講求的價值系統的開發與完成，儒學的「教條化」乃成為無可逃避的事實。

## 四、書院教育中的儒學思想

書院之制度從唐朝開元年間開始，《新唐書》已有相關資料的記載，其原義指的是官方修書與藏書之所。但至唐末因戰事紛亂，原來的學校廢弛，民間時人為應教化之所需，建書院以傳儒家義理，而有別於官方之學。

一、書院的性質

依據陳昭瑛研究清朝時期書院的發展情形，他認為：

府縣儒學之外，官辦或私辦的書院規模小，靈活性大，所以相當普遍，二百年間至少設了四十五所。書院按等級不得祭孔，多祭宋儒與文昌，然其兼重教學與祭祀則與府縣儒學相同。書院之下，尚有分布各村落與原住民部落的小型學校，稱社為社學、義學或義塾。（書院若非官塾，有時也稱為義學。）[22]

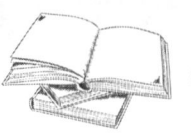
社團、思潮、媒體：臺灣文學的發展脈絡

由此可知書院除不得祭孔外，主要的教育工作則是教授漢文與儒學初級典籍，可以說是傳播儒學思想的前哨，也是透過經典傳誦以把握儒家微言大義，而清朝普遍流行尊孔崇朱的風氣，因此書院所傳授的學問，以及對儒門聖賢的祭祀，基本上是不能碰觸清朝的忌諱，而且又必須與它的文教性與規範性要能相互契合。臺灣的第一家書院為施琅所創立，名稱為「西定坊書院」，但其性質則屬義學，而非私人講學的書院。而有計畫的興建書院則始自崇文書院（康熙四十三年，1704年），繼之而有海東書院（康熙五十九年，1720年）、明志書院（乾隆二十八年，1763年）、引心書院（嘉慶十五年，1810年）等，臺灣的書院即有官立、官民合辦及紳民私辦三種類型，但皆需接受官署的查核。根據黃秀政的統計，清代臺灣書院共計有四十五所[23]，在這些書院中已具有全部或部份官方的性質，亦有少數是由地方仕紳捐資建立，但仍受主政者管轄，這樣的書院教育在講授經典內容及大要上與官辦的府儒學並無不同。

二、書院學規的儒學意涵

清代書院是籠罩在尊崇朱子的氛圍與背景之下，基本上是承襲宋代書院所揭示的內涵，它所依據仍然是儒家的文以載道、斯文在茲的精神，即使後來書院成為準備科舉考試的場所，但儒學教化的功能繼續存在，在為學與做人諸方面，而有書院的學規，學規的內容即成為一種價值規範與要求。這些內容可追溯至朱子在《白鹿洞書院揭示》的教育內涵[24]，其條目如下：

五教之目：父子有親，君臣有義，夫婦有別，長幼有序，朋友有信。

為學之序：博學之，審問之，慎思之，明辨之，篤行之。

修身之要：言忠信，行篤敬。懲忿窒欲，遷善改過。

處事之要：正其誼不謀其利，明其道不計其功。

接物之要：己所不欲，勿施於人。行有不得，反求諸己。

黃秀政研究臺灣書院之發展過程[25]，本研究依其資料整理如下表，可以讓吾人清楚地把握學規內容之變遷。

| 序號 | 書院 | 訂規者 | 年代 | 學規內容大綱 |
|---|---|---|---|---|
| 1 | 海東書院（設於台灣府治） | 分巡台灣道劉良璧 | 乾隆五年（1740） | 一、明大義 二、端學則 三、務實學 四、崇經史 五、正文體 六、慎交友 |

续表

| 序號 | 書院 | 訂規者 | 年代 | 學規內容大綱 |
|---|---|---|---|---|
| 2 | 海東書院（設於台灣府治） | 分巡台灣道覺羅四明 | 乾隆二十四年（1759） | 一、端士習 二、重師友 三、立課程 四、敦實行 五、看書理 六、正文體 七、崇詩學 八、習舉業 |
| 3 | 文石書院（設於澎湖廳治） | 澎湖通判胡建偉 | 乾隆三十一年（1766） | 一、重人倫 二、端志向 三、辨理欲 四、勵躬行 五、尊師友 六、定課程 七、讀經史 八、正文體 |
| 4 | 白沙書院（設於彰化縣治） | 彰化知縣楊桂森 | 嘉慶十六年（1811） | 一、讀書以力行為先 二、讀書以立品為重 三、讀書以成務為急 四、讀八比文 五、讀賦 六、讀詩 七、作全篇以上者之學規 八、作起講或半篇學規 九、六、七歲未作文者之學規 |
| 5 | 仰山書院（景仰宋儒楊龜山而取名為仰山書院，設於噶瑪蘭廳治）* | 開蘭知府楊廷理 | 嘉慶十七年（1812） | 一、敦實行 二、看書理 三、正文體 四、崇詩學（錄自覺羅四明勘定海東書院學規）一、讀書以立品為重 二、讀書以成務為急（錄自楊桂森白沙書院學規） |
| 6 | 文石書院（設於澎湖廳治） | 書院主講林豪續擬 | 光緒年間 | 一、經義不可不明 二、史學不可不通 三、文選不可不讀 四、性理不可不講 五、制義不可無本 六、試帖不可無法 七、書法不可不習 八、禮法不可不守 |

※筆者另行補上。

上述六個較具代表性書院學規之內容，其中以劉良璧及後來的覺羅四明二人為海東書院，以及胡建偉為文石學院所訂的學規之內容較契合儒家精神與哲理，本文即以海東書院前後之學規加以探討之。首先是劉良璧所訂的學規其文如下：

一、明大義：聖賢立教，不外綱常；而君臣之義，為達道之首，所以扶持宇宙為尤重。

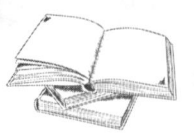
社團、思潮、媒體：臺灣文學的發展脈絡

二、端學則：程、董二先生云：「凡學於此者，必嚴朔望之儀、謹晨昏之令，居處必恭，步立必正。……」此白鹿書院教條與鰲峰書院學規並刊，工夫最為切近。

三、務實學：古之大儒，明體達用，成己成物。……

四、崇經史：《六經》為學問根源，士不通經，則不明理；而史以記事，歷代興衰、治亂之術，……罔不備載。……舍經史而不務，雖誦時文千百篇，不足濟事。

五、正文體：……我朝文運昌明，名公巨篇，汗牛充棟；或兼收博採，或獨宗一家，雖各隨風氣為轉移，理必程、朱，法則先正，不能易也。

六、慎交遊：讀書之士，敬業樂群，原以講究《詩》、《書》，切磋有益。……[26]

為貫徹清朝統治的意志，亦在「理必程朱」的前提下，劉良璧首揭君臣之義，並且稱之為「大義」，此條目不僅符合五倫之本義，並且對於受到明鄭治理而心中尚存光復之心的臺人來說，無異是讓他們明白君臣關係之確定，治者與受治者的對應關係。君臣關係之建立，確定了五倫之教的首要目標，那就是儒者所應遵行的古訓，不容有貳心。若以朱子之言論來說，明人倫之教即是確立儒者言行合一的首要工作，道是行於君臣、父子、兄弟、夫婦、朋友之間，所以要能綱紀人倫，建立人極，不可一日而偏廢，此部分契合朱子理學的內容；另一方面又符合統治者主觀的時期。其次是要「務實學」，實學乃是宋明心學（虛學）之相對，清朝書院主張要明體達用，「六經」才是學問根源，士不通經則不明理，主事者認為孔孟儒學絕非要去發展出一套純粹理論與玄思的形上系統，而成高不可攀的學問，卻無以落實於人倫日用；而是要人明辨是非，明確地掌握宇宙生生變易創造之理，而開展個人與家國之事業。

在以朱子為宗之原則下[27]，從學規所言的「明體達用」告誡學子為學與做人之道理，吾人認為學院學規主張的「端志向、辨理欲」，他們的立論都有必要從朱子的話去理解「明體達用」之概念；換言之即要從朱子的解釋中去體會把握，

朱子曰：「卦爻陰陽，皆形而下者，其理則道也。」[28]這個「道」本是一個「價值的層級」，是指引人的方向，以及所應遵守奉行的原理原則。人號稱萬物之靈，其理安在？即在於人懂得生命價值之理，把握內在的生命精神，走出人生的大道。因此從「生生之理」下開人倫日用之方，心有所本，本立而道生，由仁生義，由義生禮，攝禮歸義，攝義歸仁。明體便是把握其道與理，之後便要達其所用。何謂「用」？亦即是孔子所言「君子不器」，君子之「用」指的是人不可畫地自限故步自封，器識偏狹而小器，要培養君子的器識與胸襟，它是依循天理（天道），走入道德實踐之途，故君子上達，小人下達。能明體達用方能稱之為君子，此概念仍然是依循孔子的教誨——文質彬彬而稱君子而來。

書院學規的教訓即是要求讀書人要做到上達成為君子，而不是下達淪為小人，能上達才能敬以直內及義以方外，也才能辨義利、識大體，否則即成小人以利為尚，終日競逐區區小利，卻忘記大義之理。乾隆二十六年（1761年）重新修訂海東書院學規的覺羅四明[29]，他提出八條目與儒學內涵相稱的學規[30]，規定如下：

一、端士習；二、重師友；三、立課程；四、敦實行；

五、看書理；六、正文體；七、崇詩學；八、習舉業。

若以海東書院前後學規加以檢視，顯然覺羅四明所訂的學規，在精神上更能契合儒家精神，已超越劉良璧之胸襟與視野，首先是開宗明義要讀書人正人心端士習，由自我鍛鍊及自我要求開始，並且重視師友之間的學習互動，所謂「吾日三省吾身」是「正人心與端士習」的起步，講求實踐不尚空談，由經書以把握聖賢道理，最後才是習舉業，這是一套由內而外，先講求正心誠意的工夫，把握格物致知之法，進而實踐治國天下平之過程。覺羅四明亦以朱子之理來說明舉業與義理之學並不相悖，其立論如下：

今人分舉業與理義之學為兩段事，謂舉業有妨於義理之學；此說非也。蓋舉業代聖賢立言，必心和氣平，見解宏通；自綱常名教以及細微曲折之理，萬有畢備。然後隨題抒寫，汩汩然來。此正留心理義之學者，乃可因之以發其指趣。朱子曰：「使孔子在今日，也須應舉。」正此意也。[31]

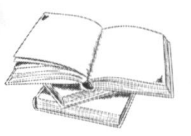
社團、思潮、媒體：臺灣文學的發展脈絡

覺羅四明之論已漸有導入宋明理學以朱子閩學之正軌，尤其是他提醒學子舉業與理義二者本是相輔為用，若能在慎獨及惕厲自省工夫方面講求，亦不失聖賢之教，舉業即是代聖賢立言，因此為學與做人必要有其本。綜觀舉業與義理之間的競論雖有不同的論點，但是有一明確的事實，即是清代臺灣書院的儒學教育逐漸重視舉業帖括，課生徒以制藝章句已漸成主流。如澎湖〈文石書院碑記〉云：「蓋自胡公設立書院始……季考月課，循循善誘，終如期初，丙戌、丁亥（按乾隆三十一、二年）科歲兩試，入泮者六，備卷者四，從此而奪巍科、登顯示，人文鵲起、甲等蟬聯，皆我公樂育之功也。」[32]此外對於學區內之生徒，允許其參加該書院每月舉行一次的官課與師課，成績優良者且可獲得書院獎賞的膏火等。舉業而成當時臺灣社會的一種主流價值取向，致使各書院對於生童之應舉皆有設立鼓勵獎賞之制度，儒學的研究在實質層面的義理探討相對貧乏，而應舉業反而成士子競逐的目標。

## 五、結語

清領臺共二百一十二年（1683—1895年）因有著前期明鄭儒學的基礎，儒家思想的播種與扎根也就建立，而書院的確扮演了承先啟後、繼往開來的傳承角色。在這段期間朱子學成為影響臺灣儒學與教育理念的重要關鍵因素。由於科舉功名之故，固然使得儒學教化走向科考，原始活活潑潑的生命意義探討不是主流之追尋，原始儒家所欲彰顯的由人的整體性生命之需求而外顯的價值，包括人的道德義、文學藝術義、終極關懷義、政治生活義種種的需求漸漸褪色，只剩下在經書中探求的科考形式，雖不無遺憾；但我們仍然發現如陳璸、鄧傳安[33]等閩學的代表人物挺身而出，發揮傳統知識分子之理念，為儒家在臺留下慧命，開拓儒學價值義，導正科考功名觀念，亦是值得留意。如鄧傳安即提出如下針貶之言，亦令人深省：

方今天下入仕，以讀書得科第為正途。鄉會試糊名易書，衡文者暗中摸索以

示至公;即使因文見道,僅能考其道藝,無由知其德行,此所以名實不相應,而競乞靈於冥漠也。苟念赫然在上之神,憑依在德,信而有徵,則歲時之薦馨,一若夙夜之勵志;庠序之敬業,一若門內之修行。上以實求,下以實應,人所仰服,即神所默佑,士習自不懈而及於古。[34]

　　中國文化中的儒家思想,雖有著因歷史時代環境不同而發展出相異的價值理趣與關切主題,亦有因個人秉賦器識不同而有不同的認知與理解,但皆不失其在思想中尋求精進與創發突破,可謂「哲學的突破」(philosophical breakthrough)。宋明理學對儒家而言是一個哲學的突破,而清領時期的臺灣儒學,一方面是繼承閩學之傳,發揚朱子學說微言大義,亦是一種哲學的突破,尤其是藍鼎元、蔡世遠二人為閩學健將,將閩學發揚光大,再如陳璸、鄧傳安、覺羅四明與胡健偉等知識分子對應於科舉功名之反省,反溯到道德倫理的修己安人之實踐意義,敬學而好仁等理念的提倡猶如暮鼓晨鐘。對於此一時期的臺灣儒學而言,他們雖未能針對時弊提出較佳的創造性詮釋以指點迷津,但經由先哲們鍥而不捨的努力,也豐富了臺灣儒學的內涵與視野。

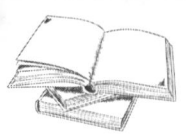
社團、思潮、媒體：臺灣文學的發展脈絡

# 「東方邏輯」和臺灣現代性接受的多源性——以日據時期臺廈場域為實例的文學觀察

朱雙一[35]

## 一、從「現代」到「本土」：東方的邏輯

宏觀地看，百餘年來的臺灣社會文化乃至文學，出現了數度由接受「現代」到回歸「本土」的螺旋型循環往復的過程。以新文學為例，1920年代至1930年代前期，無論是張我軍發起的「新舊文學之爭」，或是賴和、楊逵、楊守愚、朱點人等的啟蒙主題或是左翼色彩的創作，乃至提倡超現實主義的「風車詩社」，都具有較明顯的追求和接受「現代」的取向。然而從1930年代開始至1940年代，臺灣作家們不僅發起「鄉土文學」、「臺灣話文」運動，同時對殖民者為臺灣帶來「現代化」論調的懷疑日深並加以揭露和批判（呂赫若《牛車》、朱點人《秋信》、楊逵《模範村》、蔡秋桐《理想鄉》、陳虛谷《無處伸冤》等可為代表），而在戰爭期「皇民化」加劇的背景下，張文環、呂赫若、吳濁流等轉向閩、客傳統習俗和舊家族家庭生活的描寫，一些民間習俗不再是封建迷信的表徵而是代表著固有民族身分和傳統文化的堅持，勾畫出臺灣文學從「現代」到「本土」的一次明顯的回歸軌跡。

臺灣文壇在1960年代至1970年代，演出了由「現代」回歸「本土」的另一輪更完整和典型的過程。取代現代主義而成1970年代文壇主流的「鄉土文學」，其文化上具有民族主義性質，創作方法上則表現為現實主義。從臺灣文學

的這兩次回歸過程，我們可以發現「本土化」其實具有兩個層次，一是基於民族和文化傳統的認同，如日據時期是為了對抗殖民者及其「皇民化」而力求保存傳統民俗；1970年代鄉土文學高潮某種意義上也是「保釣」運動所激發的；至於洛夫為從「禪」、「性靈」中找到超現實主義在中國傳統藝術精神中「古已有之」的證據而欣喜，不無現代派詩人的傳統歸宗的意味。第二層含義則進一步發展到現代性的反思。人們發現「西方（包含日本）」及其所標榜的「現代」未必就是幸福的標的，工業文明、經濟發展、科技成就未必能帶來真正的民眾福祉。除了日據時期臺灣作家的深刻認識外，1970、1980年代陳映真等對「殖民經濟」、跨國公司和資本主義世界體系為害的認知，對大眾消費文化的反思，以及臺灣文壇從對環境污染的批評而回歸中國傳統生態理念，都可說是臺灣文壇「本土化」的深入發展。

如果我們將眼光轉向中國文壇，可以發現類似的過程也曾發生過。如五四時期曾將西方數百年出現的文學思潮（各種「主義」）如放電影般過了一遍，而在有著眾多「租界」、資本主義都市基本成型的1920、1930年代的上海，也曾發展了頗為可觀的現代主義文學（如穆時英等的新感覺派、戴望舒等的現代派詩）。然而1937年「七‧七」抗戰軍興，救亡文學也就成為壓倒一切的主流。與1970年代臺灣鄉土文學相似，救亡文學也具有民族主義的精神核心，以及與時代、社會緊密相連的現實主義文學特質。

以前曾有一個長期讓我百思不得其解的問題。從古典主義而至浪漫主義，再到現實主義，最後才是各式各樣的現代主義流派乃至「後現代」，這是西方文學發展的軌跡。而1960年代的臺灣文壇曾發展了中國文學史上規模最大、發展最充分的現代主義運動，但到了1970年代卻驟然轉向，成為現實主義文學的天下，這與西方文學思潮發展的次序正好是反逆的。我曾將此當作一個頗為奇怪的現象加以關注。其實，只要跳出慣常的「西方中心」的思維定勢，改用一種新的理論視角加以觀照，這一現象並不難解釋。這就是「西方的邏輯」和「東方的邏輯」之別。西方文學的發展軌跡，其實是與西方文明、西方社會的發展軌跡相吻合的。甫從中世紀走出的西歐社會崇尚理性，強調道德，藝術上以古希臘羅馬為典範，尊崇宮廷貴族語言，於是古典主義盛行。隨著資產階級的上升及其個性解

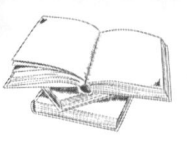

## 社團、思潮、媒體：臺灣文學的發展脈絡

放要求的加強，側重從主觀內心出發，抒發對理想世界熱烈追求的浪漫主義應運而生。到了19世紀，資本主義發展過程中的某些弊端日益顯露，真實客觀地再現社會現實特別是勇敢揭示其陰暗面，立足於為社會邊緣貧困小人物代言的現實主義大行其道。現代主義的產生則緣於資本主義已發展到「爛熟」階段，文藝復興以來人們追求的科學、理性、民主、自由等價值開始受到質疑和反思，種種腐化敗德現象日益浮現，人們陷入信仰破滅、內心孤寂和人際關係疏離之中，20世紀後更籠罩於世界大戰和核子的陰影之下。20世紀下半葉以來，有些國家步入後工業文明階段，後現代主義也就隨之出現。可以看到，古典主義、浪漫主義、現實主義、現代主義和「後現代」的依次展開，完全對應於西方社會的發展過程，體現了西方文學發展的必然邏輯。

然而，「東方」卻有著與「西方」完全不同的處境和社會發展脈絡，其文學發展也就必然遵循著自己的「東方的邏輯」。「西方」在「二戰」結束前大多是殖民宗主國，在戰後則仍處於資本主義世界體系的中心，屬於發達國家之列；而「東方」在戰前大多是被霸占、受欺凌的殖民地或半殖民地，戰後也仍處於世界體系的邊緣，屬於欠發達國家、地區，它們沒有西方雄厚的資本、較高的社會發展水準，也沒有西方世界從文藝復興以來資本主義由上升而趨於「爛熟」、出現種種嚴重弊端的歷史過程，這正是陳映真在指證臺灣現代主義文學的「亞流」性格時所說的：臺灣尚缺乏產生現代主義文學的客觀基礎。[36]因此，「東方」的文學發展邏輯與「西方」不同其實是理所當然的，如果與「西方」完全雷同，反倒是奇怪的。這裡試對「東方的邏輯」闡述如下：

首先，凡是人都會有追求「摩登」（現代）和文明、希望過上富足美好生活的願望。當西方（日本）殖民者以「現代」、「文明」的擁有者自詡，宣稱能透過「文明的義戰」獲得殖民地，並將殖民地建成「幸福的樂園」（福澤諭吉語），這對殖民地子民無疑具有一定的迷惑性；甚且只要殖民地子民（或欠發達地區民眾）有機會前往殖民宗主國或發達國家時，他們都會被該地的整齊的街道、便利的交通等較高的文明狀況所吸引。如果殖民統治者採取某些懷柔政策，對殖民地高層人士加以籠絡，給予機會，他們當中某些人也會欣然接受，甚至知恩圖報。此外，殖民宗主國的一般民眾有別於統治者，只要他們與殖民地民眾平

和相待，雙方也會建立良好的關係。由於崇尚「現代」、追求和平幸福生活的心理乃植根於深刻的人性，這種被吸引現象本無可厚非。

然而，人同時也是社會動物，因此就會有民族感情、國家認同等社會意識。臺灣民眾大多其先祖從閩粵移民而來，與中國大陸民眾一樣，因長期受儒家思想影響，慎終追遠的情懷，對於民族、國家的忠義精神也就格外的強烈。異族統治即使能真的帶來現代化的幸福生活，也未必能獲得飽含固有民族情感和民族意識的殖民地子民的認同。而這就埋下了本土化的根苗。

當殖民地子民感受、發現「殖民現代性」的真相時，其抵殖民的本土化就進入更為理性的、非僅是情緒化的層次。殖民者向殖民地輸入「現代」，其實帶有強烈的「殖民」掠奪和奴役的目的，殖民地子民在享受「現代」所帶來的「好處」時，同時也需吞下被殖民的苦果。當人們認識到此，甚且進一步認識到自己固有「文明」、「文化」其實也並非全然落後的，甚至早已包含了某些「現代」的成分時，「本土化」也就是順理成章的趨向了。這就是從「現代」向「本土」回歸的「東方的邏輯」。呂赫若《牛車》中公路的修通帶給牛車夫的是失業、饑餓和監禁；張文環《夜猿》中的主角在街市（代表著「現代」）難以立足，於是回到祖傳的山林中，過起由春節、上元、清明、中元、冬節等編織而成的充滿傳統文化氣息的日子，呈示著「本土化」是如何悄然地進行著。而在1970年代臺灣經濟起飛、社會快速奔向「現代」的背景下，卻興起了以「新殖民主義」批判為重要焦點之一的強勁的本土化運動，同樣說明了殖民現代性與本土性的深層糾葛。

我在上述想要說明的是與殖民現代性相輔相成的本土性的必然存在和成長。其實，臺灣與一般的東方殖民地有著一個重要的區別，即它不是整個國家、民族的被殖民，而是還存在著一個「祖國」，儘管「祖國」當時也處於「半殖民地」的狀態下。按照後殖民主義理論的說法，一般殖民地被占領後，其歷史和文化頓時化為空白，這種情況在臺灣表現得並不典型，其原因或許就在臺灣還有「祖國」的存在。而這「祖國」，正是臺灣固有的文明輸入來源。臺灣人作為開發海島蠻荒之地的移民，中國大陸歷來是其心目中的「文明中心」，他們從大陸攜來

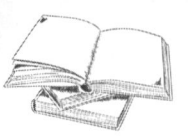

社團、思潮、媒體：臺灣文學的發展脈絡

文明，其後代也仍不斷地從父祖之鄉接收文明成分，包括農耕技術、儒家觀念制度等。以往我們只注意到臺灣從殖民宗主國日本接收了「文明」，卻忽略了大陸是臺灣的另一個歷史更長久，且由於語言的相通、血緣的關聯、民族的同一而更為方便、更為主要的文明輸入來源，而且這種「習慣」——歷史的慣性——並不會那麼快就消失和轉變。進一步言，臺灣接收「現代」、「文明」，除了殖民宗主國，其實還有「祖國」一途，且從祖國接收「現代」，還能滿足其民族情感以及避免「殖民現代性」的為害，當臺灣人意識到此，必然會加以權衡和選擇。臺灣新文學運動的興起，就是臺灣從祖國而不是從日本接收現代性的明顯例子——張我軍批評火力的焦點之一，正是一些舊詩人接受日本殖民者的籠絡而沉迷於文字遊戲甚至極盡阿諛奉承之能事的行徑。或者說，臺灣存在著日本和祖國兩個現代文明的接收源[37]，在許多情況下，選擇從「祖國」接收「現代」更為有利而無害。這正是臺灣在接受現代性問題上的特殊性之所在。

## 二、廈門（大陸）作為臺灣現代文明的重要接收源

如上述，臺灣將大陸當作其「文明」的主要接收源，由來已久，即使標榜將給臺灣帶來現代文明的日本殖民統治，也無法阻止這種強大的慣性。在這種視角下，「廈門」就凸顯出來了，因廈門歷來就是由大陸往臺灣的移民的主要出發地，因此也歷來是臺灣向大陸接收文明的重要視窗之一。1920年前後，許多臺灣青年前往日本留學，差不多同時，前來廈門就學的臺灣青年也不在少數。這即是臺灣的現代性接受雙源性的體現。即使僅就「現代」文明而言，這種由廈門輸往臺灣的「管道」，也早在日據之前就已開啟，且比起日本「管道」，對臺灣同胞更具吸引力。這一點，似乎連日本殖民者也頗為明白。早期的臺灣總督即極為重視且努力經營所謂「對岸」政策，除了在長期目標上將福建作為擴張其「南支」、南洋勢力的據點和跳板外，同時在近期動機上，希望基於福建與臺灣的固有密切聯繫，起到收攏人心的作用。臺灣第四任「總督」兒玉源太郎就曾在1899年6月發表的《有關統治臺灣過去及將來之備忘錄》中明確寫道：對臺灣島

民的統治，欲收十全的效果，不能只著重於島內的鎮壓及民心的收攬，必須留意對岸之福建省，尤其是廈門的民心；察其民心之歸向，再將其反射於臺灣島之安定政策上，如此方能達到統治之目的。[38]又認為：臺灣本島缺乏天然良港，但如將眼光放大，且依照帝國（日本）占領本島之原意而經略，自可發現東亞有數之良港——廈門港——附屬於本島，並且幾百年來已為臺灣島民所利用。[39]在具體操作上，則以臺灣銀行廈門分行的開辦最為重要。其開設，一方面可掌握臺廈之間以及廈門與其他各地之匯兌權，透過「吸收中國人之存款，可提高中國人對帝國（日本）發生利害與共的觀念，隨而可提高帝國在廈門的威信，而由其反射作用，日本對臺灣的統治，必然可收加倍之效」；另一方面，後藤新平認識到「廈門是臺灣的中心，至少在歷史上，廈門是控制臺灣財經界的中心」，臺灣銀行之營業範圍若止於臺灣本島內，其存款最多不出一千萬圓，如在廈門開設分行，而在商業上占優勢地位時，其存款不知將達幾千萬圓，如果能以經濟比較繁榮的閩南遊資開發荒蕪的臺灣島，將可減少日本中央政府對臺灣財政的挹注。[40]也就是說，日本殖民當局欲延續固有廈臺之關係，吸收廈門一帶之資金，以供臺灣的建設。由此印證了廈門、福建乃至整個中國大陸，歷史上曾經是，當時也仍舊是臺灣的一個文明輸入源。

當然，由廈門（大陸）輸入臺灣之「文明」的具體內涵，是多方面的：它可以是物質層面的（如上面所說的臺灣銀行所吸收的資金），也可以是制度層面的（如歷史上中原政經體制的播遷），還可以是精神、觀念層面上的（如儒家觀念），而從近代以來，新興思潮可說是臺灣吸收來自大陸「文明」的最重要內容之一。有「清季臺灣第一洋務思想家」（吳文星語）之稱的李春生，即是由廈門將「現代」因素帶入臺灣的一個顯著例子。鴉片戰爭後，廈門開放為通商口岸，基督教英國長老教會在廈門獲得傳教權七年後（1851年），14歲的李春生即受洗成為基督徒，此後便熱心於研習英語，並自學漢文、四書五經、中外史學、地理、哲學與新舊約《聖經》，可說中西、新舊兼修。18歲時曾遊歷上海、寧波、福州、潮州、高雄、臺南等地。20歲時於香港學習英語，後任職廈門英商怡記洋行從事洋貨及茶葉貿易；24歲在廈門自營四達商行兼營茶葉。1865年28歲時，因遭太平軍影響事業停頓，便由怡記洋行店主愛利士介紹，與蘇格蘭商人

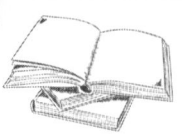

## 社團、思潮、媒體：臺灣文學的發展脈絡

杜特結識，成為臺灣寶順洋行買辦，經營茶葉等貿易。1869年與杜特於淡水試種烏龍茶成功，船載21萬斤茶葉到北美紐約銷售，大受歡迎，自此臺灣茶葉直銷歐美市場。1872年馬偕牧師至淡水傳教，李春生極力協助。1874年牡丹社事件爆發，春生首論營臺策略，撰《臺事》七篇，投稿香港《中外新報》，建議與日議和後，加強臺灣防務，移民墾臺。1875後，他歷任清廷洋藥釐金局總局監察委員，臺北城建築委員，大稻埕港岸堤防修築工程監造委員長，臺北府土地清丈委員，蠶桑局副總辦、局長，臺灣鐵路道敷設委員等職。1896年，他彙集1873至1895年投刊於《中外新報》、《萬國公報》之各篇而成《主津新集》，於日本橫濱出版。[41]今人吳文星歸納該書主要內容時指出：「李氏二十年間反覆申論者，在於籲請當局因時變法，根本地仿習西方的政教制度和科學技藝」，強調富強首務為修天道、革吏治、興西學、置日報諸端[42]；「衡之其倡議變革政教之主張，固然其將基督教信仰視為實施西方政法之前提有待商榷……唯不可否認的，當西教仍為大多數時人視為異端時，李氏竟獨排眾議，指稱其為中國變法圖強之大本，足見其膽識非凡；同時，其改造國民性格以應變法之需之主張，的確極為高明正確而無所爭議。」[43]李春生顯然屬於較早接受「現代」洗禮的人物，而這得益於他作為廈臺之人而具有的較早接觸西方文明的條件和視野。這一事例也可說明，由於較早成為通商口岸和西方文化的較早進入，廈門的「現代化」進程走在臺灣前面，而在日據之前，臺灣的「現代」因素主要由中國大陸輸入。

日據後，不少臺灣文人內渡或來往於兩岸之間，他們從廈門（閩粵）等地接受了許多「現代」的因素。像施士潔的《法蘭西國大革命歌》，寫了他閱讀世界歷史後的感想。作者承認這種閱讀對開闊視野的作用：「老民蛛隱心太平，未讀西史猶孩嬰」；讀了之後，則對西方政治經濟等各種學術思想和社會制度多所瞭解，並可以史為鑑。施士潔甚至從嚴復所譯《天演論》中「合群」之說中獲得啟發，促使晉江施氏宗族由分裂爭鬥轉化為整合認同[44]。又如，許南英於1903至1904年間於陽春任知縣半年即調署陽江，調離時作《留別陽春紳士》六首。從詩中可見許南英當時頗受新思潮影響，傾向於學習西洋新法，改革圖強。其第三首對當地人因觀念保守而未開採豐富之地礦表示惋惜；第五首中，作者對中國、亞洲日漸落後於西方充滿憂慮，呼籲學界改良，自強保種。1909年所作《臺

感》中，則有「天演例原優者勝」之句；《秋懷八首和邱仙根工部原韻》中有「黃種近編新憲法，青年待起自強軍。暮笳曉角何悲壯，愛國歌聲動地聞」的詩句，對革新自強、衛國保種行動加以讚頌。後來許地山在《窺園先生詩傳》中說他父親當時「對於新學追求甚力，凡當時報章雜誌，都用心去讀；凡關於政治和世界大勢底論文，先生尤有體會底能力……他底詩中用了很多當時底新名詞，並且時時流露他對於國家前途底憂慮，足以知道他是個富於時代意識底詩人」[45]。許南英曾數次返回臺灣，必然將其接受現代新事物的心得與其南社詩友相交流。

自乙未割臺之後，「雅堂渡海旅居廈門，十年間凡四次。十八九歲時，日軍進入臺南，父喪，到廈門尋求升學就業出路，皆無成」；二十四五歲時「馬兵營故園被日人購築法院宿舍，族人星散，到廈門捐監，赴福州應經濟特科鄉試，不第，留廈門主鷺江報筆政。二十七歲侍外姑王氏，渡海省視外舅病月餘。」[46]其《劍花室詩集・外集之一》所收詩作，說明從乙未至辛亥這段期間內，作者所受新思潮影響。《讀西史有感》中，有「登天早信非難事，縮地於今亦有方。一自殺蛙生電後，上天下地任翱翔」詩句，表現了對世界科學技術進步的關注。他對西洋的學術思想和理論也有頗多吸收。其《讀盧梭民約論》詩云：「平生最愛盧梭子，民約思潮湧大球。革命已成專制死，文人筆戰勝王侯。」此時對連雅堂觸動最大的，是嚴復所譯《天演論》中所傳達的進化論思想和自強保種精神。《丙午除夕書感》寫道：

六載混溟握筆權，又從鷺島築文壇。漫談天演論成敗，一例人生孰苦歡。君子乘時能豹變，英雄末路且龍蟠。年華如水心如火，彈指風光歲已闌。

此詩寫於1907年初，早幾年連雅堂從大陸返臺後曾擔任《臺澎日報》社漢文部主筆，工作之餘，他學習了日文，閱讀了日本維新史，接觸了海外革命、維新兩派的理論，並曾到廈門、福州等地，考察當時中國國內形勢。1905年日俄戰爭期間，連橫攜眷渡廈，與人創辦了《福建日日新報》，所辦報紙由於鼓吹反滿，得到南洋同盟會讚賞，引為同道，曾派閩人林竹癡來廈，商議將報紙改為同盟會機關報。該報還積極參與反美華工禁約運動等，報館被清政府關閉，連橫才被迫返回臺南。在廈門，連橫還有《留別林景商》，其中有詩句云：「合群作氣

## 社團、思潮、媒體：臺灣文學的發展脈絡

挽洪鈞，保種興王起劫塵。我輩頭顱原不惜，共磨熱力事維新。」表達了團結一致，力促維新，以保民族生存的決心。又有《作客鷺江，次莊仲漁旅次題壁》一詩，除了接受「塵塵世界無公理，民族生存日競爭」的進化論觀念外，並表示了要走在時代的前列，率先接受新思潮、新觀念的意願。

1904年4月，連橫於廈門《鷺江報》旬刊第61冊上發表《惜別吟詩集序》，表達其對女權運動的看法。文中寫道：

> 臺南連橫歸自三山，留滯鷺門，訪林景商觀察於怡園，縱談人權新說，尤以實行男女平等為義。酒酣氣壯，景商出詩稿一卷，云為榕東女士蘇寶玉所著，其身世詳於乃兄干寶序中。連橫讀竟而歎曰：中國女權不振，一至於此歟！三綱謬說，錮蔽人心；道德革命，何時出現？……晚近士大夫倡言保種，推原於女學不昌，是誠然矣！……寶玉生於寒門，明詩習禮，因父醉語，誤適非人，時年猶未笄也。向使女權昌熾，人各自由……何至含苦難言，寄託於吟詠間，自寫其抑鬱牢騷之氣？……余不為寶玉責，而特罪夫創「父為子綱，夫為妻綱」者之流毒至此也。同此體魄，同此靈魂，男女豈殊種哉？而扶陽抑陰者，謂女子從人者也，奴隸待，牛馬畜，生死榮辱，仰息他人，莫敢一破其網牢。若曰此女誠也！此婦道也！……近者中原志女，大興婦風，設女學、開女會、演女報者接踵而起，寶玉丁此時勢，埋沒於荒陬僻壤，不獲與吳擷芬、張竹君、薛素琴輩把臂其間，寶玉誠不幸矣！猶幸其能以詩傳也。嗚呼！中原板蕩，國權廢失，欲求國國之平等，先求君民之平等；欲求君民之平等，先求男女之平等。灑筆書此，以告景商，並以質天下之有心人也。

文末注明壬寅冬十月望日書於「鼓浪洞天之下」。連雅堂在1902年就對「父為子綱，夫為妻綱」的封建倫理大聲撻伐，並將其當作追求國家之間平等的基礎，如放在十多年後的新文化運動中，也並不遜色，可知其走在時代之前列，同時也令人想起稍早林紓的《興女學》、《謝蘭言》等作品。

另一波更大規模地從廈門接受新思潮，是1910、1920年代。當時來廈就學的臺灣青年驟增，時值五四新文化運動蓬勃展開，臺灣青年得以大量接受大陸新興思潮的薰染。賴和來廈雖非留學而是任職於醫院，但擴大視野、接受新知也是

其動機之一。除了因長男早夭、心情鬱悶，時為同盟會會員的好友翁俊明遷居廈門，以及為了反日而離開臺灣，欲以總督府醫官的身分為掩護，施仁術以救濟大陸同胞的病苦，且方便觀察中國的政情等之外，從《歸去來（由廈門博愛醫院掛冠時作）》一詩中的「吾生仍墜忉利宮」，「冥蒙穢毒神所棄，復為擯之東亞東」，「四顧茫茫孤島峙，昂頭無隙見蒼穹」，「歐風美雨號文明，此身骯髒未由沐」，「雄心鬱勃日無聊，坐羨交交鶯出谷」等詩句中，或還可推測賴和不願拘囿、困守於臺灣孤島上，希望透過大陸之行，開闊眼界，接受更多現代文明的洗禮。後來賴和鼓勵其五弟賢穎赴廈門入集美學校，說明賴和將廈門視為臺灣青年接受新思想、新觀念的淵藪之一。

　　賴和離開廈門的前一兩個月，正值五四運動爆發，他顯然已感受到五四追求科學的精神，此後作品中時常出現的反迷信主題，在此已露端倪，如《仙洞》一詩中有「媚世僧多鄙，祈靈俗盡同」之句。除了遊覽景觀，流連於鄭成功相關古跡遺存以接受民族意識的薰染外，賴和的視線還流連於周遭的社會現象和民眾生活，大陸的貧弱戰亂、民不聊生的狀況，給賴和深刻的印象，對於他後來的救國救民志向和反帝反封建文學主題的確立，有著深刻的影響。《廈門雜詠‧鄉村》寫道：「萬家煙突幾家生，破屋斜陽戶不扃。零亂瓦磚餘劫火，流離骨肉感飄萍。數聲野哭雲沉黑，滿眼田荒草不青。匪患初安兵又到，一村雞犬永無寧。」當然，賴和更為關心的是整個中國。《同七律八首》之四寫道：「茫茫大陸遍瘡痍，蟲病方深正待醫。蠢豕直成真現象，睡獅猶是好名詞。未嘗世味心先醉，聽慣民聲耳亦疲。如此亂離歸不得，排愁無計強吟詩。」給林肖白的詩則寫道：「莽莽神州看陸沉，縱無關係亦傷心。回天有志憐才小，填海無功抱怨深……」這些詩充滿了對於貧弱、戰亂中的大陸的憂慮，同時還極為深刻地提到了醫治國病的問題。《於同安見有結帳幕於市上為人注射嗎啡者趨之者更不斷》一詩，開頭更明確地寫道：「人病猶可醫，國病不可醫。國病資仁人，施濟起垂危。今無醫國手，坐視罹瘡痍。」[47]詩人似乎已認識到還有比醫治個人的肉體病痛更為重要的，這就是醫治國家政治、經濟制度之病，國民精神之病。魯迅正是由於認識到醫治國人的精神病症比醫治肉體病症更為重要和迫切，因此「棄醫從文」；而賴和作為一個醫生，後來雖沒有「棄醫」，但同樣走上文學的途程，這一人生道

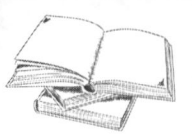

## 社團、思潮、媒體：臺灣文學的發展脈絡

路，和魯迅是頗為相似的。而這和賴和在廈門時親身觀察和感受到的大陸的貧弱及其國民的精神病症，應不無關係。這或許是賴和的廈門之行對他後來的文學創作產生最深遠影響之所在。

與賴和相比，張我軍的廈門之行更有著開闊視野的直接意義。連載於1926年2—3月間《臺灣民報》的《南遊印象記》描寫作者出行到臺灣南部，過了新竹，漸漸便看得見碧藍的海，「我每次看了海，似回到故鄉，遇見愛人似的。實在，海是我的故鄉，是我的愛人。我看了海，就有無限的感慨」。接著說明其原因，竟是兩年的廈門生活所致。他寫道：「自今五年前，我從基隆搭船到廈門，這是與海接近的第一次。自是，在廈門、鼓浪嶼輾轉過了兩年。這兩年之間，我受了海的感化和暗示不少。早上，太陽將出未出之時，我站在岩仔山腹的洋樓的欄杆之旁，兩眼注視那蒼茫的大海，一直到盡處——是海是天已分不出的地步——凝視著、放歌、馳想……晚上，月亮剛上了山頭，照得一面白亮亮的銀海，我站在山腹，兩眼注視那白茫茫的銀世界，一直到盡處，凝視著、放歌、馳想……。」大海對於張我軍，竟有非同尋常的意義。他寫道：「自從領略了海的感化和暗示之後，我就不想回到如在葫蘆底的故鄉了。後來再奔波各處，數年之間，不斷地與海相親。現在不得已在狹的籠內過狹窄的生活，還時時想要乘長風破萬里浪，跳出臺灣，到海的彼方去！」由此可知，在廈門的兩年生活，堪稱張我軍「一生的轉捩點」（張我軍哲嗣張光直、張光正語），使他跳出了比較保守、陳舊觀念的拘囿，走向了海洋，在海洋精神的洗禮和激盪下，形成了開放、進取的思想觀念，這對他接受五四新文化和新文學，摒棄陳腐的封建舊文化和舊文學，應具有關鍵的意義。

賴和五弟賴賢穎求學廈門後，又考上北京大學，因此成為賴和閱讀大陸書刊的重要來源管道。其小說《女鬼》[48]寫了人物在旅廈後所受新思潮的衝擊和洗禮。當時臺灣相對守舊，封建禮教、迷信等昌熾，這應與日人的愚民政策有關。林家城醫學院畢業後不願回鄉開醫院，卻往廈門去了，回來愈加古怪起來了，什麼「老人可以討夥計（小老婆），倒不准許少年人娶個意愛的女子」這樣的話，使自己得了「古怪先仔」的稱呼。但那樣一個時代，世界本身不就是古怪的嗎？什麼坦克炮車、潛水艇、瓦斯炮接踵而至，「林家城當時在廈門……適逢那四三

千年來的老大國，又正亂著洪洪洋洋地吼叫著新生的大合唱，精壯結實的一般青年，全都擎起了新的建設的旗幟，直向光明的去處邁進著」，林家城的心難免為之所動。返臺後聽到的又盡是「諸種稅款愈徵愈重了」「物價越騰貴了」等等「掙扎著只求一活的呻吟」，加上自己將被迫與無智識的陌生農村女子一起生活，於是臉上越發浮現「乾澀鈍凝的微笑」。小說寫出了在大陸受到五四新思潮激盪的回鄉臺灣青年與仍相對落後、保守、迷信的社會環境的矛盾。「家城先」被稱為「古怪先仔」，其實真正「古怪」的是當時臺灣社會。這與魯迅書寫「瘋子」、「狂人」，具有相同的旨趣。

除了啟蒙思潮外，廈門還是臺灣接受左翼革命思潮的重要來源地之一。共產黨人翁澤生、蔡孝乾等，都曾來到閩南就學和從事革命活動。1920年代前期的集美學校，聚集了一批進步教師（其中不乏作家、詩人），一波又一波進步學生運動（學潮）迭起，而「臺灣革命僧」林秋梧、「臺灣話文」宣導者郭秋生，其時都曾在集美學校學習或工作過，難免受其薰染。廈門（大陸）還是在臺島從事抗日革命活動的左翼青年的嚮往之地或「大後方」。臺灣農民運動先驅者李偉光（即李應章）是一明顯例子。李應章祖籍福建同安，出生於彰化，從小祖母就把日本侵占臺灣時的殘暴情狀講給他聽，並稱死後要把骨頭搬回唐山去。父親因沒有中醫的正式執照，常被日本員警凌辱或罰款，給李應章種下了反抗日本的思想感情。他七歲時進私塾學漢文，在家加學四書五經。在學校裡曾和同學結拜，誓要反抗日寇。公學校畢業後，在家裡的中藥鋪當學徒，自學《傷寒論》、《脈學》等中醫書，也看了不少詩詞、《飲冰室文集》以及《水滸傳》等文學書籍。因不甘心埋沒於農村，經向父親一再要求，上了彰化商業實業科。該校學生思想活躍，要求圖書館訂購北京《新青年》雜誌，從中瞭解了大陸進步思想，喜愛詩詞的同學組織了「藝吟社」，經常集會作詩聯吟。1916年李應章考上了臺北醫科專門學校，他曾在在課餘組織詩社，又和同學組織「弘道會」準備進行反日活動。他常到書店閱讀日本左派書刊，如大杉榮、山川均等人的著作，同時受到北京《新青年》的啟發，曾發起反對「舍監」貪污行為的學生會活動。大陸「五‧四」運動消息傳來，給他很大刺激，又受到第一次世界大戰的民族自決潮流的影響，奠定了民族意識的基礎。他們幾個同學和廈門來的學生於學校地下室，在所

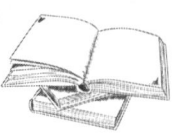

社團、思潮、媒體：臺灣文學的發展脈絡

謂「始政紀念日」當天祕密舉行了「島恥紀念日」集會，向大陸的五色國旗行禮，表示決心。1920年醫學校將畢業時，他和同學們一反過去到日本做畢業「修學旅行」的慣例，組織觀光團到當時的革命根據地廣州旅行——經廈門、汕頭、香港到廣州，參觀了黃花崗烈士墓和孫中山的軍政府等，聽一位中學校長兼軍政府議員的介紹，受到很大鼓舞。透過這次旅行，他體會到大陸革命的偉大，並目睹了日本人到處耀武揚威，更明確了革命道路。

返臺後李應章參與了臺灣文化協會的組建，回到家鄉，在實際調查、活動中對糖廠的剝削制度有了深刻瞭解。他們組織農村講座、夜校，自己當講師，還編了用閩南語唱的《甘蔗歌》，於1925年元旦召開蔗農大會，議決組織蔗農組合，成為近代臺灣的第一個農民組織。組合成立後，要求廠方提高甘蔗收購價格並取消不合理制度，在遭蠻橫拒絕後，決定發起鬥爭。李應章因此被捕判刑入獄，其間曾由日本著名進步人士麻生久保釋暫時出獄。在監獄的苦役中，李應章曾寫下一首以中國傳統的詩歌意象來象徵自己的品格和氣節的詩：

朔風凜冽鐵窗寒，短袖紅衫（日本囚衣）一領單；幸得身如松與柏，凌霜傲雪不凋殘。

李應章出獄後才知道服役期間家被火燒毀，父親病故。他繼續組織蔗農爭取自己的權利，發動了不種植甘蔗運動，迫使廠方接受蔗農要求。1930年10月，臺灣民眾黨在彰化開會時，李應章反對日本殖民當局要求該黨修改階級鬥爭綱領，發表了「寧為玉碎，不為瓦全」的激烈言論，再次遭遇日本員警的搜家警告。於是李應章在設法領取離臺護照後，於1932年正月初一離開臺灣，前往廈門，在鼓浪嶼開設了神州醫院，並找到了共產黨組織。後來組織遭破壞，他來到上海，開設偉光醫院，繼續長期從事革命工作，並時時關心臺灣，曾編輯出版革命刊物送進臺灣，也曾領導在上海的臺灣同胞的活動。1932年離臺前往廈門時，在船上詠得一首七律詩：

十載杏林守一經，依然衫鬢兩青青；側身瀛海豺狼滿，回首雲山草木腥。潮急風高辭鹿耳，雞鳴月黑出鯤溟；揚帆且詠歸來賦，西望神州點點星。[49]

所謂「西望神州點點星」，正說明大陸是臺灣同胞脫離虎狼之地的寄望所

在。李應章曾表白他前往廈門的重要原因：深刻地認識到如果大陸革命沒有成功，在臺灣無論怎樣是搞不出什麼名堂來的。這種將臺灣擺脫殖民統治的希望寄託於大陸革命成功和強盛的思想，在當時的臺灣同胞中，是頗有代表性的，並展現了臺灣文學走向「本土化」的必然趨向。

## 三、與「殖民」並行的「本土化」現象

日本統治臺灣後，日本人和臺灣人之間的關係，呈現十分複雜的情形，其間既有對立和對抗（武裝的或文化的），也有籠絡和諂媚，在一般民眾之間，有時還建立了親密的友情，甚至基於共同的階級立場和革命目標而成為休戚與共的「同志」，如日本進步人士麻生久就曾搭救過因發起蔗農運動而入獄的李應章。施士潔在閩南也與日本人有頗多往來，如日本詩人袖海館森鴻、串宇鈴村讓，日本駐廈門領事官菊池義郎，旭瀛書院掌教小竹德吉，以及在廈五年的詩友山吉盛義（米溪），短期來廈觀光的青山潔、水野、伊藤欣造等，都相與酬唱。即如近代愛國詩人許南英返臺參與南社活動時與日人唱和，其中也有一些具有媚日傾向的詩句。不過，它們有的是特定背景、條件下的產物，有些明顯是應景之作，應作具體分析，而不必一味苛責。[50]其實，施士潔、許南英以及內渡後對廈門的建設貢獻頗多，並在鼓浪嶼建立「菽莊花園」、創設「菽莊吟社」的林爾嘉等，其詩作中都充滿了「棄民」、「遺民」的感吟和民族意識情感的堅持和守護。如果說「本土化」以民族意識、情感為基調和觸媒，那他們的不少詩作已具有明顯的本土化傾向。如施士潔《後蘇龕合集》中多次出現「吾華」、「吾國」等詞語，明白昭示其民族認同。其《贈日本醫士貴島旭園健，時將由廈渡臺》詩云：

文明播殖又瀛東，肘後千金國手雄。一自好風吹鷺廈，驀然春氣遍鴻濛。求師願下長桑拜，贈句深慚短李工。從此隔江雲樹渺，何時把釣訪涪翁。

吾華千載岐黃術，傳者如今有幾人？盧扁支流承二聖，海山初日照三神。能醫俗骨方醫病，先活良心次活民。獨我知君醒世旨，白雲來去了無塵。[51]

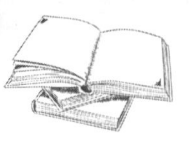

## 社團、思潮、媒體：臺灣文學的發展脈絡

詩中肯定了日本醫士來廈行醫為傳播文明之舉，但更多是對貴島氏傳承中醫的稱譽，如果聯繫到當時鼓吹新思潮、新文化者，大多對中醫嗤之以鼻，而施氏卻對中華醫學，飽含著崇敬之情，令人感受其於中華傳統的特殊情懷；至於「能醫俗骨方醫病，先活良心次活民」，更與後來賴和的醫「國病」之說，有異曲同工之妙。

臺灣同胞在廈門更形滋長的民族意識和「本土化」傾向，與他們目睹臺灣總督府的「對岸」政策所造成的對閩廈的傷害有密切的關係。臺灣籍民問題是這種嚴重傷害之一。賴和在其《廈門雜詠》詩中有云：「門牌國籍注分明，犯禁公然不少驚。背後有人憑假借，眼中無物任縱橫。」抨擊的正是某些被稱為「臺灣呆狗」或「日籍浪人」者，依仗日本帝國的權勢和保護，在廈門胡作非為的情形。翁澤生僅見的一篇小說作品《誰誤汝》[52]，寫一位名為「臺魂」的臺籍青年在月色籠罩的返臺船隻甲板上，一邊向故鄉父母和大陸表達其愛慕懷想之情：「啊！中華！故國！我很愛慕汝，很盼望汝，我們舊同胞！我希望我們漢族的提攜，趕緊起來，打破無公理的強權，（恢）復我們的自由，建造我們光明的新世界」，一邊卻灑下深自懺悔的眼淚——原來，三年前臺魂胸懷遠大高尚的志願，從臺灣西渡來到廈門，未料卻和一幫不七不八的臺灣同鄉混在一起，掛起日本籍民招牌，「仗了領事的護符」，橫行霸道，無惡不作，幹起虐待舊同胞的事來，如到中國人家去收帳比前清官員更凶一倍，人家來收帳就待其如同乞兒一樣，另外還設賭場，開煙館，本想得些橫財衣錦歸鄉，哪知天天抽鴉片、逛娼寮，連鴉片館和賭場的資本都用盡了，最後發展到當強盜，仗著「汝們政府有什麼辦法來辦我們呢」的特權和蠻橫，持槍洗劫錢莊。想到這些，臺魂「心臟更覺痛悔，更加苦楚」，「忽然從他喉中，一道紅血水龍似的噴出來」，身子顫慄非常，淚流如雨；他「凝視那高尚的月兒，慢慢向東方行了最後的敬禮」，一道黑光般投入海中自盡。月光和海波聲似在哀悼這位可憐的青年；「領事裁判權誤我」，「領事裁判權誤我」！臺灣海峽的流水千古迴響著臺魂的這一哀音。小說反映的同樣是某些「日籍浪人」在廈門為非作歹的情況，其主題詞則是「懺悔」和「反省」——小說的主角不以日籍身分和具有「領事裁判權」的庇護而自得，而是深切認識到自己的所作所為是多麼的可恥和可悲，在自我檢省之後，毅然用死來替自己

贖罪。小說的主題正是曾受日本殖民者的慫恿和蠱惑，然而內心深具反省意識的臺灣同胞向愛國愛鄉優良傳統的回歸。

在祖國和殖民宗主國之間，李春生的態度也頗為複雜曲折。他在廈門受洗，成為虔誠的基督教徒，後為外商買辦，到臺灣發展，成為事業有成的實業家，又是關心時務、經常在報刊上發表意見的思想家。他所經歷的正是經明治維新而崛起的日本覬覦臺灣並最終占據臺灣、進而將閩臺作為南進基地，圖謀華南和南洋的時期，作為一個基督徒，他具有普遍主義的觀點，並沒有十分強烈的民族主義精神，只要是現代、進步、好的東西，不管是中、西或日本，都可接收。因此他對於日本的態度，顯得較為微妙。當日本明治維新之初，一般人還對日本持輕視態度時，他就指出：「日本者，俗輕其夜郎自大，余獨謂其後生之可畏者。」牡丹社事件發生時，日本的侵略企圖使他感到憤怒：「日本侵臺一役，違約背盟，謀吾屬土，虐吾黎民，糜吾經費，辱吾國體，凡有血氣者，莫不痛恨切齒，共圖報復。」[53]不過，他對此事件總的卻傾向主和：「其所主和者，為吾國曆崇仁孝之治，因循成法，疏荒武備，輕弛水師，忽猝焉能抵敵之軍火，禦敵之鐵甲？且臺灣一島，本屬難資保衛，況沿海七省，口岸門戶所在，殊費籌防；臨敵備武，毋乃晚乎！是於主和者，出於勢也。不然，孰不知日本此來為奸煽惑，恃一時之盛，而欲藉端開釁，以試其鋒？吾人若不瞻前顧後，審時度勢，卒以兵戎相見，萬一失機，不免貽羞天下。職是而言和者，無非暫作緩兵，以維持大局。一旦籌備成效，何難驅敵出境？」[54]可見李春生是十分理性的，權衡利弊，洞察時勢，而寄望於中國自身的強大以抗敵。因此，他極力呼籲當政者要重視臺灣的開發，因它「雖孤島遠懸，險要地利，識者以謂東南半壁屏藩。以形勢而論，枕橫閩、浙各口，貫通西、北二洋，為東南七省咽喉重地。其利害也，有若唇齒之關。得之，藉以振國威、保疆宇；失之不但辱國體，資敵勢，且沿海七省因其戕，水師一帶受其制。外侮一動，內患　惑。臺灣一島，關係中華全域，自宜加意保守，萬勿疏忽輕視。」[55]乙未割臺，日軍登陸，臺北陷入混亂，他往迎日軍入城，與地方士紳倡設保良局、士商公會等，以協助臺灣總督府維持治安和處理公共事務，因此頗受殖民政府的籠絡和優遇。1896年曾應邀訪日64天，獲得良好接待。然而此時的他仍處於矛盾之中，徘徊於「新恩」和「舊義」之間——既感懷

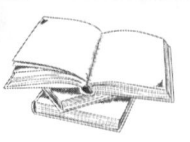

## 社團、思潮、媒體：臺灣文學的發展脈絡

日人給予的優厚待遇，卻仍難忘懷作為中國人固有的民族情感和認同，有所謂「新恩雖厚，舊義難忘」之言，而當日人排演「日清水陸戰鬥之戲」，「在他人（指日人）興高采烈，務期爭先快睹；獨予則任憑恁，終是不忍躬親一視」，以免目睹「此等削弱潰敗之恥」，「重興賈子之歎」。[56]

清末民初以迄五四前後的中國知識界，「進化論」思想風靡一時，蔚為主流，嚴復、康有為、梁啟超、胡適、魯迅等，都將進化論視為中國救亡圖存、富國強兵的強心針，連橫、施士洁、許南英等的詩中，也有接受進化論影響的明顯表露。唯獨李春生對進化論持懷疑和批評的態度。這固然與他的基督教信仰有關，但同時與他對於「殖民現代性」的深刻認識不無關聯。筆者讀其《蘇夷士河》一文，覺得其思考之獨到，確實超乎常人之上。一方面，他對現代工業文明改造大自然的活動表示接受和認可，反對以風水災祥之說加以阻撓：「化功造物，原為利濟民生。其澤者，要在知所昭事敬畏，以盡報本反始之義，則庶乎可以恆享其寵錫。此所謂『因天之道，用地之利』，既無傷厥誠命，又無害於義理，則凡有益於人世，無害於天道者，雖關河修阻，道路崎嶇，盡可任憑穿鑿開挖。於風水災祥，其奈達人也何哉？」另一方面，他對這種舉動所可能引發的各方面的問題，有著更深入的思索。文中寫道：以往西方人士航海東來者，莫不取道大西洋，環繞非洲，轉入印度洋，跋涉數萬里，然後得睹東土，不僅耗費時日，且此中乖危險阻，非筆墨所能形容！後法人於埃及鑿地數百里，開成蘇夷士河，東來西往之歐亞船舶，莫不取道於此，省卻三分之一以上路程，「斯役也，工興數年，費糜千萬，有志者成之。一旦告竣，歐洲仕商……莫不額手慶頌。」為費雖巨，然按舟納款，創者享其餘利，行者沾其平穩，「至權利與國妨礙，豈堪與俗人言哉？」同時他又指出：「孰謂法留心此道，別無所謀乎？嗚呼！王侯第宅新主，文武衣冠易時，孰謂昔之為蘇夷士者，正為英國而創業也？塞翁失馬，安知今之蘇夷士，不有他年之新主？方今英、法謀鑿地道，雖欲變海為陸，以利商旅，在智者未必許其無關於歐洲之局也。謀事在人，成事在天；千日造船，一日渡江。英之留心於時局者，亦可概見其一斑矣！我雖不為不因天之道，用地之利者弔，而亦不為用地之利，而不因天之道者慶。善體天心者，良以鑑歟！毋曰『人力可以奪天功』耶也！」[57]作者指出蘇夷士運河的開鑿固然帶來很

大便利和經濟利益（此可謂現代文明之功），但卻可能損害了當事國的主權，開鑿此道者，未必別無圖謀，這可說深刻觸及了殖民現代性問題。至於作者表白：「不為不因天之道，用地之利者吊，而亦不為用地之利，而不因天之道者慶」，並對「人力可以奪天功」表示懷疑，可說達到了對於科學文明的反思。

當李春生以此視角看待進化論時，也就有了一些與眾不同的發現。他指出進化論有可能成為列強侵略弱小國家民族的口實：「（《天演論》等）自其馴者讀之，堪資鼓勵民志，誠可佳也。若在黠者行之，正以激其生心劫奪，小者狡謀不義，大者若列強之攫取殖民土地者，何一而不循此物競方針，以掠奪他人之邦國？讀者宜其必援此為鑑，庶乎可焉者矣！」[58]他還指出歐洲黃禍之說「並非耶穌敬天愛人之教」，而歐洲流行的進化之說，鼓吹生存競爭、優勝劣敗，是導致亞洲陷入西方列強瓜分的導火線。[59]李春生之所以有這些特殊的認知，與他身處閩臺，較早接觸西方、日本殖民主義的經歷有很大關係。

李春生在基督教傳播和進化論等問題上的思索，是他認識殖民現代性而呈露「本土化」傾向的顯著例子。在中國思想界仍認為西方物質較強，東方精神較強，要「中學為體，西學為用」時，他就認識到政教變革以及改造國民性的重要性，這一點在時人之上。由於他將基督教當作中國變革的主要方法和思想武器，而基督教要在中國傳播，即須「本色化」，為此不妨使用方言和漢語「白話文」。如在1904年10月臺灣北部長老教會的第一個中會（「第一回臺北長老中會」）的首次會議上，李春生就建議紀事冊須用漢字白話文，並當場經會眾接納通過。他曾寫道：「余於是觸耶穌賜權方言，深有感焉。當夫天道盛行於猶太，其始奉命使者，宣示帝旨，莫不隨在操彼方言，以導斯民。及後救主復生，亦以方言之權，賜諸使徒，令往天下萬國，播揚福音真理，行見上帝愛人之心，幾於無微不到。」因此，「有志推行天道於中國者，尤當善體此心，精習此間之語言文字，講究彼此文理，摘用合式字義。」除了使用本土語言外，更重要的，李春生試圖將中國的傳統儒學與基督教相融合，認為基督教所傳之「福音真理」，即中國經典中的「天道」，翻譯聖經中，「神字當改為上帝；神理宜改為天道」，以使中土人士，「咸知斯教實為天道」。[60]他試圖借用魏晉以來以中國固有思想來理解詮釋佛教思想的「格義」方式，在《聖經闡要講義》中，他援用《詩

經》、《論語》、《孟子》、方孝孺《深慮論》及其他傳統儒學經典來解釋基督教教義。在批判進化論時，採用的「武器」其實就是傳統儒家思想和價值觀念。他曾寫道：

「天地之大，人猶有所憾」，斯言也，是鄙夫徒講理而不明道者……因其生也，稟有寡恩刻薄之根性，錙銖必較，纖毫不諒，早一刻則不接，遲片晷則不待。所至鼓吹自由平等，均富平勢，隨在絕唱物競天擇，人治天行，言則合群團體，公理進化，説皆優勝劣敗，強存弱亡。心如磁石，志若鋒刃，絕無絲毫仁讓寬恕之念，名曰誨人、格物、窮理，實則啟人角逐爭競，但圖一己意願情趣，不恤他人腦力血汗，操行如是，稍有不遂，則扶膺暴跳，跼地踏天。若彼赫胥黎輩之為《天演論》者，幾皆此類也……是故天之生有聖君賢佐、正士端人，使其設社立教，講道德、宣仁義，是欲其資此以彌縫角逐競爭、戰爭亂亡之缺憾……斷未有身為格致哲學鉅子，而忍著書立説以禍世。若彼赫氏之創為《天演論》，命意專在謗瀆道德，諆詆仁義，借期覆滅宗教神學。而其最不能相容者，猶在造物真宰，故凡言皆證萬物無主，庶類是由自然遞變而來；其次則誨人必競必爭，必優必勝，謂不如是，則不能存立於人間世。無奈其所援為口實者，皆持之有故，説亦近理；加有嚴復先生深文周內之筆，加以譯詮。故自正面觀之，未有不歎聖人復起，説皆至理名言，若由背面細考詳察，幾無片言隻字，不是傷天理、滅人道，我不知其居何心而甘出此。藉曰有不共戴天讎恨，亦只可報之私家個人，萬不宜下此毒手，抒為是論，以熒惑世界，煽亂天下……[61]

為此，李春生「恐支那諸學者，為彼鼓惑搖撼，不得已，錄其全書，合上下兩卷為一冊，並嚴復先生所案勘語，按篇分段，逐加書後如左，且標其名曰《天演論書後》，用質有道君子。」

論者指出：李春生的立論，「雖是站在基督教護教的立場，但不失儒家格致、誠意、正心、修身、齊家、治平的宏旨。」[62]這是頗為準確的。

信奉基督教的李春生難脱「本土」情結，而本身就有較強烈民族主義情感的連雅堂、洪棄生等，從接受「現代」事物而最終轉向傳統堅持的「本土」傾向，就更為明顯和理所當然。強烈的民族精神是閩臺人士很難接受「全盤西化」之類

的主張，而表現出堅守傳統的較為保守的文化性格的重要原因。日據後臺灣傳統文人接收「現代」事物和觀念並試圖加以傳播，其「啟蒙」意義是顯而易見的。不可否認這種接收經過了日本的仲介，無形中加深了「現代」來自日本的印象，吻合了日本殖民者自我標榜的其統治將帶給臺灣「現代化」的說辭。然而部分傳統文人卻從臺灣社會的現實狀況中，認識到這種「現代化」未必給臺灣人民帶來幸福，觸及了「現代性」和「殖民性」的深刻矛盾。這一主題在後來的臺灣新文學中有更全面地展開，但很早就已有部分傳統文人感受到此，並在其作品中加以揭示。當然，民族主義和對殖民現代性的認知，何者是原生的，何者是派生的，可能很難分得清楚，但一經形成，它們之間就具有了一種相互啟迪和加強的作用。也就是說，民族主義促使臺灣作家能夠很快感受殖民現代性的真相及弊端，而認知了這一真相和弊端後，則更加強了他們的民族主義意識。而這二者，構成了「本土化」產生的基礎和必然性。由此也可知，臺灣社會觀念及文學的「本土化」進程，伴隨著殖民時代的開始，也就揭開了它的序幕。

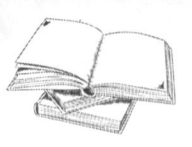

# 「道問學」與「尊德性」——胡適派學人與現代新儒家的「漢宋之爭」

蔣小波[63]

## 引言

「漢宋之爭」本是清代學術傳統中的老話題。據胡適的解釋，清初的學者，嫌宋儒用主觀的見解，來解古代經典，有「望文生義」，「增字解經」種種流弊。尤其有感於王學末流束書不觀、高談心性的作風。主張透過文字訓詁、版本校勘以及真偽考辨等手段來恢復古書的本來面目，「以佛家之說還之佛家，以宋儒之說還之宋儒，而以三代之說還之三代」。且以為漢代去古未遠，漢人治經比較接近本來面目，所以主張師法漢代經師，所謂「拔趙（宋）幟，易漢幟」，並自命這種以考據、訓詁為業的學問為「樸學」，以區別於宋明高談性理的「理學」。

一般都認為清代學風導源於晚明諸子，顧（炎武）、黃（宗羲）、王（夫之）、顏（元）諸人，經歷巨變，痛定思痛，以為明末王學一派空談心性的學風難辭其咎，故起而矯之。顧炎武提出「舍經學無理學」的命題，以救時偏。「舍經學無理學」一語，顯然並非一句「回到經典」所能簡單道盡的。它他標榜的，實乃儒家經典所包涵的「經世致用」的治學方向。顧炎武這一段話說得最明白：「是故性也，命也，天也，夫子之所罕言。而今之學者之所恆言也。出處去就、辭受取與之辨，孔子、孟子之所恆言，而今之君子所罕言。……我弗敢知

也。」[64]另一個樹起反宋大旗的明季學者黃宗羲則率先向宋儒的理氣二元性學發難。二元性說是朱子理學中的核心概念，認為人性分「氣質之性」與「義理之性」（或天命之性），「氣質之性」得於後天，故有所蔽，而「天命之性」則得之於先天，乃是純理，是主宰。黃宗羲反對天命氣質的二元論，認為「氣質以外無義理」，而聖人的涵養工夫正得於氣質的培養。錢穆以為：「梨洲論學，兩面逼入。其重實踐，重功夫，重行，既不蹈懸空探索本體、墮入渺茫之弊；而一面又不致於陷入倡狂一路。」[65]

梁啟超曾說：「唐代佛學極昌之後，宋儒採之，以建設一種『儒表佛裡』的新哲學」，「進而考其思想之本質，則所研究之對象，乃純在絕絕靈靈不可捉摸之一物。少數俊拔篤摯之士，曷嘗不循此道而求得身心安宅？然效之及於世者已鮮，而浮偽之輩，掇拾浮詞以相誇煽，乃甚易易。故晚明狂禪一派，至於『滿街皆是聖人』，『酒色財氣不礙菩提路』。」[66]此種論調，最能道出清初學者反對宋學的心態。

宋儒由於援佛道以入於儒而建立了儒學的形而上學體系，事實上是世界學術文化交流融通中的正常現象，近代以來，西學傳入之後影響並改變了中國的學術形態，即是一例。但在清初及後來以「漢學」相標榜的人士看來，卻是離了儒家的正道而入於魔道。顏元說得最堅決：「必破一分程朱，始入一分孔孟」。故而亭林、梨洲之後，毛奇齡、閻若璩、胡渭之流專從辨偽的角度攻擊宋學。毛奇齡著《四書改錯》，專挑朱熹的《四書集注》與漢儒解釋不一致之處，揚漢貶宋。而閻若璩的《尚書古文疏證》，專辨東晉晚出之《古文尚書》十六篇、及同時出現之孔安國《尚書傳》皆為偽書。胡渭之《易圖明辨》，大旨辨宋以來所謂《河圖》、《洛書》者，傳自邵雍。雍受諸李之才，之才受諸道士陳摶，非羲、文、周、孔所有，與《易》義無關。梁啟超認為，閻、胡實開清代學術的疑古之風：「蓋自茲以往，而一切經文，皆可以成為研究之問題矣。再進一步，而一切經義，皆可以成為研究之問題矣。」事實上，清代學者的疑古，主要是「疑宋」而「信古」，而它的「信古」，也主要是「信漢」。據段玉裁《戴東原先生年譜》：戴震十歲時，就傅讀書。「授大學章句，至右經一章以下，問塾師：『此何以知為孔子之言而曾子述之？又何以知為曾子之意而門人記之？』」師應之曰：

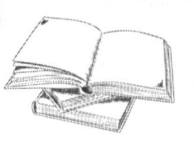

『此朱文公所說。』即問：『朱文公何時人？』曰：『宋朝人。』『孔子、曾子何時人』曰：『周朝人。』『周朝宋朝相去幾何時矣？』曰：『幾兩千年矣。』『則朱文公何以知然？』師無以應，曰：『此非常兒也。』」[67]這則故事，與其說表現了戴東原的少年天才，不如說暗示了一種時代風氣。

　　按照梁啟超《清代學術概論》，清代「漢學」，經顧（炎武）、黃（宗羲）諸人開其端（梁啟超稱之為清學的「黎明運動」），閻（若璩）、胡（渭）、梅（文鼎）、顧（祖禹）諸君承其緒（梁啟超稱之為清學的「啟蒙時期」），至戴震與惠棟達到「全盛時代」，梁啟超在描述清學的全盛時代時用了「群眾化」一時來形容，可見當時讀書人之靡然向風。惠棟一派的治學方法，信奉「凡古必真，凡漢皆好」，認為「漢經師說與經並行」。事實上，乾嘉學派洋洋大觀的訓詁學、文字學、音韻學、校勘學成就都是基於恢復古學「真面目」這一動機出發的。但天下之事業，盛極而衰，必有其理可循。「漢學」一旦群眾化之後，其「疑宋信古」的金科玉律，事實上也失去了它最初的革命意義。梁啟超認為：乾嘉鼎盛時代的「漢學」群眾化運動，功過參半，「篤守家法，令所謂『漢學』者壁壘森固，旗幟鮮明，此其功也；膠固、盲從、褊狹、好排斥異己，以致啟蒙時代之懷疑的精神、批評的態度，幾夭於焉，此其罪也。」[68]平心而論，戴東原在乾嘉鼎盛時代的『漢學』群眾化運動中是一個異數。一方面，戴震將清代考據、訓詁、音韻，乃至天文曆算、六書九數那一套功夫，推演到極致，其淵博精深，冠絕群倫。[69]同時他也將「唯古不真」的信條發揮到極致。指斥那些好言義理的士子，「先坐不識字」。認為「經之至者道也，所發明道者其詞也，所以成詞者字也。由字以通其詞，由詞以通其道，必有漸。」又說：「誦《堯典》數行，至『乃命羲和』，不知恆星七政所以運行，則掩卷不能卒業；誦周南召南，自關雎而往，不知古音，徒強以協韻，則齟齬失讀；誦古禮經，先士冠禮，不知古者宮室衣服等制，則迷其方，莫辨其用。」[70]

　　余英時認為戴震將「漢學」的知識主義導入一個更徹底的方向，可謂中肯之論。但是，與乾嘉諸子不同的是，戴震並不滿足於乾嘉意義上的知識主義，而是要將知識轉向明道與求道的歸途。在戴震看來，小學文字功夫，只是扮演了一個「轎夫」的作用，而聖賢傳經的義理，才是「轎中人」。正是在這一點上，戴震

既不滿足於宋學,也不滿足於漢學,而是兼排漢宋,以為:「聖人之言在六經:漢儒得其制數,失其義理;宋儒得其義理,失其制數。」[71]

關於戴震與宋儒的義理之辯,胡適的分析甚為詳透,下文將專門討論。在這裡需要提及的是,正是在「有志明道」這一點上,戴震區別於一般地乾嘉考據派,同時也開啟了「漢學」內部的異端。一方面,戴震樹立了一個考據學上幾乎難以超越的標本,足以垂範後學,而同時他又在為考據而考據的時代風氣中暗暗為義理之學張目,因而也間接地鼓勵了「漢學」的反動派。比如說章學誠就私下裡引戴震為同調,以為:「凡戴君所學,深通訓詁,究於名物、制度,而得其所以然,將以明道也。時人方貴博雅考訂,見其訓詁、名物有合時好,以謂戴之絕旨在此。及戴著《論性》、《原善》諸篇,於天理人氣,實有發前人所未發者,時人則謂空說義理,可以無作,是固不知戴學者矣!」[72]

梁啟超在《清代學術概論》中將乾嘉考證之學稱為清學的「正統派」,當然是就其在「學者社會」中的影響力以及由此造成的「群眾化考據運動」而言,但是這種說法容易引起一種誤解,讓人以為考據學成了清代的官方學術。其實,清代統治當局雖然也有意無意地將清代學者的精力導入考證之途,皓首窮經,以消解晚明學者的革命衝動。但是至少在官學的正式場合,宋儒尤其是朱熹的地位仍然是不可動搖的。故而在清學的極盛時代,仍有桐城諸子起而抗之,詆排「漢學」考證脰肝瑣細,破碎大義。而尤其以方東樹著《漢學商兌》,攻擊漢學,多切中其病。在梁啟超看來,當時這些從宋學正統立場攻擊漢學的言論,之所以不能改變流俗,是因為當時桐城一派中沒有第一流的學者,陳義雖高,而其學術都不足以與惠、戴諸子抗衡,故其效力總歸於微弱。而真正瓦解漢學的,卻是入室操戈,從內部一擊的一派。梁啟超稱章學誠為解構「漢學」的第一人,此說甚耐尋味。章學誠在信古崇經的時代,高標「六經皆史」的說法,將「經」降為「史」,事實上也就撼動了信古從經一派的基礎。後來的今文學家顯然受其啟發,將乾嘉諸子的懷疑範圍擴大,真正做到了「一切經義,皆可懷疑」,康有為著《孔子改制考》、《新學偽經考》,將六經看做是孔子一人之獨創,而將乾嘉派奉為聖典的古文經學視作是向歆父子的偽造,考證之漏洞百出,結論之顛頂武斷,適足為古文家笑,但他所用的「懷疑」的方法,卻是清代「漢學」一脈相傳

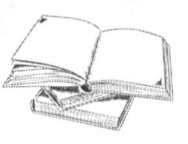

的。

在簡單地回顧了清代「漢宋之爭」的歷史之後，筆者所想要表達的意思是，所謂「漢宋之爭」，事實上包涵著多個層次的內容：第一，它是清學內部兩個派別之間的爭執；第二，它是清代學術與宋代理學關於儒家學術正統的爭執；第三，它是兩種不同的學術理路，即知識主義與德性主義的爭執。第一義的「漢宋之爭」終止學清學的內部，第二義的「漢宋之爭」則延續到現代，而第三義的「漢宋之爭」，即所謂「道問學」與「尊德性」的區分，知識主義話語與德性話語的區分，則不受一時一地門戶之判的限制，而具有一種超時空的普泛意義。關於現代學術與清學的承傳關係，時人已多所論述（陳平原《中國現代學術之建立》，丘為君《戴震學的形成——知識論述在近代中國的誕生》，羅志田《國家與學術：清季民初關於「國學」的思想論爭》），而尤其集中於章太炎、梁啟超、胡適三位的典範創造。事實上，20世紀所謂「新文化」並非空穴來風，也並非「全盤西化」的產物，而是在話頭、承傳、甚至門戶上和舊傳統（清學）有千絲萬縷的聯繫。以「漢宋之爭」這例，我以為這一清學內部的老話題並未隨著朝代的轉換嘎然而止，而是改頭換面，並結合許多西來的新名詞，重新以「體用」、「道器」、「心物」等概念重新對抗，並使這一舊的形式承裝了新的內涵。

本文選取胡適派學人與現代新儒家的爭論來演繹這一現代形式的「漢宋之爭」，是基於這樣一種考量，在現代學術史，胡適大概最能代表所謂「知識主義傳統」，而現代新儒家則旗幟鮮明地承擔了宋儒的道德論述。兩派的對抗，在1920年代那場由張君勱挑起的科玄論戰中基本上亮出了各自的門戶招牌。中華人民共和國成立以後，對抗的兩派移師臺港及海外，物換人非，但問題還在，胡適派學人與新儒家諸君在臺灣及香港等地重新集結，並主要以《自由中國》與《民主評論》等刊物為陣營再次展開論戰。在關於清學的評價、考據與義理的本末、道德與知識的價值先後等問題上，雙方進行了多個回合的交鋒。

需要預先交代的是，本文所謂「胡適派學人」只是一個權宜的用法。胡適本人及本文所涉及其他當事人並未宣稱或自認一個學術流派。但研究者往往根據他

們在觀點與方法上的相似，以及由於他們在公交私誼上接近胡適而隱隱然形成的一個圈子而稱之為胡適派。雖然他們並非一概驥附於胡適，比如說本文提到的殷海光就與胡適在許多問題上存在分歧，尤其在對於清學的態度問題上更是與胡適相左，殷海光顯然是不會同意胡適關於清代「文藝復興」的提法。但是在以經驗主義對抗道德主義的立場上，殷海光仍然是與胡適站在一起的。而關於現代新儒家，時下學術界有一個比較寬泛的用法，將許多談儒家文化的人都歸並到新儒的旗下。本文遵循余英時先生在《錢穆與新儒家》一文中所下的比較狹隘的定義，主要指稱以宋明理學相標榜，結合西方唯心主義哲學來發揮宋儒的性理精神與道德內涵的熊十力門下三弟子——牟宗三、唐君毅與徐復觀。

## 一、《水經注案》與「中國文藝復興」

胡適晚年，窮二十年之功，以二百萬字的著述，從事於水經注的考證，這項「偉大」的考證事業，許多人以為不值得，以為胡適純粹是在浪費精力[73]，並有人以為胡適將學術界「已成定讞」的水經注公案翻出來，做的是一件無意義的「扒糞」工作[74]。事實上事情並不這麼簡單，胡適考證水經注，並不僅僅是為了滿足一下自己的考證癖，也不見得僅僅是「為人辯冤白謗」這樣一個表面的理由可以表達明白的。水經注的翻案文章，在胡適看來，意義重大。

所謂戴震校《水經注》抄襲趙一清、全祖望一案，是清代學術史上的大公案。事情的原委大概是這樣的：乾隆三十八年（1773），戴震入四庫館，參與四庫全書的修訂工作，並主持《水經注》的校理。越明年，戴震主校的《水經注》校理完成，武英殿聚珍本刊刻，成為當時《水經注》的官方版本。然而在戴震逝世後三年，乾隆四十五年（1870）四庫館中發現了由浙江採進之民間刊刻的趙一清《水經注》校本。據「白嶽山人」孫灃鼎記載：乾隆四十五（1780）四庫總裁王際華不知出於什麼動機，首先散布殿本《水經注》戴震「參用」了趙一清校本「而無一言及之」的謠言。但在當時即為當事人紀昀、朱筠等人加以澄

清與駁斥,並沒能激起什麼反響。然而事隔五六十年之後,道光間魏源、張穆等人重新提出疑問,撰文指斥戴震主校殿本《水經注》「襲趙」。到光緒十九年(1893)揚守敬一夜之間「恍然悟戴氏襲趙有確證」,民國初年,王國維、孟森等人進一步推波助瀾,於是一樁捕風捉影的「抄襲」案件經幾代人之輾轉流傳,「幾成定讞」。

此案經過胡適的考證,得出結論:戴震在四庫館主校《水經注》期間,趙一清本《水經注》雖已進獻四庫館,但戴並非得見[75],因而也未襲趙。而趙本與戴本的相同之處,胡適認為是屬於科學史上平行研究同時發明的案例。閉門造車,出門合轍,「更可以證明一切發明都含有時代的意義,都是時代文化的結果」。[76]

本文不想過多地涉及《水經注》一案的版本糾纏。而更關心胡適對於此案的心理分析。在胡適看來,最初傳播戴襲趙謠言的四庫館同儕主要是出於嫉妒的心理。據胡適分析,戴震當時以舉人的身分破格收入四庫館,由於他此前已經以博學與考據功夫名動京師,所以「震入四庫館,諸儒震竦之,皆願斂衽為弟子」(章太炎《訄書・清儒》),而龐鴻書則說「震入四庫館,於館中諸公最為後進,戴又性傲,不肯下人,諸公頗齟齬之。其所校勘,不盡從也。紀文達雖與戴善,而議論亦時有異同,故《水經注》武英殿本卷首提要,雖題東原之名,而校錄進,實雜出諸公之手,已非東原之舊」。[77]

然而,事過五六十年後,魏源、張穆諸人指摘戴氏抄襲,言之鑿鑿,欲斷東原之罪,又是基於一種什麼心理呢?胡適一語道破天機,指出魏默深等人「欲為朱子報仇」。甚至近人王國維、孟森等人的仇戴心理,在胡適看來,也是基於一種「為朱子復仇」的「正誼的火氣」。胡適引魏源攻戴之說為證:「平日談心性,詆程、朱,無非一念爭名所熾。其學術心術均與毛大可相符。江氏不願有此弟子也。」[78]毛大可即毛奇齡,著《四書改錯》,專攻朱子。而江氏(慎修)為戴震同鄉老師,據魏源等人說,戴震名重京師之後,對江慎修不稱先生,但稱「同里老儒」。因此構成戴震的另一條罪狀:背師盜名。對於魏、張、王、孟諸人的心理,胡適在與王重民的通信中有一段精闢的分析:

頃又重讀靜安先生《戴校水經注跋》，頗感覺這公案背後終不免有戴學與樸學之鬥爭餘波。戴學所以異於樸學，正因為東原不甘僅僅作一個「聲音訓詁名物象數」的大師，而要進一步做哲學思想的破壞與建設。純粹樸學的大學者都無此胸襟，亦無此膽力，故當時學人——除洪榜外——都不能瞭解，也不能欣賞東原的哲學著作與思想。「摩登」如靜安先生，也還不免抱此成見。靜安說東原「於六經大義所得頗淺」。試問清代樸學大師之中，誰人「於六經大義所得」不淺耶？靜安先生自己著作等身，其於「六經大義」所得幾何耶？又說他「晚年欲奪朱子之席」乃撰《孟子字義疏證》等書，雖自謂欲以孔孟之說還之孔孟，宋儒之說還之宋儒，顧其書雖力與程朱異，而亦未嘗與孔孟合。這真是沒有歷史眼光的陋見。東原痛恨「以理殺人」，就是近人所謂「理教吃人」的空氣，故頗有建設一個新思想系統的野心。他的大著作，本叫做「緒言」，後來有鑑於當時的空氣壓迫，才改稱《孟子字義疏證》。這是用偷關漏稅的手段，做廓清摧陷的革命工作。說他「欲奪朱子之席」，真是陋儒之見。說他「亦未嘗與孔孟合」，亦是全不瞭解戴學思想的歷史地位。二千餘年中，究竟有哪一個思想家「與孔孟合」耶？……所以我總覺得王、孟諸人攻擊東原竊書一案的背後不免有幾分「衛道」「護法」背景。其意若曰，「戴東原欲奪朱子之席，總不是什麼好東西，什麼『可忌可恥之事』，他都做得出來！這並不足怪！」[79]

胡適之對攻戴派的心理分析不乏神來之筆。而胡適為戴震翻案的心理動機同樣耐人尋味，胡適寫作此文的時間是1944年10月，其時王靜安、孟心史諸人均已做古。而胡適一口一個「陋儒」「陋見」痛責王、孟兩位前輩，也大違胡適平日的言論風格，胡適此時大約也不免動了一點「正誼的火氣」。筆者以為這裡面牽動現代學術史上的一樁大事因緣：整理國故與所謂「中國的文藝復興」。胡適等人視清代考據學為「中國的文藝復興」，而戴震，則是這一文藝復興運動的主帥和旗幟。所以為戴震辯誣翻案，於胡適關係重大。不僅關涉對胡適半生事業的評價問題，更有甚者，關係到中國思想史的方向。

關於「中國文藝復興」的類似說法，晚清民初曾流行一時。[80]但將這一概念系統化、「科學化」著力最多的當推梁啟超、胡適兩人。所以後人多將這筆帳算在梁啟超頭上，並非全無道理。1904年梁啟超在《新民》上發表《論中國學術

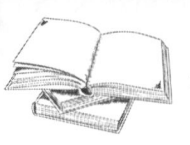

思想之大勢》，首次將清代的考據方法比附培根的歸納推理法，以為「本朝學者，以實事求是為學鵠，饒有科學的精神，而更輔以分業的組織。」並細繹其科學精神為四點：一、「善懷疑，善尋間，不肯妄徇古人之説、一己之臆見，而必力求真是真非之所存。」二、「既治一科，則原始要終，縱説橫説，務盡其理，而備其佐證。」三、「其學如一發達之有機體」，前後相繼。四、善用比較法。[81]縱觀梁啟超提出清學科學精神之四條，著眼點主要是樸學的方法論，而在義理方面，梁氏則仍然站在理學的立場上加以抨擊：「綜舉有清一代學術，大抵述而無作，學而不思，故可謂為思想最衰之時代。」而對於戴震《孟子字義疏證》與《原善》兩書的評價，則幾乎是否定的。以為震侈言義理，欲與新安、姚江爭，自亂樸學的家法。則其「情欲論」雖持之有故，言之成理，頗近泰西近世所謂樂利主義者。但是，「人生而有欲，其天性矣，節之猶懼不蒇，而豈勞戴氏之教猱升木為也？二百年來，學者記誦日博而廉恥日喪，戴氏其與有罪矣！」[82]所以，當時梁啟超對清學的態度是矛盾的。「夫本朝考據學之支離破碎，汨沒性靈，此吾儕十餘年來所排斥不遺餘力者。雖然，平心論之，其研究之方法，實有不能不為學界進化之徵兆者。」可見1904年的梁啟超對考據學的評判，還未完全擺脫今文學的立場。但是，一個「思想最衰之時代」和一種支離破碎、汨沒性靈的學術，卻妄稱文藝復興。多少有點不氣壯。

1923年，梁啟超在《清代學術概論》一書中再次全面檢討清學。將「文藝復興」的提法系統化。並且不憚以今日之我，難昨日之我，幾乎完全推翻了前文對漢宋兩學的評價。認為清學「以復古為創新」，以孔孟還之孔孟，是思想史上「撥亂反正」進步力量。而對宋學的評價則已與胡適同聲相應，稱之為「中古宗教」，代表中國思想史上的「黑暗時代」。我懷疑梁啟超這種思想立場的轉變多少曾受到胡適的影響，胡適自1917年回應聘於北大之後，聲名鵲起，基本上已取代章太炎、梁啟超諸人而成為新的時代旗手。而他之所以可以「暴得大名」，除了提倡白話之外，和他一開始便占領了「國學」的制高點是分不開的。在「五四」前後，雖然以「白話」為載體的「新學」已經成為時代的主流，但是「舊學」仍然在學院體制和上流文化中占有很高的地位。故而胡適如果僅憑其「新知深沉」或可以號召一部分青年，但如沒有「舊學邃密」這一面，他顯然還不足以

領導時流。

　　在胡適回國的時候，正值所謂「國故學」青黃不接的時候，隨著章太炎的老去，由章太炎等人一手宣導的國故學，在某種意義上正面臨著一次「合法性危機」。因為章氏宣導國故學的主要動機是「保國保種」。並透過將「夷夏之辨」轉化為「種姓革命」而成為民族革命的文化意識形態。所以當辛亥革命成功之後，他的這一國故學提法已相對失去了意識形態立足點，這也是章門弟子如黃侃之流雖然也才高八斗，但卻難以繼承乃師之事業及號召力的原因。胡適介入國故學的機緣正在於，他透過對國故學背後的文化意識形態的重新整理，憑藉舊瓶新酒的方法，使國故學重新煥發出生機。而他的兩個殺手鐗，則是「科學的方法論」與「反理學」。透過「科學的方法論」，他將乾嘉諸老的考據功夫成功地轉換為現代實驗主義的一套科學方法。而透過反理學，他又將清學內部的漢宋之爭獲得了「爭自由」、「求解放」、反對「以理殺人」這樣一些非常時髦的意識形態號召力。概而言之，胡適的野心是要在考據和義理兩個方面為漢學全面平反，並使得胡適版的清代學術主流完全和西方的文藝復興運動同調。

　　胡適大概是在《中國哲學史大綱》的導論中首次提到中國文藝復興。此書寫定於1918年9月，出版於1919年2月。胡適在導言中提到：「這個時代（指清代），有點像歐洲的『再生時代』（再生時代西名Ronaissance，舊譯文藝復興時代）」。而後又在《The Chinese Renaissance》等文中繼續完善了這一說法。尤其在《清代學者的治學方法》一文中，胡適系統地總結了清代漢學的科學方法。

　　胡適認為，佛學傳入中國之後，其中最講邏輯的幾個宗派，如三論宗和法相宗都未能在中國生根，「只有那『明心見性，不立文字』的禪宗，仍舊風行一世」[83]這種方法完全是主觀的頓悟，而不是「自悟悟他」的方法。所以宋初儒學復興的時候，首先便面臨著一個方法論的問題，宋儒最初幾個人曾採用道士派關起門來虛構宇宙的方法，結果只造出一個道士氣的宇宙觀，並不曾留下什麼方法論，直到後來宋儒在《大學》中找到「致知在格物」五個字，才開始建立自己的方法論。而尤其程朱一派將「格物窮理」的方法發揮到極致。胡適承認這一派的方法中有很符合近代經驗科學的東西，但是從宋儒的「格物窮理」中為什麼沒有

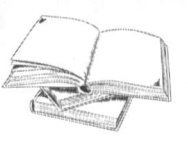

產生真正的科學知識呢？胡適以為，除了器械工具及應用需求等時代限制外，最主要的是宋儒的形而上學氣質妨礙了他們成為真正的經驗科學家。宋儒格物窮理，是為了發明終極真理，即那個「一旦豁然貫通，則眾物表裡精粗無不到，而吾心之全體大用無不明矣」的「道」。所以在胡適看來，他們既未能像古希臘人那樣因愛知識而求知識，也未能像近代西方科學家那樣為求應用而發明科學原理，而是重新又回到了「危微精一」的玄學路數上去了，這也使得朱子的格物窮理在陸王一派的「頓悟」面前常自慚形穢。

胡適將清儒的科學方法總結為兩句話：（1）大膽的假設，（2）小心的求證。[84]認為這一原則很符合近代實證科學的原理。胡適在晚年的《口述自傳》中提到自己在青年時代領悟的治學方法時談到。他的治學方法的形成可以追溯到他十來歲的初期。而至少在1910年，當胡適第一次接觸到漢學的時候，乾嘉派學者的治學方法已給他留下了深刻的印象。有趣的是，當胡適美國時期所作的第一篇國學文章《詩三百篇言字解》卻是基於對鄭玄（康成）和毛公（毛萇）兩位漢學大師的不滿而肯定朱熹的。但所用的方法，卻已接近了清儒的歸納法，而在後來的兩篇習作《爾汝篇》與《吾我篇》中，胡適更加自覺的完善了這一方法。唐德剛指出：胡適之先生在本篇中所說的「治學方法」，事實上是中國最傳統的訓詁學、校勘學和考據學的老方法。……所以胡適先生求學的時期，雖然受了浦斯格和杜威等人的影響，他的「治學方法」則只是集中西「傳統」方法之大成。他始終沒有跳出中國「乾嘉學派」和西洋中古僧侶所搞的「聖經學」（Biblical Scholarship）的窠臼。[85]

胡適對「漢學」的義理分析，首先見之於《幾位反理學的思想家》一文，在此文中，胡適將「中國近世哲學」分為兩個時期：理學時期——1050年至1600年；反理學時期——1600年至今日。又將反理學運動分為破壞與建設兩個方面，稱「打到太極圖等等的迷信的理學」的黃宗炎、毛奇齡等，「打到談心說性等等玄談」的費密、顏元等，以及「打到一切武斷的，不近人情的人生觀」的顏元、戴震、袁枚等人是理學破壞運動的代表；而將「建設求知識學問的方法」的顧炎武、戴震、崔述等，以及「建設新哲學」的顏元、戴震等人看作是新哲學的代表，讓人吃驚的是胡適將胡稚暉看作是反理學運動的最近的一位代表（許多人

大概會認為將胡適自己列為「反理學運動的最近一位代表」也許更合適一些）。胡適認為所謂「理學」，掛著儒家的招牌，其實是禪宗、道家、道教、儒教的混合產品。其中先天太極等等，是道教的分子；又談心說性，是佛教留下的問題；也信災異感應，是漢朝儒教的遺跡。但其中的主要觀念卻是古來道家的自然哲學裡的天道觀念，又叫做「天理」觀念，故名為道學，又名為理學。[86]胡適當年在與梁漱溟就「東西文化」展開論爭時，曾說：「玄學是從中古宗教裡滾出來的」，惹得梁漱溟大為生氣，雖是一時戲言，但胡適終生對佛教與道教的評價非常低，認為佛教在全中國「自東漢到北宋」千年的傳播，對中國的國民生活是有害無益，而且為害至深且巨。在胡適看來，《道藏》大部分是模仿佛教來故意作偽的，「其中充滿了驚人的迷信，極少學術價值」，而中國的禪宗佛教，「百分之九十，甚或百分之九十五，都是一團胡說、偽造、詐騙、矯飾和裝腔作勢。」並自稱其禪宗研究為「耙糞工作」。故而，胡適認為近世哲學的反理性運動，代表了「人類常識」的進步，這一觀點，胡適在對戴震哲學的介紹中表達得最充分。

胡適認為戴震對哲學的最大貢獻，是他的「理」論。戴震的「理」論，區別於宋儒的最大特點是只承認理在事中，不承認離開具體的事有所謂「天理」。胡適舉戴震的這一段話說明他的觀點：

宋儒合仁義禮而統謂之理，視之如有物焉，得於天而具於心，因以此為形而上，為沖漠無朕；以人倫日用為形而下，為萬象紛羅；蓋有老莊釋氏舍人倫日用而別有所貴道，遂轉之以言乎理。在天地則以陰陽不得謂之道；在人物則以氣稟不得謂之性，以人倫日用之事不得謂之道。六經孔孟之言，無與之合者也。[87]

胡適接著戴震的分析道：宋儒之學，以天理為概本觀念。程子以下，一班哲學家把理看作「不生不滅」，看作「如有物焉，得於天而具於心」。胡適在肯定了宋儒「理」論的好的一面，即推廣了一種天理面前人人平等的民主主義價值觀之後，轉過來論述它壞的一面。在胡適看來，天理哲學助長了理學家以一己之意見為「理」，並在「存天理、滅人欲」的口號下導演了無數「以禮殺人」的慘禍。故而戴震大聲疾呼，為人欲平反。戴震以為：「理也者，情之不爽失也；未

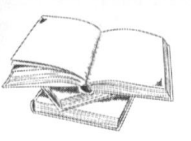

有情不得而理得者也。」「天理云者,言乎自然之分理也;自然之分理,以我之情絜人之情,而無不得其平是也。」戴震將理看作是「情之不爽失」,並提出「以我之情絜人之情,而無不得其平是也」顯然是發揮儒家的「絜矩之道」,而他對人欲的肯定,也無疑帶有近代人性論的色彩。故而胡適將戴氏的主張比於邊沁、彌爾一派的樂利主義。

胡適《戴震的哲學》一文動筆於1923年,「科玄論戰」激戰正酣的時候,而脫稿於1925年8月,為紀念戴震誕辰兩百周年而作。在這個時候大談戴震,顯然意有所指。在《戴震的哲學》一文的結束語中有一段話,明白地道出胡適的心聲:

方東樹死後,中國的國勢一天危似一天;時勢的逼迫產生了一種托古救時學派,是為今文學派又名公羊學派;這個新運動的中堅人物往往譏刺考證之學,以為無益於世;他們高揭西漢的「微言大義」來推翻東漢許鄭之學:

這確可表示方東樹說的「翻然厭之」的心理;不過漢學的勢燄未全衰,人情雖好高而就易,他們還不肯驟然回到陸王,卻回到了西漢的「非常異義,可怪之論」。但近處以來,中國學者大有傾向於陸王的趨勢了。有提倡「內心生活」的,有高談「良知哲學」的,有提倡「唯識論」的,有用「直覺」說仁的,有主張「唯情哲學」的。倭鏗(Euchen)與柏格森(Bergson)都作了陸王的援兵。「揣度近似之詞,影響之談」,中國國內很不少了。方東樹的預言似乎要實現了。

我們關心中國思想前途的人,今日已到了歧路之上,不能不有一個抉擇了。我們走哪一條路呢?我們還是「好高而就易」,甘心用「內心生活」「精神文明」一類的揣度影響之談來自欺欺人呢?還是決心不怕堅難選擇那純粹理智態度的崎嶇山路,繼續九百年來致知窮理的遺風,用科學的方法來修正考證學派的方法,用科學的知識來修正顏元、戴震的結論,而努力改造一種科學和致知窮理的中國哲學呢?我們究竟決心走哪一條路呢?[33]

## 二、考據與義理

傅斯年在《性命古訓辨證》一書的引語中提到，阮元的《性命古訓》一書，代表清代學術的一個轉捩點。因為它表現了一種「方法的自覺」：

> 自明末以來所謂漢學家，在始固未嘗與宋儒立異，即其治文詞名物之方法，亦遠承朱熹蔡沈王應麟，雖激成於王學之末流，要皆朝宗於朱子，或明言願為其後世。其公然抨擊程朱，標榜炎漢，以為六經論語孟子經宋儒手而為異端所化者，休甯戴氏之作為也。然而戴氏之書猶未脫一家之言。……至性命古訓一書而方法丕變。阮氏聚積詩書論語孟子中論性命字，以訓詁學的方法定其字義，而後就字義疏證為理論，以張漢學家哲學之立場，以搖程朱之權威，夫阮氏之結論多不能成立，然其方法則足為後人治思想史者所儀型。其方法為何？即以語言學的觀點解決思想史中之問題是也。

傅斯年所謂「以語言學的觀點解決思想史中之問題」的方法，實導源於他的另一個觀點——「哲學乃語言的副產品」。早在傅斯年執教於廣州中山大學時，就曾作過一篇《哲學乃語言學之副產品》，其意云：魏晉之所謂玄學，宋明之所謂理學，今日哲學，都產生於不同文化交流融會的時代。而世界古往今來，最以哲學著名的民族有三：一、印度之雅利安人，二、希臘，三、德意志。這三個民族有一個共同特點，就是在他的文化忽然極高的時候，他的語言表達能力跟不上思想之進步，於是「繁豐的抽象思想，遂為若干特殊語言的形質作玄學的解釋了」。傅斯年熟知歷史，且富於「大膽想像」的精神，按他的解釋，上述三民族在哲學啟蒙的時期，事實都是因為遭遇到比他們自己的民族文化更高級的文明之時（傅氏認為雅利安人的文明事實上比當時它所入侵的印度土著文明程度為低，而希臘文明一開始也低於周邊的地中海文明），類似於孩童試著要表達成人的思維時會出現語言表達的困難，傅氏也傾向於把哲學看作是一種「苦悶的象徵」，並以此來解釋哲學著作中的「不可翻譯現象」。並由此而得出結論：思想就是思想史，哲學就是哲學史。只要透過語言材料的羅列與分析，透過文字的比較與訓詁，就是完成了哲學的工作。

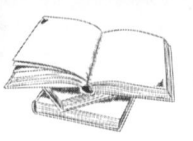

以「語言學的觀點解決思想史的問題」，這個方法看起來很新，其實卻是清代「漢學家」治學方法的翻版。戴東原曾說：「義理者，文章考核之源也。熟乎義理，而後能考核、能文章。」但是段玉裁卻接著說「義理、文章，未有不由考核而得者」。[89]已經將他老師的意思倒過來了。而阮元更將段玉裁這一觀點加以應用。錢穆說「芸臺講學，頗師戴東原，守以古訓發明義理之意。」[90]阮元以為「古訓明則義理明」，而一字的最古之義，也最接近於真。比如他說，「性」的古字為「生」，因而「生」是「性」的本義。而宋儒的「性」義，多來源於釋教：

浮圖家說，有物焉聚於人未生之初，虛靈圓靜，光明寂照，人受之以生；或為嗜欲所昏，則必靜身養心，而後復見其為父母未生時本來面目。……晉、宋、姚秦人翻譯者，執此物求之於中國經典內，有一「性」字，似乎相近，彼時經中「性」字縱不近，頗時典中「性」已相近。如執「臺」以當「窣堵波」而不別造「塔」字也。[91]

阮元認為，中國古代只有「臺」這種建築，當佛教傳入中國時，在翻譯「窣堵波」（佛塔）這種印度建築時，翻譯家另造了一個「塔」字，而在翻譯佛教中那個「圓靜光照」之物時，則只沿用了古代的「性」字，由此而改變了「性」字的本義。這種錯誤，阮元戲稱之為「以塔為臺」。

阮元這種「以古訓發明義理」的方法，錢穆曾加以批評：「然依芸臺此意，嚴格論之，孔孟義理，出於詩書之古訓，詩、書之義理復何出乎？若必以最先之古訓為貴，則推溯古訓來源，必有窮極。且何以最先之古訓，即為最真之義理乎？此尤無說以自解者。而義理自古訓中來之意見即無形摧破。」[92]錢穆認為，以古訓求義理的方法，必有窮極。如果一切最精確之義理，果包蘊於造字最先之初，而此最先造字之古聖人為後世一切義理準繩，其人何人，若茫若昧，已在荒晦不可知之域，即芸臺亦不得不僅而稱之曰「古聖人」而已，則對確定性的追求其結果反而導向另一種不確定性。故芸臺的結論雖不乏精彩之處，其方法卻十分危險。

徐復觀《研究中國思想史的方法與態度問題》一文中專門針對傅斯年「以語

言學的方法解決思想史的問題」提出批評，認為真正的方法，是與被研究的對象不可分的。今人所談的科學方法，應用到文史方面，實際上還未跳出清人考據的範圍一步。[93]並特別區分了「思想」與「思想史」、「哲學」與「哲學史」、「義理之學」與「研究義理之學的歷史」。徐氏以為，從段玉裁以來，標榜考據的人所犯的毛病是：一則把義理之學與研究義理之學的歷史（研究思想史），混而不分；一則是不瞭解要研究思想史，除了文字訓詁以外，還有進一步的工作。僅靠著訓詁來講思想，順著訓詁的要求，遂以為只有找出一個字的原形、原音、原義，才是可靠的訓詁，並即以這種訓詁來滿足思想史的要求。這種以語原為治思想史的方法，其實是完全由缺乏文化演進觀念而來的錯覺。從阮元到現在，凡由此種錯誤以治思想史的人，其結論幾無不乖謬。[94]徐復觀又舉20世紀語言學權威耶斯柏孫（Otto Jespersen）的說法為例，稱此種傾向乃由於「迷信名號之力」而造成的誤識。我們即使知道了悲劇曾經指的是「山羊之歌」，又知道喜劇的語源是「祭之歌」與「宴響之歌」，這對於我們理解悲喜劇的本質，仍然是不夠的。

　　1957年前後，就考據與義理的本末問題，徐復觀又與勞榦、毛子水等人發生爭論。其過程大致如下：1957年臺北《中央日報》「學人」副刊登載了勞榦先生的《歷史的考訂與歷史的解釋》，此文的主要意思是說歷史的考訂與歷史的解釋，雖然同屬於歷史的範圍，但是在不久的將來，總會一分為二，其間的差異，也許類似於天文學與占星學，終於同源而異流的情況。並舉十九世紀西方兩大歷史學家黑格爾和蘭克為例，以為前者代表哲學家對歷史的主觀解釋（當指黑格爾的《歷史哲學》），而後者代表了「嚴格的歷史學」，而這種嚴格的歷史學，最終將和考古學、古生物學一樣，被逼走上自然科學的道路。

　　徐復觀指出，首先，勞榦誤解了蘭克，蘭克反對的是黑格爾對世界歷史的「辯證法的解釋」，而並不拒絕歷史釋義。相反，在蘭克看來，歷史的發展是多元的，體現了各種不同自由意志的「無限多樣性」，所以他反對黑格爾那種純概念化的歷史，但蘭克並不否認歷史發展中具有某種「關聯的恆常性」，所以才有所謂世界歷史與其本人的《世界歷史概觀》。

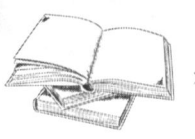

其二，徐復觀指出，既便是自然科學的研究，也不排斥解釋。所謂自然科學毋寧正是科學家對自然現象的解釋，自然科學研究中的假設、實驗與論證，每個步驟都離不開解釋。考古學亦不例外（姑且認考古學為自然科學），對出土文物的鑑定、歸類以及在此基礎上產生的歷史知識，無一能離開解釋而自存。所以徐復觀指出勞文所代表的「史料學」傾向以及「點滴的瑣細主義」打著科學主義的旗號排斥歷史解釋，其實這種見解未必科學。[95]

毛子水先生在同年「學人」第十期的《論考據與義理》的文章，談到「近今治國學的人，往往喜歡談考據與義理的分別，言下且有考據是末，是粗，而義理是本、是精的意思。這種意思，可以說是不對，而且有貽誤學子的可能性。」[96]

毛子水的行文中不知不覺的推出一個結論，似乎一切有價值的學問，都源於考據。甚至生理學與心理學也可以看作考據的學問。毛子水顯然已在行文中不知不覺將「考據」轉換成「實證」，而將「考據學」轉換成近代經驗主義的「實證科學」了。而他支持考據的論據，則又非常傳統，他說：古人所用的鳥獸草木的名字，古人所行的典章制度，如果懂得不清楚，便不可以算是懂得古人的書。古人的書不懂得，怎樣還能去闡明古代聖賢修己治人的方術呢？……這樣學來，應當說考據為本而義理為末。這段話，簡直是戴震「誦《堯典》，至『乃命羲和』，不知恆星七政，則不卒業；誦《周南》、《召南》，不知古音，則失讀；誦古禮經，不知古者宮室衣服等制，則迷其方」一段話的翻版。

毛子水認為，研究宋、明理學，在許多人心目中是義理的學問，但依我的見解，這是考據範圍以內的學問。什麼是「天」，什麼是「地」，我們如果能一一窮源竟委、辨析毫芒，以求得正確的解答，這樣的做學問，不是考據是什麼？由此得出結論，有許多講宋明理學而輕視考據的人，簡直不知道自己在做什麼？對於毛子水的這一論點，徐復觀答覆道：義理之學，可以直接從義理之學的本身去講。固然會關涉到若干史實，但是他的重點可以不放在史實的考證上面，有如一個講倫理學的人，他會關涉到若干倫理思想史的史實，但他和目的重點不在講倫理思想史，比如胡適講禪宗史的文章並不是在講禪學。把義理之學與思想史混為一談，等於把哲學和哲學史視為一物。所以義理之學，可以直接源於個人的經驗

體悟，雖然可以有資於文獻考證的文字訓詁，但並不以後者為必要條件。

事實上，毛子水在文中犯了下定義不嚴格的毛病，故而被徐復觀抓住把柄，迎頭痛擊。毛文在前面明確地將考據定義為「史傳記載的徵實與辨正」，把義理看作是「人生哲學的探討」，並聯繫到治國學，再將考據限定為「草木鳥獸和典章制度的探討」，義理是指「聖賢修己治人方術」的闡明。不用説毛子水屢屢將義理定位為方術，就很容易激發新儒家的火氣。而他對考據概念的濫用，更是自亂家法，漏洞百出，比如説他幾乎將一切現代實證科學都列入考據學，顯然讓人覺得可笑，而事實上他的本意是想用舊瓶裝新酒的辦法，「希望讀者能夠把一個舊名詞來裝載一個比較通達的意義」。[97]

在這場爭論過去二十多年以後，林毓生在《不以考據為中心目的之人文研究》一文中又舊話重提，為當年的這場考據與義理之爭作出評判，某種意義上可以代表科學主義的一種自我反省。在林毓生看來，人文研究的中心目的是尋找人的意義（insearch of the meaning of man）。凡是離開這個中心目的越遠的越是邊緣性的東西，越不是人文研究的主題。五四以來，一派史學家要把歷史變為「科學」，將考據考據工作看作是「達到客觀的歷史真實」（objective historical truth）的鋪路工作。其實他們所瞭解的科學性質與意義，深受實證主義、19世紀德國語文考證學派與乾嘉諸老的影響。今天從博蘭霓的科學的哲學與孔恩科學史的觀點來看，實在相當錯誤。我們今天都知道所謂「客觀的歷史真實」只是19世紀德國語文考證學派的幻想，事實上無從達到。史料並非史學。史學研究的主要功能在於幫助我們瞭解我們自己，並進而促使我們的人生成為一個豐富而有意義和人生，我們的社會成為一個豐富而有意義的社會，我們的時代成為一個豐富而有意義的時代。[98]

## 三、道德與知識

章太炎在《原學》中曾説：「立學術者無所因。各因地齊、政俗、材性發

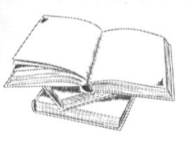

舒，而名一家」，（《訄言·原學》）將影響學術風氣的因素分為「地齊」、「政俗」、「才性」三項。「地齊」指地理環境，所謂「寒冰之地言齊簫，暑濕之地言舒綽」，「地齊然也」。而「才性」則是指學者的個性因素對其學術的影響，「倍根性貪墨，故能光大冥而倡利己」，「路索穿窬脫縱，百物無所約制，故能光大冥而極自由」，才性使然也。而七雄構爭，故宋鈃、尹文始言別宥。雅典共和制衰，貴族執政，而道益敗，故柏拉圖哲學由是而興，則是政俗變化影響學術之例證。章氏此論，或採之於泰勒所謂「種族、環境、時代」三因說。但章太炎又指出，近代以來，由於交通便利，教育發達，所以「才性」與「地齊」兩個因素對學術的影響變得微弱，而「政俗」的影響則加重。「故古者有三因，而今之為術者，多觀省社會、因其政俗，而明一指。」

　　在現代學術史上道德主義話語與知識主義話語的對抗中，我們大致可以劃出一個分水嶺。在20世紀上半葉，知識主義話語可以說是占盡風頭。而道德主義話語相對處於防守與被動的地位，而在20世紀下半葉，形勢隱隱然有逆轉的趨勢。我們顯然也可以從「才性」與「地齊」的角度對兩大學術陣營的對壘作出種種臆測與解釋，比如說所謂「胡適型人格」一直是思想史研究中的熱門話題，而據說熊十力中年折節讀書，是因為受了陳獨秀一句戲言的刺激：「湖北沒有第一流的學者」，這似乎可以看作是「地齊」影響學術的笑談。余英時在《論戴震與章學誠》一書中採柏林「刺蝟型人格」與「狐狸型人格」來分析「學問家」與「思想家」的分野，並以為合於中國學術傳統中「博」和「約」區分。狐狸可以做很多事情，故成其博學多識，而刺蝟只能做一件事，故成其形而上學。戴震本是刺蝟型的人格，有志於聞道，但是生活在一個狐狸當道的時代，時代風氣尚考據而諱義理，故而不得不隱藏自己的刺蝟本性而學做狐狸。我以為王國維又是一個具有刺蝟性格而成就了狐狸事業的時代誤置者。胡適稱「王國維欲為朱子報仇」是「漢學內部的鬥爭」，顯然是將具有濃厚形而上學氣質的王國維混同於博學多識的狐狸。

　　學術風氣往往會決定人才的流向，民國初年，由於乾嘉考據遺風與科學主義的合流，再一次造成一個狐狸當道的學術環境，青年才俊多奔競於科學主義旗下，而儒門淡薄，收拾不住。在民國初期的學術對壘中，道學家之所以取敗於學

問家,「沒有第一流的學者」也應是一個重要原因。平心而論,在五四時期標舉傳統文化以對抗西潮的學者,如梁漱溟、張君勱諸人,其才學與影響力似難與當時「橫行當道」的「群狐」(群胡)對抗。直到熊十力、錢穆這些大師級的人物出來,局面才有所改觀。熊十力當年一無留西的學歷,二無國學的門戶,能在北大站住講臺(北大當時主要以胡適為代表的留西派與章門弟子為代表的國學派當道),恐怕主要憑藉一股原始的道德感召力。據牟宗三回憶,熊氏的氣質在當時北大的謙謙紳士之流中顯得超拔而脫俗,為學生講課,常用「當頭棒喝」,與人論道,每做「獅子吼」。[99]有一次馮友蘭訪問熊十力於二道橋,那時馮氏《中國哲學史》已出版。熊先生和他就「良知」發生了爭執,馮友蘭認為良知是個假定,能十力反駁說:「良知是真真實實的,而且是個呈現,這須要直下自覺,直下肯定。」馮氏所謂「良知是個假定」,顯然是從經驗主義角度對形而上學的一種「客氣」說法,因為你那個良知無法證明。所以牟宗三將熊十力的「獅子吼」比作是「霹靂一聲」,直是振聾發聵,復活了中國的學脈,使人的覺悟提高到宋明儒的層次。[100]

但是,正如章太炎所說的,個人才性對現代學術風氣的影響畢竟是次要的。我們似乎不宜過於誇大某個人的個人人格與道德感召力對時代學風「扭轉乾坤」的力量。從「觀省社會,因其政俗」的角度考察,20世紀上半葉科學主義的主導地位乃個人不可逆轉的大潮流。而20世紀下半葉,道德主義在臺港學術圈的抬頭也有其複雜的時代環境因素的刺激,筆者以為以下三個外緣因素是造成這一「學變」主要原因:第一,由於「中華民國」的「亡國之痛」與世界冷戰對抗而給流亡知識分子帶來的道德反省意識與時代憂患意識;第二,儒家道德主義話語透過和歐陸唯心主義哲學的結合而實現了其現代轉型;第三,科學主義話語的內部危機。茲分述如下。

1949年6月,大陸易幟前夕,《民主評論》創刊於香港。在創刊號上,徐復觀發表《現在應該是人類大反省的時代》一文,提出人類文化發展的兩個方向:「一個是向外的,向自然追求;一個是向內的,向人類自身反省。」[101]歐洲文藝復興一來,向外的追求成為人類發展的主導方向,故而造成科技發展而道德淪喪的局面,極權主義由是而生,演成20世紀的一幕幕人類慘劇。這種論調,基

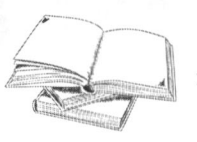

本上仍未脫梁漱溟《東西文化及其哲學》的窠臼。但是它聯繫到「九一八」以來中國的變局與蘇美冷戰對抗,卻透露出道德主義論述重新抬頭的資訊。

　　1948年5月12日,胡適與蘇雪林有一函通信。蘇雪林在來信中勸告胡適多作青年的思想工作,以挽救人心。胡適在回信中說道:自由主義本不具有思想「魅力」,故而他對於青年的思想工作,非不為也,是不能也。蘇雪林在此未免有點苛求胡適了。事實上胡適在五四以後,青年導師的光輝早已黯然失色,胡適認為「『五四』本身含有不少反理智成分,所以不少五四時代過來人終不免走上反理智的路上去,終不免被人牽著鼻子走。」[102]將「五四」以後中國思想界的左傾以及由此而釀成的「赤禍」歸咎於反理智主義的抬頭。這和新儒家諸君對時代病症的診斷恰成對照。

　　1950年代,兩岸幾乎同時興起了對胡適思想的批判。而臺港文化界對胡適的責難,多圍繞「誰應為丟失大陸承擔責任」這一問題而發。蔣介石在一次發言中提到:民國以來,做思想文化工作的人,丟掉了本國文化中的道德傳統,一味崇西,結果造成青年的信心喪失,而共產主義乘虛而入,氾濫成災,並指出這股時代潮流實導源於「五四」。事實上也不點名地批評了胡適等人。

　　當然,新儒家諸君對胡適以及胡適所代表的知識主義方向的批評不能簡單等同於上述官方濫調。唐(君毅)、牟(宗三)、徐(復觀)以及錢穆等人「五四」新文化所代表的「民主」與「科學」的方向,都抱持一種相當肯定的態度。但是在民主與科學的理解及實現民主與科學的途徑上面,新儒家卻與胡適派持不同的觀點。新儒家認為,養成民主與自由的文化須從個體的覺悟,即喚起國民的道德良知上去下工夫。而經驗主義知識論建立起來的自由必不牢固,關於這一節,牟宗三與殷海光關於「一個真正的自由人的論辯」最能說明兩派的分歧。

　　1952年初,在大陸學術界的「世界觀改造運動」中,著名邏輯學家金岳霖先生發表了一篇自我檢討性質的文章。隨後,牟宗三先生在臺灣《自由人》雜誌撰寫題名《一個真正的自由人》的文章對金岳霖的檢討與轉向進行了批評,牟文認為:像金岳霖這樣的「純技術型」哲學家,平時以自由主義相標榜,一遇到外來的壓迫,便馬上丟掉了自己的「主義」,放棄了自己的立場,這正是以單純技

術觀點處理人生觀世界觀所造成的悲劇。在牟宗三看來，單純的技術主義是不可能建立起真正的價值感的，信仰與價值問題屬於超越域，不能為邏輯主義與科學主義所認識。因而，單純技術主義的哲學必定陷入價值論上的虛無主義與懷疑論。

言下之意，金岳霖這類知識分子「跟風」與喪失立場的悲劇是由於其哲學上的純技術主義決定的。[103]

針對牟宗三在《一個真正的自由人》中對金岳霖所代表的邏輯實證主義哲學的「純技術主義」批評，殷海光在《自由中國》第6卷第2期上發表了題為《我所認識之「真正的自由人」》作了回應。並在《胡適與國運》與《民主的試金石》等一系列文章中就牟宗三的觀點進行了反批評。針對牟宗三對「純技術主義哲學」的批評，殷海光質疑牟宗三以及以牟宗三為代表的海外新儒家所持的「泛道德主義立場」。牟文所暗含的理論前提是：只有以道德心支撐的「心性主體」才可能把握並堅守一種真正的自由。而此一道德理想的心性主體，恰恰是科學的經驗主義與實證邏輯所無緣體認的。循此前提，牟宗三批評了現代思想中基於感性經驗的膚淺的唯智主義與基於情緒的濫情的浪漫思潮，前者以胡適的「大膽假設與小心求證」的瑣細考證主義與金岳霖視邏輯為紳士的智力遊戲之技術主義為代表，後者以左派文人的浪漫主義烏托邦敘事與右派才子們的情調生活為代表。此二者，不但不能保證自由之實現，反而在放棄道德責任中逃避了自由。而殷海光的邏輯預設是：自由主要不是針對自我內心，而是關涉公共領域尤其是政治權力與個體之間的權利義務關係。所以自由不是什麼玄而又玄的道德理想，而是百姓大眾應享的一種「平常生活」——可以列舉與實證的「諸自由」（言論自由、行動自由、財產自由等等）。以此劃界，則道德不是自由主義題中應有之義。道德屬於私人的事情，屬於另一塊他人不得與聞的內在領域。恰恰相反，作為中國傳統文化支柱的泛道德主義，不僅與現代自由主義無關，而且已構成對後者的威脅。更常見的一種情形是：泛道德主義指證與政治權力相結合而構成侵害自由的語言暴力。這一場爭論持續了幾個回合，殷海光、牟宗三、雷震、徐復觀等人都先後捲入其中。雙方對自由的理解可謂針鋒相對。筆者以為雙方在這次論戰中所揭示的自由內涵上的分歧，頗合於柏林所謂「消極自由」與「積極自由」的區

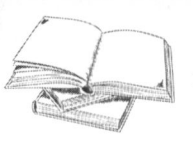

別。柏林在《兩種自由的概念》一文中界定了消極自由與積極自由。所謂消極的（negative）自由關心的是：「在什麼樣的限度以內，某一個主體（一個人或一群人），可以、或應當被允許，做他所能做的事，或成為他能成為的角色，而不受別人的干涉？」所謂積極的（Positive）自由則和下面的問題相關：「什麼東西、或什麼人，有權控制、或干涉，從而決定某人應該去做這件事、成為這樣的人，而不應該去做另一件事，成為另一種人？」消極自由的政治觀點是：「正常的說法是，在沒有其他人或群體干涉我的行動程度之內，我是自由的。在這個意義下，政治自由是指一個人不受別人的阻擾而逕自行動的範圍。」而積極自由的觀念，「是源於個人想要成為自己主人的期望。」柏林認為：「以做自己主人為要旨的自由，和不讓別人妨礙我的選擇為要旨的自由，表面上看起來，似乎沒有什麼重大的邏輯差距，只是同一事件『消極的』和『積極的』描述方式而已。但是，在歷史上，『積極』和『消極』的自由觀，卻朝著不同的方向發展。而且不一定依照邏輯常理，終至演變成直接的衝突。」[104]要弄清這個差異，首先要瞭解自主（self-mastery）這個詞在思想史上的演變。柏林以為，自我一詞，從柏拉圖開始，就開始分裂為感性和理性的兩面，並發展出歐陸哲學唯理主義和英美經驗主義的分歧，經驗主義始終堅持經驗領域的可感性與可實證性，因而始終將真理限制在具體可感的實證領域。而大陸學派正相反，設定一個超驗的絕對真理域來指導、壓制經驗自我。此一差別，決定了兩種自由主義內涵上的差異，消極自由主要著眼於限制統治權力對社會自生自發秩序的干預，而積極的自由理想傾向於以觀念的動員（啟蒙運動）、與觀念的革命來強化一種絕對真理域的價值實踐，其登峰造極的表現是黑格爾式的歷史意識，將自由看作是「絕對精神」的自我實現。[105]

　　牟宗三一生努力的方向在於儒學的現代化，牟氏所謂儒學的現代化，簡單地說，就是以儒家傳統的「內聖外王」之學回應「自由民主」的現代要求。牟氏以為，儒家從孔孟開始，就已經建立了一個高尚的道德理想主義，即孔子的「體仁」、與孟子所說的「盡心知性知天」，宋儒的理學與王陽明的致良知則繼續道其端緒。在牟宗三看來，儒學一脈相傳的個體人格的內聖之超越路徑正是一種最高的自由。在《理想主義的實踐之函義》一文中，有這樣一段話，可以看出牟氏

對自由的理解：

真正儒者的實踐乃在表現一種精神生活。此種生活是由覺悟所顯露的理性的主體，即由內在的道德性，而轉出。凡是與感觸的或物質的混雜的東西都要在道德的實踐中磨煉掉。這種磨煉是後面有一種悱惻之感督促著的，因而亦就是因為不甘於墮落或陷溺，故必然地有這種不斷的磨煉。在此種磨煉中，一方將感觸的或物質的東西剌出去或克服掉，將那原始的直覺渾淪或圓融予以打破，而行自我超轉，一方亦因這種超轉而顯示那超越的道德實在，即所謂「天理」，或程明道所說的「卒殄滅不得」的那點之「秉彝」。在覺悟中顯示這個道德的實在，是真正的「主體的自由」，本著這個道德的實在而去實踐是真正的精神生活。[106]

從以上引文中透露出的消息我們可以隱約揣摩到牟氏所說的「主體的自由」為何物了。大致地說來，牟氏所說的自由是指一種主體內在的自由。它指的是個體（儒者、君子）在良知的道德實踐中不斷的克服低層次的縱欲和濫情，而不斷弘揚心性氣質中合於天理人道的那一點「秉彝」，透過「克己復禮」的「自我超轉」無限接近聖賢的道德理想。由此可以看出，牟宗三所謂主體的自由區別於殷海光所謂個體行動不受政權的不合理干涉之外在自由，而更接近「自主」（self-mastery）意義上的積極自由，即人成為自己（欲望情緒）的主人。對此，牟宗三毫不隱晦。他堅稱主體的自由為一種理性的理想主義，或道德的理想主義。在理想主義前面加上「理性」作為限制詞，可見這種理想主義必須是理性的、合於天理道德的，而不是縱情濫情流於情緒或個人野心的。

為了進一步明瞭牟宗三的「道德理性」，有必要扼要地提一下牟宗三與康德哲學思想的關係，在這裡，恐怕不得不提到牟宗三著名的「良知坎陷」。「良知坎陷」是牟宗三運用儒家尤其是王陽明的「致良知」與「知行合一」學說改造康德的實踐理性而自創的一個概念。根據康德，人的「認識心」只能達於現象界，而無法達到物自體。因為人不可能有「智的直覺」（智的直覺只有上帝才有），人對事實的認識必須藉助於概念範疇與感性經驗，因而人憑知性認識無法通達無限與自由、不朽與上帝。而道德心（實踐理性）則直接受自由意志的支配而體現為「絕對命令」，因而，人在科學認識中無法達到的自由域卻可以要道德實踐中

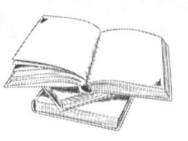

達到。於是在康德道德哲學中就出現一個矛盾：善和真的矛盾，道德律令是善的，但又是不可認識不可理解的，據說它來源於某種神祕的自由意志。

牟宗三從兩個方面改造了康德哲學，一方面，他將康德的「物之在其自身」（物自體）道德化，將「物之在其自身」解釋為一個高度價值意味的概念，鄭家棟在《本體與方法——從熊十力到牟宗三》一書中對此解讀甚精到：

說物自身是一高度價值意味的概念（而不是一「事實概念」）乃是基於科學所面對的事實世界、現象世界與道德宗教所面對的價值、形上世界的區分而言。我們在上文已指出，這一區分可以說是牟宗三全部理論的出發點。在他看來，康德哲學的物自身概念，當是指謂一超越於事實世界、現象世界的形上世界、價值世界而言。此價值世界、形上世界不是科學認識的對象。這一價值世界、形上世界就是「物之本來面目」、「物之在其自己」。但此「本來面目」、「在其自己」不同於作為科學認識對象的「事實上的原樣」，後者只是作為一種客觀事實的「光禿禿赤裸裸的『在』」，前者則標示一真善統一、知行合一的形上境界。所以說它「是一個價值意味的概念，而不是一個事實概念。」[107]

另一方面，牟宗三以一種中國式的認識論取代了西方依賴於概念與邏輯的認識論。在此，牟宗三化用了佛家的「執」與「不執」說法。牟宗三認為，「識心之執」是指認識心執著於物、身、現象、事功，所以「執」的認識不能超越現象界，不能認識物自體。但是，「不執」的認識即認識的無限心，則可以通達物自體。因為執的認識總於礙於認識的器物功用層面而無法通脫，不能識到價值，不明白那最高與最後的實體之存有其實是道德價值意義上的。不執的認識則是通脫的、圓融的、超拔的。如果不執的無限心是可能的，智的直覺也是可能的。「不執著者，我們名之曰無執的無限心，此在中國哲學中有種種名，如智心（佛家）、道心（道家）、良知之明覺（儒家）等皆是。執著者，我們名之曰有執的有限心，即認知心，此在西方哲學中，名曰感性、智性，在中國哲學中，名曰識心（佛家）、成心（道家）、見聞之知的知覺運動即氣之靈之心（儒家）。」所以，「同一物也，對有限心而言是現象，對無限心而言為物自身，這是很有意義的一個觀念，可是康德不能充分證成之。我們如想穩住這有價值意味的物自身，

我們必須從我們身上即可展露一主體，它自身即具有智的直覺，它能使有價值意味的物自身具體地朗現在吾人的眼前，吾人能清楚而明確地把有價值意味的物自身之具體而真實的意義表現出來。我們不要把無限心只移置於上帝那裡，即在我們人類身上即可展露出。」

所謂良知坎陷，藉助儒家傳統的義理來解讀，名其「體仁」可也，「道德實踐」可也，「知行合一」可也。而當牟宗三藉助西方哲學的本體論術語來解讀，則我們未始不能從中從嗅出一絲基督教-黑格爾主義的氣味：由牟宗三的良智坎陷自身以成就物我，成就道德主體的說法中，我們多少可以捕捉到一點基督教關於道成肉身的教義的影子，基督教教義將道成肉身宣諭為：上帝因為人類不能直接理解他的道，派他的獨子降生人間，受苦、行善，最後死在十字架上。透過道成肉身，上帝的奧義演成真實生命的行跡。顯然，正如許多人指出的，黑格爾所謂「絕對精神」，就是上帝。而黑格爾式的世界歷史——絕對精神具體化為事功而最後顯豁自己的過程，就是道成肉身。同樣，牟宗三所謂良知坎陷也既是道德哲學的，又是歷史哲學的。在道德哲學中是良知的自我坎陷，是內聖，在歷史哲學中就是「春秋大義」，就是外王，就是聖賢理想在事功中顯豁與失落的歷史。但是，縱觀一部中國大歷史，聖賢理想社會的大同小康之義，又何曾得到制度層面的穩妥與落實，所以朱子歎道：五帝三王、周公孔子之道，未嘗一日得行於世也！而牟宗三也承認，中國傳統的內聖之學開不出「新外王」——現代民主制度，因為儒家只講「親親」、「尊尊」，只講隸屬關係與服從，而西方古代的階級鬥爭到現代的黨派鬥爭，強調的是對抗與交涉，由此而產生契約關係。所以要開出現代民主制度，還必須藉助於西方的「對列格局」。這大概也算是新儒家自揭其短吧。

牟海光曾戲言：在過去，來者只要吹三句自由民主，談點羅素，附帶罵罵唐君毅頭腦如漿糊，錢穆是義和團的歷史鼓手，我便立即引為知己，馬上把心肝五臟都吐給他。[108]但是晚年的殷海光思想上發生了轉向，對五四以來的知識主義立場有較深刻的反省，雖然由於英年早逝，海光思想的這一轉向發展得尚不明朗。但是從他後期的著作《中國文化展望》以及與友人的通信中，我們仍然可以看出一些端倪。這一方面是由於殷海光本人性格的二重性決定的，同時也受海耶

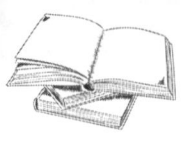

克、懷海德、庫恩等人思想的影響而激發。

近代知識批判主義導源於康德的《純粹理性批判》一書，在《純粹理性批判》一書中，康德區分了經驗世界與自在世界（物自體），認為人的認識只能達於經驗界，而且人對世界的認識，受制於一組先驗範疇。也就是說，我們對世界的認識，並不是如實證主義認為的那樣可以達到或無限接近「客觀真理」，而毋寧說是人類理性的一種「主觀構造」。此一學說，稱為哲學史上的哥白尼革命，因為它將人類對自身認知能力的解釋由外向內轉——轉向對人類認知結構的探討。而後庫恩的「科學範型」說，顯然是受康德的啟發，將科學史理解為各種認知模式的轉換，而其效果是為了解釋和適應環境，所以在亞里斯多德的模式和牛頓的模式之間，在牛頓的模式和相對論之間，並不存在一個「誰更科學」的問題，因為它們對於當時的時代環境而言都是適用的，這似適有點類似於科學領域的「六經皆史」的說法。

殷海光對現代科學主義的批判性反思，不是來源於康德，而主要來自於現代自由主義大師海耶克，作為復興「古典自由主義」最有力的宣導者，海耶克的自由主義思想卻並不完全來自英國經驗主義，而是具有濃厚的德國氣質，尤其深受康德認識論的影響，他的早期著作《感覺的秩序》一書就帶有很明顯的康德痕跡。在海耶克看來，正是心智，使世界「呈現」給我們的是有組織的，可以感知的，而不是混亂模糊的隨機的圖像和運動。但是，我們對世界的感知的井然有序，在海耶克看來，乃是心智的產物，顯然，並非世界本身就是如此。在原子水準上所描述的世界是不可感知的，也是沒有秩序的。我們對物質世界的現象性理解之所以井然有序，乃是因為心智所做的就是對感覺進行排序——也即「感覺秩序」，「心智是對現實的解釋」。這一理論最重要的含義就是，我們永遠也不可能完全理解我們的心智。從邏輯上說，如果心智就是我們據以對我們周圍的世界進行分類的手段，那麼，我們就不可能「退回去」試圖把心智本身看成是一種感覺的輸入。借用邁克・波拉尼的話（Michael Polanyi）的一個比喻，我們不可能在戴著眼鏡的同時檢查這副眼鏡。[109]

正是基於這樣一種理性批判主義態度，海耶克寫下了他那部傳頌一時的名著

《科學的反革命——理性濫用之研究》，在此書中，海耶克指出：近代科學主義所賴以產生和發展的實驗觀察方法，並不適用於研究人文科學（在海耶克看來，凡是有人的主觀價值參與的活動，都屬於人文科學的範疇，而經濟學更是一門典型的人文科學，這也是為什麼英國的古典經濟學隸屬於道德科學的原因）。而正是近代對實證科學方面的盲目崇拜與濫用，造就了典型的社會工程師型的政治理念，意圖對社會進行全面的控制，而導致極權主義的氾濫。海耶克對科學主義的批判，雖然不完全適用於胡適派的「知識主義」話語，但是對近來以來影響中國至巨且深的「唯科學主義」思潮仍然不啻為一副清熱解毒劑。

殷海光也許並沒有讀過海耶克的《科學的反革命》一書，但是1960年代他的學生林毓生就讀於芝加哥大學研究院，受業於海耶克門下，殷海光在與林毓生的通信中頻頻地討論到「科學主義」的話題。但由於突發癌症死亡，殷海光晚年的一些思想轉向未形成正式的文字。但是林毓生後來在《什麼是理性》一文中，應該是道出了乃師晚年未完成的思想。在這篇文章中，林毓生將近代以來胡適所代表的知識主義傾向稱之為「天真的理性主義」。「天真的理性主義者」，以實證主義（positivism）與實驗主義（experimentalism）為易見的代表。他們有一些基本的共同看法：他們特別注重感官所能知道的事實，認為所有命辭都必須根據他們認為的事實，才能成立。他們另外特別注要證明，你要講什麼，或主張什麼，你必須證明出來，你如果沒能證明出來，你就是沒有道理。甚至主張信仰系統也必須經過證明；但信仰系統是沒有辦法予以證明的。因此，邏輯實證論認為，道德的信仰系統或藝術的信念都不是道德或藝術。因為真正的道德必須證明出來，真正的藝術也必須證明出來，這是把「功能」當作「價值」。[110]

## 四、結語：兩派的調和（略）

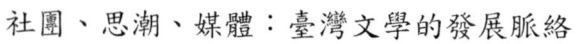

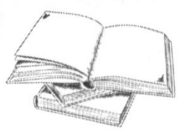

# 張愛玲「地母形象」與臺灣文學

徐學[111]

一

張愛玲研究中，探究其虛無（及由虛無產生的陰冷、抑鬱……）的文章蔚為大觀，討論其信仰（及由信仰而來的溫情、肯定、哀矜）的文章卻較為稀缺。

張愛玲有無信仰？若無，她何以能如此自信自律，不依附任何權勢豪門，不皈依任何宗教團體，無懼於人世的孤寂和不公，於坎坷的一生中，創作、翻譯、考據不輟，成就傲人。若有，又是何種信仰，有怎樣的內涵和特色，這是值得探究的問題。

1944年，張愛玲出版了《傳奇》，也完成了她《流言》中的大部分作品，雖然未屆而立之年，但她的信仰（準宗教觀）以及女性觀、寫作觀已然定型，獨特而且穩定，以後的50年，並無自我「革命」或者「變法」之舉。

這一年，她發表了《談女人》，此文亦是一貫的張腔張調，以調侃始，以蒼涼終。開篇摘譯英文小冊子《貓》那些調侃淑女的雋語，毫無同情，寫著寫著卻認真起來，待到結尾，談到歐尼爾的劇本《大神勃朗》，少有地動了情，說這個劇本她「讀了又讀，讀到第三、四遍還使人心酸落淚」。劇本中讓她俯首下心的是「地母」這一形象。張愛玲說，她自省自己和「大部分所謂知識分子一樣」，屬於很願意相信宗教而又不能相信任何宗教的一類，但地母讓她感動，她依然用那欲拒還迎的筆法寫出她的崇敬，「如果有這麼一天我獲得了信仰，大約信的就

是歐尼爾《大神勃朗》劇中的地母娘娘。」[112]

在這一時期的散文中，張愛玲筆下多次出現與「地母娘娘」相類的形象，包括《忘不了的畫》裡的夏威夷女人和日本山姥，《我看蘇青》中的楊貴妃，還有《談畫》裡的聖母以及《傳奇再版的話》的蹦蹦戲花旦，約略形成系列。[113]

張愛玲「地母」系列形象共同點有下列兩方面：

（一）相近的外形——大膽展露的肉體美

《大神勃朗》中的地母。「一個強壯、安靜、肉感、黃頭髮的女人，二十歲左右，皮膚鮮潔健康，乳房豐滿，胯骨寬大。她的動作遲慢，踏實，懶洋洋地像一頭獸。她的大眼睛像做夢一般反映出深沉的天性的騷動。她嚼著口香糖，像一條神聖的牛，忘卻了時間，有它自身的永生的目的。」[114]

夏威夷女人，是高更名畫《永遠不再》的主角，她「健壯，至多不過三十來歲」、「裸體躺在沙發上」、「一手托腮，把眼睛推上去，成了吊梢眼，也有一種橫潑的風情」。[115]

她描寫日本山姥「披著一頭亂蓬蓬的黑髮，豐肥的長臉，眼睛是妖淫的，又帶著瀟瀟的笑……她把頭低著，頭髮橫飛出去，就像有狂風把漫山遍野的樹木吹得往一邊倒。也許因為傾側的姿勢，她的乳在頸項底下就開始了，長長地下垂，是所謂『口袋奶』。」[116]

蹦蹦戲花旦「闊大的臉上塌著極大的兩片胭脂，連鼻翅都搽紅了，只留下極窄的一條粉白的鼻子，這樣裝出來的希臘風的高而細的鼻樑與她寬闊的臉很不相稱，水汪汪的眼睛彷彿生在臉的兩邊，近耳朵，像一頭獸。她嘴裡有金牙齒，腦後油膩的兩綹青絲一直垂到腿彎，妃紅衫袖裡露出一截子黃黑，滾圓的肥手臂。」[117]

寫楊貴妃，「是中國歷史上唯一一個具有肉體美的女人。」[118]

（二）相近的性格——在荒涼破敗的環境中夷然地活下去

這些女性大都處於社會邊緣，若按主流價值觀來衡量，她們是被遺棄者，敗

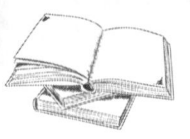

德者甚至罪人。但張愛玲卻尊重她們,看重和推崇她們那種面對各種逆境坦然自得的生存能力。

夏威夷女子,結結實實戀愛過,愛情一去不返,「永遠不再了」,可她臉上帶著微笑,「沒有一點渣滓的悲哀,因為明淨,是心平氣和的。」[119]

塞尚《抱著基督屍身的聖母》一反陳腐的宗教畫,其中聖母讓張愛玲傾心難忘,因為聖母在這畫中被畫成「最普通的婦人,清貧,論件計值地做點縫紉工作,灰了心,灰了頭髮鷹鉤鼻子與緊閉的嘴裡有四五十年來狹隘的痛苦,她並沒有抱住基督,背過身去正在忙著一些什麼,從她那暗色衣服的折疊上可以聞得見捂著的貧窮氣味。」(《談畫》)

蹦蹦戲裡的花旦,「將來的荒原下,斷瓦頹垣裡,」只有她這樣的女人「能夠夷然地活下去,在任何時代,任何社會裡,到處是她的家。」

她們不但能夠頑強生存,而且還有同情、瞭解和慈悲。山姥是蠻悍霸道如孩童的金太郎的撫慰者,而地母就如同大地母親的象徵,永遠在讚頌生命與春天,不斷地安慰死者,替垂死者除去他們生前不得不戴的面具。

張愛玲自稱是個小市民,她談錢談吃談穿,當然也不避諱談女人健康的肉體美,在《談女人》結尾,她有重重的一筆,「有美的身體,以身體悅人;有美的思想,以思想悅人,其實也沒有多大分別。」但是她深知無靈之肉,並非上品,「原始人天真雖天真,究竟不是一個充分的『人』」。(《燼餘錄》)所以在《談女人》中,她也指出「女人取悅於人的方法有許多種,單單看重她的身體的人,失去許多可珍貴的生活情趣。」

認真考察張愛玲大膽推崇地母形象的放恣的情感(情欲)與肉體美,不難發現張愛玲更多看重的是它強勁永恆的生命力。性是生殖的象徵,是大自然繁衍生息的象徵,也是堅韌無畏之生命的象徵。所以當我們讀到張愛玲摘譯的地母的自白:「我簡直想光著身子跑到街上去,愛你們這一大堆人,愛死你們……」[120]我們並不感到有惡俗的肉欲,反而有一種淨化了的悲憫,就像張愛玲在評價山姥和金太郎,「這裡有母子,也有基本的男女關係」,「因為只有一男一女,沒人

在旁看戲,所以是正大的,覺得一種開天闢地之初的氣魄。」[121]這裡的山姥,猶如女媧,她是立於人世之神,兼有母性與妻性。而母性與妻性,在張愛玲看來是「個個人都熟悉,而容易忽略,實在是偉大的。」[122]

綜合以上兩個方面來觀察,可以看出,張愛玲的「地母」形象中呈現的是一種健康女人的魅惑力,一種潑辣蓬勃的生命力。觀照張愛玲散文裡對兩張白玉蘭畫的描繪,對此會有更深入的體認。

在《忘不了的畫》一文中,張愛玲讚頌了山姥,並譏諷了藝妓(稱之為「循規蹈矩訓練出來的大眾情人」)及歐洲的聖母(「從前沒有電影明星的時候,她是唯一的大眾情人」),緊接下去,蒙太奇般地連接了兩幅顯示潑辣生命的白玉蘭,第一張——「土瓶裡插著銀白的花,長圓的瓣子,半透明,然而又肉嘟嘟,這樣那樣伸展出去,非那麼長著不可的樣子;貪歡的花,要什麼,就要定了,然而那貪欲之中有喜笑,所以能夠被原諒,如同青春。玉蘭叢裡夾著一支迎春藤,放煙火似的一路爆出小金花。連那棕色茶几也畫得有感情,溫順的小長方,承受著上面熱鬧的一切。」

另一張白玉蘭「薄而亮,像玉又像水晶,像楊貴妃牙痛起來含在嘴裡的玉魚的涼味。迎春花強韌的線條開張努合,它對於生命的控制是從容而又霸道的。」

以花指喻女子生命,是雪芹筆法,大體而言,《紅樓夢》即是群芳譜,通觀全書,花園名「會芳」,園中景致是「沁芳」,女子的悲涼是「三春去後諸芳盡」……而紅色是曹雪芹最鍾情的顏色,寫得最多的是「桃花」「杏花」「海棠」和「鳳仙、石榴」,情感表達從「怡紅」到「悼紅」,「千紅一窟(哭)」「萬豔同杯(悲)」。酷愛《紅樓夢》的張愛玲當然深受習染,在她的小說中,也多見以紅色的杜鵑花、木槿花和野火花來象徵情愛和生命。在《紅玫瑰與白玫瑰》中,她把「紅」說成熱烈,「白」代表聖潔。但在以上的散文中,玉蘭之白與聖潔無關,白玉蘭的花之姿恰恰是地母的寫照:有青春、有貪欲、有喜笑、強韌的生命,從容而又霸道!

## 二

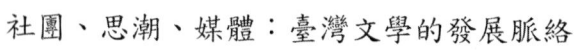

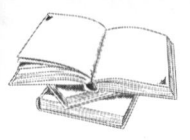

「地母」形象在張愛玲的散文中,有充分的表現,但限於散文的手法,她們大都是寫意或者象徵的,寄託著作者的理想與信仰。而在充滿細節與真實場景中的張愛玲小說中,也有著地母的投影,那是一些帶有「地母」根芽的人物形象。

張愛玲說,「女人縱有千般不是,女人的精神裡面倒有一點地母的根芽」。[123]讀了這句話,再聯想起張愛玲筆下那些自尊心被戳的百孔千瘡的女子,不覺冒出另一句張言——「一念之慈,頂上生出了燦爛圓光。」

張愛玲的小說中最具地母色彩的人物是霓喜,這是集神女與女神一身的人物,她是以姘居為生的女人,憑著自己的健康的魅惑力先後與五、六個男人同居,對於她,男人是生存的依託,是安全,也是愛與被愛的自我需求。在張愛玲看來,霓喜是代表追求人生安穩的「婦人性」(也可以說是「神性」)。「雖然這種安穩常是不安全的,而且每隔多少時候就要破壞一次,但仍然是永恆的。」[124]學者于青這樣描述霓喜:「任世人如何鄙視她,不拿她當人看,她卻是永不顛仆的地母,活得比任何人都長。張愛玲以自己接觸過的幾個在華的東南亞人為原型塑造了霓喜這一形象,是把她當做女神來寫的,筆調中有一種瞭解的同情和悲憫。」其實還有感動,霓喜「對於物質生活單純的愛」使張愛玲感動。[125]

霓喜之外,《色戒》中的王佳芝和《鴻鸞喜》中的婁太太也是有著張愛玲所說的「地母根芽」。王佳芝在小說中,是一個虛榮的年輕女子,她的人生中親情愛情友情都極度匱乏,她追隨主流思潮與同學的認可參加了間諜工作,這才使她得到了一種歸屬,彷彿「一切都有了個目的」,她就活在這個目的中,把間諜角色作為一次次成功的演出,自戀與自賞使她沉醉其中,甚至忘卻了危險。對於這個角色,小說《色戒》遠比電影《色戒》使用了更多的譏諷與不堪的描繪。但即便如此,張愛玲也寫出了王佳芝的「母性成分」。在刺殺老易即將成功的剎那,也是「彷彿只有她們倆在一起」的剎那,在那「虛幻」的愛人即將粉碎之時,她

在老易臉上看到了「一種溫柔憐惜的神情」，突然感到了「愛」。或者說，從老易眼裡第一次看到了自己，看到了人海茫茫之中的一絲溫情。這時她不顧自己的安危，放跑了老易。「太晚了，她知道太晚了。」她那時已經醒悟到，半生的虛妄已使自己墜入難以挽回的絕境，但她依然只是掛心著老易。

婁太太在婚姻與家庭中並不能體會到愛與尊嚴，她時時「覺得孤淒」，她的親人，「時時刻刻想盡辦法試驗她，一次一次重新發現她的不夠。」她在瑣碎庸俗中忙碌著、悲傷著、忙碌著、氣惱、為難……「被三十年間無數的失敗支持著」。在「白眼」與「冷落」中一錯再錯。這樣一個平庸無能的婦人，卻依然有著母性的光彩，她會盡力化解丈夫與兒子的衝突，她會犧牲自己的安逸和尊嚴去滿足丈夫及兒女的需求，作品中幾次寫到她對家人的愛「一陣陣溫柔的牽痛」。也寫了她因為愛而無懼恥笑的堅持。

類似的人物還有《桂花蒸阿小悲秋》的女僕阿小，《秧歌》裡的月香，《小艾》裡的小艾等，她們身上都有著母性的根芽，有一種張愛玲視為等同於「神性」的「婦人性」，代表著「最普遍的、基本的，代表著四季迴圈，土地、生老病死、飲食繁殖。」

## 三

說「地母形象」在張愛玲那裡如同信仰，是需要仔細闡明的。說到宗教信仰，通常與教義、教律、教儀、教團緊密相聯，而張愛玲的「地母信仰」並不如此，但它無疑在張愛玲那裡形成了一種強烈、堅定而持久的精神活動，這種精神活動包含著觀念信奉、情感皈依、心理寄託，這種精神活動對她的創作乃至生活有著深刻的影響，甚至某些時刻可以成為她召喚自我精神上升的神性力量，成為她創作中「哀矜未喜」「悲天憫人」的不竭源泉。

論及張愛玲「地母信仰」的內涵及特徵。許多人會認為，飽受滬港洋場文化滋養的張愛玲，信仰（或準宗教情懷）來自西方無關華夏。最早論述張愛玲宗教

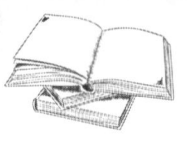

情懷的胡蘭成就是如此,在《論張愛玲》中他說:「她寫人生的悲怖與罪惡,殘酷與委屈,讀她作品時有一種悲哀,同時是喜歡的,因為你和作者一齊饒恕了他們,並且撫愛那受委屈的。」「她是屬於希臘的,同時也是屬於基督的」。[126]

少年時期是一個生命體精神發育成型的重要時期,敏感早熟的張愛玲的少年時期(11歲～16歲)是上海教會學校的寄宿生,她曾被迫誦讀《聖經》,對於基督教的教義、儀式和歷史,應該早早知曉。但張愛玲對教會學校的教育是褒貶兼有,她一方面說受過修道院教育的女孩子「天真得可恥」(《燼餘錄》),「馴良可是沒腦子」(《卷首玉照及其它》)另一方面也說教會學校的學生「慣於把讚美詩和教堂和莊嚴、紀律、青春的理想聯繫在一起」。(《中國人的宗教》)

也許,在張愛玲的人生哲學中,那敬畏天道的自律自強,那洞照生命的悲憫慈悲,或多或少受到了各類宗教也包括西方宗教的影響。但是總體上看,張愛玲的「地母信仰」有著強烈的華夏色彩。這華夏色彩最突出的特點是:在世俗性中尋求超越性。

哲學家馮友蘭指出:「對超乎現世的追求是人類的先天欲望,中國人並不是這條規律的例外。他們不大關心宗教,是因為他們極其關心哲學,他們的哲學裡滿足了他們對超乎現實的追求,他們也在哲學裡表達了欣賞了超道德價值。」[127]

確實如此,以儒學為代表的華夏哲學沒有把人的情感心理引導向外在神祕對象,因此,超越並不以對高高在上的神靈的迷狂中來體現,而是將人的情感心理消融於現實世界的人際關係中,以追求人際的和諧和後世尊貴來體現超越。因此華夏哲學不是宗教,又能扮演準宗教的角色,成為一種既入世又出世的信仰。在基督教信仰那裡,個體與上帝的精神聯繫,高於其他一切世間聯繫,人生的意義寄託於超越人世的精神聯繫;而在華夏信仰體系中並不設立一個獨立且外在於人類現世生活之外的超越世界。即使鬼神,也有人們現世生活中的濃郁投影,它們強烈地反映出人們對於現世生活的渴求和理想。

張愛玲的「地母信仰」中的崇拜對象,也都並非超凡的遠離人間的神靈,而

是活生生的人間女性，張愛玲推崇她們，並非她們有什麼「神力」或「靈異」，而是看到了她們代表人生安穩的一面，代表了與超人相對的「婦人性」，是「最普遍的，基本的，代表四季迴圈，土地生老病死、飲食繁殖。」她們是大地的產物，道是無情卻有情，以「痛切的歡欣」，凝視著四季迴圈的莽莽乾坤。[128]

在上述的地母形象中，除了楊玉環貴為妃子（但張愛玲看中的依然是她的親切、熱鬧，使我們千載之下還能夠親近），其他皆為凡俗之人，甚至是主流社會眼中的邊緣人卑賤者，張愛玲寫出她們放恣掙扎的一面，也看到了她們恆常素樸的一面，她們與歷來的女神截然不同的就是她們是有血有肉的，生命強健的。所以張愛玲崇拜的「神」性首先是凡俗性，所以她這樣評價地母：「這才是女神。翩若驚鴻，宛若游龍的洛神不過是個古裝美女，世俗所供的觀音不過是古裝美女赤了腳，半裸的高大肥碩的希臘石像不過是女運動家，金髮的聖母不過是個俏奶媽，當眾餵了一千餘年的奶。」

但是，張愛玲的地母亦有超越性。在華夏信仰中有強烈的泛神論色彩，認為天地萬物皆有神靈，張愛玲對此深有感悟，她說，「中國信仰中的『天』與現代思想中的『自然』相吻合，偉大，走著自己無情的路，與基督教慈愛的上帝無關。」（《中國人的宗教》）一方面是偉大，一方面是無情，這就是華夏信仰與張愛玲心中的「天」，是華夏哲學中具有生命一般強健的永恆的「自然」。這是張愛玲「地母信仰」超越性，這種凡俗中的超拔在《大神勃朗》中的地母身上最為突出。總體上看，張愛玲的信仰不是被概念限定的偶像，而是可以被感受被體驗的信仰。地母的「神性」是泛神的自然，是凡俗而永恆的，是創造者又是被創造的萬物。張愛玲的「地母信仰」承認大自然乃至萬物人生有一種冥冥的力量，可以感知而無法把握，但她又力圖在神祕的不可抗拒的力量之中，保持對人的處境與命運的同情和慈悲。它與中國土生土長的宗教一樣，有一種尊重生命的、此岸的、現世的宗教性格。它抵制了神祕的教義，不追求超世的拯救，它吸收了中國「參天地，贊化育」的「天人合一」的觀念。當然，也應該看到，張愛玲的「地母」原形來自西方現代主義劇作家歐尼爾現代主義的悲劇觀照，與張愛玲的「荒涼美學」絲絲入扣，所以，也不能完全抹殺西方現代主義對張愛玲「地母信仰」的影響。

## 四

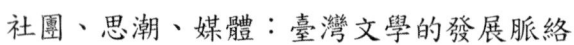

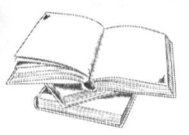

　　除了華夏色彩，張愛玲的「地母信仰」也具有強烈的個人色彩。其一，女性本位。其二，與其蒼涼美學緊密相關。

　　在張愛玲的小說中，最為出色的人物形象大都為女性，她刻畫女性的不幸，也表現女性的心地狹窄、貪戀虛榮，甚至陰毒使壞。但她深知女性的負面性格大都來自畸形文化，許多毛病也是女性為擺脫兩性社會中的劣勢而採取的求生策略。因此，她從不以偉大空洞的道德標準去衡量她們。對於她們（以及一切可憐又可恨的人物）張愛玲的態度都是，「如得其情，哀矜而勿喜」。因為，「把人生的來龍去脈看得很清楚。先有憎惡之心，看明白之後，也只有哀矜。」[129]

　　而在她的「地母信仰」中卻把女性推崇得很高。張愛玲認為，男性代表超人，代表觀念，存在於一個特定的時代裡，女性代表凡人、物質，存在於一切時代，是永恆的，與神性相連。女性是孕育、是創造、是繁殖、是包容。地母們每每與所謂文明相衝突，但張愛玲說：「高度的文明，高度的訓練與壓抑，的確足以傷害元氣，女人常常被斥為野蠻、原始性，千年來女人始終處於教化之外，焉知她們不在那裡培養元氣，徐圖大舉。」[130]這裡可以看出，她認為女性可以在未來新文化的開創中扮演重要角色，「地母形象」中寄託著張愛玲對女性的期望和推崇。

　　張愛玲把美學境界分為「力」（壯烈）「悲壯」和「蒼涼」三類。她推崇並致力追求一生的是「蒼涼」。她認為，「蒼涼」既擺了「力」的直露與單一，又超越「悲壯」的高蹈理想與二元對立。「蒼涼」敢於表現平庸凡常的人生，直呈生活原色，不對人生做簡單判斷，透過真實素樸的凡俗故事給讀者悠長的啟示。（《自己的文章》）

　　張愛玲的地母信仰與她的「蒼涼美學」相映生輝。19歲時張愛玲作《天才夢》，把生命喻為「一襲華美的袍」，稱自己「沒有人與人交接的場合」，「充滿了生命的歡悅」，但是在與人打交道時，她覺得「自己等於一個廢物」，因

此，她的生活中充滿了「咬嚙性的小煩惱」，猶如那「華美的袍」，「爬滿了蚤子」。[131]當時，生命在總體上依然華美，主調依然歡悅，雖然時有「蚤子」帶來的小煩惱。而三年後（1944年），張愛玲已在上海紅極一時，正是事業巔峰之時，卻也是她「蒼涼美學」成形之日。她時時告誡自己「我們的時代本來不是羅曼蒂克的。生在現在，要繼續活下去而且活得稱心」，「是艱難巨大的事。」[132]她敏銳地感受到，時代正在破壞中，還有更大的破壞要到來。「有一天我們的文明，不論是生活還是浮華，都要成為過去。如果我最常用的字是『荒涼』，那時因為思想背景裡有這惘惘的威脅。」[133]生命之主體似乎已不再華美歡悅，而荒涼卻日益擴大，日漸逼近。而在這沉淪中的嘈雜裡，她也會有「清澄的，使人心酸眼亮的一剎那，聽得出音樂的調子，但立刻又被重重黑暗擁上來。」[134]

「地母信仰」正是突破重重黑暗的一剎那清澄。凡俗而又超拔的地母與荒涼且破敗的背景相互生發映襯，正是張愛玲「蒼涼美學」的最佳標本。在這裡，它又一次與許多宗教信仰有了區別。大多數宗教信仰，不是煽動性的說教（「力」之美），就是標舉靈肉善惡的二元對立（「悲壯」）。而張愛玲的「地母信仰」，卻是植根真實人生，它並不完美，因為「一切完美事物皆屬於超人的境界。」但是「人的成分」特別的濃厚。[135]它對未來並不做半點承諾，但對現實對生命，骨子裡依然透出無限的戀慕和希冀，雖然，她也深知生命是殘酷的，怯怯的願望總是縮小又縮小，讓人無限慘傷。[136]

在「文以載道」的大傳統和「文學啟蒙、文學救世」的小傳統薰陶中成長的我們，習慣了在文學中尋找許諾、指點、教誨……期盼主題和氛圍中的希望與理想，因此，我們如果不推崇壯烈與力的左翼文學，至少也要求如魯迅般悲壯，（魯迅之吶喊雖自稱源於個人的「寂寞的悲哀」，但也聽從了「不主張消極」的將令，讓小說主角有夢可安慰，把墳「平空添上一個花環」。《吶喊自序》）因此，張愛玲讓我們感到了壓抑、陰冷和不安全感。

然而，張愛玲是有愛的，她的愛並不浪漫、高調，而是冷峻的，連接著人生痛苦，但依然是愛。張愛玲認為這世上沒有完美的人，也沒有徹徹底底的壞人，

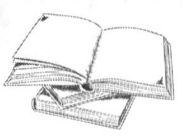

每個人都不容易，都在艱難地求生存。她對人都抱著很大的同情。張愛玲寫了那麼多苦痛的事，無聊的事，陰暗的事，這些人性故事後面深藏的正是張愛玲的愛與同情。

我們要問，對不完美的凡俗之人的同情或者愛也可以成為一種信仰嗎？回答是肯定的，看出激情、理想、大仁大義中的「似是而非」，轉而在瑣屑、殘缺、和小奸小壞中看到「似非而是」，悲涼中透著溫情，凡庸裡找到啟示，「道在螻蟻，道在屎溺」，這才是一種「靠得住的愛」。對於張愛玲，信仰並不是供擺設的觀念模式，而是內在的情感體驗，是行動的箴言體系，甚至是她的素描或者小傳。

## 五

張愛玲對臺灣文壇之影響論述眾多，本文僅就其「地母形象」之影響略做辨析，限於篇幅，取臺灣男女經典作家各一部為例：白先勇小說集《臺北人》[137]和簡媜散文集《女兒紅》。[138]

白先勇與張愛玲相差17歲，但相近之處頗多，皆酷愛《紅樓夢》及華夏古典文化，均飽受華洋共處之城上海洗禮，家世由顯赫而敗落，遭逢離亂，漂泊中創作……

白先勇在臺大外文系讀書時，就聽夏濟安教授詳盡介紹和推崇張愛玲的小說；張愛玲來臺時，白先勇前去拜訪並贈與《現代文學》。多年後，白先勇在談及張愛玲時道：「她能以成熟人生觀極卓越的文字技巧將1930、1940年代上海香港那些亂世兒女的故事寫得生動傳神，替那大時代裡苟全性命的一些小人物——尤其是中產階級的中國女性——作了一項忠實的藝術見證」。[139]

地母式的女性形象在《臺北人》中也有相當位置，如尹雪豔、金大班，作者不但描寫出她們的「健康的肉體美」和放恣的「情欲」，也寫出了她們在敗落的

環境中夷然活下去的強勁生命。在美學境界上，《臺北人》表現凡常人生，直呈生活原色，不作簡單判斷，透過真實素樸的凡俗故事給讀者悠長的啟示，直追張氏「蒼涼」；《臺北人》屢屢出現「冤」「孽」等字眼，與張愛玲「惘惘的威脅」異曲同工，都表現出一種對冥冥中不可知的敬畏，人類的理性和努力似乎都無法左右國家興亡文化盛衰社會寧亂。

簡媜就讀臺大，任職臺北《聯合文學》，文學生命成長於張愛玲大紅大紫的特定時空，「祖師奶奶」的影響不可抹殺。她是第一個把「地母性格」一詞引入女性形象描繪的散文家。在《女兒紅》集她這樣詮釋「女兒紅」：「舊時民間習俗，若生女兒，即釀酒儲藏待出嫁時再取出宴客，因此也稱『女酒』和『女兒酒』。這大紅喜宴上的一罈佳釀，固然歡娛賓客，但從晃漾的酒液中浮影而出的那副景象卻令人驚心：一個天生地養的女兒就這麼隨著鑼鼓隊伍走過曠野去領取她的未知；那罈酒飲盡了，表示從此她是無父無母、無兄無弟的孤獨者，要一片天，得靠自己去掙。這個角度體會，『女兒紅』這酒，頗有風蕭蕭兮易水寒的況味，是送別壯士的。辭書上說，有一種紅蘿蔔別名『女兒紅』，十足的鄉土氣息。想像某個冷冽的早晨，莊稼人撥霧來到菜圃，寒霜凍憊了果蔬，唯有那一畦蘿蔔田閃閃發光，長梗裂葉看起來精神飽滿，握手一揪，一根根結實的、鮮美的紅蘿蔔喜滋滋地破土，好像一顆顆又長又胖的釘子，默默地把山川湖海釘牢。這麼一想，『女兒紅』又接近了地母性格。一半壯士一半地母，我是這麼看世間女兒的。」凡俗的默默地釘牢山川湖海。無父無母、無兄無弟的孤獨者，要一片天，得靠自己去掙。這與張愛玲的「地母形象」頗為相似。

不過，鄉土滋養與海洋風華使簡媜更多地接受和發展了張愛玲青春明亮一面。她用多重「紅色」詮釋女性。其一，血色，殘酷的紅。人血，當然是死神胭脂。有多層的暗影，那色澤包藏豐富的爭辯：死亡與再生，纏縛與解脫，幻滅與真實，囚禁與自由……其二，牲禮的紅。屬於童年時代跟母親有關的記憶。年前祭祀中，「紅龜」與「面龜」的紅，不獨是食物可口以及隱含的信仰力量，更重要的是每幢磚瓦屋內都有把自己當作獻禮的女子才使那紅色有了鄉愁的重量。其三，火的顏色。浴於烈焰，振翅高飛，一路拍散星星點點的火屑，純粹的紅裡有不為人知的灼痛。（簡媜《女兒紅序》）

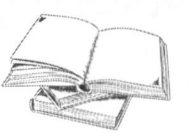

《女兒紅》集裡有五篇是以女性為中心，分別是童時的自我、祖母、母親、妹妹還有《母者》裡眾多母親與女兒的形象化身。初春的小路上，母親為海濤聲所吸引，癡情地朝遠方走去，淡藍天空下的背影讓稚齡的女兒印象深刻，多年後她漸漸理解，自己創作本能正來自母親，「她被大洋與平原孕育，然後孕育我。」夏日車站的剪票口，祖母靜靜地送別北上的孫女，獨生子剛剛撒手而去，然而，在一切生離死別面前，祖母總是鎮定。「那姿態絕非弱女子，我後來讀到荊軻刺秦的故事，頓覺阿嬤的氣概近似風蕭蕭兮易水寒。」作者家族的女性成員在人數和力量上不讓鬚眉，祖父和父親早逝，讓祖母、母親和作為老大的作者共同支撐起風雨飄搖的家庭，辛勞並不能摧毀她們的冰雪人格，患難反倒造就了軒昂器宇，母系的藝術氣韻因而綿綿不絕。這些女性，各有各的艱難航程，且不見外援，只能自我領航，卻以她們的無言和執著，印證了血與性禮，印證了愛與責任，印證了女性堅韌和真情……特別是《母者》，生離死別的沉重，萬難情境的救贖，突破困境的掙扎，時時有「天問」般震天撼地的追索與叩問，豐沛的情感得到氣勢軒昂的伸展，這出自鄉土的現代女性宣言，果然是地母性格和壯士本色！

# 黃春明的童話之於海峽兩岸兒童文學創作的啟示意義

蕭成[140]

黃春明是臺灣當代著名的鄉土作家，曾被稱為臺灣社會「小人物」的代言人，他以半個世紀的輝煌文學創作，成為了開創20世紀臺灣鄉土文學新紀元的旗幟性人物之一；與此同時，黃春明也是一個非常喜愛孩子的人，他本人始終保持著一顆珍貴的「童心」，為此在1990年代，黃春明一口氣就出版了五集童話，極大地豐富了孩子們的生活。這五集童話分別是：《小麻雀・稻草人》、《愛吃糖的皇帝》、《短鼻象》、《我是貓也》，以及《小駝背》。而且黃春明認為：「童話不只寫給小孩看、大人也能看，而且要完全中國式才好」。他的這一創作觀念，不僅接續了五四新文學運動以來由魯迅、葉聖陶、鄭振鐸等前輩作家開創的兒童文學創作傳統，而且更以「撕貼畫」這樣圖文並茂的新穎形式，為海峽兩岸的兒童文學創作增添了新光彩。黃春明以深厚的文學素養引導孩子的童稚心靈進入樸實有趣的童話空間，讓孩子的心靈在那個童話的世界自由地翱翔。在這些作品中，黃春明以豐富的想像力，把兒童從現實生活帶向神奇多彩的童話境界；在質樸淺顯的故事中，蘊含著富於啟迪性的生活哲理。他的童話的最大特點就是極富幻想色彩。不論是帶有田園牧歌風味的童話還是直接反映歷史文化的故事，都充滿著亦真亦幻的童趣。他不僅善於運用歌謠、擬人、比喻、誇張等手法，而且還採用了「陌生化」的方式將現實生活折射到想像世界中，使兒童與成年人均喜聞樂見。很顯然，這種藝術創作模式對於當下海峽兩岸兒童文學的創作有著積極的意義，而且在目前外國兒童文學作品充斥海峽兩岸兒童文學市場，具有「中國風」的兒童文學創作與兒童文學作家式微的現狀下，黃春明精心創作的這些「完全中國式」的童話，對於當下海峽兩岸的兒童文學精品、經典的產生，也有著積極的啟迪作用。我們可以具體欣賞一下黃春明這五集童話精品。

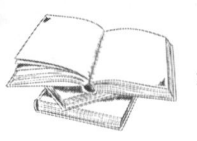

## 社團、思潮、媒體：臺灣文學的發展脈絡

《小麻雀‧稻草人》這篇童話，如果光看題目，很容易讓人聯想起現代著名作家葉聖陶的同名童話《稻草人》。然而，讀過之後，就會發現這篇童話中流瀉的是歡快、喜悅，絕對沒有葉聖陶童話中所透出的「成人的悲哀」。

故事發生在一個充滿喜悅的豐收季節，麻雀們高興地唱著歌謠：「七月天，稻子熟，一遍稻子甜又香。一塊田，兩塊田，田田連田到天邊。太陽晒，稻穗黃，風吹稻田翻金浪。你乘風，我破浪，黃金稻田吃又玩。快來啊！快來啊！不吃稻子待何時。吱吱吱、吱吱吱、吱吱喳喳吱吱吱。」

老農夫聽到麻雀的歌聲，心裡很焦急，趕忙召集全家人搜集材料製作稻草人。孩子們興奮地跟著老農夫製作了十個稻草人，準備第二天就插到田裡去驅趕麻雀。作者把製作稻草人的過程寫得妙趣橫生。由於好奇心的驅使，孩子們問老農夫說：「爺爺，你只叫媽媽和大嫂去找舊上衣，沒有叫她們也要找十條褲子和十雙鞋襪，這怎麼可以？」老農夫回答：「稻草人不用穿褲子和鞋襪的」。可孩子不太明白。於是又問：「女稻草人怎麼可以不穿褲子？」看到這樣的童言童語，真是讓人忍俊不禁。稻草人紮好了，孩子們的疑問又來了：稻草人怎麼可以沒有眼睛、鼻子和嘴巴？當老農夫說不需要時，孩子們夜裡睡不著，偷偷起床給每一個稻草人都畫上了「完美」的眼睛、鼻子和嘴巴。孩子們的做法，竟讓全村的稻草人都「受益」了——統統都被畫上了五官。黎明前天光未明的時候，老農夫就率領孩子們扛著稻草人去田裡了，一路上老農夫諄諄告誡孩子們千萬不可叫「稻草人」，而要叫「兄弟」，因為麻雀是鬼精靈的，如果知道稻草人是假人，就不怕了。當老農夫和孩子們把稻草人在田裡插好離開之後，麻雀們也起床飛來了，它們看到田裡突然出現了好多「人」，感到害怕。一隻老麻雀就主動先去「偵察」，結果發現原來是稻草人，根本不用擔心。麻雀們快樂地享用著香甜的稻粒當早餐，還很過分地隨便停在稻草人的頭上、肩上和手臂上，這讓稻草人感到很生氣，覺得自己的尊嚴受了損傷，也擔心老農夫對他失望。於是，稻草人向老麻雀抗議：「喲！我是老農夫做來照顧稻田的，他完全信任我，你們卻在我面前吃稻子，吃完了還停在我身上胡鬧！這，這未免太囂張了吧！」老麻雀振振有辭地回答說：「你和老農夫一樣小氣、自私！這一大片稻田。我們麻雀來抓過多少蟲子啊，現在稻子成熟了，我們麻雀來吃一點稻子，你就替農夫鬼吼鬼叫！」

老麻雀又說：「你閉著眼睛想一想，如果現在這一片金黃的稻田，要是沒有我們麻雀飛來飛去，吱吱喳喳歡喜的唱著歌，多沒生氣，多沒有意思啊。」聽了老麻雀的話，稻草人的心開始動搖了。的確，老麻雀說得不無道理，人類應該與動物更和諧地相處於大自然間。於是，稻草人和麻雀雙方決定「合作」：「從現在開始我們稻草人來替你們看農夫。農夫他們來了，我就通知你們躲起來，他們走了，你們就出來吃好了。但是，絕對不能停在我們稻草人的身上。」麻雀們接受了這個協定。最後結局皆大歡喜：老農夫滿意，因為田裡都不見吃稻子的麻雀了；麻雀們滿意，因為今年他們吃得很安心、很飽；而「稻草人更滿意，說麻雀給了他們面子，不叫農夫看到麻雀偷吃稻子，叫老農夫覺得稻草人很有用，今年的秋收，還有明年的現在，他們都可以和麻雀這些老朋友見面了。」

　　這篇童話充滿了詩意畫意，作者筆下的田園、村莊、莊稼、動植物等，全都融進了詩的情思和境界之中。而且這篇童話在結局上還採用了「陌生化」的效果，人們原本以為稻草人會盡忠職守地驅逐麻雀，故事卻打破了人們原本的心理預期，根本沒想到稻草人與麻雀會「狼狽為奸」地一起欺騙老農民。此外，故事中老農夫帶著孩子們製作稻草人，以及在天光未亮的黎明前到地裡去插稻草人的情景，以及讓孩子們叫稻草人「兄弟」，因為麻雀鬼靈精的告誡。這些都讓人聯想起《青番公的故事》裡青番公和孫子阿明在一起時的溫馨畫面。從與自然的親近中，孩子們顆顆純潔的心裡盛滿了愛心，他們熱愛自然，自然也回饋著這種關愛。人也回到了最初的母體，傾聽歷史源流裡的生活召喚。黃春明在他營造的幻想空間裡，為孩子們開啟了這扇與自然親近的大門，透過孩子童稚的眼光和好奇心理來看待和理解事物。

　　由於黃春明從小就浸淫在鄉間祖母說故事的環境之下，這種童年記憶和童年經驗，使他在創作童話的時候，汲取了民間故事的養料。黃春明的祖母是個講故事的高手，曾經把屈原的故事改編成屈原勸愛吃糖的皇帝少吃糖，奸臣卻給皇帝糖吃，結果皇帝因為吃糖太多而生病，用這個故事來勸告小孩子要少吃糖。《愛吃糖的皇帝》這篇採用民間故事模式創作的童話，其素材就是取自黃春明當年聽祖母所講的那個故事。這無疑是一種寶貴的童年經驗在作者心靈上鐫刻下的印記。故事敘述兩千年前的戰國時代，楚國有位皇帝，手下有屈原和靳尚兩位大臣

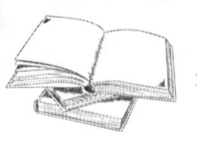

社團、思潮、媒體：臺灣文學的發展脈絡

幫助他治理國家。靳尚最喜歡拿糖給皇帝吃，而屈原則剛好相反，他經常請皇帝吃鹽巴。開始時，皇帝覺得糖固然好吃，但鹽巴的滋味也不錯，吃了鹽巴調味的食物後，覺得更有精神治理國家了，常在文武百官面前稱讚屈原。靳尚為此覺得不快樂，他妒忌屈原受到皇帝的喜愛。於是他叫人做出了各種美麗好吃的糖給皇帝吃，還向皇帝進讒言，說屈原不該讓皇帝吃鹽巴。皇帝糖吃多了，食欲不好，健康受損，而且牙疼，治理國家也沒精神了，就連上朝時也打瞌睡。屈原看在眼裡，急在心裡，他讓廚房裡用鹽巴煮食物，幫助皇帝調養身體，可是皇帝不吃，還罵屈原「大膽！」屈原去找靳尚爭吵。靳尚於是改變策略，偷偷給皇帝吃各種糖和甜點。皇帝覺得很好吃，愈來愈聽靳尚的話，變得昏庸無道，他把屈原貶到一個小地方去做官。可是，屈原在外，還是擔心著皇帝和百姓，有一天，他難過得受不了就投江了。皇帝繼續吃著糖和各種甜點，病得無法動彈時，這時屈原留下的鹽巴突然從房頂掉下來，恰巧落在皇帝頭上，皇帝吃了鹽巴後，感到精神好轉，於是就讓人去把屈原找回來，可是屈原已經死了。皇帝怕江裡的魚吃屈原的屍體，讓老百姓包粽子餵魚；而且還懸賞讓人找屍體，人們就在五月五日那天划船在江上找屈原的屍體。這就是端午節人們要吃粽子、划龍舟比賽的來歷。在這篇童話中，屈原和靳尚這兩個形象顯得特別栩栩如生。作者透過兩人的行為對比，將屈原心靈的美麗與靳尚心靈的醜惡揭示了出來，啟示人們：不要中了靳尚的糖衣炮彈，不要只愛聽讚揚的話；而應該有肚量嘗嘗屈原提供的「鹽巴」的滋味，也要學會接受批評，這樣才有益身心健康，才能養成健全的人格。這個故事還很容易讓人想起「忠言逆耳利於行，良藥苦口利於病」的格言。

　　《短鼻象》和《我是貓也》這兩篇童話的主角都是動物，「短鼻象」與「黑貓」都是歷經了一番屈辱和磨難之後，才最終確定了自身的價值。《短鼻象》敘述一頭短鼻子的大象，經常被小孩子用歌謠取笑：「長鼻豬、短鼻象，到底你是那一樣？短鼻象、長鼻豬，到底你是那一族？」這使原來就為自己的鼻子太短難過的短鼻象更難過了，「難過得變得很自卑。」於是，短鼻象下決心要改變這種局面，讓鼻子變長。他先後嘗試了找美容院的醫生替他整容、用鼻子纏住樹枝上吊、讓壓路機壓鼻子、用金屬水喉套在鼻子上、買減肥藥瘦身讓鼻子顯得長一點，甚至還用上了說謊，希望鼻子能像木偶皮諾丘那樣變長，可是這一系列的努

力都沒有用，他的鼻子還是那麼短，不僅孩子們繼續取笑他，而且還落了個「神經病的短鼻象」的名聲。短鼻象為此苦惱、傷心不已，沮喪得都不願意見人了。有一天，荒野裡發生了火災，可沒有人發現，短鼻象於是趕緊跑到溪邊用鼻子汲水滅火，他來來往往地跑了好多次，總算把火撲滅了。這時他感到又累又渴，於是到溪邊去喝水，竟然看到水中有頭大象正舉著長鼻子和他打招呼，原來就是自己啊，他驚喜地發現鼻子已經變長了。《我是貓也》則敘述一隻黑貓一出生就被有錢人家飼養了，黑貓也感到很高興。這戶人家的大小姐非常喜歡黑貓，整天把抱在懷裡，餵他愛吃的魚，貓吃得比家裡的傭人都好，而且每次黑貓淘氣毀壞東西，打爛魚缸什麼的，大小姐總是把他的責任推卸到家裡的傭人身上，從不怪罪他。這樣一來，很快引起了傭人們的妒忌，他們更討厭黑貓了，集體排斥他。有一天，發生了一件意外事件，大小姐進城了，黑貓正在涼亭懶洋洋地休息時，突然遭到襲擊，迅速被裝進一個袋子裡，被扔到一個小村落裡，他傷心地哭了一夜，醒來時，又冷又餓的他，正想找食物，一個人用一條小魚當誘餌設計了一個陷阱，用籃子把他罩住了。黑貓被關進一個已經有很多貓的籠子裡，過了一夜，就被拍賣了。黑貓被一個女人買了下來，因為村子裡老鼠很多，叫他抓老鼠，可是黑貓覺得老鼠很骯髒，以前又沒抓過老鼠，所以不願意。當他餓了時，就偷吃了桌子上的一條魚，女主人發現了痛打他，還說他不是貓，而老鼠們也不怕他。黑貓難過極了，他望著月亮想確定一下自己是不是貓，這時走來一隻老貓勸他抓老鼠，在又餓又累的情形下，他別無選擇，只好去抓老鼠充饑，他利索地抓住了老鼠王，人們都向他鼓掌喝彩，女主人也驕傲地向人們宣稱是她家的貓。此時，黑貓終於恢復了尊嚴，為自己終於成了一隻「貓」而驕傲。

　　這兩篇童話分別透過「短鼻象」救滅荒野火災，「黑貓」最後抓住老鼠王的行為，改變了他們在大家心目中的形象，從而恢復了尊嚴的過程，啟示孩子們認識生活，改正缺點，只有做有利社會和人類的事，才能真正成材。童話作為一種兒童文學的重要體裁，與教育有著極為密切的關係，人們常說的「寓教於樂」，指的就是兒童文學的四種功能——審美、教育、娛樂、認知。《短鼻象》和《我是貓也》裡就充分發揮了這種「寓教於樂」的功能，使「喜劇」中「笑聲」的功能發揮到了最大處，把「惡習變成人人的笑柄」。人們在兩個動物主角身上，可

以發現作者的嘲笑是鑲嵌在孩童般的戲謔中的,是透過笑聲來引發人們進行深思的。而且即便是批評與否定,也是以透出愛意的揶揄方式出現的。因此這種揶揄的喜劇效應往往在引發笑聲的同時,委婉地向孩子們作著某種提示,它能在輕鬆和快樂的氛圍中,使孩子們有所省悟。

不過,當我們走進《小駝背》的世界時,迎面而來的則是一個在生活中備受折磨的受難者形象——小駝背。故事敘述一個駝背的孩子,從小就失去了父母,連自己的名字都忘記了。由於他身體的殘疾,經常遭到街上的孩子的凌辱。在小鎮上,只要一見到小駝背,總有一群孩子唱著他們編的歌謠嘲笑他:「小駝背,像烏龜,東跑西跑無家歸⋯⋯」還有一些頑皮的男孩子,見小駝背經過就把他絆倒在地,然後圍著他興高采烈地大聲叫嚷:「快來看哪!看大烏龜翻身。」有一次,一個瘦小的男孩子看不過小駝背遭受的欺凌,挺身而出制止那幾個欺負人的男孩。結果反而被那群孩子打倒了。小駝背將這件事從頭到尾都看在眼裡,但他的身體幫不了小男孩的忙,只能等那群孩子走了之後,趕緊跑過去扶起小男孩。

「倘使被欺負的事,一時令小駝背感到孤單而難過,可是不要過多久,他就忘得一乾二淨。躺在地上的小駝背,萬萬沒料到還會有人可憐他,一旦遇到這樣的事,使他感動得禁不住地哭起來。」

小駝背擔心著小男孩的傷勢,並為小男孩而難過,但小男孩說他一點也不後悔。這時,那群孩子又唱著歌走了回來:「小駝背,小駝背,壓不直,拉不直,還是小駝背⋯⋯」小駝背於是帶領小男孩離開這地方。小駝背請他的小恩人到他住的地方,那是一個很大的水泥管。小駝背就和他養的一隻流浪貓咪咪住在這個家裡面。小男孩問他叫什麼名字,他說自己忘記名字了。小男孩看他很難過,就安慰小駝背,以後慢慢再想一個好名字,並且告訴他自己的名字叫「高看看」,從此小駝背和高看看就成了好朋友。高看看從小駝背那裡知道了很多關於小動物的有趣故事,覺得小駝背也是一個聰明的孩子,就教他寫字。有一天晚上,小駝背在水泥管裡睡得很沉,突然聽見一個小女孩叫他「金豆」的聲音,他又驚又喜地問:「你怎麼不叫我小駝背?」小女孩回答:「我也是駝背啊!我們這裡的人都是駝背。」於是,小駝背在她的帶領下去她家玩。一路上,看到的人全都是駝

背,「並且每一個人看起來都是非常的善良。他們見了小駝背,不但露出笑容點頭,也有遠遠就向他招手的。一陣溫暖舒暢的感覺,從小駝背的心底化開,一下子就傳遍了全身,他不再害怕什麼了。他大大方方地跟著小女孩到處走動。」最後他們到了小女孩家,受到了熱烈歡迎。小駝背還在這個「駝背鎮」上發現房子、椅子、床鋪等東西都經過特殊設計、製造得很符合駝背人使用。小駝背在夢中不願意醒來,但是近處的狗叫聲吵醒了他。他回憶剛才的夢境,很興奮,一再反覆地叫著自己的名字——「金豆,金豆,我的名字就是金豆。」他想告訴高看看,高看看一定也會為他高興,並且還會教他名字的寫法。天亮了,高看看來找小駝背玩。小駝背把昨天晚上發生的事情,詳細告訴了高看看,高看看很為他高興,不一會的工夫,就教會了小駝背寫自己的名字。小駝背用高看看送他的彩色蠟筆,在水泥管的裡裡外外,寫滿了「金豆」這個名字。「從此以後,小駝背經常在夢中,到那令他快樂的駝背鎮去玩。如果有什麼新發現,他總是不厭其煩地告訴高看看。」這樣的日子過了不久,小鎮上的孩子又編了新歌嘲笑小駝背:「小駝背,身彎彎,上山容易,下山難,哈哈哈,哈哈哈,哈哈哈,哈哈哈。」

但是,這一次,小駝背不去理會他們,他從此很少出門,一有時間,就靜靜地閉上眼睛到「駝背鎮」去了。故事最後的結局是這樣的:「有一個大清早,高看看帶了油條和燒餅去找小駝背。他和平時一樣,低著身子鑽進水泥管去搖醒小駝背。但是這一天,當高看看鑽進去,正想伸手去搖他的時候,他突然感到有點異樣。小駝背臉帶著笑容,很安詳的躺著,所不同的是,臉色蒼白而帶有一點冷冷的光。他任憑咪咪舔著他的手哭叫也不醒來了。只有高看看知道,小駝背已經到很遠很遠的駝背鎮去了。高看看抱著咪咪,咪咪什麼都不知道,牠一味舔著高看看的手,時而喵喵地叫幾聲。這時一鉤彎彎的淡淡的月牙還沒有消失,高看看凝望月牙,拖著沉重的步子,心裡默默地喊著『金豆』這個名字。不一會兒,那淡淡的月牙,像掉落在蕩漾的湖裡消失了。」

這篇作品讓人聯想起安徒生的童話《賣火柴的小女孩》。它不僅折射了黃春明的童年經驗,而且讓孩子們提前嘗到了人生的憂愁滋味。就社會影響而言,《小駝背》和黃春明的其他童話相比,帶有強烈的憫恤之心和悲劇色彩。小駝背這個形象更接近生活,更具有普遍的象徵意義,能夠喻指更普遍的社會現象和人

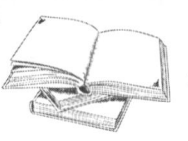

物群體。作為一個有著某種生理缺陷的孩子，小駝背始終是處於被動地位的：從被戲弄、被歧視到被冷落，直到死亡。集體可以遺棄他，卻不必因為對他的傷害而反省。在他與世界所發生的矛盾衝突中，世界以強大的力量不斷拖曳著他。因此人們可以看出，「駝背鎮」這個美好的意象，其實隱喻了作者渴望獲得更令人滿意社會狀態的一種潛意識。這是因為人們對現實世界有諸多的不滿，所以只好去幻想的世界中去享受和平、正義、友誼和關愛。小駝背親生父母死了，他遭受歧視和凌辱的經歷，以及他所遭受的精神創傷是許多人能在自己的經歷中體驗到的；小駝背自慚形穢、東躲西藏、不敢抬頭挺胸的自卑心理在許多人心中也都能引起共鳴，所以小駝背成為高度凝練了生活的象徵——成為一種人物、一種人生、一種經歷、一種命運的標誌。

　　愛默生曾經說：「兒童就像彌賽亞一樣，他降臨到墮落的人間就是為了引導人們重返天國。」兒童文學承擔著塑造未來民族性格的天職，黃春明深諳這一點，因此他的童話創作在體現鮮明的「遊戲精神」和「娛樂特質」之外，尤其重視將人類關於真善美的最基本認識——愛心、同情心、友誼、勇敢、樂觀等展示給孩子們，希望孩子們從中獲益，從而實現精神與人格的全面提升。而黃春明童話確確實實地在努力實踐著「兒童文學承擔著塑造未來民族性格的天職」，並積極推進著海峽兩岸的兒童文學作家在這條道路繼續前進。

# 《文訊》：臺灣文學研究的主要媒介

袁勇麟[141]

　　《文訊》雜誌創刊於臺灣「戒嚴令」尚未解除的1983年7月，期間歷經了孫起明、李瑞騰、封德屏三位總編輯，進行過辦刊方向的調整，從贈閱到徵訂，從月刊到雙月刊再到月刊，從黨營到民間資本資助出版，二十餘載的風雨飄搖，《文訊》已逐漸成為研究臺灣文學最重要的參考期刊之一。《文訊》以文學評論、文學史料、文化評論、文藝人物評介為主，內容包括文藝雜談、文學評論、書評書介、出版資訊、專題史料、文學人物、文藝動態等，創刊至今近300期，注重文學史料收集、整理、保存，重視對文學人物立傳，貼近文壇現實，及時報導藝文動態，並透過專題策劃的方式，力圖階段性、整體性、區域性、文類性地從多方面多角度勾勒臺灣文學的歷史輪廓，進而形塑臺灣文學的地圖。

　　《文訊》創刊以來，形成了自身鮮明的辦刊特色，主要表現為以文學史料保存、整理為主而呈現的深厚的歷史意識；以每期專題策劃為統攝而呈現出的文學研究的「問題」意識；從文學到文化，從辦刊編輯的文學「專志化」向文化「綜合化」位移而呈現的切近現實，關懷民生的人文意識；視野開闊，試圖建構包含中國大陸、臺灣、香港、澳門、海外在內的華文文學整體意識、開放意識、自覺意識；努力參與社會現實，構建「文化公共空間」的責任意識等。

## 一、搶救文學史料，傳播文化遺產

　　「文學史料，是歷史上有關人類文學活動與各種文學現象的資料。具體而

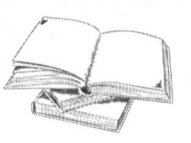

言,包括:文學作品本身,文學理論批評著作,作家傳記資料,文學作品的背景性資料,文學社團與流派資料,文學期刊與報紙副刊資料,文壇風尚與文學事件資料,文學形式範疇的資料等等。」[142] 隨著時光的流逝和作家的凋零,文學史料慢慢散佚。封德屏說,從1983年創刊伊始,《文訊》就「一點一滴地發掘、搜集、保存、整理、出版和傳播現代和當代臺灣文學史料」,「忠實地記錄文壇狀況,關心『非主流』的文學人、藝文活動及地方採風,用專欄、專題企劃探尋臺灣文學發展的特性和脈動;定期舉辦文學性且具史料意義的活動,做一些今天不做明天就會後悔的地毯式搜尋工作等等」[143]。

如《文訊》長期在雜誌上刊登「徵集散佚文藝雜誌」的告示,徵集範圍包括日據時期的《三六九小報》、《臺灣文藝叢志》等,光復初期的《創作月刊》、《臺灣文學叢刊》等,以及1950、1960年代的大量文藝雜誌。它的許多帶有搶救性質的活動,就是一趟趟「艱巨卻又充滿驚喜的訪古之旅」。如在臺灣光復60周年之際,《文訊》推出「追尋文學記憶:1950~1969十種文學雜誌」專題,介紹那些「比較少人知道,甚至被人遺忘」的《暢流》(1950.2~1991.6)、《自由談》(1950.4~1987.11)、《西窗小品》(1950.8~1953.11)、《晨光》(1953.3~1957.2)、《新新文藝》(1955.1~1959.6)、《復興文藝》(1956.12~1959.6)、《筆匯》(革新號,1959.5~1961.11)、《作品》(1960~1963.12,1968.10~1971.5)、《詩‧散文‧木刻》(1961.7~1963.4)、《草原》(1967.11~1968.6)十種刊物。在半年多的「上山下海搜尋雜誌」和「尋找相關的人」的過程中,《文訊》編輯部有歡欣也有遺憾。封德屏回憶道:

在幾次心驚膽跳的通話過程中,我們仍然訪問了目前身體狀況極差的《暢流》後期主編陸英育先生;透過越洋電話邀請在美的彭歌先生回憶《自由談》;《西窗小品》編輯委員之一徐佳士教授,接到我們影印的《西窗小品》,高興的一口答應為我們寫一篇回憶文章;透過龔聲濤先生幫忙,找到了《暢流》主編、《晨光》發行人吳愷玄的女兒吳麗婉,吳女士現居美國,她是《晨光》第二任主編,也是一位小說家。她在重感冒中完成了一篇記述父親主編《暢流》、《晨光》始末的文章。而八十高齡的秦家洪先生也親筆回憶了《新新文藝》。藉著

《復興文藝》的追蹤，把近一二十年淡出文藝界的葉泥找回現場。拜網路之賜，連絡上從未謀面的《復興文藝》後期主編易蘇民先生。尉天驄教授首次用一萬多字完整的記錄《筆匯》歲月及那個時代文學青年的心聲。很遺憾的是好不容易打聽到前期《作品》主編章君穀先生的訊息，但他已重病在床，不能言語；後期《作品》兩個主要編輯馮放民（鳳兮）及林適存（南郭）均已逝世，只好轉載《聯合報》副刊一篇由彭碧玉介紹《作品》的文章。我們也連絡上曾離開臺灣文壇近二十年的朱嘯秋，由他親口回憶《詩・散文・木刻》的點點滴滴。最具傳奇性的應是僅出三期的《草原》雜誌，靠著網路的幫忙，我們找到當年的主編姜渝生，他目前是成大都市計畫學系的教授，幾個月的溝通、聯繫，姜教授回首前塵，記錄下1960年代年輕人追求理想的一段動人故事。[144]

如果不及時發掘搶救，就會有許多文學史料湮沒在茫茫人海中，消失在歷史長河裡。因此，在《文訊》改版之前的40期，這種為文學立傳的歷史意識顯得尤其明顯和峻急，這在其欄目的設置上可以看得出來，比如「文宿專訪」、「資深作家」、「社團介紹」、「筆墨生涯」、「書目提要」、「出版史話」。透過文宿回憶、專訪資深作家編輯，試圖切近歷史，透過文壇親歷者或「文學活化石」來建構文學史，是《文訊》一個非常突出的辦刊特點。

《文訊》自創刊以來，即以「提供藝文資訊，探討文化現象，整理文學史料，報導作家活動，評論作家作品」為宗旨，尤其注重「發掘、收集、保存、整理、出版和傳播了現代和當代文學史料」[145]。它經常約請文學史料專家撰寫相關文章，如薛茂松執筆的《五十年代文學大事紀要》、《五十年代文藝作品書目初編》、《五十年代文學雜誌》、《五十年代文藝作家名錄》（第9期），《六十年代文學大事紀要》（第13期）、《六十年代文藝作家名錄》（第14期）、《六十年代文藝作家名錄》（二）（第15期）、《六十年代文藝作家名錄》（續完）（第16期），《六十年代文藝作品書目初編》（一）（第17期）、《六十年代文藝作品書目初編》（二）（第18期）、《六十年代文藝作品書目初編》（三）（第19期）、《六十年代文藝作品書目初編》（四）（第20期）、《六十年代文藝作品書目初編》（五）（第21期）、《六十年代文藝作品書目初編》（六）（第22期）、《六十年代文藝作品書目初編》（七）（第

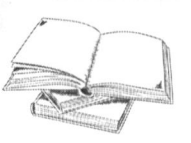

23期)、《六十年代文藝作品書目初編》（八）（第24期），《近四十年來臺灣地區文學社團基本資料》（上）（第29期）、《近四十年來臺灣地區文學社團基本資料》（下）（第30期）；鍾麗慧執筆的《近三十年來現代詩選集提要》（第12期），《近三十年來散文選集提要》（第14期）、《近三十年來散文選集提要》（二）（第15期）、《近三十年來散文選集提要》（三）（第16期）、《近三十年來散文選集提要》（四）（第17期）、《近三十年來散文選集提要》（五）（第18期）、《近三十年來散文選集提要》（六）（第19期）、《近三十年來散文選集提要》（七）（第20期）、《近三十年來散文選集提要》（八）（第21期），《近三十年來報導文學選集提要》（上）（第22期）、《近三十年來報導文學選集提要》（下）（第23期），《近三十年來小說選集提要》（一）（第24期）、《近三十年來小說選集提要》（二）（第25期）、《近三十年來小說選集提要》（三）（第26期）、《近三十年來小說選集提要》（四）（第27期）、《近三十年來小說選集提要》（五）（第28期）、《近三十年來小說選集提要》（六）（第29期）、《近三十年來小說選集提要》（七）（第30期）、《近三十年來小說選集提要》（八）（第31期）、《近三十年來小說選集提要》（完）（第32期），《近三十年來文學批評選集提要》（一）（第33期）、《近三十年來文學批評選集提要》（二）（第34期）、《近三十年來文學批評選集提要》（三）（第35期）、《近三十年來文學批評選集提要》（四）（第36期）、《近三十年來文學批評選集提要》（五）（第37期）；林文寶的《楊喚研究資料初編》（第39期），張默的《葉維廉研究資料彙編》（第107期）和《羊令野研究資料彙編》（第109期），林燿德、徐慰平、鄒桂苑的《司馬中原研究資料彙編》（第110期），童淑蔭的《薑貴研究資料彙編》（第111期），鄒桂苑的《段彩華研究資料彙編》（第112期）、《陳千武（桓夫）研究資料彙編》（第113期）、《紀弦研究資料彙編》（第114期）、《琦君研究資料彙編》（第115期）、《張曉風研究資料彙編》（第116期）等。

《文訊》還從1991年起開始承接政府文化單位的委託專案，如1991年編輯《「中華民國」作家作品目錄新編》4冊，1992年編輯《光復後臺灣地區文壇大

事記要》，1997年起連續四年策劃編纂《臺灣文學年鑑》（1996、1997、1998、1999年）4冊，1999年編輯《1999「中華民國」作家作品目錄》7冊，2003年編輯《張秀亞全集》15冊，2004年編輯《臺灣現當代作家評論資料目錄》，2008年編輯《2007臺灣作家作品目錄》3冊等。此外還出版「文訊叢刊」、「文訊書系」數十種，包括《藝文與環境》（臺灣各縣市藝文環境調查實錄）、《鄉土與文學》（臺灣地區區域文學會議實錄）、《臺灣現代詩史論》（臺灣現代詩史研討會實錄）、《第七屆青年文學會議論文集：臺灣文學的比較研究》、《文訊25周年總目》等，被譽為「是研究二十年來臺灣文學發展歷史最完整的資料庫」[146]。

## 二、跟蹤文壇動態，形塑當下史識

《文訊》不僅透過固化過去時態來形塑歷史，同時也重視和觀照正在發生、發展的文學現象，從而打通了歷史、現實和未來，將過去和未來兩種時間連接起來，這在欄目設置上表現為：逐步加大對文壇動態，出版動態、書評書介的報導介紹，到革新版後，甚至開闢了「藝文月報」、「書評」、「人文關懷」等與文藝界結合很緊密的欄目，並加強了時效性，報導及時迅捷。改版成為月刊後，每期的新書評介、出版消息等欄目所推出的都是前一兩個月的新書、文壇動態。從傳播學角度來看，期刊雜誌的時效性當然比不上報紙，但作為出版週期一個月的刊物能如此緊密追蹤藝文資訊實屬難能可貴，正是透過跟蹤記錄臺灣文壇的動態，《文訊》本身才有可能形塑臺灣文學的歷史，在蕪雜紛繁的文學事件、文學人物報導的表相中，理清文學發展脈絡。

《文訊》對臺灣當下文壇的觀照，提供了許多詳盡的文學史料和最新的文情報告。如每期的「各地藝文採風」，分別介紹臺灣各縣市藝文動態；「全球華文文學通訊」，則約請香港、北京、上海、馬來西亞、菲律賓、北美等地學者介紹當地文壇動態，廈門大學朱雙一教授撰寫「大陸有關華文文學研究動態」，下村

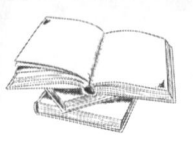

作次郎撰寫「日本的臺灣文學研究現況」;「文學記事」介紹臺灣文壇各類活動;「文學新書」將臺灣每個月出版的文學新書,逐一記錄,每本書撰寫一兩百字的提要。《文訊》對文壇、藝文資訊的報導不僅資訊量大,內容豐富,而且不顯零散瑣屑。臺灣學者巫維珍就指出,「文學新書」這一專欄的書目提要和內容分析,「具有觀察文學書籍出版生態之功能,形成《文訊》重要的文學資料庫,具有整理、累積文學史料的意義」[147]。

臺灣作家姜穆把《文訊》與大陸的《新文學史料》比較,認為在內容上前者是「近代現代兼籌並顧」,後者「則以過去歷史為主體」,各有所長;不過,同樣作為重視文學史料的刊物,《新文學史料》「側重於過去的回顧與整理」,《文訊》是「既有文學史料的回顧與辨正,同時更重視今天所發生的文藝事件」,因此「更具有前瞻性與發展性」[148]。

## 三、策劃各類專題,建構文壇史志

文學要有歷史,就必須透過編纂文學史的方法,將文學規律、發展脈絡、文學思潮等用文學史觀貫串起來。作為文藝期刊自然不能用這種辦法,但是卻可以獨闢蹊徑,《文訊》透過選擇、企劃、關注、強調某一專題,來融入主事者的文學史觀,討論並建構起「自己」的文學史,建立起期刊自身在文學場的位置。臺灣學者徐錦城就認為:「《文訊》長期經營專題製作,本身即已自成一部脈絡清晰的小型文學史。」[149]

長期致力於文學史料搜集工作並卓有成效的臺灣成功大學應鳳凰教授,十分強調「文壇史」在當代文學研究中的重要性,她指出:「傳統的觀念,總以為文學研究以『文本』為第一要務,比較上注重個別作品的研讀與考據。現代文學研究,卻越來越看重整體性的『文學生態』,更重視大的『文學體制』或『文學與社會』的關係。」[150]1989年2月,《文訊》由雙月刊改為月刊,內容也做了大幅度調整,將原本的「文學範疇」擴大至「文化層面」,著重在文學問題、文化環

境有關現實的探討。《文訊》專題策劃呈現相當的豐富性和多樣性，內容以文學為主體，廣泛涉及電影、電視、廣播、雜誌、報紙副刊、出版、教育等當下熱門並與文學關係密切的文化研究對象，如「電影與文學」（第15期）、「中國近代文藝電影研究」（第22期），「電視劇的反省」（第91期）、「電視媒體與書香社會」（第108期）、「電視的變革與發展」（第124期），「文字書寫與口語廣播」（第110期）、「廣播的戰國時代」（第123期），「文學雜誌特輯」（第27期）、「臺灣文學雜誌專號」（第213期）、「追尋文學記憶：1950～1969十種文學雜誌」（第240期），「報紙副刊特輯」及續編（第21、22期）、「變革中的報紙副刊」（第82期）、「浮世繽紛：報紙的『第二副刊』」（第190期）、「報紙副刊專欄」（第191期），「中文系新文藝教育的檢討」（第16期）、「大學藝文教育的現況」（第85期）、「我們的高中國文教育」（第226期）等，體現了《文訊》辦刊朝「大文化」方向的調整，走向「文教、文學、文藝、文化、文明」的新階段。臺灣中正大學江寶釵教授就特別肯定《文訊》對過去文學雜誌史料的搜集整理，她認為：「文學雜誌於現代傳播學（communication）裡，與報紙、書籍同屬平面媒體，係文學傳播的重要通路（access）之一，於作家的培養、文學生態的形成，具特殊之地位。」「不同於書籍屬單一作者，報紙迎合大眾，期刊多由同仁興辦，這些成員懷抱著某種確定的文學理念，以致期刊的內容、形式，期刊的命名、裝幀、封面、插圖的設計，乃至刊稿的選擇，幾皆洋溢著編刊者的意圖（intention），此一意圖又相當程度地與時代環境相始相因，形成對話。因而期刊的興微，隱含著豐富的資訊（message），代表著文學環境的氣氛，文學發展的生態，是文學史研究的最佳素材。」[151]

　　封德屏有感於「臺灣第一本出版史，竟然是大陸學者撰寫的，因為隔閡，所以錯誤很多」[152]的緣故，策劃了「資深人文出版社」系列報導。《文訊》從2005年1月號開始推出一系列臺灣資深人文出版社的報導，包括《要把金針度與人——廣文書局的五十年歲月》（231期）、《出版界最後的本格派——志文出版社》（234期）、《滄海何處寄萍蹤——嚴一萍先生與藝文印書館》（235期）、《以文字光世，以書本啟人——邁向半世紀的光啟出版社》（236期）、

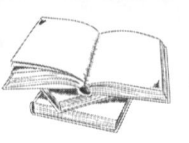

《六十年的堅持——本地最久的東方出版社》（238期）、《名山風雨礪志業，書林誰與共令名——臺灣學生書局的學術出版》（239期）、《以青少年為核心——關於幼獅文化事業》（241期）、《繆思殿堂裡的文學活動——訪平鑫濤社長談「皇冠文化集團」的出版事業》（243期）、《見證歷史，閱覽尋根——記成文出版社》（246期）、《文學出版的啟航者——純文學出版社》（247期）、《百花綻放的知識公園——五南文化事業機構》（250期）、《臺灣文史研究的寶庫——專訪南天書局創辦人魏德文先生》（251期）、《舊學商量加邃密，新知培養轉深沉——商務印書館與臺灣商務印書館》（第252期）、《向大眾傳播幸福之音——九十年的道聲出版社》（第253期）、《讓古籍生根再萌芽——世界書局的時代發展》（第254期）、《一個出版人的自述——訪三民書局劉振強董事長》（第256期）、《定靜如榕的姿勢——爾雅出版社的故事》（第258期）、《鍛鑄一枚經久不朽的戒——聯經出版公司的故事》（第259期）、《昔時門柳，今日猶飛揚——大地出版社的故事》（第260期）、《只取這一瓢飲——文史哲出版社的故事》（第261期）、《永恆的風景——洪範書店的故事》（第262期）、《持續打造炫亮的榮光——時報出版公司的故事》（第263期）、《開在槍桿上的花朵——黎明文化出版公司的故事》（第264期）、《理想與勇氣的實踐之地——遠流出版公司的故事》（第264期）、《內蘊豐華，瑰麗綿長——九歌出版公司的故事》（第266期）、《瞭望遠方的景色——遠景出版社的故事》（第268期）、《揮灑絢爛的藝術光譜——藝術家出版社的故事》（第270期）、《劈出藝術山河的大漢天聲——漢聲雜誌社的故事》（第271期）、《天未晞，曉星點點——晨星出版社的故事》（第272期）、《耕犁出版一片天——水牛出版社》（291期）、《以精進編輯實力為目標——里仁書局》（292期）等，介紹了許多鮮為人知的文壇出版史料。封德屏指出，開設這一專欄，「企圖記錄近半個世紀以來，對臺灣的文學、學術有重要貢獻的資深出版社，將他們的出版特色、成果及經營過程，留下可資借鏡的史料」[153]。如作為一家宗教出版機構，臺中時期的光啟出版社曾經因為出版女作家張秀亞的作品廣受歡迎，與文學結下不解之緣，並且成為當時臺灣重要的文學出版社。「因為張秀亞的成功，其他作家如蘇雪林便相繼在光啟出版書籍，其作品《綠天》同樣享

譽一時,《中國文學史》則是中文系所必讀的書籍,而當時光啟出版社書籍所使用的仿宋體,更是風靡不少讀者。」「之後,張秀亞引薦許多年輕的文學家,在光啟出版社出書,光啟出版社也挖掘了許多優秀的寫作者,包括周增祥、喻麗清、歸人、碧竹(即林雙不)、林文義、林煥彰等,為臺灣的文壇注入了一股清泉活水,這些作家都是先在光啟出版社出書,後來才在文壇發光發熱。」[154]

又如興起於1920年代的嘉義蘭記書局由黃茂盛創辦,在日據時代以出版中文圖書著稱,並代理日本及中國大陸等地的圖書經銷,「在臺灣出版史上有獨特的位置」,「為島內讀書市場的重要舵手」。江寶釵教授認為:「從出版業擴及漢籍流通的社團,到進口圖書,蘭記以嘉南地區為基地,活動擴及彰、雲,並與這幾個地區的文人、文人社團與出版界保持相當密切的關係,合縱連橫,在嘉義矗起一座文化地標,贏得全島性的知名度。」[155]由於缺少第一手資料,大陸出版的《臺灣出版史》採用臺灣《印刷人》雜誌上的說法,將蘭記圖書部成立的時間1922年誤為1917年。2005年7月,黃茂盛的後人將已停業的蘭記書局34箱圖書資料捐贈給遠流出版公司董事長王榮文。2006年3月,王榮文委託《文訊》承辦蘭記書局史料研究。《文訊》2007年前三期,用了15萬字的篇幅連續刊出《記憶裡的幽香——嘉義蘭記書局史料研究》(上、中、下),結果反響熱烈,「有人要買當年的舊書,有人提供蘭記散佚的史料訊息,我們決定將三次專輯重新編輯,出版一本蘭記史料研究論文集,為臺灣出版史略盡綿薄」[156]。

## 四、藉助文學會議,培育研究人才

除了透過專題策劃、欄目設置有意識地收集、整理刊發文學史料以外,《文訊》還藉助召開會議的方式——以這種動態的方式彌補刊發史料這種靜態方式之不足——來製造焦點,吸引眼球,引發爭論,達成共識且構建歷史。如:「《龍應台評小說》討論會」(第20期)、「龔鵬程《文學散步》討論會」(第21期)、「《愛土地的人——黃春明前傳》討論會」(第23期)、「第二屆現代

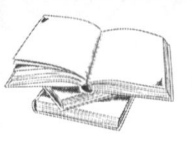

詩學研討會」（第25期）、「臺灣地區區域文學會議」（第94期）等，以及從1997年開始每年舉辦一屆的「青年文學會議」。尤其是「為提供初踏臺灣文學研究領域的青年學者一個可以切磋、磨練的舞臺」而舉辦的「青年文學會議」，除前三屆事先沒有確立主題外，第四屆的主題是「1990年代臺灣文學」，第五屆的主題是「跨世紀的挑戰──最新世代作家的崛起及其表現主題（1900～2001）」，第六屆的主題是「一個獨立文本的細部解讀」，第七屆的主題是「臺灣文學的比較研究」，第八屆的主題是「文學與社會」，第九屆的主題是「異同、影響與轉換──文學越界學術研討會」，第十屆的主題是「臺灣作家的地理書寫與文學體驗」，第十一屆的主題是「臺灣現當代文學媒介研究」，第十二屆的主題是「臺灣、大陸暨華文地區數位文學的發展與變遷」。「青年文學會議」，不僅「對於促進臺灣文學的研究，開發和培育這方面的人才，具有不可磨滅的貢獻」[157]，「也從『世代』與『典範交替』的位置與視角，非常敏捷地捕捉文學與社會間微妙的互動，透過臺灣文學比較研究、文學與社會學術的實踐、文學媒材的跨界、臺灣作家的地理書寫與文學體驗等多向度的議題面向，展現出臺灣文學研究紛繁的風貌」[158]。透過座談會、研討會，聚集了當代臺灣文學研究的眾多專家、學者、作家以及青年學子，這種座談會的方式和「文化資本」的聚集以及熱心文學的姿態，無疑使得《文訊》在眾多的期刊中顯得獨特，正是透過舉辦會議，使得編輯深沉的歷史意識得以融入其中。

# 全球化情境下臺灣文化論述對影像敘述的影響

簡政珍[159]

## 前言：全球化與華人敘述

當今，「全球化」幾乎無時無刻在我們的耳朵嗡嗡作響。「全球化」在任何一個大街小巷裡流竄，當我們在小巷子裡和其碰面，我們只有面對，沒有轉圜退卻的空間。

西方文化的入侵與敘述經常戴上「全球化」的面具。麥當勞、星巴克、好萊塢電影被等同於「全球化」的表徵。文化入侵類似過去殖民帝國，只是去掉難於塗裝的武力，更是無孔不入，無堅不摧。

多年來，華人經常受制於西方敘述。近年來，由於經濟力亮麗的展現，先前受從屬的地位（subjected position）現在漸漸轉成主體（subject）。但這不是鐘擺的兩端，而是在兩者相互磨合與滲透中，展現敘述。

敘述宣布一個語音（voice），語音不是用來主導自我設定的標的，而是導入一個有別於西方論述的位置。西方歷史曾經沾染了殖民地的血淚，華人的新主體敘述並不是為了歷史的報復，而是要尋找一面能同時映現主客體的鏡子。以電影的影像敘述來說，不是刻意將自我與他者放在畫面的邊緣，也不是將其占據中心的意圖合理化；何況以電影語言來說，位元處中間，可能也只是另一層次的弔詭，不盡然是主體。

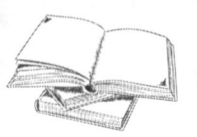

敘述也是贏取一個空間，正如海德格所說的，人與大地相互牽動，大地敞開給予人一個世界。這是人與他人，華人與全球化攜手共生的空間。

如此的空間，不是抽象意念，而是存有實存的場域。假如存有位於時空兩軸的交集，在這樣的空間所發出的語音，勢必牽動時間、歷史的皺褶。重疊的語音在空間裡迴響激盪，因為華人敘述已經積壓了多年的沉默。

## 一、電影製作與文化論述的共謀

探問的語音總是以如此的命題開始：華人的影像敘述是否產生全球化的論述？華人電影近年來在不時國際影展中得獎，但得獎是否意味已經身居影像敘述的要津？現實是一面冰冷的鏡子，存在於表象與實質間隙的是無所不在的幻影。電影得獎，可能是華人藝術成就的表徵，但也可能是西方對於「弱勢」施捨的隱喻；得獎，也可能是在全球化情境下，為了凸顯地域性的「差異」，而在海市蜃樓裡製造平衡。

近幾年來，臺灣比較常在國際電影展中獲獎的導演，傾向「有意」或是「刻意」套用當前電影界的理論偏好，來攝製電影。因為是理論的套用，經常演員的表演，場景安排，剪輯的運用，不時有明顯的「目的論」跡痕，卻缺少了人味的氣息。有時，電影只是僵化沒有經過人生檢驗的論述，而缺乏了影像美學的感染力。試以臺灣的侯孝賢與蔡明亮為例：

侯孝賢早期的《童年往事》與稍後的《悲情城市》，景深鏡頭經常拉出人間幽微的意境，如在《悲情城市》中，械鬥的場面用遠景鏡頭配合景深的呈現，人動作的起落幾近無聲，讓觀眾深深感受到從時空的距離看待，人所謂的「動作」，既無知又無奈，這就是所謂人間。影像不是對某一個個體的控訴，而是呈顯人所謂當下的「豪氣」與堅持，轉眼即將煙消雲散。[160]

但侯孝賢後來的《戲夢人生》與《海上花》大幅翻轉觀者以前的印象。導演讓演員面對觀眾滔滔不絕，讓煙花女子在幾近相同的場景裡，重複吃飯、瑣碎的

言談。時間似乎沒完沒了，觀眾的無奈，無以改變影幕上呆滯的影像敘述。但這些片段經常是強調文化論述的學者最常著墨的焦點。

蔡明亮是現今臺灣經常引起討論的導演，因為其電影製作，似乎以迎合那些喜歡套用文化批評的學者為職志。他的電影，在「很明顯」的文化標籤下，只要願意，任何稍具文學與電影知識的觀者，都能看到編導的設計意圖，因為影像似乎以文化的意識形態，回應學者的理論訴求，如《愛情萬歲》一片中，鏡頭跟著演員楊貴媚繞著整修中的公園走一大圈，再用鏡頭對著她不動，讓她抽搐、哭泣將近五六分鐘等等。假如一般導演如此處理，可能會被批評為濫情，但到目前為止，許多批評家對於蔡明亮類似的影像敘述，大都是放在文化論述的標籤下，讚譽有加，甚少批評。[161]

## 二、從全球化看蔡明亮與侯孝賢的電影

若以全球化的課題來看，侯孝賢與蔡明亮的影片經常在國際影展得獎。得獎意味一種被肯定，向全球「有力」發聲。但是細看這些影片，我們會質疑得獎是因為這些影片的藝術性的成就，還是因為評審者對於第三世界給予「施捨性」的另眼相看？答案也許不是絕對的二元對立，但後者的理由不能說是全然的臆測，雖然這些理由只能保持沉默，不能言說。試以下的影片為例，加以辯證。

（一）《最好的時光》

以侯孝賢2005年的《最好的時光》來說，本片分為三段，分成三段不同時空背景的「小故事」。試以前兩段簡單說明。

第一段描寫一個年輕人喜歡一個撞球房的計分小姐，後來知道她已經離開，轉往他處，年輕人輾轉從她的母親那兒知道新地址，最後找到她了。整段的描述，雖不像上述的《戲夢人生》與《海上花》的沉悶，但是影像敘述實在平凡至極。其中車子經過的地方，一再重複呆滯使用地名的路標，讓人甚至誤以為這是學生的習作。觀眾看完這一段，心裡甚至會有這樣的疑問：「這樣的影片有什麼

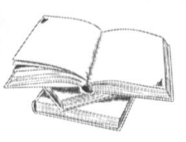

好拍的?」

第二段描寫1911年清末一個年輕人與藝妓的故事。本段模仿《悲情城市》裡啞巴的言語以文字展現,但與《悲情城市》相比,本段如此的運用,非常造作,缺乏說服力,因為《悲情城市》的啞巴,不能言語,導演不得不以文字呈顯他的心聲,而本段所有角色都是「正常人」,但卻只用書寫,讓所有的演員都像啞巴。侯孝賢如此的處理,本來為了顯現風格上的特色,但因為有了《悲情城市》的痕跡映照,只是暴顯了自我的重複,了無新意。

但這樣的影片竟然得到多項金馬獎。臺灣的電影漸漸陷入絕境,與影評的方式,有難以割捨的因果關係。

(二)所謂「極少主義」(minimalism)

蔡明亮電影的沉悶與畫面的呆滯,與侯孝賢異曲同工。蔡明亮這類影片被影評家刻意理論化後而美其名為「極少主義」(minimalism),[162]意味導演極少用跌宕起伏的劇情,極少用音樂來鋪陳氣氛,極少以鏡頭快速的變化來推動影像敘述。刻意不斷製造鏡頭的變化而產生動感,幾乎是好萊塢電影文化的標籤。這種運鏡方式滲入生活空間的KTV、MTV等,已經讓現在的年輕人無法好好「靜靜地」享受一個十秒鐘不變的鏡頭。但從鏡頭不停的動到鏡頭完全靜止幾近「死寂」,是從一個極端到另一個極端。侯孝賢與蔡明亮似乎善用歐洲國際影展潛藏對於好萊塢文化的反感,以極端對比的方式塑造了所謂「個人風格」。其實,具有深度的美學絕非處於二元對立的兩極。藝術的極致大都來自於兩者之間,但因為位處中間,不「突出」顯現差異,一些影評者經常看不到其中的堂奧。

對於蔡明亮的評論,影評家所稱的「極少主義」,其實細究之,應該是「極多主義」(maximalism),因為一個畫面,導演花費了「大量」的時間卻提供了極少的意涵與價值;表面上很精簡只使用一個鏡頭,卻是時間的消耗與浪費。[163]上述侯孝賢的《戲夢人生》與《海上花》,蔡明亮的《愛情萬歲》連續五分鐘的哭泣,都是如此。再以上述《海上花》說明,觀眾對這部影片,耐性的極限大約一個小時,在這一個小時中,導演藉著油燈一再串接幾近重複的場景,內容包括了多次吃的鏡頭,妓女相互抱怨的鏡頭,妓院裡誰與誰相好的八卦與瑣

碎事，三次多人的劃拳與喊酒令。類似的重複與光影到了影片進行五十五分，才有窗子短暫透出室外的光線。但是油燈所構築的場景，卻讓影評人對其光影讚譽有加。[164] 對於這樣的光影，細緻的觀眾在前面五分鐘的體驗，確實感受到其構圖的藝術性，但是光影的重複，場景的重複，瑣碎的重複，人的耐性能經得起多少次重複？當然侯孝賢有意經營這樣的重複，也許是因為重複可以凸顯焦點，可以變成他的「個人風格」，可以變成影評人另一個大張旗鼓的論述命題。

（三）《河流》：凸顯「差異」

同樣，蔡明亮的《河流》裡，一段小康在黑暗中，「似乎」（因為整個畫面黑烏烏，觀眾完全不知道實際的情景）和另一個裸露的男子做愛，大約十三分鐘冗長的片段中，整個畫面幾乎全黑，只剩下人體部分的影像，觀眾一直想知道到底發生了什麼事，但再怎麼看還是不清楚，持續的挫折，持續的忍住耐性，去接受導演「個人風格」的凌虐。

反諷的是，這樣的風格「幾乎一定」被一些「文化論述」的學者肯定，因為在題材上，這是父子的同性戀，超越了一般家庭倫理的尺度，因而被認為「有創意」。但是觀眾想問上述的片段，父子在黑暗中做愛，假如沒有導演的現身說法，[165] 有多少影評家知道小康做愛的對象是他的父親？假如影評者對於文本的認知，必須經由編導「仙人指路」，所謂影評已經是自我的消解。當然，若是要為蔡明亮辯護，影評者可以說：父子肉體的接觸，在影片先前洗三溫暖的場景已有暗示。但是以那一段的暗示作為「因」，這一景是必然的「果」，這是導演一相情願的認知，因為他沒辦法藉由影像讓我們看到「什麼」；為什麼觀眾不能因為小康有同性戀的傾向，而設想此時在黑暗中與其做愛的對象是陳昭榮的角色，或是另一個男子？更不幸的是，前一場三溫暖的場景，所謂父子同性戀的動作，也是故弄玄虛不清不楚，需要大量的猜測加以填補。批評家的詮釋很可能也是依照導演影像之外的指引，才知道黑暗裡的乾坤。本片令人反感，不在於它是亂倫的同性戀題材，而是影像嚴重的呆滯與沉悶，並且連發生什麼都無法有效呈現。[166] 但影評家、影展卻倍加推崇，因為（經由導演的指示後認為）電影挑戰了倫理的尺度，凸顯了導演對現在文明「與眾不同」的見解。[167]

當然,「沉悶」也可能是一種美學。美國安迪沃荷(Andy Warhol)就有所謂的「沉悶美學」(aesthetic of boredom)。他以單一鏡頭六個小時拍一個人的睡眠,以單一鏡頭八小時拍美國帝國大廈背對即將黑暗的天空。這些都是長鏡頭最極端的例子。沃荷的影像是要顯現:世間所謂愉悅,最終都是沉悶無聊。他的說詞有哲學的深意,但觀眾也不因為他有哲學的宣示,就肯定其藝術價值。他影像的實驗性是為了坦然揭開人生的真面目。這些實驗性電影的存在,不在於電影展,也不在商業院線裡流通,不太影響一般電影界美學優劣的價值層次。反之,《海上花》、《河流》等電影得獎,卻是電影藝術「正宗的」宣示。「沉悶呆滯」的影片無疑顛倒了價值觀應有的架構,因為文化理論的介入。

## 三、全球化與國際影展得獎的可能性

而《河流》就獲得柏林影展的評審團獎。「沉悶呆滯」的電影在國際影展中得獎,自然引發另一層思維。得獎的理由,也許來自以下四種可能性。

一則,參加國際影展時,影壇有種認知,外國評審者經常受到臺灣既有的評論界所影響。[168]而國片從1990年代至今,「國片的風潮都跟隨著藝術片的風格走」[169]。正如上述,臺灣的評論界,很多是學了一些外國理論,尤其是文化理論的學者,經常將影片簡化成暢銷片與藝術片兩極。因為對於臺灣學術界,「暢銷」經常被等同於好萊塢的煽情之作,這些學者遂將「枯燥乏味」的影片誤以為是藝術,不知道兩者之間還有能讓「第三種觀眾」[170]心動的影片。有時,影評家甚至將「動人的影片」(如楊德昌的《一一》)與「枯糙的影片」(如蔡明亮的《你那邊幾點?》),放在同一文化主題的標籤下,模糊了美學上懸殊的區隔。[171]

因此,假如外國影評受到臺灣既有評論的影響,對於影片內容的掌握以及評價的依據,是否依據來自臺灣既有的評論,或是附加資料,而非影像本身的敘述?上述《河流》父子亂倫的場景,國外影評「看不出什麼」的狀況,可能比國

內的觀眾更嚴重,因為這與語言情境的傳輸是否直接還是經由翻譯有關。

其次,西方的電影文化源遠流長,在拍攝電影時,經常以走位(blocking)配合攝影機的移動,讓電影充滿動感。但走位元與攝影機移動,需要使用多鏡頭,而且鏡頭的連接、空間的銜接與安排,都考驗導演的功力,以及周遭電影環境的配合。西方大部分的導演這方面已經順理成章,觀眾可以放心欣賞,不會擔心畫面可能產生問題。但在東方,尤其是臺灣,由於大多數的導演無法操控畫面的動態變化,支撐的電影工業也不太能有效配合,拍攝影片時,大都傾向以靜態畫面呈現,原來走位元呈現的多重視角,變成導演的單一視角,以傳統的鏡框視角取景,這就是所謂「第三世界美學」。[172]

當然,「走位與否」與攝影機的移動,與電影的好壞,並無直接必然的關係。甚至,攝影機過度的移動可能是導演的操控與戲耍,而導致影片的煽情。這是典型好萊塢賣座影片的標籤。反之,假如能讓單一視角的靜態構圖展現特色,影片反而有種有別於西方的韻致,如楊德昌的《恐怖分子》、《一一》,侯孝賢的《悲情城市》;但假如把呆滯誤以為是有特色,就會造就了《河流》與《海上花》。[173]

再其次,在全球化的情境下,全世界大一統是可能的結果,但過程中,卻經常出現「反大一統」的論述。因此,所謂全球化,也在形式上讓各個族群個別發聲,以展現其「差異獨特」性。克羅寧(Michael Cronin)在論述文學的全球化情境時說:「在各種基本的脈動中,各種策略的背後,都是一種渴望,渴望提升不同的國家文學,而在超國家的層次上,能創造差異,而非同質性。」[174]麥格拉恩(Bernard Mc Grane)也說:「文化就是要解釋他者的不同」[175]沃勒斯坦(Immanuel Wallerstein)說:全球化同時「要依附個相,是差異的再創造」[176]。強調「差異」,與傾向全球化兩者變成弔詭的辯證關係。差異或是多樣性,是全球化的波濤所湧現的逆向浪花。以人類歷史觀照,必然體認到「有其差異」,才意識到個體間的相似或相同。哈蒙(David Harmond)說:「我們必須體認到有何差異,才能掌握到何謂全球的共通性。」[177]羅伯遜(Roland Robertson)說:「國族主義的觀念(或是個別主義)必然與國際主義攜手並

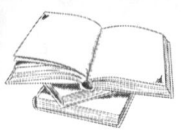

進」[178]

　　似乎強調差異可以凸顯身分,而「身分的強化正是當下『全球化』的標誌」。[179]在全球化反張力下,個相與差異所營造的逆勢平衡,本無可厚非。但是以國際影展來說,評審者可能為了強調「差異」,是否也因而造成電影評介美學的錯位與失焦?評審者以「差異」做準則,意味兩種可能。一種是以地域性的文化為著眼點,評審者將侯孝賢與蔡明亮所顯現的「差異」,視為臺灣電影的「特色」或是「身分」,因而為了保持臺灣電影的「身分」而讓侯、蔡兩人得獎?事實上,兩人和眾多的臺灣導演,也顯現了極大的差異,幾乎沒有哪個臺灣導演會拍出比他們更「沉悶呆滯」的電影。

## 結語

　　文化論述可以延伸思維的廣度,但不知節制的套用理論,可能忽視了影像文本應有的密度與深度。影像成為一種邀約,在於它是動人的敘述,而不是文化論述的柱腳。在全球化的情境下,由於「差異」而得獎是一種迷思。刻意強調「差異」的電影製作,可能是「目的論」操弄,可能是美學的蒼白與想像力的欠缺,也可能是電影製作與評論的共謀。

# 海峽兩岸作家日本敘事的比較研究——以郁達夫與翁鬧為中心

張羽[180]

同樣是多情才子；同樣是20世紀前半葉留學日本；同樣是從詩歌創作起步，並以小說創作成名，又兼長散文和文學評論；同樣深受日本「私小說」的影響，並以早年放蕩不羈的情感經歷來寫小說；同樣是不為人知的神祕死去……能夠同時兼具這些特徵的中國作家恐怕不是很多，尋找之後，我們將視線定格在郁達夫（1896—1946）和翁鬧[181]（1908—1939或1940）的身上，郁達夫著述頗豐，翁鬧則因年輕早逝，作品相對較少，後世文壇對這兩個才子型作家的認知也格外不同：一個評論迭出，一個無人關注；一個聲名日隆，一個幾近淡忘。

相對於郁達夫，翁鬧這個名字對於大陸讀者來說，是完全陌生的。在臺灣文學史上，被稱做「幻影之人」[182]的翁鬧，是個早夭的文壇鬼才，1908年出生於臺灣彰化的貧苦農村家庭，臺中師範畢業，當了幾年教員後前往東京發展，1939年前後，潦倒於東京高圓寺街頭，結束其懷才不遇的一生，年僅而立之年。翁鬧26歲崛起於日本文壇，在短短五年之內，創作了短篇小說《音樂鐘》、《戇伯仔》、《殘雪》、《羅漢腳》、《天亮前的戀愛故事》、《可憐的阿蕊婆》和中篇小說《有港口的街市》七部，《戇伯仔》曾入選日本「改造社」的文藝佳作，大獲好評。這些作品都含蘊豐富的文采，早在1940年代，就有黃得時指出：「最富於潛力的翁鬧以本作品（系指《有港口的街市》——著者注）為最後作品而辭世，真是本島文壇的一大損失……否則大可占有日本文壇的一席。」[183]1990年代，又有張恆豪評說：「日據時代的臺灣小說，可說到了翁鬧的手上，才有獨樹一幟的表現，才開啟了另一文學藝術的嶄新領域。」[184]這些

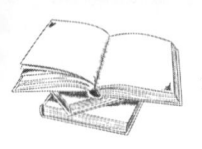

相隔了半個世紀的評價或許可以參證翁鬧應在臺灣文學史上占有重要的一席位置。

我們在讀翁鬧的作品時，可以明顯感受到他與郁達夫的為文有很多相似之處：二人的文化構成和文學影響都與日本文化有著密切的聯繫，也都喜歡以沉湎於醇酒和美色來表明自己的特立獨行。但由於不同的生活經歷和各自不同的性格特徵使他們即使是表現同一主題的小說時，也表現出很大的不同，從而促成了小說中的基質和文風的不同，這裡透過對二者筆下的日本敘事的比較，來顯現翁鬧文學創作中的某些特質，從而洞察日據時期臺灣作家的創作情態以及作品中所呈現出的駐足殖民宗主國的心靈感受。

## 一、「私小說」籠罩下的生命精靈

1920年前後，「私小說」在日本文壇上影響很大，這類小說多關注身邊發生的瑣碎情事，直率地描寫靈與肉的衝突。郁達夫與翁鬧都刻意模仿過「私小說」的創作模式，郁達夫因其《沉淪》深受佐藤春夫的「私小說」《田園的憂鬱》中大膽暴露自我的抒情方式的影響，而被稱為「中國的佐藤春夫」[185]。翁鬧則以小說《有港口的街市》（可惜這篇小說原刊資料缺失，但藉由翁鬧其他小說仍可看出，其深受日本「私小說」的影響）躋身當時《臺灣新民報》的新銳中篇小說特輯，並大獲好評，成為成功的實驗者。在翁鬧與郁達夫的小說中，可以清晰地諦視出「苦悶和自卑」、「失樂園的困惑」和「放棄生命」三個面向呈現出的赤裸裸的情感原罪。

（一）苦悶和自卑——病的心理根源

1920年以後，大陸和臺灣小說中開始出現一些新的留學生形象：他們面色蒼白，留學日本或從日本歸來，單純執著於自我，這些人物真實再現了早期的留日學生內心中糾纏著的苦悶與自卑的心理。

翁鬧出身貧寒，性格孤僻，始終是個人奮鬥，在與人交往中，常以「青白

眼」看人，因而朋友較少，這也影響到其筆下的主角總是在同孤獨搏鬥，這不僅是其筆下人物的命運選擇，更是現實中作者本人的真實選擇。孤獨來源於自卑和頹廢，也夾帶了與孤獨而戰後的失意感。《殘雪》中那個蒼白面孔無所作為的留日青年林春生，不敢愛也無法快樂地活著，令他不快樂的原因，是其自卑猶豫的性格，將主動向他示愛的日本女孩的愛情又拱手送還。《天亮前的戀愛故事》是典型的「私小說」的模式，主角「我」瘋狂地追求愛情，但總是不停地流露出「我也不過是一個絕對不會引起注意的凡夫俗子」。在其他作品中，主角也常常講一些自輕自賤的話，但實際上，主角的自卑更多的是個體化的行為，這些自謙的話只不過是人物情緒的一閃念，並不具有深厚的心理基礎，也可以說，這種心理是青春期男女的正常心態。

如果說翁鬧是在白描青春期現象，那麼郁達夫則是以小說為媒介深入地探討青春期病態傾向，可以說，在郁達夫筆下深化了人物的自卑自賤的心態，一些人物明顯顯示出偏執狂的病態心理。如那個得知靜子有了男人，「就同傷弓的野獸一般，匆匆地走了」的男人（《銀灰色的死》）；窺視房東少女洗澡被察覺後，隱居起來的「他」（《沉淪》）；見了妙齡少女的表哥，便懷著「敗劣的悲哀」，提前離開的質夫（《風鈴》）……這些「生則於世無補，死亦於世無損」的「零餘者」的苦悶與自卑已經具有了深層的病態的情意結。在塑造這些人物形象時，郁達夫往往從人物內心的探索開始，逐漸向外擴張，直至突兀地伸展到對社會的控訴。最終他將這種自卑心理歸咎於日本的教育制度和祖國的貧弱。

從郁達夫和翁鬧小說文本傳遞給我們的資訊來看，二人都真實展現了20世紀初留學生的心靈圖片：留學壓抑、寂寞孤獨、學無所用，前途渺茫的悲觀意識。雖然二人赴日時間相差近20年，但由於兩人都是完全脫離了原來的文化語境，宛如被擱置在孤島之中，這種個體成長期的境遇突變，再加上兩人敏感的、憂鬱的心理特質，總有鬱鬱不得志的心態如影隨形。但不同的是，翁鬧筆下的零餘者不具有深層的心理鬱結，更多是「為賦新辭強說愁」；相對於翁鬧沉埋於一己的天空，郁達夫的小說具有了相應的廣度，其主角的病態心理已經深入骨髓，並且與國家意識相結合，將更為廣闊的社會背景前置到小說整體敘事之中。

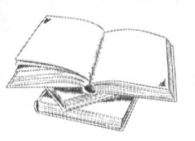

社團、思潮、媒體：臺灣文學的發展脈絡

（二）欲愛無岸——失樂園的困惑

何以解憂？唯有愛情，這是這一時段留學生文學中常見的主題。孤獨的境地容易產生對愛情的執著追求，然而，欲愛不能，這成為郁達夫和翁鬧及其筆下的人物共同面對的問題。作為弱國子民，在日本所遭受冷遇的生存狀態，將他們逼進內心的殿堂，建築起藝術的空中樓閣。魏晉放達的名士派離不開酒和藥，現實生活中的郁達夫和翁鬧的放浪形骸少不了美酒和女色，在某些時候，二人甚至對自己的酗酒醉色的私生活娓娓而談，毫不顧及。

翁鬧寫下了各種情態下的愛：《音樂鐘》中萌芽式的童真愛；《戇伯仔》中的因貧窮而變得冷漠的愛；《殘雪》中的等待抉擇的愛……諸多小說中尤以《天亮前的戀愛故事》的表白到了令人瞠目的地步，小說開篇就是：「想談戀愛。想得都昏頭昏腦了。為了戀愛，決心不惜拋棄身上最後一滴血，最後一片肉。那是因為相信只有戀愛才是能夠完成自己的肉體與精神的唯一軌跡。」這種野獸般的情欲愛是翁鬧發出的瘋狂之聲，該作也是他「最直接地表達了某種人生觀和戀愛觀的作品」。[186]這裡的愛情是狂熱的、也是虛幻的，始終存在於個體的主觀想像中，而未能付諸於行動。

相對於翁鬧凌空的愛情物語，郁達夫小說中的愛情落筆則要現實得多，留日十年，他寫下了大量的東瀛之戀，《銀灰色的死》中男主角與小酒店女子靜子的戀情；《沉淪》寫男主角「性」的壓抑與苦惱；《南遷》寫伊人被日本婦人玩弄的創傷；《胃病》裡寫中國留學生對日本少女的一見鍾情……在這些愛情敘事中，主角往往把愛情落實到近在咫尺的日本女性身上，郁達夫迥異於翁鬧的敘事之處在於他將愛情幻滅最終歸因於弱國子民和日本國民身分的不對等，更進一步表現了來自現實的打擊致使愛情夢想頻頻落空，於是郁達夫筆下的人物很多如同《沉淪》中的主角懷著「同兔兒似的小膽，同猴兒似的淫心」，最終在酒館妓院自求沉淪。正因為理想愛情的幻滅使他們放棄了對純潔愛情的追求，轉而尋求肉欲的滿足。於是，看色情書，逛妓院就成了曲折的發洩方式，由此釋放不滿和憤恨，毀滅自己純潔的情操。

由此看來，翁鬧在小說中追求的是情感的感性探求，主角耽於美好愛情的想

像，而止於此，並不進一步探源愛情失敗的緣由；而郁達夫則在小說中追求的是愛情悲劇根源的探求，中國落後的現實狀況使其筆下的愛情背負了深重的社會內涵，雖然有時因為過於牽強而未免顯得矯情。但可以看出郁達夫走了更遠的一步，最終使二者筆下的愛情殊途異路。

（三）放棄生命——尋求感情的替代

對於一個人而言，選擇生存，還是死去，這是一個非常難以回答的問題，每每處於這種情境下，人物會呈現出複雜的心理狀態。郁達夫和翁鬧都喜歡選擇這樣的臨界點，藉以剖開人物內心的複雜世界，於是小說主角常常由於生命的孤寂和愛情的失意造成自殺的結果，這成為郁達夫和翁鬧小說中的習見典律。

如翁鬧的《天亮前的戀愛故事》中，主角總喜歡在小說中自由地表達自殺的想法：「我覺得我是一個完全不適於生存的人。這是真的⋯⋯這種感覺要到什麼時候才會達到可怕的毀滅的頂端呢，⋯⋯大概不會在那麼遙遠的將來吧？」如此之類的話，經常出現在小說中，不久之後，翁鬧就從這個世界上消失了，這大概是翁鬧最後的死亡宣言吧？可惜沒有人在意，至今沒有人知道他準確的死亡日期和死因。應該說，翁鬧的小說中人物自殺有一定的精神病理學意義，這與傳聞中他本人最終死於精神病院有一定的勾連，小說中的人物與現實中的翁鬧交相映現。不過，其小說裡的自殺多是一種意念，是一種未來式的自殺，隱含在小說裡，不一定非要製造出最後死亡的結果，但這種精神活動往往使人物擁有更豐富的內心寫照，促使人物形象豐盈起來。他們往往以自殺來確認自己的價值，來實現對自我的尋找。因此翁鬧從不把死亡寫得可怕，而是快樂的、幸運的，甚至充滿了涅槃後的幸福。

與翁鬧不同，在郁達夫的筆下，自殺不僅是個性化的選擇，也是社會逼迫的結果，主角往往是用生命的毀滅來抗議社會的不公和歧視，同時也隱含著人物個體對自身價值的全盤否定。小說《銀灰色的死》、《沉淪》、《胃病》、《南遷》、《風鈴》中的主角不是選擇酗酒後凍斃街頭，就是絕望中蹈海自殺，或者病魔纏身，生死未卜，多是悲劇性的結尾。可以說，郁達夫和翁鬧筆下的主角都具有自尊與敏感，憂鬱與多思的氣質，無法忍受一般人可以承受的麻木、遲鈍，

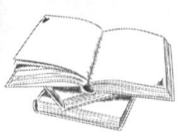

因而也常常陷入自殺意念的糾纏中，這種心理既顯示心靈的焦慮，也揭示了問題的解決——心靈與環境對抗的最終解決方式，就是放棄自我。

綜上所述，在「私小說」創作領域中，郁達夫和翁鬧都以自己獨具魅力的語言刻畫了不同的中國「零餘者」形象，他們拿起刻刀細膩傳神地鐫刻出20世紀初知識分子的心靈感受：他們背負著傳統與現代的巨大差距，卻沒有靈魂的歸宿，在異國，他們是作為他者而游離在異國文化本體之外的，於是無所不在的「孤獨」應運而生，成為留日學生共同的生存體驗，在這一點上，郁達夫和翁鬧的小說具有相通之處，他們都揭示了知識分子孤獨的根源問題。在剖析人性的豐富性和複雜性上，郁達夫的小說顯然比翁鬧的小說更加深邃，他除了尋求個體本身的原因外，還延展到尋求促成這一事象的社會根源。正是這一原因，使二者小說氛圍的渲染和意境的創造有所不同，翁鬧的小說雖然也有悲情色調，但總有溫暖的太陽出現在風雨之後，顯示了靚麗的色彩，郁達夫的小說則處處彌漫著陰雨天的沉悶氣氛，主角身為「弱國子民」而備受輕侮和嘲弄，只好在酗酒中追求心靈的麻醉，在自我沉淪中消損人生價值。

## 二、駐足扶桑之國的日本觀

1913年，17歲的郁達夫跟隨哥哥赴日，在日本的身分是正規學校的學生。1922年畢業於東京帝國大學經濟部。選擇回國發展，參加編輯《創造》季刊、《創造週報》等刊物。翁鬧則是在1934年，26歲時以遊學生的身分出現在日本，一度曾獲得過有豐厚報酬的工作，但因追求日本女同事而被開除，自此隔絕在日本社會之外，沒有生活來源，又不願返回臺灣。由此可以看出，二人在日本的居留時間是1920、1930年代，正是第一次世界大戰後日本成為戰勝國，政治、經濟、軍事實力急劇膨脹。二人的小說中也或多或少呈現出這一時段內的「日本形象」，表現為下意識地對日本社會的政治結構、風土人情和自然景觀的描述，體現出二人在文化習得和社會認知的過程中獲得的對日本認識的總和。在

形象學意義上，被翁鬧和郁達夫製作出的「日本形象」是對真實的日本的某種解讀，往往由三個層次構成：首先是最具直感的日本形象——日本的女性形象；其次則是作為作家的特殊感受的形象——「支那人」眼中的日本人；第三是一個民族（社會、文化）的形象——逃不出去的都市迷園。

（一）溫柔的日本女子形象系列

郁達夫寫遍了各種身分的日本女性：有房東的女兒、日本女同學、病院的看護婦、已為人妻的美婦人、風月場的妓女，可以說，這些女性構成了日本女性人物形象系列。郁達夫曾這樣讚歎過日本女子：「一例地是柔和可愛的，……身體大抵總長得肥碩完美，絕沒有臨風弱柳，瘦身黃花的病貌。……關東西靠山一帶的女人，皮色滑膩通明，細白得像似磁器；至如東北內地雪國裡的嬌娘，就是在日本也是雪美人的名稱。」（《雪夜》）同樣是日本婦女，在日本作家谷崎潤一郎的筆下卻完全不同，「像紙一樣薄的乳房，貼在平板的胸脯上……使人感到這不是肉體，而是一根上下一般粗的木棒。」（《陰翳禮讚》）由此一正一負的鮮明對比，可以明顯地看出郁達夫過多溢美之詞，這可能與郁達夫的仰視角度看日本婦女有關，郁達夫三歲喪父，由母親撫育長大，因而在情感指向上更多傾向於女性。

與郁達夫過多著墨於女子的溫柔美麗不同，翁鬧筆下女性人物既有臺灣女性形象，也有日本女性形象，更多是作為主角的一種心理映襯物而出現，他的小說都是在日本留學期間完成，這也隱含了他是以近距離的姿態來寫日本女子，臺灣女孩則退至為遙遠的背景。他筆下的日本女性都純潔、美麗。最典型的表達這種情感傾向的作品是小說《殘雪》，在小說中，林春山赴東京後，遇到離家出走的活潑可愛的日本女孩喜美子，林雖然喜歡她，卻沒有表露心聲，直至喜美子被家人接回，這段精神之戀才無果而終，而林的初戀情人陳玉枝為了抵抗父母之命，赴臺北吃茶店工作，依然癡心於林春山，將辛苦所得寄給林春山，而林接到信後，絕情地寫下了「我已經完全忘了你」回信，敘事中可以明顯地看出，翁鬧有意將故鄉女孩的影像與日本女孩的實像相比照，雖然沒有明顯地表露對臺灣女子的輕蔑，然而卻給人以對日本女性的盲目愛戀，對臺灣女性則有欲棄鄙履之感。

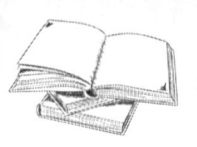

還有《天亮前的戀愛故事》中那個沒有明確地點明身分，始終作為主角「我」的傾聽者而存在的日本女子，從字裡行間傳遞出的資訊可以看出，她是一個年輕的妓女，翁鬧一再用善良、可愛的字眼來形容，將傾慕之情宣洩得無以言表。至於其他小說中出現的臺灣女性人物，則無一例外地選擇了醜陋的女性人物，如《戇伯仔》中那個像牛馬一樣勞動的「火車母」阿足，《可憐的阿蕊婆》中衰老頹唐的阿蕊婆。文學作品中的女性人物塑型恐怕也來源於現實生活中翁鬧的態度，楊逸舟說過翁鬧的缺點是「看不起臺灣女性，而對於日本女性卻是盲目的崇拜」。[187]吳天賞也曾回憶說，年輕的翁鬧抵達日本不久即與46歲的日本離婚婦女同居，受到朋友的勸解才淡然分手[188]。翁鬧在日本居留的短短幾年，在情感方面屢遭挫折，因而小說刻畫的這些溫柔的日本女性其實是在進行某種情感的補償，這其中的難言之隱恐怕也是常人難以想像的。

不過，女性作為一種溫柔的符號在郁達夫和翁鬧的筆下的敘事意義卻顯現出不同來：在郁達夫的作品中，日本女子形象成了主角的精神和情感的全部寄託物，因而會有《銀灰色的死》中的「他」聽說靜兒嫁人後酒醉而死；《南遷》中的伊人在見到女學生O之後，彷彿又重新尋到了「中世紀的田園」……在郁達夫這裡，日本女性人物甚至成為小說情節發展的必然推動力。而在翁鬧的筆下，日本女性人物形象始終是一個點綴，彌漫在文本之中，情緒與感覺的渲染才是翁鬧寫作唯一的宗旨；總之，翁鬧和郁達夫都是藉日本女性形象抒發脆弱、感傷、誠摯的心靈感受，這正是源於現實生活中的男性尊嚴喪盡，只好在小說中重塑自我神話。從這些女性形象身上，我們更多地感到翁鬧和郁達夫對日本女性頂禮膜拜之後的悲情掙扎。

（二）「支那人」眼中的日本形象

在無限美化日本女子的同時，郁達夫也寫到了另外一些不友好的日本人，這些日本人常常稱中國留學生為「支那人」。郁達夫曾分析過日本國民中的兩種鮮明對待中國留學生的態度：一類是日本中上流的知識分子，對中國留學生，以籠絡的態度來對待；另一類是日本無知識的中下流，代表日本國民的最大多數，在態度上言語上舉動上處處都直叫出來在說：「你們這些劣等民族，亡國賤種，到

我們這管理你們的大日本帝國來做什麼!」尤其是後一種態度,引起郁達夫的深痛思考,他說過:「支那或支那人的這一個名詞在東鄰的日本民族,……聽取者的腦裡心裡,會起怎麼樣的一種被侮辱、絕望、悲憤、隱痛的混合作用,是沒有到過日本的中國同胞,絕對想像不出來的。」[189]不僅僅止於這一思考層面,甚至還燃起了對日本的憤恨,在《〈沉淪〉自序》裡,透過主角的吶喊,傳達了這樣的觀點:他們都是日本人,他們都是我的仇敵。我總有一天來復仇,我總要復他們的仇。這裡,郁達夫揭示了留學生的窘境:一方面作為文明者最先來到異域接受全新的教育,另一方面,又受到日本國民的排斥,因而滋長了自卑與自賤的心理。作者把自己的主觀感受透過文字表達出來,傳達給我們的日本民族形象是:他們輕視中國人,稱他們為支那人,從郁達夫的文本中,我們可以看出:日本人尤其是日本男人是極其不友好的,從而推而廣之,整個日本民族的形象的特徵被凸現出來,即日本民族是粗暴的不友好的。

可是,在翁鬧的作品裡,我們很少看到郁達夫式的憤怒,更多是迎合時局,不為所動的留學生形象。根據楊逸舟的回憶,他與翁鬧的交往起始於1929年的日本教員咒罵臺灣學生為支那人的事件,當時翁鬧還是臺灣師範學校的學生,可以想見,二人的交誼肇因於共同的「支那人」的憤怒。但到了日本之後,翁鬧的內心中更多的是渴求與日本人平等的期待,這從他頻繁地追求日本女性就可以看出來,其一生的悲劇也可以歸因於他始終沒有意識到臺灣是日本的殖民地,臺灣人應乖乖地順從去做劣等公民,卻天真地奢望「內臺一致」。這一點顯現出二人日本觀的截然不同來:類似的「支那人」細節與憤慨,在郁達夫的作品裡一再出現,成了一個無法解開的情結。而翁鬧雖然留學日本時,境遇非常窘迫,卻少了郁達夫的那份怨天尤人的情緒。他的作品很少再現日本社會普遍存在的歧視中國人的狀況,而是採取一種聽之任之的逆來順受的態度。

(三)逃不出去的都市迷園

1920、1930年代許多中國青年以留學的方式來製造生命的巔峰。此時中國大陸、臺灣與東京的現代化程度有很大的差距。在東京,刺激留學生神經的是繁華都市里的霓虹燈、汽車、商店櫥窗等現代化的街景,和博覽會、咖啡屋、電影

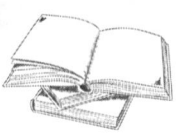

院等摩登的去處,這對於更多受農業文明影響的中國人來說,打破了原有的地理歸屬感,無疑會演變成心靈的災難,讓東京變成了一個逃不出去的都市迷園。

翁鬧是個百變奇才,寫農村生活時是浸了血淚在寫,寫都市生活時又搖曳生姿地寫出繁華來。但根底裡,他一直對東京有著特別的厭惡:「想起市區電車、汽車、飛機這些,我就禁不住毛骨悚然。……不是老相撞啊,追撞啊什麼的發生車禍嗎?真是糟透的傢伙!」在《天亮前的戀愛故事》中,藉自稱是「廢料」、「不適於生存」的獨白者,翁鬧更進一步指出使他瘋狂的是東京的都市生活,「它遵循那令人戰慄的概然律,那應當唾棄的慣性率,連最小限度的可能性都沒有。」因而他最大的願望就是逃離城市,返歸於原始,他甚至希望,「現代的人類忘掉他們的生活方式與一切文化,再一次回到野獸的狀態。」除了像這樣直白地表露對都市的感悟之外,翁鬧還在《殘雪》中對日本女孩的情感距離來丈量過對日本都市的感受,當林春生身處東京,突然心裡升起了一個奇妙的念頭:「北海道和臺灣,究竟哪個地方遠。……但他發覺在內心這兩個地方都同樣遠。」對愛情的丈量轉化為對都市的情感距離的丈量,兩個地方都同樣遙遠,有家也難歸了,小說描寫了完全不同類型的兩個女孩,一個是鄉土女孩,一個是都市女孩,這其實就是純樸而落後的臺灣與現代而摩登的日本的比照,就道義而言,林春生眷戀家鄉,就情感而言,林春生嚮往都市,最終選取了全部放棄,這其實也隱含著翁鬧對給與自己太多傷痛,也給予自己太多新奇的都市,去與留選擇的困惑。

與翁鬧不同,在郁達夫的小說中,繁華的日本都市代表了夢想和追求。當《沉淪》中的「他」從東京的中央車站乘夜行車去N市時,他「胸中忽生了萬千哀感,眼睛熱起來了」,「他」愛東京,雖然作品中並未明顯透露東京的狀況,但這裡的東京已成了情感的寄託者。事實上相對於都市,郁達夫天性更近鄉村自然風貌,《南遷》的主角南遷是為了尋找一個和故鄉一樣美麗的地方,這樣,安房半島又成為郁達夫苦苦尋覓的故鄉的替代者。顯然,郁達夫在作這樣的描述時,帶了很大的情感傾向,力圖把安房變成「故鄉情結」的一個替身。

這一時期日本資本主義的高速發展,使日中兩國的國力出現巨大的差距,面對這樣一個高速運行的都市圈,使得中國的留學生自覺身陷迷園,想要出逃,卻

無路可走。既然不能「破帽遮顏過鬧市」，就要使自己來抵抗已經被城市逐漸吞噬的詩意，這一點在翁鬧這裡顯示得很明顯，而郁達夫一方面享受著現代化的都市帶來的摩登的生活，另一方面又在精神世界裡尋找桃花源的情結。

綜上所述，一個作家在對異國進行描述時，往往會與該國的真實面貌有一定的偏差，尤其當身居異國他鄉時，敏感而獨特的體驗更容易造成感受的偏差。作為「日本形象」的審視者，翁鬧和郁達夫出於留學生的特殊身分，多年苦鬱的留學生活，在描述日本國、日本民族、日本人的形象時，又傾注了大量主觀情緒，在言說自我的同時，也再現了日本的「他者」形象。這種形象經過二人各自的主觀感受的過濾，外呈於文本之中。郁達夫的小說中都顯而易見地表現出作為中國人的焦慮，處處呈現了精神層面上的民族觀念衝撞和文化信仰的危機。翁鬧的描述帶有較強的自由主義色彩，力求在小說中，消解宏大敘事，用主角的主觀心理感受來替代對日本的理性化解釋。

## 三、悲憫與超越維度下展開的思考

庚子之後，大陸留日學生在政治方面，容易接受社會主義和民主主義的影響。類似「弱國子民」的屈辱在很多留日作家的筆下表現過，如魯迅表現過受嘲笑的中國人的智力（《藤野先生》）；郭沫若表現過勢利的日本房東對中國留學生的刁難（《行路難》）……郁達夫也始終徘徊在家國意識中，「是在日本，我早就覺悟到了今後中國的運命，與夫四萬五千萬同胞不得不受的煉獄的歷程。」[190]這使他的小說中將愛國意識以一點為中心，向周圍輻射，從而擴大了小說的思想容量。郁達夫的國族困惑，在翁鬧這裡未有明顯的體現，但在鄉土文學和殖民地文學的問題上，翁鬧主張過：「形式上與日本文學相同，內容上屬於臺灣」，文字表現則應「尋求日語和臺灣話的折中」[191]。事實上，日據時期的很多臺灣作家以日語為創作語言，雖然想在「內容上屬於臺灣」，但又想躋身日本文壇，因而必須迎合日本文壇的風潮，這勢必造成一種兩難境地。無論是文學

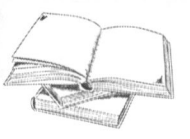

社團、思潮、媒體：臺灣文學的發展脈絡

創作，還是在現實生活中，翁鬧必將面對的是解決不了的情感認同的困境。

（一）翁鬧的頹廢意識與郁達夫的國族意識

翁鬧的小說帶有濃重的殖民地的過客意識，他的一些小說被認為是「……所隱含的自我消費的世紀末情調，他的價值混亂，他的偏執和焦灼，以至於渴望回到人類文化的零點的瘋狂，在在顯示著殖民地特殊的斷裂的歷史所形成的自我歷史的斷裂，」[192]在《音樂鐘》、《戇伯仔》、《殘雪》、《羅漢腳》、《天亮前的戀愛故事》等小說中，翁鬧呈現了一種不約而同的敘述態勢，故事一開篇，即墜入主角的無可奈何的沉思冥想之中，再回眸敘述幾件或快樂或悲傷的情事，然後再回到現實情境中，依然陷入彷徨無助的處境，無法解脫。在殖民地的歷史斷裂的夾縫中，作家個人很容易更多回歸本我，這也是翁鬧的小說中出現強烈的頹廢意識的原因所在。較為突出的是《天亮前的戀愛故事》表現了頹廢主題，強調感官印象，從而使小說獲得了一種純粹的藝術品位，更鮮明地顯現出過客意識。

郁達夫13歲赴東瀛留學，在日本的九年中，正好是日本空前開放與混亂的大正時期。這對作者精神世界的形成，作用應當說是舉足輕重的，他曾對作品中的頹廢意識做過夫子自道：「沉索性沉到底吧！不入地獄，哪見佛性，人生原是一個複雜的迷宮。」[193]這些頹廢思想直接體現在郁達夫作品中性描寫的大膽恣意，《沉淪》裡的窺視少女沐浴，《南遷》裡婦人當眾裸身梳洗，《風鈴》中露天溫泉場的男女混浴等，這些曾在中國文壇引起軒然大波，但這只是文學造境中的自由選擇，與此同時，關於國族的論述在郁達夫的文字中都隨處可見，郁達夫在1917年6月3日的日記中寫道：「然余有一大愛焉，曰愛國。余因愛我國，故至今日而猶不得死；余因愛我國，故目受人嘲而不之厭；……國即余命也。國亡則余命亦絕矣！」《沉淪》中的「他」自我毀滅時高呼「祖國快快富強」的口號，也是私小說的一個「奇異」的結尾。令郁達夫一直耿耿於懷的被稱為「支那人」的情緒和弱國子民心態，其實都是郁達夫的國族意識根深蒂固地存在於他的腦海中的顯現，日本生活的經歷強化和彰顯了個體的國族意識。作為屈辱感受的本源擔當者，其實是中華民族，異國雖然有種種不好之處，但祖國母親的羸弱，

才使作家發出憤怒的吼聲。在這裡，個人的心態與祖國的窘境融合到一起，寫身邊事卻又連帶出祖國憂患，這成為留日學生諸如郁達夫、郭沫若、成仿吾筆下的常見主題。文本中郁達夫的頹廢意識與現實中的郁達夫的愛國思想並行不悖，郁達夫最先提出了文學上的階級鬥爭的口號，並奔走於南北之間，寫過新軍閥和新官僚的爭論時評，公開指責過蔣介石叛變革命，郁達夫一生都處在騷動不安狀態中，始終徘徊在頹廢與救贖的兩端。

與郁達夫在留日九年學成歸國不同的是，徘徊在東京街頭的翁鬧儘管貧窮，卻不願回臺灣，他常常蓬頭不戴帽子，四處旁聽，逛講演會、書鋪或參加各種座談會，即所謂當時盛行的「遊學」方式。翁鬧處在殖民地時期的歷史斷裂感之下，時局的變化，人們無法掌握歷史命運，有個性的知識分子這時更多地走向個性化的自我世界，追求純「個人」的敘事。施淑曾這樣評價寫於50年前的《殘雪》和《天亮前的戀愛故事》：「就是以『現代的』標準衡量，仍不失其怵目驚心的現代性。」[194]施淑所説的「現代性」即是指歷史斷裂之下產生的個體的焦灼與偏執，竭力回歸人類原初的世紀末的情調，一種現代的頹廢。小說中的主角面臨的現狀如此頹唐，現實中的翁鬧頹廢浪漫，不拘小節，酷似今日的嬉皮，卻始終篤信殖民政策下的日臺平等，因而他一再地去追求十分渺茫的愛情和生活，結局自然不可能成功，因而翁鬧把最後的安慰放在現實的頹廢上。

（二）翁鬧的全賴感覺與郁達夫的情調結構

1934年7月，「臺灣文藝協會」的機關雜誌《先發部隊》刊登了郭秋生的評論《解消發生期的觀念行動的本格化建設化》[195]，文中提出，關於臺灣文學建設期的行動，應該消解發生期的暴露的破壞的態度，而以「直觀事物至於奧里」的新態度、新眼光。由於前期的臺灣文學只在客觀的寫實而少有自我的主觀活動，「感覺的世界是從所不曾顧及的」。未來的創作方向，應充分探究感覺的分野及人們內部的心理世界。這段論説從一個方面指明了今後文學的發展方向，翁鬧無意識地暗合了這一方向，並成為成功的實踐者。在作品中他不停地燃燒自己的感情，成為端賴感覺的實踐者。

在小說中，翁鬧總是打亂一切秩序，任由自己的情感升騰，匯成洶湧的情感

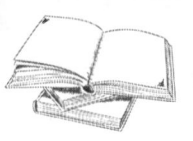

巨流，賓士而下，常令讀者瞠目。翁鬧往往選擇與自己的性格氣質相近的人物作為小說的主角。《天亮前的戀愛故事》從頭到尾都由男主角的自我抒情而構築起來，這種敘事角度的選擇，更有利於展現翁鬧作為寫情聖手的一面。在行文中，敘事者「我」會突然停止敘事說：「抱歉，因為不知不覺興奮起來……。我的胸膛眼見就要裂開。」主角癡迷地講述自己青春期的愛欲、沒有結果的戀愛、對人類文明的憎惡，希望回到野獸的時代，在表達愛與恨的決絕時，主角說道：「我精神內部對人世所抱的至高的愛，如今就要完成發酵作用，正在逐漸變成激烈的恨。縱然我的人生和青春在悠久的歲月中幾乎等於零，我確信著無窮小的恨，也必能跟無窮小的恨一起對宇宙發生破壞作用。」這種情感極度發酵，而驟然發生的爆破，也顯示了翁鬧無法駕馭情感之濤，任由它在小說中洶湧無度。作品中無法克制的毀滅和破壞的欲望，根底裡都顯示了翁鬧本人作為被殖民地作家，所面臨的難題無法解決而帶來的情感風暴。

相對於翁鬧任由感情之水在文本中汪洋恣肆，郁達夫則在一個更高的層面上強調小說敘事中的更為周延的情調結構，他說：「歷來我持以批評作品好壞的標準，是『情調』兩字。只教一篇作品，能夠釀出一種『情調』來，是讀者受了這『情調』的感染，能夠很切實的感著這作品的氛圍氣的時候，那麼不管它的文字美不美，前後的意思連續不連續，我就能承認這是一個好作品。」[196]他的很多小說都在自覺地實踐著這一主張，因而在組織情緒結構時，都是有意識地為他所要在作品中創設的情調服務，情緒的起伏跌宕，受制於統一的情調，試看郁達夫寫赤裸裸的情欲，不斷地奔湧，又不斷地淨化，往復迴旋，造成一種如泣如訴的情感旋律；寫感傷的情緒，起初的怨懟，在不斷地平復中，造成一種迴旋的韻律；即便發抒憤恨之情，也總能尋到內在情感的節制點，憤怒而後平緩地釋放，在《過去》、《蔦蘿行》和《薄奠》等小說中，都是以作家的情緒為基調，連綴其一唱三歎式的有節有制的構建，也可以看出郁達夫用情感緯文，但又不像翁鬧的無法控制，而是錯落有致地營造出一種情調氛圍。也因此如泣如訴地呈現出統一的格調。郁達夫在總結西方小說藝術發展的歷史經驗時，就明確指出小說藝術存在著「向外」與「向內」兩條不同的發展道路，即在「描寫外部時間變遷」從而造成一個典型人物的道路之外，還存在著「注重內心的紛爭苦悶，而不將全力

傾瀉在外部事變的記述上⋯⋯把小說的動作從稠人廣眾的街巷間轉移到了心理上」的道路[197]。在某種意義上，郁達夫這類抒情小說，成為五四時期現代小說觀念更新的重要標誌，小說中的抒情和寫景也成為敘事同等的兄弟。

## 四、結語

從1895年日本占據臺灣以後到1920年臺灣新文學運動興起之前，這25年中的臺灣文壇與清朝統治時期沒有太大的差別，文人仍深受中華傳統文化的影響，日本對臺灣的統治尚未深入到文化層面，當時臺灣文人透過書籍、報刊和交往很容易讀到大陸文人的作品，郁達夫也曾對臺灣文壇發生過影響，他曾於1936年12月23日到訪過臺灣，受到臺灣文人的熱烈歡迎，當時有莊松林寫下了《會郁達夫記》，文中說：「一面因為關心新文學運動的我們和『五四』以來中國新文壇之中堅作家郁達夫氏之間，雖然有高低之分別，主義主張的差異，而有心於建設殖民地文學之道卻一致的，一面也因為臺灣文壇受本國文壇之影響姑且不說，而受中國中堅作家郁氏以外如魯迅、郭沫若、張資平、茅盾等的影響也可以說不淺。⋯⋯」[198]此時潦倒於日本的翁鬧有沒有關注過臺灣的文壇，我們不得而知。

作為他者的日本形象，受寫作地點和寫作時間以及寫作時的情緒狀態和多種因素的影響，因而會有諸多不同，表達出他們對於日本社會的、文化的、意識形態的範式的理解的差異。翁鬧多是在東京製作「日本」形象，而郁達夫多數小說寫於回國後，這裡面的「日本」更多的帶有一種想像或回憶。翁鬧來日本是為了尋夢，他是從被殖民地臺灣來到宗主國的首都東京，這是當時多數臺灣青年的理想，但有才華的翁鬧不見容與當時的日本社會，最終潦倒而死。至於郁達夫則是為了尋根而來，每在日本行走一步，他都在進行著深刻的比較，對日本，他既愛且恨，最終選擇回國，比起翁鬧的「有家歸不得」算是生命歷程中一段自我選擇。以翁鬧和郁達夫的文學創作個案，應該說其意義不僅限於文學與作家個人，

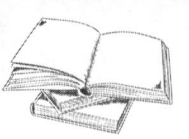

尤其是對近代以來中日關係特定場景中的中國知識分子的心靈剖面具有普遍的文化意義，翁鬧則以有限的文學創作代表了1920、1930年代逐漸成熟起來的被迫用日文寫作的臺灣知識分子的文學創作，其創作揭示出當時的弱勢族群和殖民地人民心靈深處的無所歸依的心靈苦況。

# 重層現代性與臺灣文學史的重構

陳美霞[199]

## 一、前言

　　甲午戰敗、乙未割臺，使得臺灣淪為日本的殖民地，為此臺灣現代性經驗不同於中國其他省份。在臺灣特殊的歷史和政治語境下，其現代性以殖民母國日本為仲介，同時又受到固有中華文化與本土文化的影響，呈現傳統與現代、本土與世界、同化與反殖的重層糾葛鏡像，各種勢力的糾纏使得臺灣文學史呈現多樣的面貌。黃美娥教授的《重層現代性鏡像——日治時代臺灣傳統文人的文化視域與文學想像》以「重層現代性」為關照點切入臺灣文學研究，打破以往「歷時性」的文學史研究中新舊文學對立斷裂的格局，以「共時性」的視角挖掘傳統文人迎接文明書寫現代的面向。黃教授的專著將日據時期的臺灣視為一個全球化下的新興文化場域，以此觀察進入20世紀後，現代情境如何促使本地傳統文人形塑出新感覺意向與新自覺姿態以及傳統文人在現代性過程中的角色扮演。同時，「重層現代性」的提法把傳統文人納入研究視野與大陸1980年代以來「20世紀文學」的提法以及對「晚清文學」的重視相呼應。

## 二、文學史觀與文學研究

社團、思潮、媒體：臺灣文學的發展脈絡

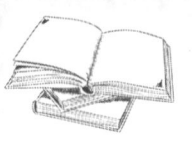

（一）臺灣文學史書寫現狀

首先，傳統的臺灣文學論述與國族建構。文學史是權力和文學知識共同建構的意識形態，就傳統的臺灣文學史的相關論述主要有兩類，分別是以大中國情懷來建構的文學史和以臺灣意識為主所建構出來的本土論。中國意識的文學史以大陸學者和臺灣統派學者所撰寫的為主，如劉登翰主編的《臺灣文學史》、古繼堂的《簡明臺灣文學史》、《臺灣小說發展史》和《臺灣新詩發展史》、呂正惠、趙遐秋的《臺灣新文學思潮史綱》；彰顯臺灣意識的文學史主要有葉石濤的《臺灣新文學史綱》、彭瑞金的《臺灣新文學運動四十年》、陳芳明的《臺灣新文學史》。就知識與權力的關係而言，臺灣文學史的論述與國族建構緊密結合，這是兩岸的臺灣文學史書寫的最大共同點，不同的意識形態主導下的臺灣文學有著截然不同的面貌。

大陸版的文學史，劉登翰先生編撰的《臺灣文學史》是目前最完備的版本。劉先生的文學史既是最早的系統的臺灣文學史，也是海峽兩岸各種版本的文學史中內容最豐富、規模最宏大的一種。劉先生的《臺灣文學史》內容豐富、覆蓋面廣：遠古臺灣的神話傳說歌謠；明鄭時期臺灣文學的奠基；抗日民族文化思潮；繼承「五四」反帝反封建傳統的臺灣新文學；日本皇民化統治對文學的挫傷；1950年代的「反共文學」；1960年代的現代主義文學；1970年代鄉土文學論戰；1980年代文學多元化發展。劉先生主編的臺灣文學史用充分的歷史事實表明兩岸文學共同源於中華民族的文化母體，臺灣文學是中國文學一個重要而特殊的組成部分；同時充分地分析了臺灣文學由於其特殊的歷史際遇而形成的特殊風貌。在《臺灣文學史》的總論中，劉登翰以「分流與整合」的理念闡釋臺灣文學與中華文化的關係。「中原文化的基因，在臺灣文學漫長的發展過程中，規範了它的方向，確立了它的形式，賦予它的精神內涵，奠定它的民族風格，把臺灣文學納入中國文學的傳統中。」[200]古繼堂的《簡明臺灣文學史》分三部分敘述臺灣文學發展歷程：早期臺灣文學——從大陸到臺灣；中期臺灣文學——從阻隔到匯流；近期臺灣文學——從主潮輪換到多元共存等內容。《臺灣新文學思潮史綱》是由臺灣統派學者與大陸學者共同合作編撰的「新文學」的「思潮史」。全書共分九章，內容包括臺灣文學革命和臺灣新文學的誕生、臺灣鄉土文學論爭與

臺灣話文運動、在「皇民文學」壓迫下的現實主義思潮、建設人民的現實主義的臺灣新文學等等。就文學史的意識形態立場而言，《臺灣新文學思潮史綱》與大陸學者類似，認為臺灣新文學是中國新文學的有機組成部分，並對「文學臺獨」的種種謬論不遺餘力地進行批駁。該書在翔實資料的基礎上描述和闡釋了1920年代以來臺灣新文學思潮發展的歷史，構建了臺灣新文學思潮發展史的科學體系。總體而言，大陸學者和臺灣統派學者所持的是大中國的立場，把臺灣文學視為大陸文學的支流，尤其認為臺灣新文學是受到大陸「五四」運動影響而發展起來的。大陸版的文學史受國家機器的影響較深，官方色彩濃厚，比較注重發掘臺灣文學與大陸文學的親緣關係。這甚至被臺灣深綠學者認為是「發明」臺灣文學史。由於兩岸長久隔絕，大陸學者的臺灣文學史書寫受到現實條件限制，資料的掌握上往往不夠全面，這導致大陸文學史規模宏大，但細節的把握和分析不足，直接的影響就是大陸的研究者缺乏對臺灣區域文學史的關注，目前為止，大陸沒有臺灣區域文學史出版。另一方面，資料的匱乏導致書寫過程理念先行，出現本末倒置，以意識形態統帥資料。例如古繼堂先生的《臺灣新詩發展史》，被遊喚認為「這一部臺灣新詩史是從中國大陸的預設角度出發來編寫成的臺灣新詩史。它編的成分實在遠遠大於史實的層次。它宰制性建構的性質完全駕馭著詩史的評價與解釋。」[201]資料的匱乏有歷史和現實因素造成，無法苛求前輩。但是，也有不少的文學史獲得臺灣本土派學者的客觀公正的評價，例如，陳黎認為「中國大陸出版的那麼多專書，文學史觀幾乎沒有差別，其中《現代臺灣文學史》、《臺灣文學史（上卷）》集體編寫，顯出團隊合作的成效；就文學的藝術性之內在研究，黃重添的《臺灣當代小說藝術採光》、《臺灣長篇小說論》確實是下了功夫。」[202]

在臺灣方面[203]，本土派的葉石濤、彭瑞金和陳芳明主要以殖民抗爭來架構其歷史敘述的基調，強調文學中的「臺灣意識」。葉石濤和彭瑞金的文學史關注點在本土作家和鄉土文學身上，對外省作家和現代主義文學以忽視的姿態對待。葉石濤的《臺灣文學史綱》第一章是討論明鄭時期到日本殖民初期中國古典文學在臺灣的傳播與發展，第二章是敘述日本殖民時期臺灣現代文學的出現與推進，接下來的五章寫的是戰後臺灣文學的發展。葉石濤的文學史強調「臺灣意識」和

「臺灣主體性」，重視寫實主義；把鄉土文學視為臺灣文學的正宗，認為只有表現臺灣本土生活經驗和歷史經驗的文學才是真正的臺灣文學，重視本省籍作家，外省作家的努力和貢獻評價不夠積極。在《史綱》的前序中，他明白地指出「目的在於闡明臺灣文學在歷史的流動中如何地發展了它強烈的自主意願，且鑄造了它獨異的臺灣性格」。[204]雖然葉石濤承認日本殖民時期臺灣現代文學的出現是受中國五四時期白話文運動的影響，但他認為日本統治期間臺灣與中國大陸的持續分隔持續分割使臺灣文學具有自主性和獨特性。葉氏的文學史有兩點缺失，首先，是意識形態導致對作家作品的評析不夠客觀公允，對外省籍作家及其作品重視不夠，認為他們的作品「遠離臺灣的土地和人民」，企圖把外省籍作家的文學作品排除在臺灣文學之外。朱天心等文學成就頗高的外省籍作家在葉石濤的文學史論述中並無提及，葉氏以意識形態先入為主的理念只選取和自身論述主軸相關的作家作品，這會導致臺灣文學史的簡單化，以及扭曲臺灣文學的歷史發展脈絡，無法展現臺灣文學的複雜性和多樣性。同時，狹隘的意識形態因素導致他對鄉土文學評價很高，對現代主義作家的評價較低，認為他們作品中「無根」、「漂泊」的情結是不愛臺灣不認同臺灣。其次，多流於印象式的批評，史實和作品的論述不夠深入。例如，葉氏認為呂赫若代表臺灣文學的最高成就：「吸收了現代西方作家的表現技巧」、「意象鮮明」、「人物的刻劃真實而實際不流於類型化」。彭瑞金的《臺灣新文學運動四十年》繼承了葉石濤的本土文學史觀，強調臺灣的主體性，重視本省籍作家和鄉土文學，忽視外省籍作家的貢獻，不同的是該書主要從文學運動的角度來觀察臺灣文學。葉石濤、彭瑞金出於建構臺灣意識和本土認同的急切性，對非鄉土文學的低估和漠視，這種偏頗的認識使得他們的文學史書寫簡化了片面化了臺灣文學。

與葉石濤、彭瑞金的「排他性」不同，陳芳明雖然也重視臺灣意識，但他的文學史論述並沒有排斥外省作家。陳芳明尚未完成的《臺灣新文學史》是從「左翼的、女性的、邊緣的、動態的」立場出發，企圖在「後殖民史觀」的基礎上書寫一部相對具有寬容性、多元性的臺灣文學史著作。他提出了「殖民三階段論」史觀（或稱「再殖民史觀」）作為文學史論述的框架：日據時代是「殖民階段」，國民黨到臺灣後稱為「再殖民階段」，解嚴後（亦即李登輝上臺後）稱為

「後殖民階段」。同時，陳芳明宣稱臺灣民眾的「中華民族主義」是國民黨灌輸的，在強調臺灣意識上與葉石濤、彭瑞金一致，不同的是陳芳明對現代主義文學及外省作家的評價還是比較高的。陳芳明的「殖民三階段論」有簡單化臺灣文學史的趨向，同時，有學者認為陳芳明所持的族群和解、多元共存的理念，使得他在處理解嚴後的臺灣文學時，事實上轉為多元的「後現代史觀」[205]。此外，陳芳明認為大陸的臺灣文學史書寫意識形態先行——「發明」臺灣文學史，而他本人的《臺灣新文學史》的框架不僅被認為過於簡單化，同時被疑為「以論套史」，認為他提出的「殖民」、「再殖民」、「後殖民」的文學史分期理論框架有簡化的嫌疑。

其次，兩岸不同的政治立場所導致的文學詮釋權的爭奪，使得書寫者在史料選擇上有著「簡單化」的傾向。由於臺灣複雜的歷史狀況和現實態勢，藍綠對決、統獨爭鬥以及國族認同的混亂，導致臺灣文學史的書寫不由自主地被納入國族建構中，成為國族建構史的一部分，作家的政治立場和文學作品所反映的國族意識成為文學史家關注的焦點，符合史家立場的作家作品被選擇被放大，與其立場相左的則被消音被漠視。對此，楊宗翰認為「為了要製造一個合於史家規劃的文學故事，所以某些作品會被消音，而我們都沒有考慮要把這些東西挖掘出來。除此之外，將臺灣文學史與國族認同連結起來，卻忘記了這其實都是知識意志與權力意志之下的產物。」[206]楊宗翰對臺灣文學史的理解和實踐，說明臺灣新生代學者開始反省傳統的以意識形態為主導的文學史書寫，他認為中國意識或臺灣意識不是評判文學作品是否經典的標準。對於國族建構和意識形態在文學史觀中所占的分量，黎湘萍先生則從「態度」角度入手，認為兩岸文學史書寫「心態」上都不脫「阿諛」、「憤怒」。他還指出，葉石濤的《臺灣文學史綱》基本上已形同兩岸臺灣文學史分期的典範，但是在分期上卻也有「過度簡化」之嫌。此外，意識形態的過度介入導致傳統臺灣文學史中二元劃分的概念相當多：例如「臺灣意識」與「大中國意識」、「本省籍作家」與「外省籍作家」、「本土派」與「西化派」、「民間文學」與「官方文學」等等，二元對立的局面抹煞了臺灣文學的多樣性和複雜性，導致非主流的作家作品難以被含納進文學史。

再次，傳統的文學史書寫都是採用單線的歷時性的「進化論」的方式，且往

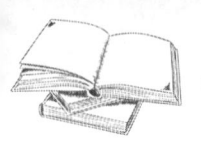

往採取單一的第三人稱的全知視角。傳統的「單線」、「進化論」文學史往往有著「起承轉合」的規律,多以萌芽期、興盛期、轉折期、衰微期等來論述臺灣文學的發展。這種類型的文學史往往是十年一個世代,有一個主流的文學門類或者思潮。「這種文學史觀有兩個基設:一是『世代說』——即以每十年為一世代(縱向面的劃分);另一是『主流說』——即有吸引大多數人創作及認同的主流文學和為大多數人排斥而僅被少數人接受的邊緣文學,後者自然遜於前者(橫向面的凸顯)。由於這兩個基設,便構成了大多數人所接受的上述那種『斷代式的臺灣文學史觀』或『斷裂式(潮流式)的臺灣文學史觀』,而與此史觀相接近的厥為文學派系(例如寫實派和現代派、都市詩詩人、本土文學論者、斷代型作家……)的說法。第一,用世代來區隔文學史,會造成文學史的斷裂。第二,主流文學的過於強調,往往壓制了邊緣文學或亞流文學的重要性。」[207]以上所討論的傳統文學史,在書寫體例上都偏向「編年體」,以單線的「進化論」史觀按照年代敘述重大的文學事件與作家作品;趙遐秋、呂正惠的《臺灣新文學思潮史綱》,則以思潮史取代作家論。「現有之詩史/文學史盡為線性敘述(linearnarrative)產物。且大多排除、化約了歷史敘述中確實存在著的非連續性(discontinuity與)斷裂(rupture)」[208]傳統的書寫方式更注意前後文學的延續性和發展,但是對文學史的「斷裂」和「非連續性」關注不足,對共時狀態下文學史的複雜和多維描繪和闡述的不夠充分,為此無法完整展示文學史的全貌。近年來,歷時性的單線書寫方式有所打破,比如王德威的《臺灣:從文學看歷史》、黃美娥的《重層現代性鏡像——日治時代臺灣傳統文人的文化視域與文學想像》等是選取共時的橫切面的方式來撰寫的。共時性文學史的出現打破過去的書寫模式,文學史書寫範式的改變帶來文學史風貌的改變,從另外一個角度切入文學的歷史,為人們認識臺灣文學打開另外一扇窗戶。

(二)現代性與文學史突圍

陳平原曾說過:「中國學界之選擇『文學史』而不是『文苑傳』或『詩文評』,作為文學研究的主要體式,明顯得益於西學東漸大潮。從文學觀念的轉變、文類位置的偏移,到教育體制的改革與課程設置的更新,『文學史』逐漸成為中國人耳熟能詳的知識體系。作為一種兼及教育與研究的著述形式,『文學

史」在20世紀的中國。產量之高，傳播之廣，蔚為奇觀。」[209]「文學史」這個概念本來就是西風東漸的產物，是文學研究的現代性表現，並且與現代教育制度息息相關。

就當前臺灣文學史的書寫現狀來説，除了「中國意識」和「臺灣意識」的國族建構史外，學者也積極探討文學史突圍的可能之道，眾多的文學史研討會以及相關論文就是明證。問題主要集中在以下幾個方面，一是因為知識與權力的共謀導致書寫過程中化約的傾向，某些族群、性別的文學書寫被淡化處理。文學是社會的反映，是人生的寫照。當前的臺灣文學史尤其是本土派的文學史書寫強調「臺灣經驗」、「認同鄉土」等具有很強的「排他性」，不能很好地反映多元族群多元文化的臺灣現狀。二是單線的歷時性的文學史書寫，無法處理文學史的「斷裂」和「非連續性」。為此，當前臺灣學界，偏向以「現代性」為主軸來建構臺灣文學史，「就是拉到整個現代性中去看，而不只是反殖民。這個問題，事實上有其弔詭性，一方面它有進步的一面，而比較弔詭的是，我們可以看到很多人的著作就是全部把它包進來，寫得非常圓融，非常得體。⋯⋯而這種史觀允許多元性。」[210]對「現代性」的具體內涵，當前學界並無統一的界定，大致是指在追求現代民族國家建構過程中的體驗和思考，「現代性」是個與「文化研究」類似的概念，幾乎無所不包。王德威、黃美娥、邱貴芬、楊宗翰等學者對此都有所思考和建樹。

對臺灣文學史書寫反省最深刻的當屬邱貴芬。她的《日據以來臺灣女作家小説選讀》以傅柯的史學方法挑戰傳統文學史在論述策略上「完整性」、「連續性」的文史學概念；希望能暴露文學史建構過程當中的「斷裂」、「不連貫」。在此史觀影響下，臺灣女性文學史不再是把文學活動看成前後延續的「一脈相傳」，而是把文學活動看作是特定的共時狀態下不同文學形態的糾葛和互動。真正體現她企圖突圍臺灣文學史的努力的是《從戰後初期女作家的創作談臺灣文學史的敘述》，該篇文章從戰後初期女作家創作的角度，指出當前各種版本的傳統臺灣文學史，因為國族建構的需要，其著力點都在男性作家上，無法完整涵蓋女性作家的創作。同時，她認為臺灣學界從殖民抗爭的角度書寫臺灣文學史，這種壓迫與反抗、官方與民間、本土與外省等二元對立的模式遮蔽了女性作家在文學

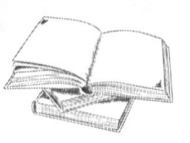

史上的貢獻。她以臺灣1950年代文壇創作為例，當時女作家成績斐然，但是傳統的書寫策略導致女作家被消音，葉石濤、彭瑞金、陳芳明的文學史對此都沒有提及，葉、彭從本土派視角出發認為1950年代臺灣文學「荒涼」，而陳芳明則把1950年代的文學二分為「官方文學」和「民間文學」，不管是哪種書寫策略都無法真實再現女性作家在文壇上的貢獻和位置。可貴的是，邱貴芬認為「要真正呈現臺灣這塊土地複雜的文學活動狀貌以及其脈絡，做法不是企圖以『女性』（哪個女性？哪樣的「女性」觀點？）觀點來取代『男性』觀點來敘述臺灣文學史或是以某個族群（外省第一代第二代、原住民、客家人）的觀點來取代另一個族群（福佬族）的觀點，而是重新檢討傳統史學方法的基本概念。」[211]在邱貴芬看來以前的臺灣文學史書寫以殖民主義史觀為基礎，注重臺灣文學反殖民、反壓迫的一面，這樣的書寫策略會壓抑與主旨無關的其他類型的文學，比如女性文學、原住民文學等非主流文學即使進入書寫範疇，也只是處在邊緣位置。為此，她提出「在建構歷史敘述時慎重考慮下列兩點：（一）必須避免陷入以壓迫／反壓迫二元對立（殖民／反殖民；父權／反父權；官方文學／民間文學等等）為架構的線性發展敘述；（二）支撐歷史敘述的主軸除了超越二元對立，延展線性為空間化的歷史論述之外，必須坐落於臺灣不同位置觀點的創作的最大交集處。換言之，支撐這套臺灣史的主要論述概念必須能夠涵蓋在臺灣這塊土地上從不同族群、性別、性取向、階級觀察出發點的創作，而且在這個史述架構裡，上述創作切入觀點都平起平坐，無主從之分。」[212]為此，邱貴芬提出以「現代性」為切入點書寫臺灣文學史，這樣就可以關照到各個層面，因為現代性不是單一的，而是政治、經濟、社會、文化等多元力量共同作用的。但也有學者認為邱貴芬依然沒有跳脫以往的文學史的局限：「此文與作者所點名批判的各本臺灣文學史一樣，都犯了兩個共通的弊病：一是不自覺地將詩風筆潮與社會變遷兩者間的聯繫，過度簡單地化約成一對一的鏡象關係（尤甚者更有視社會變遷為形、詩風筆潮為影，影后形生、影隨形轉的傾向）；二是諸位史家或研究者雖意圖採取不同的史觀與解釋模型，然皆不脫『衝擊—回應』此一範式的魅影。」[213]文學史的學科性質決定了其書寫難免帶有學科烙印，即使邱貴芬的反省仍然有著傳統文學史的「一對一的鏡像關係」和「衝擊—回應」的弊病，但她看到傳統的殖民抗

爭、國族建構史觀無法關照到臺灣的多元族群、性別、階級等議題和文學史的「斷裂」、「不連貫」，提出以「現代性」來建構多元的複雜的臺灣文學史，她文學史觀上的突破是不可小視的。

新生代學者楊宗翰對臺灣文學史的觀察和省思不僅全面而且頗具特色。史觀上，他質疑臺灣學界在建構臺灣文學史過程中對「臺灣意識」的強調，認為文學本身的審美特徵是能否進入文學史以及成為經典的標準，而不是文學作品的意識形態。「我認為是不是一個美學作品跟有沒有臺灣意識事實上並沒有關聯，我討論的是說不管是由大中國主義或是以臺灣意識為主到最後都是與建構一個國族史或是一個正典化的部分。」[214]他認為臺灣社會是一個後現代的社會，應該允許多元聲音的存在，臺灣文學史應該是一部包容多元的文學史。其次，敘述方式而言，他提出可以借鑑新歷史主義的手法來書寫文學史，「既然歷史書寫與文學創作間本有親密的血緣關係，故我輩在『建構』歷史或『情節編構』（emplotment）時，顯然無須避諱對文學之敘述文化的借用／挪用。除了適度融入小說筆法來撰史述史外，我輩也可（也該！）嘗試改變『傳統』文學史著中的敘述觀點與敘述技巧。」「面對這些多為單一觀點、直線（時間）史觀下的『傳統』史著，筆者以為新撰之詩史／文學史或可試驗多元觀點且打破時序之敘述策略，在寫作時亦可不時穿插『後設』筆法來提醒讀者與創造反思空間。」[215]楊宗翰對臺灣文學史敘述方式的思考，與歷史學界的後現代轉向相關，海頓・懷特等新歷史學家認為歷史是虛構的，既然歷史與小說、戲劇等文學作品一樣是虛構的，那文學就是虛構的虛構，更允許史家在敘述方式上嘗試多種手法，甚至「後設」的手法來與讀者互動。再次，文學史的興起與教育體制息息相關，文學史書寫往往有著隱含的作者，即「國家權力」。戒嚴時代，臺灣文學研究在臺灣是處於被壓抑的狀態，當時的臺灣文學史與體制、權力相距甚遠。楊宗翰認為，與大陸文學史書寫多採取集體寫作方式帶有官方味道相比，臺灣的文學史則更多「在野性質」。「臺灣文學史只有堅持自身長期以來的『在野性質』，才能在國家意識形態與主導性論述發生了轉變，情勢顯得對臺灣文學史之發展與教育更為有利之刻，依然冷靜地檢視各式權力的角力與配置情形、思考可能的對應策略，從而讓自己與國家統治權力保持適當的距離——此乃因它不想重蹈臺灣現今制式僵

化、弊病百出的『中國文學史』之覆轍。」[216]遺憾的是，隨著民進黨上臺，「本土意識」、「臺灣主體性」成為臺灣當前最大的「政治正確」，臺灣文學迅速成為一門顯學，臺灣文學史的「在野性質」能保持多久還是個問號。楊宗翰認為陳芳明的後期的文學史書寫漸漸脫離以前的「在野性質」，具有「官方味道」。[217]

　　陳芳明的《臺灣新文學史》號稱在反省兩岸文學史書寫的基礎上著手的。雖然，陳芳明也是強調臺灣「主體意識」的本土論戰，但他意識到「本土論述並不足以概括臺灣文學的全貌，寫實主義也並不必然是臺灣文學唯一的主流。」[218]所以，與葉石濤、彭瑞金漠視外省作家和現代主義不同，陳芳明強調族群和解，對外省作家和現代主義文學評價頗高。對大陸的臺灣文學研究，他認為「是一段從『發現臺灣』到『發明臺灣』的過程，在研究中常常會出現各種『發明』與『創見』。在東方主義式的書寫策略下，一定程度上反映了中國在建構霸權論述的苦心。如何把臺灣文學史套入中國文學史的脈絡裡，是現階段中國學界認真思考的一個問題。從發現臺灣到發明臺灣的演變中，中國學界對於臺灣文學的研究成果，透露了『東方化』、『同質化』、『陰性化』的種種書寫策略。而這些書寫策略，已經成為中國學界書寫臺灣文學史的固定模式。」[219]陳芳明的「殖民三段論」不僅簡化了臺灣文學史的複雜樣貌，同時也含有與大陸臺灣文學界爭奪臺灣文學話語權的意味。在國族建構與話語權爭奪中，陳芳明並不會比他所批評的「發明臺灣」者更高明。「從另一個角度看來，陳芳明亦不免陷入過度的意識形態，對大陸進行『西方化中國』的想像，在判定中國的殖民角色後，進而否定大陸研究者的書寫成果與發言權，亦未嘗不是另一個霸權的展現。」陳芳明以後殖民理論來建構臺灣文學史，國族建構的意味使他的文學史書寫難免落入另一種站在本土立場上的「發明」。另外，有學者質疑陳芳明的《臺灣新文學史》並非是完全從殖民史觀的角度論述，再殖民與後殖民階段已經開始偏離，變成「後現代」史觀。理由是日據時期的作家陳芳明把他們分為殖民作家和被殖民作家；戰後部分，出於族群大和解的考慮，陳芳明並沒有把外省作家歸為殖民作家，而是以官方文學和民間文學的分類來淡化文壇的「殖民抗爭」意味。「只談多元、包容，而回避殖民階段的歷史反省、後殖民階段的『去殖民化』，就不能算是『後

殖民史觀』」。[220]游勝冠認為原因是當前的文化資源還大多是掌握在外省族群手中，不管是有意無意作者都是出於對權力的一種妥協。

對當前臺灣文學研究界「本土意識」高漲的情況，王德威認為「如果『復國』的神話需要被解構，『建國』的神話又何嘗不是如此？由此類推，正典的生成不總已經預設了正典的遺／棄？」[221]王德威認為臺灣文學史的書寫不能忽視臺灣長期以來的「遺民」心態，這對外省作家作品的分析尤其有效。同時，王德威以實踐反省臺灣文學史書寫，他的《臺灣：從文學看歷史》一改過去單線歷時的文學史知識和文學運動及思潮為主的敘事方式，以共時的文學作品為分析脈絡，從具體作品來關照當時的歷史。正如陳建忠所言：「《臺灣：從文學看歷史》與既有的文學史論作，有著不同的編寫觀念，創造了一種較新的文學史體例。再者，像這般有堅強顧問群、編輯群與出版社、傳媒支援的新形態文學史出版模式，也展現出不同的文學傳播風貌，而可能改變讀者的視野。」[222]王德威從具體的文本分析入手建構文學史，不同於以往歷時性的國族建構意識濃厚的傳統文學史。同時，《臺灣：從文學看歷史》的編撰和出版方式，也極具「現代性」——「堅強顧問群、編輯群與出版社、傳媒支持的新形態文學史出版模式」——體現了消費社會和大眾傳媒時代的特色，而非以往書齋似的學者著書。

就研究實踐而言，黃美娥的《重層現代性鏡像——日治時代臺灣傳統文人的文化視域與文學想像》從日據時期臺灣特殊的歷史境遇入手，指出當時臺灣的現代性並不是單一的以西方文明為中心的，而是多元並存多重糾結的，存在著殖民性、現代性、本土性、傳統性多重糾葛的鏡像。20世紀初期，傳統文人面對新興的全球化的社會場域，積極調整自己因應新時代的變化與需要。區別於傳統的臺灣文學史從新文學角度評價傳統文人的視角，黃美娥從舊文人／傳統文人的立場出發，釐析日治時期新舊文學論戰的主要糾葛，分析舊文人在論戰發生前後的應變與思索，重構雙方在文壇中面對日本殖民帝國的強勢威脅下所產生的複雜關係，挖掘傳統文人「維新」和「現代」的向度。黃美娥對傳統文人「被壓抑的現代性」的發現，打破以往文學史新舊文學「斷裂關係」的傳統認知，尋找新舊文人面對現代情境時合力與協力的一面，並尋找新舊文學的延續性。同時，扭轉人們對傳統文人「落後」、「守舊」的思維定勢，揭示傳統文人在世紀初面對現代

133

性的「迎新」和「改良」表現；從傳統文人的角度發現傳統詩文「延續漢文斯文」的抵殖民作用等。黃美娥以現代性關照傳統文人的做法，與大陸學界近年來對晚清「被壓抑的現代性」的關注以及「20世紀中國文學」的提法相呼應，並以實際行動加入該實踐。關於黃美娥從「重層現代性」角度對傳統文人的關照，下面的章節將詳細討論。

## 三、重層現代性與傳統文人的位置

### （一）何謂「重層現代性」

「現代性問題雖然發軔於西方，但隨著全球化進程的步履加快，它已跨越了民族國家的界限而成為一種世界現象。」[223]當前學界對現代性並無統一的定義，但是習慣上認為現代性是在追求現代化過程中政治、經濟、社會、文化等各方面在特定歷史條件下共同作用以及人們對此過程的體驗和想像。長期以來，人們習慣用單一的角度來考察現代化的過程，往往傾向於把現代化的某種模式看作是唯一的形態；與此相應，也把現代性看作是一元的形式。事實上，由於歷史傳統與文化背景的差異，不同國家和地區走向現代化的路徑與模式不盡相同，現代化的內涵也具有不同的特色。由於歐美國家的迅速崛起，西方模式在相當長時間內成為現代性的標本。西方模式的單一現代性的影響力，不僅受到歐洲中心論的影響，也與現實中西方國家強盛的經濟實力息息相關。「為了否認西方對現代性的壟斷，拒絕將西方文化方案作為現代性的化身，這些運動試圖使西方化和現代性分離開來。」[224]「現代性不等於西化；現代性的西方模式不是唯一『真正的』現代性，儘管現代性的西方模式享有歷史上的優先地位，並且將繼續作為其他現代性的一個基本參照點。」[225]歐洲模式的現代化，雖然帶來了物質文明的高度發展，但同時也帶來生態惡化、人的異化等負面影響，學者們開始反思現代性，對現代性單一的西方模式進行質疑。對不同文明傳統深入認識的基礎上，近年來學者們提出「多元現代性」、「另類現代性」，從而打破了西方模式的單一

現代性的壟斷,豐富了現代性的層次和向度。

何謂「多元現代性」?用艾森斯塔特的原話就是:「現代性的歷史,最好看作是現代性的多元文化方案、獨特的現代制度模式以及現代社會的不同自我構想不斷發展、形成、構造和重構的一個故事——有關多元現代性的一個故事。」[226]多元現代性,也就是說現代性並不是只有西方化這一單一模式,雖然現代性以西方化、現代化,追求物質文明、追求理性為主,但是不同國家和地區其現代化過程受到國家原有社會文化和傳統歷史的影響,所以不同國家和地區的現代性方案具有他們自身的特色,並不完全等同於西方,就全球範圍來看現代性是多元共存的而並不是單一標準的。與「多元現代性」並存的概念是「另類現代性」,「另類現代性」是相對歐洲模式的現代性而言的「另類」,主要是指非西方國家和地區,他們的現代性方案除了吸收西方模式的因素更受到他們本國的歷史經驗和文化傳統的影響,因此形成具有自己獨特風格的與西方模式相異的現代性方案和模式。事實上,中國、日本、印度的現代化過程就被認為是不同於西方現代性的另類現代性。

就日據時期臺灣的情況而言,臺灣的現代性並非單一的來自西方,而是以日本為仲介,並且經過臺灣本土的轉化,為此臺灣的現代性呈現現代與傳統、本土與外來、殖民與現代多重糾結的局面。臺灣的現代性,是以殖民母國日本為仲介,日本既是西方文化的傳播媒介同時又是臺灣現代化的直接主推手;另一方面,臺灣長期隸屬中國,中國傳統歷史文化對臺灣的現代性改造也有著根深蒂固的影響。為此,與其他地區相比,臺灣的現代性呈現「本土與外來、傳統與現代、西化與殖民」等多重糾葛的局面,臺灣學者黃美娥教授用「重層現代性」形象地描摹了臺灣現代性的獨特面貌,屬於「多元現代性」與「另類現代性」的範疇。對於臺灣現代性的特殊性和重層性,陳芳明在《殖民地摩登:現代性與臺灣史觀》裡指出臺灣現代性的多種起源及日本殖民統治的徹底促成,同時,陳芳明也指出日本殖民現代性造成臺灣部分人國族認同的錯亂:「在現代化與日本化之間其實還存在一個殖民化的過程。怯於思考、怯於抵抗的部分臺灣人,避開了日本統治者的殖民化論述,而直接擁抱了現代化論述。」[227]

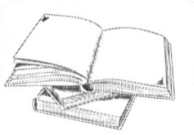

就文學層面來說，現代性往往表現為人們適應現代化過程的種種努力以及對現代性的種種體驗。就中國大陸和臺灣的情況來說，在現代性的過程中恰巧發生過新舊文學的論戰和抗爭，最後新文學取得勝利。為此，新文學陣營習慣上被認為是積極迎向現代的，而舊文學（或者說傳統文人）陣營則多被視為與「現代」背道而馳的守舊的落後的。新舊文學論戰，傳統詩文在大陸幾乎被全盤否定不同，新文學很快就取得壓倒性優勢。乙未割臺，臺灣成為日本的殖民地，傳統詩文在臺灣具有保持固有民族斯文抵抗日本殖民的意味，所以在臺灣經過多次論戰，傳統詩文在日據時期一直延續並沒有完全被新文學陣營打敗。傳統文人在日據時期始終在臺灣文壇占據重要位置，黃美娥教授的「重層現代性」打破人們的「新舊文學斷裂」的習慣思維，企圖打通新舊文學的界限，同時努力挖掘傳統文人現代和維新的一面，發現他們在20世紀初期進入全球化的語境後，面對新形勢所作的現代努力。

「在目前研究中，從歐洲中心論來談臺灣的現代／文明問題，已經累積可觀成果，尤其深刻指出臺灣的現代化並非從本地社會內部孕育出來的，乃是日本殖民地體制建立過程中的強行轉嫁移植。」[228]對臺灣的殖民現代性，陳芳明、游勝冠等學者都指出日本對臺灣的開發是建立在殖民基礎上的，是為了更好地剝削臺灣人民。呂正惠等人對臺灣作家在日本殖民現代性面前態度曖昧，甚至把現代性等同於日本性的認同危機有所揭露。但是以上學者主要研究領域是新文學作家，對傳統文人的現代性表現當前關注還不夠。相比新文學作家，一向被視為守舊、落後的傳統文人在20世紀前半葉，他們又是如何應對日新月異、日漸開放的周圍環境呢？黃美娥一改過去文學史家的立場，從傳統文人的位置出發，努力挖掘傳統文人面對新舊轉型的社會所做的維新和改良的努力。黃美娥教授從文學史角度出發發現傳統文人「被壓抑的現代性」，介入了臺灣文學史的解構和建構，同時也發現臺灣傳統文人的「現代」的另一面向。黃美娥的傳統文人與現代性的研究並沒有統一的理論框架，而是從具體的問題意識出發，資料翔實、論述充分。

（二）重層現代性與傳統文人的「迎新」努力

日據殖民的語境，使得臺灣的現代性呈現傳統／現代、本土／殖民多重糾葛的鏡像。傳統文人在20世紀新舊交替之際，雖然堅持傳統詩文的寫作，具有保守、落後的一面，但是面對日新月異的新形勢，傳統文人也因應時代變化積極調整和適應，不管是文學典律還是文化思維上，傳統文人都有了不同以往的新的表現。

隨著新文學取得文壇主導權，文學研究者往往是站在新文學的立場上，對舊文學及傳統文人有意無意地漠視和忽略。黃美娥改變過往的思維習慣，從傳統文人的位置出發，挖掘傳統文人被遮蔽、被壓抑的現代性。傳統文人的維新努力最明顯的表現，是他們自覺的文學改良，在詩歌、散文、小說的創作實踐中，傳統文人並非如張我軍等新文學家所言的「守舊」和「落後」，而是積極因應時代需要從文學內容到形式上做新的探索。大陸晚清時候有著「詩界革命」，臺灣的傳統文人如連橫等也倡議「臺灣詩界革新論」，表達對「擊缽吟」形式華麗但內容貧乏的不滿。臺灣的傳統詩社並非凝固不變，隨著現代文明的傳播，他們也進行「現代性」的轉變，表現在詩社運作上，就是引進西方的現代鐘錶，提高社員的時間觀念。「『現代的鐘點時間』已經成為傳統詩社活動的計算時間的模式，社員願意捨棄過去悠閒舒緩而隨性的詩會方式，轉而接受一種無可逆轉的嚴厲約束，現代時間支配了傳統詩社的『現代』運作模式，使得傳統詩會具有文明現代的節奏與規律，蛻變而為一具『新』氣息的文藝活動團體。」[229]詩社選題也出現了新的變化，「望遠鏡」、「寒暑針」、「升降機」等現代新式器物都成為傳統詩作的表現對象。臺灣的傳統漢詩並非止步不前，相反，在1920年代到1940年代的三次新舊文學論戰中，傳統漢詩一直是隨著時代的發展而發展的。正如施懿琳所言「與新文學創作同步發展的還有蛻變中的傳統漢詩。這時候的漢詩雖保存著傳統詩的格律與形式，但是，基本上舊的精魂已逐漸地脫離，改由具有革新精神的二世文人介入傳統詩的創作活動中。最明顯而直接可見的是，新語彙的引入，與用語的淺白近口語。漢詩寫作時使用淺白的文字入詩，主要的原因恐怕與1930年代興起的『走向民間』的思考有關。為了走向民間，知識分子往往必須將日常語言引入詩中，使中下階層的民眾亦能理解，方能達到啟蒙大眾的功能。」[230]世人往往抱著「新是舊非」的刻板印象，以論戰中新文學家的觀點看

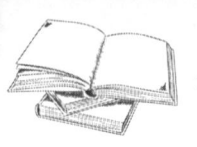

待舊文人。事實上，承擔文明啟蒙任務的並非只有新文學家，傳統文人同樣積極翻譯和引介外來思潮，傳播移植西方現代性，黃美娥以《臺灣日日新報》記者，也就是古典文人魏清德為例，進行個案探究。魏清德雖然以傳統詩人聞名，但他是日據時候重要的媒體人，他透過報紙宣揚新時代下人不僅需要健康的體魄，更要做一個「明大義」、「理性知覺」的「現代」人。

其次，黃美娥從傳統文人角度出發，發現傳統文人的「現代」的一面，從而打破臺灣文學史新舊文學「斷裂關係」的思維定勢，從傳統文人的維新表現入手，發現新舊文學的延續性和承接性。事實上，傳統與現代的界限並非完全分明的，或者這條界限根本不存在或者是融合的，被視為現代（西方）的東西其實也部分地是由傳統構成或衍化而來。同時，面對殖民情境，新舊文人協手共同抵抗日本的文化挑戰，這是臺灣新舊文學論戰與新舊文人關係中與大陸不同的特殊性。

臺灣的新文學主要是受到大陸「五四」新文化運動的影響，在張我軍的宣導和發起下形成新舊文學論爭，與大陸的新文學相似，臺灣的新文學是在與舊文學的論戰和鬥爭中取得文壇主導權與控制權的。臺灣以往的文學史，不管是強調大中國情懷的中華民族主義還是強調本土意識的臺灣主體性，往往站在新文學家立場從「新舊斷裂」的關係上來處理臺灣文學，在「傳統」與「現代」、「新」與「舊」的二元分立的框架中來架構自己的主體性的。黃美娥打破了以往臺灣文學史把「臺灣新文學的興起視為與傳統文學的決裂與對立」[231]的書寫模式，不再把傳統與現代、新文學與舊文學視為緊張對立的二元關係，而是透過史料挖掘二者的延續性和承接性，尋找二者之間的協力與合作的相容關係。

新文學要樹立和確證自身的地位，除了在新舊文學論戰中，指責舊文學與傳統文人「保守」、「落後」外；還必須正確處理「新文學」與「傳統」的複雜關係。雖然臺灣與大陸的新文學確立過程都是透過新舊論戰，然而，正如羅崗所說的「新文學以『反傳統』的面目出現，它與傳統文學之間的斷裂，使試圖接納新文學的文學史很難以一個完整的、可確認的時空連續體呈現出來。」[232]就臺灣文學史來說，新文學產生之前舊文學從內容到形式上的改良努力，一方面是因應

時代形勢為了保持舊文學地位的嘗試，另一方面則可以看出新舊文學並非截然對立，二者之間是延續和相容的。把新舊文學視為二元對立的臺灣文學史，不僅忽視了傳統文人對新文學產生的「現代性」貢獻，更無法看清當時文壇的真相。

即使是新文學漸漸取得文壇主導權後，新舊文學也並非水火不容。日本殖民統治的早期，在臺日人透過漢文結交臺灣傳統文人，但是隨著日本對外擴張的加劇，對臺灣的文化控制逐漸加強，後來全面禁絕中文，實行「皇民化」運動。為了迎戰日本的文化滲透和挑戰，臺灣新舊文人在諸多方面進行合作與交流，這也是臺灣新文學運動與大陸迥異的意義與價值所在，其中最重要的是表現在民間文學上的協力與合作。在第二章《對立與協力》中，黃美娥反省以往臺灣文學史「新舊斷裂」以及把1920年代的新舊文學論戰的情況代替1920至1940年代三場新舊文學論戰的複雜交鋒的化約論述。她從傳統文人的立場出發，梳理三場論戰的始末並突出論戰後舊文學界和傳統文人的應變及思索，並強調在「鄉土文學運動」中傳統文人與新文人的同心協力發掘民間文學資源的努力。黃美娥在書中指出：「這股由舊文人首先引發的重視臺灣民間文學的風氣，又與後來鄉土文學興起後，新文學家企圖透過搜集整理臺灣民間文學作品以建構臺灣文化主體性的工作連成一氣，形成新舊文學雙方在民間文學上的共同協力。」[233]

再次，黃美娥發現傳統文人與舊文學被壓抑的現代性，描繪出完整的臺灣現代文學史面貌，使得學界對臺灣文學史書寫中新舊文學的價值判定進行再思考；而她打破新舊文學界限、重構臺灣文學史的努力更與大陸現代文學界1980年代以來「20世紀中國」、「重寫文學史」及王德威等人對「晚清文學」資源的重視遙相呼應。

黃美娥從現代性的視野出發，發掘傳統文人的現代性，介入臺灣文學史的建構，打破臺灣新舊文學斷裂與對立的習慣思維，發現新舊文學的延續性和相容性。黃美娥從反省日治時代臺灣傳統文學／文人／文化研究的問題意識入手，考察傳統文人在新時代洗禮下的文化思維和審美取向，並沒有全盤否定傳統文人的「傳統」特質，而是探討日治時代傳統文人的「現代性」實踐。從傳統文人創作內容與形式上的變革、在挖掘民間文學資源基礎上傳統文人對「鄉土文學運動」

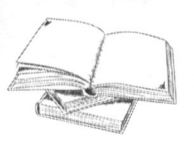

的參與、對外來思潮的翻譯引介、透過報紙傳媒進行啟蒙努力等,這一系列的行為說明傳統文人在新形勢下的「現代性」轉化。

同時,黃美娥把現代性的概念引入臺灣文學研究,應合了大陸學界近年來對現代性的關注;她對傳統文人的重視與大陸學界「20世紀文學」、「重寫文學史」等提法有一脈相承之處。1985年,陳平原、黃子平、錢理群三人提出「20世紀中國文學」的概念,將中國文學現代化的起點提前到1898年;1988年,陳思和與王曉明則宣導「重寫文學史」;世紀末隨著王德威《被壓抑的現代性》對「晚清文學」現代性的發現,大陸現代文學研究界日漸重視20世紀前後「晚清文學」和傳統文人在新文學之前的創新努力和表現。「20世紀中國文學」、「重寫文學史」以及對「晚清文學」的重視,都與理論方法上的「現代性」視野相關。從「現代性」的角度切入,發現中國文學在「革命」與「啟蒙」之外的另外一個緯度,從而重新整合新舊文學的關係,認識到中國新文學的發生並非一朝一夕,而是從晚清民初以來逐漸演變和積澱的歷史過程,相比以前「新舊斷裂」的文學史觀,更為客觀、細膩地勾勒出清末以來中國文學由傳統向現代轉換的過程。黃美娥「借鑑大陸學界的思路研究臺灣本土的『現代性』問題,透過查閱和分析《臺灣日日新報》、《崇文社文集》等第一手資料,勾勒20世紀最初1920年臺灣文學對於『現代性』的吸收以及傳統文學和現代文學的糾葛、轉換的歷史,與大陸學界將現代文學的起始時間從『五四』向前推展到晚清相呼應,黃美娥也試圖向前延伸臺灣新文學的上限,實際上使臺灣文學研究加入了重寫和建構完整的20世紀中國文學史的努力之中。」[234]

(三)日治臺灣的境遇與傳統文人的位置

日治時期,臺灣被殖民的身分,使得傳統文化具有保持「漢文斯文」的抵殖民意味。這既是臺灣傳統文人和傳統詩文能長期在文壇占據主導地位,與新文學相頡頏的重要原因;也是臺灣傳統文人和傳統詩文相對大陸在特定時代和語境下的積極意義。日治時期,臺灣雖然也發生了三場新舊文學論戰,但舊文學沒有完全被新文學所衝垮,反而獲得長足的發展,直到光復後舊文學才退出歷史的舞臺。日治初期,殖民統治遭到臺灣民眾的極力抵制和反抗,出於殖民統治的需

要，在臺日人以傳統詩文為手段結交在社會上較有地位的傳統文人，拉攏上流階層。舊文學與日本殖民當局的關係確實比較複雜，與「皇民化」運動及新文學慘遭禁絕的際遇相比，日本殖民當局對傳統詩文所採取的寬容態度讓傳統文人在反殖民的立場上處於尷尬和曖昧的位置；但客觀上，傳統詩文又有保持漢民族文化認同與歷史記憶的積極因素，這決定了傳統詩文具有抵殖民的意味。

雖然，傳統詩文能夠苟延殘喘保持漢文化的命脈是由於殖民當局的恩賜，但是客觀上卻有著反殖民的力量。「日本殖民統治者為了改變臺灣民眾固有的漢民族認同，在臺灣肆行禁絕漢語、推廣日語的政策；而大多數臺灣同胞採取積極或消極的對抗姿態，在極端困難的處境下，往往寄情於文化的傳承，透過結社聯吟，創作漢詩，力圖『保存國粹以延一線斯文於不墜』。」[235]尤其是殖民當局查禁新文學後，不少新文學家因為不懂日本，又不願意放棄用文字進行表達和抗爭，於是轉向新文學的對立面——傳統漢文。「這一群原本用漢文書寫新文學的作家群，他們的寫作路向因此受到禁制，文學生命也受到極嚴重的斲傷。不屬於日文創作群的創作者，在禁止報章雜誌刊載漢文書寫的新文學作品後，假如要寫作，唯一可憑藉的路徑就是轉回原本他們熟悉的漢詩領域。然後藉由舊詩將新文學抗議的、批判的、啟蒙的、改革的精神予以還魂。」[236]出於維持自身漢民族的文化認同，臺灣文人透過詩社活動來保留民族記憶，把傳統詩文視作抵抗日本殖民統治的策略。傳統詩社的再起，蘊含了臺灣人延續漢文命脈的意圖，與清代詩社以文會友的單純文學本質形態不同，而是具有保持國族認同、文化傳承以及抵抗殖民的積極作用。「傳統詩社社群有意識地選擇以延續漢文『傳統』此一看似『反現代性』的目標為結社宗旨，自覺結社成為一個『新漢文想像共同體』，重新確認漢文『傳統』的新時代意義。」[237]詩社「新漢文想像共同體」的性質，具有強烈的國族認同和文化承傳的現代作用。因為直接面對日本的殖民統治，為了避免被異族同化，臺灣選擇「保種」，表現在文學上就是臺灣文學界不像大陸那樣從思想文化入手改造「國民性」，而是透過文化與語言的保持來延續漢民族的認同。「試圖以傳統詩文創作紹續斯文，這正是臺灣的傳統詩文陣營不像大陸舊文學那樣很快就被新文學所衝垮，而是在整個日據後期延綿不絕甚至膨脹發展的原因之一。」[238]

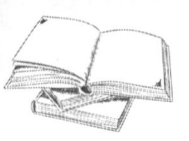

其次，傳統文人重視東方文明和傳統文化，使得臺灣的現代性雖然是以日本為仲介，以西方為參照，但因為傳統文人的作用，使得臺灣的現代性蘊含更豐富的本土因素和傳統因數，並非完全等同於西方模式。

謝立中在《20世紀西方現代化理論文選·編者前言》中曾說：「現代化理論的核心概念是『傳統』與『現代』。所謂『現代化』，簡單地說，就是從『傳統』社會向『現代』社會的轉化。」「現代」並非憑空出現，「現代」其實都離不開「傳統」，是在「傳統」的基礎上展開的，某種意義上甚至可以說「現代」是「傳統」的延續，雖然這種延續帶有斷裂的性質，但「傳統」對「現代」的影響是不言而喻的。對傳統與現代，史書美也有類似的提法：「為了將傳統視作是古老和過時之物而予以否棄，為了在『現代性』與傳統之間製造斷裂和不連續性，為了創造出一種以現在和未來為先的新的主體性，線性時間的意識形態創造出了『傳統』。」[239]任何現在和未來都是從過去發展而來的，「傳統」是作為「現代」的座標存在，同時任何形式的「現代化」、「現代性」都不可能脫離「傳統」而單獨存在，這其實與當今學界反思單一現代性，提出「多元現代性」、「另類現代性」的觀點有不謀而合之處。因為，「現代」從「傳統」而來，不同國家和地區有著不同的歷史記憶和文化傳統，自然有著不同的現代性規劃方案和實踐路徑。

黃美娥在序論中指出：「作為新文化運動下一環的新文學，不管源頭是由西方而來或日本所引進，終究在這個學習現代文明的進程裡，扮演的仍然是一個弱勢追隨者的角色。那麼回歸到東方文明的傳統，或形塑新面目的『現代』東方文明，是否有助於確立自我的主體意識？而在今日重新考掘當時被視為守舊者的傳統社群，其維護傳統的決心與行為，能否證成其中辯證與防衛的積極性意義？」[240]書中，黃美娥透過連橫等人對東方文明的考證和重視，認為傳統文人在西方文明的強勢壓力下，力圖抗拒西方霸權、穩定東方文明的主體性。與新文學家打倒傳統、全盤西化的理念不同，傳統文人認為東方文明並非「過往的文化遺產，而是具有與時俱變的能動性」，東方文明也即相對西方文明而言的傳統文化，並非凝固不變，而是在現代化的過程中被整合到現代文明中，加以重新利用並發揮效用。當時，臺人對文明的態度，雖然以橫向移植西方文明為主，但也縱

向繼承傳統文化，在臺灣本土歷史經驗和文化積澱的基礎上融會中西文明和古今文化。黃美娥以《臺灣日日新報》記者魏清德的媒體生涯為例，指出當時占據臺灣多數大報主筆位置的傳統文人，在傳播移植西方現代性時，並非單純照搬，而是著力於闡述本土傳統文化內部價值與西方文明的相容相通之處。「魏氏（魏清德）所謂的『文明』不定然是西方現代精神，更是源於東洋的傳統文化精神，亦即現代社會中傳統文明的新出發。正是如此的詮釋，使其文明啟蒙論述，相較崇尚歐美西洋文明的思潮，蒙上一層傳統與維新兼染的特質，形構成一種特別面目的『另類現代性』。」[241]與新文學家熱烈擁抱西方文明的新文學家相異，傳統文人對外來文明，是批判地接受，設法尋求傳統文化的現代轉化並提高其應變能力。

## 四、重層現代性視野下的歧義

「『現代性』常常意味著確定一個日子並把它當作一個開始。」[242]「現代性」意味著重新開始，這就涉及到歷史分期，涉及到傳統與現代的分野。李歐塔曾經指出：「歷史時期的劃分屬於一種現代性特有的癡迷。時期的劃分是將事件置於一個歷時分析當中，而歷時分析又受著革命原則的制約。同樣，現代性包含了戰勝的承諾，它必須標明一個時期的結束和下一個時期開始的日期。由於一個人剛剛開始一個時期時都是全新的，因而要將時鐘調到一個新的時間，要從零重新開始。在基督教、笛卡兒或雅各賓時代，都要做一個相同的舉動，即標誌出元年，一方面表示默示和贖罪，另一方面是再生和更新，或是再次革命和重獲自由。」[243]換言之，歷史分期關涉到一系列現代性的基本命題，最重要的命題莫過於「傳統」與「現代」的時間分界。「現代性就是過渡、短暫、偶然，就是藝術的一半，另一半是永恆和不變。」[244]「現代性的歷史就是社會存在與其文化之間緊張的歷史。現代存在迫使其文化站在自己的對立面。這種不和諧恰恰就是現代性所需要的和諧。」[245]「現代」的誕生無論怎麼粉飾，不管是「過渡」或「對立」都是從「傳統」走來。

143

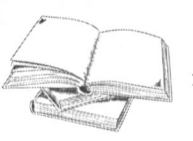

## 社團、思潮、媒體：臺灣文學的發展脈絡

　　《重層現代性鏡象》中黃美娥從「現代性」入手發現20世紀前半葉臺灣在傳統向現代轉型過程中傳統文人和舊文學的「現代」轉化，發現新舊文人之間共通的現代性經驗。但是，劉紹銘指出「作者在發掘『被壓抑的現代性』諸般判准，其實陷入同樣的『新舊斷裂』的思考模式中，不論是對新文明的欣羨、新話語的入詩、文言白話的切分、對思潮的引介，都只是極淺層表象的現代指標，只不過是把斷裂點稍稍挪前（移到了乙未割臺為斷裂點），或擴大了新舊之間模糊地帶。」[246]黃美娥宣稱要打破過去臺灣文學史新舊文學「斷裂關係」的思考模式，尋找二者的延續性與承接性，實際上還是在「傳統」與「現代」的框架中打轉。從思維結構上說，黃美娥並沒有比前行研究者走得更遠，她依然是在「新舊斷裂」的模式中思考與討論問題，從而站在另一個反面「努力反對張我軍等新文學旗手」[247]。黃美娥對新舊文學論戰中，新文學一方對舊文學與傳統文人「落後」、「守舊」的批評進行平反，努力尋找傳統文人「新」、「文明」的一面。然而不管是文學形式還是文化思維的改變，黃美娥用來判定傳統文人「現代性」表現時候，她所用的標準依然是新文學的那一套標準。比如，在第二章《對立與協力》中，談到傳統文人重視民間文學資源，繼而在1930年代和新文學家一道參與鄉土文學運動，對鄉土文學有著諸多的肯定與支持，而表現傳統文人「共同參與了臺灣文學史」的「協力」。黃美娥依此推出新舊文人並非完全對立，在面對日本殖民文化的挑戰時，透過對臺灣本土文化的發掘共同對抗殖民滲透，有著合作並協力的空間。就邏輯推論本身來說無可厚非，但是從思維結構上看，黃美娥把新舊文人之間的「協力」也作為傳統文人的現代性向度納入自己對傳統文人現代性的討論。為此，劉紹銘質疑「難道傳統文人的現代性表現，只能展現在對新文學依附上才具有意義？只能以新文學所代表的現代價值才算現代性？難道它沒有自身的現代體驗？」[248]之所以無法跳離開「新舊斷裂」的思維模式，之所以實際操作中判定傳統文人的「現代性」標準採取的是新文學家的立場，劉紹銘認為是作者「對『現代性』界定的單一，對傳統文人定義的粗糙」。[249]

　　其次，黃美娥對傳統文人的「現代性」表現有著諸多例證，但因為對「現代性」界定的單一，使得她雖然重新梳理了文學史上新舊文學的對立，但依然無法擺脫舊有的「西方中心論」的迷失。不管是對「文明」的追求，還是傳統文人旅

行中「各種新式器物與制度」；不管是在媒體就職的傳統文人的「文明啟蒙」，還是傳統詩社的運用「西洋鐘」進行時間管理以及「升降機」、「寒暑針」、「望遠鏡」等「新題詩」……文本中所論述的傳統文人的維新表現，都是以西方模式的現代性為參照。同時，傳統文人對西方現代文明的接受是否就意味著他們有著「現代性」的眼光和思維還是值得商榷。就舉傳統詩社的新題詩為例，「臺灣傳統社群是從寒暑針、時鐘、電扇、望遠鏡、飛機、摩托車……等器物的觀察與使用，獲致日常生活的體驗，並由此真正領略現代性在臺灣的產生。」[250]西方新式器物的入詩並不一定意味著傳統文人的「現代性」，中國康熙年代就有傳教士帶來西方的「西洋鐘」、「望遠鏡」，當時的人們面對外來的器物同樣充滿好奇和興奮之感，那能否說清朝前期中國就開始「現代性」的萌芽？作者有陷入「西方中心論」迷失，把對外來新式器物的接受以及新思想的引介都當作是「現代性」表現，其實，這也可能只是出於人性「好奇」的嘗試本能而已。

　　此外，對游勝冠的「舊文人不質疑殖民統治的合法性」，黃美娥認為「臺灣應該還是有民族氣節的舊文人」來為舊文人辯護。她強調傳統文人調整自我、保持「漢文斯文」抵抗殖民同化以及1940年代後新文學家呼應「國策」（日本殖民當局政策）在皇民化運動配合當局，企圖以此淡化習慣上人們對傳統文人與日本殖民當局勾結的負面認識。黃美娥以傳統文人「回歸到東方文明的傳統，或形塑新面目的『現代』東方文明，是否有助於確立自我的主體意識？」[251]來為舊文人固守傳統辯護，她忽略了兩點：一方面，新文人起而彌補「遲到的現代性」的用意和目的，20世紀上半葉的臺灣社會主流是追趕西方現代文明實現自我轉化，沒有看清楚社會主流思潮；另一方面，忽視了擁護東方文明背後可能的推力和企圖。比如，第一章以魏清德「詩及國民性」的演講為例，認為在「文明」的衝擊下，舊文人對於詩歌內容亦有改變和改革，並論說：「此等深深期盼舊詩能夠成為改造『國民性』利器的情形，與後來新文學家要以白話文的新文學典律來啟蒙大眾，提升百姓素質以迎合現代化社會，用心有其相似處。」[252]黃美娥只論述「舊文人有改革的呼聲」，而對魏清德的演講裡標舉的是「日本國民性」之表現並沒有展開批判，其實舊文人改良的目的是為了迎合統治者的，這和新文學作家以白話文來啟蒙大眾的用心不同。為此，游勝冠指出黃美娥「對新、舊文人

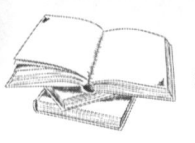

與殖民政權所形成的權力關係位置未進行釐清，也沒有對基於不同權力位置對『文明』這概念所界定出的不同意涵進行判別，所以她的論文，可以說也因此產生了以概念、理論取代活生生歷史經驗的問題」[253]。游勝冠認為黃美娥為舊文人翻案的論文中辯護邏輯上存在問題，「基本上都迴避日本殖民的在場，也就是說黃美娥只是在新／舊、東洋／西洋的相對關係中為舊文人進行辯護，並沒有將舊文人的言論放在這兩對概念與日本殖民所形成的，或是對抗或是協力的權力關係中進行定位」。[254]此外，游勝冠進一步闡明「黃美娥將『東洋文明』片面化為一種反西方的正面價值」「即使作者不是有意，也因為輕忽這個概念的歷史意義，而產生了合理化舊文人協力日本殖民擴張的論述效應。」[255]確實，在《重層現代性鏡像——日治時代臺灣傳統文人的文化視閾與文學想像》的第四章中魏清德「另類現代性」的論述裡「東洋文明」是指的也是「日本」，因此，舊文人抱守「東洋文明」以抗「西洋文明」就未必是保存民族文化命脈、固守主體性，至少主觀上是為了迎合殖民當局。更何況，臺灣傳統詩社的林立，與殖民者的推動與扶持密不可分，殖民者與傳統文人酬唱應和、彼此利用，殖民者便於統治，傳統文人保持住了原來的優越地位，這裡面依附關係是眾所周知的。甚至在日本的殖民同化下，傳統文人面對日本殖民不僅沒有抵抗還沾沾自喜，「臺人在面對日本的東洋文明論述時，將不再只從日本下的臺灣去自我定位，而會將未來投射於美好的大東亞共榮圈下，於是原本在殖民與被殖民關係下應該存有的抵抗身分，也將因為自我想像中與日本關係的愈加密切，及身為大東亞共榮圈一分子地位的擴大提升，而漸漸消解其反抗日本帝國殖民本有的戒心。」[256]傳統文人因為長期與殖民當局的交往，迷失在「大東亞共榮圈」的光環下，失去殖民抵抗的戒心。綜觀全書，黃美娥站在傳統文人的立場發掘傳統文人的「現代性」，同樣她也與傳統文人一樣沒有針對日本殖民統治進行質疑，只對東洋文明／西洋文明的對立提出回應。不過，在筆者看來，黃美娥論述的重點是傳統文人的「現代性」，對於傳統文人與殖民統治的關係沒有展開闡釋也是可以理解的。

洪淑苓[257]

臺灣是個移民社會，有關漢人的民俗文化，大致由中國大陸傳來，經過時間

的流傳而有一些改變。中國傳統的婚儀六禮，傳入民間已簡化為四禮，再傳至臺灣，有什麼樣的變化？進入日治時期，殖民統治是否也對婚禮習俗造成衝擊？以下將透過臺灣民間婚禮習俗中「食新娘茶唸四句」之類的活動，藉由通俗讀物歌仔冊《食茶講詩句新歌》與《梁三伯祝英台新歌》等，去瞭解日治時期臺灣民間婚禮習俗的一些轉變，並將討論重點放在其中對於現代性的呈顯及其所具有的意義。

因為婚禮習俗的發展是源遠流長的，以下先簡單介紹有關的習俗，以便瞭解「食新娘茶講詩句」的習俗背景。

## 傳統婚禮習俗概述

（一）六禮、四禮

臺灣的傳統婚禮習俗大致沿用中國傳統婚禮的一些儀式，即所謂的「六禮」：納采、問名、納吉、納徵、請期、親迎。「六禮」相傳為周公所作，但實際上大約是經過戰國時代學者的整理而形成通用的禮俗制度。但「六禮」頗繁複，後代未必完全遵循，而有因時因地的變革。在北宋，已經將「六禮」簡化為四個程式，《宋史‧禮志‧嘉禮》：「士庶人婚禮，並問名於納采，並請期於納成（徵）」故六禮在民間只盛行四禮：納采、納吉、納徵、親迎；南宋《朱子家禮》中，又簡化為納采、納徵、親迎三個程式。值得注意的是，宋代還流行起一些新的習俗，如相親、相媳婦的習俗，據孟元老《東京孟華錄‧娶婦》云，在互換定帖之後，仍可由男家親人或婆婆前往女家，或約在其他園圃湖舫等公共場所看女方的相貌，看中，則以釵子插於冠髻中；若不中意，則留下一兩段彩緞，表示壓驚之意，但這段婚事也就不成了。這是民間婚禮習俗的一些改革，但對女性是比較不公平的。

古代的婚禮程式，到了現代社會，則被稱為提親、訂婚與結婚。據陳江《百年好合——中國古代婚姻文化》的研究，其承襲六禮和合併的情形如下[258]：

| 北宋前 | 北宋 | 南宋－明清 | 現代 |
|---|---|---|---|
| 納采 | 納采 | 納采 | 提親 |
| 問名 | （問名併入納采） | | |
| 納吉 | 納吉 | （納吉併入納徵） | 訂婚 |
| 納徵 | 納徵 | 納徵 | |
| 請期 | （請期併入納徵） | | |
| 親迎 | 親迎 | 親迎 | 結婚 |

在臺灣，則是採取「四禮」的程式，據吳瀛濤《臺灣民俗》，為問名、訂盟（俗稱送定）、完聘（並納吉、納徵二禮）、親迎（並請期），圖示如下。

| 古禮 | 台灣婚俗 |
|---|---|
| 納采 | （併入完聘） |
| 問名 | 問名 |
| 納吉 納徵 請期 | 訂盟（俗稱小定） 完聘（俗稱大定） |
| 親迎 | 親迎 |

其中的「問名」，大約是由媒人會同雙方家長商量訂婚結婚事宜，訂盟、完聘則屬於訂婚禮俗，有所謂小定與大定，小定（訂盟）以贈送聘禮、戴戒指等項目為主，大定（完聘）則並古代納采與納幣之禮，由男方準備婚書、禮餅、聘金及各式聘禮送往女家；現在大部分的人都已合併在同一天舉行。「親迎」即是今之結婚典禮，從男方到女家迎娶，到拜堂、婚宴以及婚宴後的鬧洞房，也有各種細節[259]。

（二）婚禮中「食新娘茶」的習俗

可注意的是，在傳統婚禮習俗中，有兩個程式和「食茶」有關。而且不只是食茶，自宋代以來，聘禮中也包含茶葉一項。

這可能是取茶的象徵意義：明郎瑛《七修類稿・事物類》：「種茶下子，不可移植，移植則不復生也。故女子受聘謂之吃茶，又聘以茶為禮者，見其從一之義。」許次紓《茶疏》亦云：「茶不移體，植必子生，古人以茶為禮，取其不移、植子之意也，今人猶名其禮曰下茶。」可見，人們因茶樹有不可移植、多結茶籽的習性，取其象徵意義，於行聘禮時送茶，寓從一而終、多生兒子之意。因此明清之間的民間俗語常將吃茶、下茶作為行聘訂婚的同義詞。如凌濛初《權學士權議遠鄉姑・白孺人白嫁親生女》，中描寫白孺人向權次卿介紹自己的女兒桂娘時，即說：她爹爹在世時「已許了人家，姻緣不偶，未過門就斷了。而今還是個沒吃茶的女兒。」意思是說，桂娘的父親與男家議過婚，並經納采、換帖等程式將她許配了人家，但未經納徵這一步就斷了，所以至今仍未正式定過婚。[260]又如《紅樓夢》裡，王熙鳳對林黛玉說：你吃了我們家的茶，什麼時候當我們家的媳婦？也是類似的例子。

在臺灣婚禮習俗中的「食茶」程式，第一個是訂婚時，男家備辦聘禮至女家，女家將聘禮奉於神前祖先案前供拜。而後請男家入席後，由媒人或全福婦人扶助準新娘捧甜茶上廳，一一介紹與之見面，而男家親友則各送「壓茶甌」之紅包禮。在送紅包禮時，往往也會講一兩句吉祥話（喜句），譬如「雙雙對對，年年富貴」、「早生貴子」之類的。但這時說的都比較簡單，不限定幾句。「食茶」之後，才開始進行戴戒指之禮。

第二個是親迎之後，在婚宴之後，俗稱「鬧新娘」，即喝甜茶，鬧洞房，以湊熱鬧。也有不在喜宴之後，而特為「食新娘茶」前往祝賀。這個習俗可說是「鬧洞房」習俗中特別的一項，由媒人或家人陪伴，新娘手端茶盤，以甜茶、蜜餞、冬瓜糖，敬賓客。賓客接受敬茶而念喜句，飲畢，新娘又來收茶杯，而賀客須包紅包置於茶杯為賀禮，同也要念喜句祝之。這些喜句多為四句對，壓韻，俗稱「念四句」或「講詩句」。這些代表吉祥祝福的喜句，除表賀意，多為吉祥或幽默滑稽之影射，以此試探新娘的耐性或其性情舉止；俗語說「新婚三日無大

小」，因此這些喜句也常帶有戲謔或性暗示的含意，每每使新郎新娘尷尬，而鬧客反而稱快。[261]

## 歌仔冊「食茶講詩句」中所呈現的現代性與轉變意義

### （一）歌仔冊簡介

相較於一些淫詞戲謔、強要新人肢體接觸的鬧洞房方式，臺灣的「食新娘茶唸四句」習俗，是比較文雅含蓄的，能夠把喜句（詩句、吉祥話、祝福的話）說得巧妙的，不但可以達到祝福新人的意思，也可以增加歡樂幽默的氣氛，更可以表現說者的學識涵養；說得太俚俗，或說得太露骨，也會引起旁人的訕笑；至於不會說的，自己也會覺得很尷尬。如何達到雅俗共賞，戲而不謔，可說是一門大學問。

隨著「食新娘茶唸四句」的習俗流傳，這些代表吉祥話的「四句」或「詩句」，應該也是口耳相傳，特別是擔任媒人的人，對這方面應該是十分嫻熟，不僅可以依照既定的儀式程式倒背如流，也可以即興發揮，因時因地因物取譬，達到賓主盡歡的效果。

但或許因為這也是婚禮中的一項重頭戲，一般民眾也有需求，所以開始有書商將一些資料編印出來，供民眾閱讀或學習，因此在歌仔冊中，出現了《食茶講詩句新歌》這樣的小冊子。

歌仔冊是臺灣民間的通俗讀物。它的起源是，大約在明清時代，閩南地區的書商開始搜集民間藝人說唱歌謠、故事的抄本，加以印行，而後因為廣受歡迎，所以就雇用專門編寫的人，大量出版。經過移民、書商進口到臺灣，也成為臺灣民間的通俗讀物。後來臺灣的書商也開始翻印，甚至自己雇用專人編寫。這樣的流通情形，大約始於清代，到日治時期（1895—1945）都還持續著；直到1943年，戰事吃緊，日本政府禁止臺灣與中國大陸的往來，才告暫停。到了大戰結束，臺灣光復以後，臺灣的一些書商仍然陸續翻印以前的書刊，一般民眾還是可

以購買閱讀。這個現象一直到1970、1980年代,都還有竹林書局不斷翻印出版,只是已經不那麼盛行了,新式的視聽娛樂,如廣播、唱片、電視等,早已取代了歌仔說唱和歌仔冊的位置了。

(二)歌仔冊《食茶講詩句新歌》的分析

本文所要討論的歌仔冊《食茶講詩句新歌》,是日本昭和九年,西元1934年5月,由臺南州嘉義市的玉珍書局漢書部出版。它的形式是,每頁七言(或四言、五言)押韻成一行,每頁十行,總共八頁,封底還附有書局販售圖書的廣告。內容分成八部分:(一)請新娘出房,(二)接受新娘茶,(三)放紅包,(四)收茶甌,(五)討冬瓜,(六)討冰糖、紅棗,(七)討福員(桂圓)、瓜子、生仁等物,(八)儀式完畢。

1.觀看新娘——傳統道德與新式教育

在整個「食新娘茶唸四句」習俗中,新娘被當做歌詠的焦點,也是被戲謔的對象。因此這些「唸四句」也就含有對女性觀看的意味。包括對於外在容貌體態的描述、性情溫順賢慧、可以庇蔭丈夫、可以多子多孫;這些都是傳統的祝福與期許,我們在其他的婚禮祝福也都看得到。例如:

新娘捧茶手春春,好時吉日來合婚。入門代代多富貴,後日百子共千孫。

新娘捧茶連連行,雙腳疊齊身正正。一杯好茶來相請,置蔭丈夫有官名。

手奉甜茶廣四句,新娘好命蔭丈夫。奉敬家官有上取,田園建置千萬邱。

來食新娘一杯茶,戶汝二年生三個。一個手汝抱,二個土腳把。

特別的是,出現一些新興的詞彙,顯示對新娘的評論已經具有現代社會的色彩,不只是傳統的相夫教子而已。這些包括:新娘是有學問的,讀過高女(高等女子學校,相當於現在的高中),當過老師,國語說得好,學識通達。例如:

新娘我識汝,富家下女子。學問者年深,相當讀高女。

新娘伶俐真文理,學問真好能作詩。請茶恭賀真歡喜,福祿壽全慶齊眉。

新娘正粧,學問相當。國語賢廣,腹內能通。

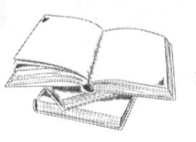

此外，新娘很時髦，漂亮，是新派人，品性好；而新郎很帥，是大學生，兩個人是自由戀愛。例如：

花花世界，自由戀愛。新娘烏貓款，新人烏狗派。

新娘新式真好派，夫妻一對坐相排。食茶恭賀有志再，福祿壽全一齊來。

新娘新式剪頭鬃，請茶甜甜又清香。荷老新娘真活動，子婿大學讀書人。

新娘新式好品幸，學校教過女學生。甜茶相請真欽敬，配夫發達萬年興。

這對選新娘、媳婦的標準，是個新的里程碑。在傳統「女子無才便是德」的觀念下，讚美新娘有學問，而且當過老師，承認她的專長，可以有工作經驗，而不是養在深閨人未識的封閉生活，大大突破了傳統的生活經驗與規範。此外，在外在的容貌體態上，則讚美新娘具有新式的美，讚美剪短頭髮的新髮型，而不是老式的梳髻；讚美她「真活動」，是活潑大方的意思，而不是傳統的文靜婉約的典型。「烏貓」是當時讚美女子的話，不只是漂亮，也包含時髦、眾人追求的意思。

在新郎這方面，也是說他具有大學生的身分，「烏狗」和「烏貓」對等，誇他是個帥哥，時髦，眾人羨慕。

此外，本來是父母之命、媒妁之言的傳統婚姻形式，在這裡強調的是兩人經過自由戀愛而結合。

但是這些有學問、新派的特點，仍然要能與舊道德配合，要孝順公婆、順從丈夫，以嫁到好丈夫為幸福，要能幫助家族興旺，全家團圓。例如：

新娘好學問，兒使好詩韻。茶盤收倒轉，翁姑著孝順。

新娘請茶真正甜，學校作過女先生。匹配好尪看見見，入門發家團團圓。

新娘穿插真齊整，高女卒業女學生。請茶好禮有尊敬，恭賀富貴又添丁。

新娘順從，夫妻久長。恭喜衍慶，麟趾呈祥。

2.日治時期的女性議題

由於「唸四句」的祝誦內容以新娘為焦點,我們不妨再看看日治時期的婦女問題。據楊翠:《日據時期臺灣婦女解放運動》,該時期所熱衷的婦女問題包括婚姻自主、教育平等、經濟獨立及爭取參政權等四大議題[262],前三個議題和歌仔冊《食茶講詩句新歌》的內容最有關聯,下面就再加以申論。

A.婚姻自主:

1920年代,社會輿論開始關注婚姻問題的改革。在1925年前後的「臺灣民報」即刊載多篇文章,談論「婚姻自主」、「自由戀愛」、「反對蓄妾」、「廢除聘金」等問題[263]。這不僅是知識分子的關心的議題,因為一般大眾也投稿呼應自由戀愛的心聲,同時流行文化也大力鼓吹「維新世界,自由戀愛」的風潮。

1933年,作曲家陳君玉在古倫美亞唱片公司創作發行一首臺語流行歌「跳舞時代」。當時的流行歌受到日本與歐美流行歌影響,節奏有華爾滋、狐步等,年輕男女隨著歌曲節奏翩翩起舞追求他們嚮往的「維新世界,自由戀愛」,歌詞如下:「阮是文明女／東西南北自由志／逍遙恰自在／世事如何阮不知／阮只知文明時代／社交愛公開／男女雙雙／排做一排／跳狐步舞我上蓋愛／舊慣是怎樣／新慣到底是啥款／阮全然不管／阮只知影自由花／定著愛結自由果／將來好不好／含含糊糊／無煩無惱／跳道樂道我想上好……」

可見當時婚姻自主、自由戀愛的呼聲已相當盛行,代表一種時髦的觀念,讓年輕人非常嚮往。歌仔冊所說的「花花世界,自由戀愛」,應該也是反映這種心態。[264]

附帶說明一點,就我所知道的長輩中,1930年代出生的這一輩人,雖然只有少數人是自由戀愛而結婚的,但大部分的人也會經由介紹、相親的方式,在訂婚前「相看」,見面認識一下,有意願的再約會(散步、看電影之類的活動)一兩次,然後再訂婚、結婚,已不是完全的父母之命、媒妁之言了。

B.女子教育

臺灣興女學的觀念是由西洋傳教士傳入的,1884年和1887年長老教會先後成立兩所女子學校,為臺灣女性引進新式教育。但學生多是教徒或教徒的女兒。

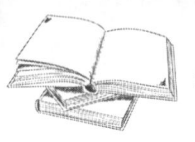

直到日人統治臺灣,才漸次普及到一般民眾。1896年,第一所官辦的女子教育機構設於士林,爾後由於官方宣導與民間的提倡,女學生入學的比率增加。1919年,臺籍女學童占臺籍學童7.36%;其後十年皆保持在9%-10%;1938-1942年,上升到54.10%;1943年因實施義務教育,就學率達60.85%。專供臺籍女學童就讀的公立中等學校方面,1919年以前僅有二所,至1940年增加十所。但能夠接受完整初等教育的女童僅是少數,約為全部學童的十分之一。中學女生畢業率較高,仍有城市與鄉村的差距。

但必須注意的是,日本政府對臺人的女子教育並未全力發展,因此女子教育不能普及到中下階層及鄉村,同時也不曾大力推動女子高等教育或專業教育,使有志向學的女學生無法在臺灣深造,唯有出國留學一途。留學國以日本、中國大陸、和歐美居多,其中又以到日本留學的人數占多數。[265]

其次,讓我們進一步瞭解當時女子教育的目標與內涵。據1919年頒布的「臺灣教育令」,發展女子教育和培養「貞順溫和」的女學生是其重點之一;當時的第二附屬女校升格為女子高等普通學校,以實施高等普通教育,培養婦德、教授日常生活的知識技能為主旨;並以精通日語、確立國民(皇民、日本國民)性格、培養女子特有的貞淑、溫良、慈愛、勤儉家事的習性為教育的主要目標。至1922年,改稱「高等女子學校」,仍然是以實施高等普通教育,涵養婦德及培養國民(日本國民)道德為目標[266]。也就是說在新式教育中,官方的女子教育一直強調的是婦德、賢妻良母的培養,特別是加強家政課、手工藝等技藝訓練。這和傳統「男主外,女主內」的觀念不謀而合,比較符合一般大眾對女子教育的期望,對於說服家長讓女學童上學是比較有力的。

因此,也可以瞭解歌仔冊中對新娘的期許,不只是學問高,也要能夠「孝順翁姑」,因為這才符合傳統的婦道。

C.女教師

為了因應日漸增多的女學生,日本政府也開始增設女子師範教育,培育公學校的女教師,以減少家長的顧慮。1928年以前,仍附屬於女子中學,1928年,才正式由「臺北第一師範公學校師範部」培育。

女學生、女教師的出現，都可以代表當時社會的現代化情形。而當時最有代表性的職業婦女有六種：女教師、女醫生、產婆、女護士、女工，這類社會身分，使婦女獲得參與社會空間的機會、拓展婦女的生活經驗、提升婦女的社會地位、使婦女擁有獨立的經濟收入與較高的自主權、增加婦女的影響力[267]。也難怪在歌仔冊中，要把新娘的身分設定為女老師，代表她是個高尚的新女性。

　　合併這些新時代的女性議題和歌仔冊《食茶講詩句新歌》中的女性形象來看，臺灣民間對新娘的期許，既有新時代女性的身影，也有傳統婦德的要求，代表日治時期臺灣進入現代化社會，新舊混融的價值觀。

（三）歌仔冊《梁三伯祝英台新歌》的分析

　　在歌仔冊中另有「梁三伯祝英台新歌」，昭和十一年六月（1936年）臺北周協隆書店發行，其中有提及婚禮習俗者，也反映了當時一些新風氣。《三伯英台歌集》篇幅相當可觀，共有五集，凡五十五本，對傳統的梁祝故事有所承襲，也有所增異，風行一時，除周協隆書局版本外，嘉義玉珍書店也有鉛印本（1938年）；戰後新竹竹林書局也在1957年起數度翻印過，可見其廣受歡迎。[268]

　　《三伯英台歌集》中對婚禮習俗描述頗詳，它出現在馬家央媒至祝家提親與訂婚的場面，而後又出現在馬俊娶花七娘的情節中，以及梁祝還魂後，又重新進行婚禮的情節中。

1.馬俊訂親、迎親中的現代事物與傳統習俗

　　例如第17、18、19集〈王婆祝家送定歌〉說唱馬祝訂婚儀式。從馬家的親友、預備的聘禮，祝英台當新娘奉茶、親友打量英台容貌、喝甜茶給紅包，而後女方宴客，豐富的菜單，一直到馬家僕人送餅給親友，英台回贈的繡件等，可說具體而微的收錄了近代臺灣地方的訂婚習俗[269]。

　　第43集〈馬俊瓊花村完婚歌〉，馬家娶花七娘，以連篇的唱詞鋪寫嫁妝及迎新娘習俗。在描寫嫁妝豐富方面，新娘所備之物包括傢俱：新式西洋櫥櫃、榭石桌椅、茶杞記帳桌，繡件織品：門簾、煙包、蚊帳、手巾與桌巾（唱本做作

155

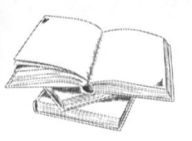

「賭仔」或「堵仔」)、棉被、繡枕、新娘自用的裘裙、旗袍（長衫）、鞋襪和衣褲；也有日常用品「齒杯」與「齒粉」，以及顯示富有的子婿鞋、毛織西裝、軟緞與軟綢、金沙毯氈，金器、珍珠、珊瑚、錫器、古董、古玉花瓶、茶壺、時鐘、大鏡、菓盒、桌圍、燈花，最新潮的是有「上海皮箱」。

這筆豐厚的嫁妝除了說明新娘身價非凡之外，最令人注意的是其中的新奇事物，包括刷牙漱口用的齒杯、齒粉，西式傢俱洋服櫥、時鐘、上海皮箱等，顯示當時民間婚禮中，對於現代化事物的好奇、歡迎和接受，帶有炫耀和羨慕的意味。

但是這些新奇的現代化事物，也只是點綴作用，〈馬俊瓊花村完婚歌〉還大肆鋪寫了新娘到家門時，最精彩的「唸四句」習俗，而且一樣透露著傳統的早生貴子的思想。文本首先由媒人引導新郎取鑰匙開櫥櫃門，由此引出早生貴子、子孫滿堂的吉詳祝福：

新娘到位入門喜　新人緊來開鎖匙　這平開了換過位　棹櫃皮箱著煞開

乎恁年年都富貴　子孫生傳歸大堆……

箱櫃開開塊見天　乎恁夫妻食百年　五穀豐登年年鄭新娘入門隨時生開箱帶治埕中央，乎恁伸錢買田園

此外，新娘的嫁妝中有「子孫桶」，即是洗澡用的大浴盆，又稱「腳桶」，將來新娘產子時亦用以浴兒，故名「子孫桶」。挑「子孫桶」入新房也須「唸四句」[270]。唱本安排由小孩擔任此職，唸道：「兩姓合婚結成雙，子孫桶到就興旺。新人黏乜做阿公。子孫桶汗入廳，新人拔皎築場營。乎恁父母老養件，子孫興旺好名聲。終桶汗來到巷路，乎恁年年通收租。新娘隨時大腹肚，頭胎準準生乾埔。……終子孫桶閣汗起，財丁兩旺黏當時。新娘今夜入門喜，明春雙手抱孩兒。終子孫桶汗恰低，新娘一年生一個。新人隨時做老爸，新娘黏乜做乾家。子孫桶假下著勤，夫妻和順久長長，萬金家財允打算，逐日有通買田園。」也是取早生貴子、子孫滿堂的好口彩。

由此也可瞭解，民間對於新奇事物的接受度較高較容易，但對於傳統觀念也

不輕易放棄，伴隨著禮俗的流傳，一再的浮現，提醒人們應當遵循的規範。

2.梁祝訂親、迎親中的現代思維

至於第46集〈三伯祝家娶親歌〉和第47集〈三伯英台洞房夜吟歌〉，則是以新式服飾、以自動車（汽車）迎娶與神社結婚來顯示新時代的婚禮。〈三伯祝家娶親歌〉提到，因為男女主角是在杭州學堂上學時自由戀愛的，所以不必再行送定禮，直接舉行婚禮即可。而新娘的打扮是，剪過頭髮不必再梳成髻，省掉麻煩；穿紅襪紅皮鞋；穿洋裝，無袖。文本中，維新世界、自動車等字眼一再出現。試引原文如下：

對頭浙省恰有影　平平套直好親成　不通看日閣送定　嫁粧也免參塊迎　因著杭洲先戀愛　免閣送定屏頭排　現部維新下世界　用自動車娶英台

……

剪髮頭鬃都免梳　腳穿紅襪紅皮鞋　一付洋裝即新做　手袖閏甲肩頭齊……

自動車來塊呈校　心肝甲卜打加轆　乎恁尪某食老老　子汝目屎不通流……

自動車螺陣一聲　燒金放炮就起行　免講巢着奉知影　京人嫌譏不好聽

〈三伯英台洞房夜吟歌〉接著寫三伯迎娶英台的情形，也是強調現在是「維新世界」，所以用「自動車」去迎娶新娘；也因為現在是「維新世界」，所以到神社去結婚，由和尚主持婚禮；回到家中再拜祖先。

歌對原頭閣再寫　新娘坐在自動車　結婚愛卜來神社　逐項拴甲巢到額　今來到位就宿困　甲瓦瓦塊伴君　現部維新下時拵　相娶神社來結婚神前來做結婚式　証婚人恰相熟　伊名英臺我三伯　報甲明明共白白……

和尚神明先參拜　阮竪瓦瓦做一排　現部維新下世界　新式結婚通著來　和尚神明參拜了　手夯樹枝葛紙寮　想着真正畏見少　咱味青花夯條條　和尚樹枝夯一把　著塊交帶咱二個　身區一人伴三下　神前參拜結夫妻　帶者交拜結夫婦　樹枝共咱伴身軀　神明塊共咱做主　好話說去成工夫……

入門打四點鐘　外面炮聲陳無呈　廳堂設備真齊整　講卜代先拜神明　相娶

## 社團、思潮、媒體：臺灣文學的發展脈絡

廳堂拜佛公　拜好就卜入洞房　老人好話真賢講　兩姓合婚結承雙　雙人當面塊交拜　拜好共伊牽起來　新娘入門好頭彩　洞房了後允受胎

可見到神社行婚禮，再回家行傳統拜祖先，乃是權宜之便。而新娘的新式髮型，也再次被提起。文本在梁祝二人新婚翌晨起床後，三伯稱讚短髮形式很方便，不必梳頭整理，可以早起免的拖延時間。原文如下：

賢妻剪髮真利便　免閣梳頭榮仙仙　那卜助我下體面　小呈咱着恰向前　剪髮加倍恰便利　今日是咱下喜期　小呈那叫食早起　呎行就行袂延遲

這些敘述使我們更瞭解，日治時期臺灣民間社會在婚禮習俗上的一些改變。「洋」風的盛行，使新人的服飾起了很大的變化，新娘不再是鳳冠霞帔，而可能是西式的洋裝，髮型也由梳髻改為短髮樣式；而一向以花轎迎取新娘的，也改為汽車。尤其特別的是，一向在家中廳堂或家族祠堂舉行的婚禮也有改到神社去舉行的；這明顯受到日本習俗的影響。維新時代、維新世界、新式結婚的思想正發揮了它的影響力。

有關日治時期臺灣人的婚禮情形，我們還可以用一些相關的研究來對照：

陳柔縉《囍事臺灣》[271]一書，收集了相當多日治時期臺灣人的結婚照，我們可以看到當時的幾個類型：1.新郎穿中式的長袍馬褂，但戴的是西式禮帽；新娘穿類似鳳仙裝，這是接近民國初年的打扮；2.新郎穿中式的長袍馬褂，戴西式禮帽，但新娘完全是西式白紗；3.新郎新娘都是西式禮服、白紗。此外我們也發現有用汽車迎娶的例子。還有一張照片是在教堂前拍攝，顯示這是在教會舉行的婚禮；這本書沒有搜集到在神社結婚的照片，但我們可在其他書中找到例證[272]。大致而言，在教堂結婚的多是教徒，而在神社行婚禮的，則以士紳之家為主，尤其是和日人關係較密切的，會採用這個形式，以便奉行日本殖民統治的皇民化運動。

以上，可以說明，臺灣日治時期的確是個轉型的社會，新的西洋式的文化逐漸影響到臺灣人的生活，即使是婚姻大事，也可以因應時代風潮，放棄傳統服飾，改換西式禮服，而嫁妝中的西式物品，則代表了對新事物的嚮往與接受。但

這中間最突出的當然還是強調「維新世界」、「自由戀愛」，因此即使是依照傳統的婚禮習俗，也還是要強調新人是自由戀愛。這仿彿比父母之命、媒妁之言還要來得光彩。

## 結語

「現代化」是日本對臺灣殖民統治的一個策略，20世紀初，臺灣開始有電燈、電話、自來水、飛行機等文明器物，縱貫鐵路也在1908年全線通車。日本從明治維新開始全面西化，而臺灣作為日本的第一個殖民地，也受到西方文明思潮巨大的衝擊。男人開始剪掉髮辮，女人開始放開纏足。西式教育的公學校（小學）在各地普遍設立。西方先進娛樂，像電影、留聲機和唱片，也被日本人引進臺灣，形成新的都市流行文化。它不只是從物質的建設入手，也包括一些軟體觀念的改造。其中，文明、維新、現代的名詞與觀念，可說漸次深入人心，因此也帶動了一些改革。像在婚禮習俗上的「唸四句」，也就反映出這類的思想。

這些詩句中，當然也建構出「新女性」的形象和新的婚姻觀念。在表面上，這個理想的新娘是受過中學的高女教育，也具有女教師的身分。而且經過自由戀愛，匹配的也是大學生、英俊的男子，算得上是門當互對、才華對等。但實質上，這些條件都必須和溫順賢良的女性規範結合在一起，在許多讚美的話之後，都是孝順公婆、扶助丈夫的期許，即使是學校中的女子教育也不以傳授普通知識或專業知識為主旨，仍然偏重在婦德的養成。這也促使我們思考一些問題，亦即在日治時期的臺灣，對女性的現代性啟蒙，是不完整、未完成的，這個「新女性」，縱算擁有自由戀愛的優勢，但女性的獨立性與自主性卻可能是不夠的。她所具有的學歷與資歷，在這裡都成為婚姻的附件，或許提高了她做為賢妻良母的價值，但卻不是為了她的自我完成而設想。

不過，論到婚禮中的「新式」與「洋式」風格，這倒有另一種成果。上述的女學生、女教師，自然可以代表「新式」的典範；那些新式的打扮與禮服，更在

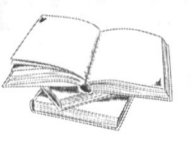

在顯示西化的成果，而人們必然也以此為新潮，所以現在幾乎已經沒有人會再穿「古裝」結婚了，除非是想要體驗復古的感覺，或是照相留念。西裝與白紗已成為現代人結婚的標準服飾。以往新娘在婚宴上，也會應景穿一下旗袍，但已經愈來愈少，逐漸被西式晚禮服取代。

　　戰後（1945—）的臺灣社會，結婚的男女雙方當然還是以自由戀愛為風尚，但訂婚、結婚的一些習俗也被保存下來，而且維持一些基本的、象徵的精神。比如雖然簡省了六禮的程式，但訂婚時，奉茶、戴戒指仍然是必要的程式。結婚時，用汽車迎娶，程式有繁有簡，但以篩子或傘遮蔽新娘以避邪，也是常見的儀式。可惜的是，鬧洞房時，大多已忘記「食新娘茶唸四句」的習俗，而多出一些笑鬧的點子。這類「唸四句」的習俗，可能還保存的地方是，由擔任媒人的人，在扶持新娘時，視需要而唸出來，以表示祝賀和祈祝婚禮順利。當然，採用「唸四句」的形式，也可能不知不覺又沿襲了孝順公婆、相夫教子、早生貴子、子孫滿堂等的傳統思想，這就必須依賴媒人的靈活運用，把新時代的思想注入吉祥話之中，使更多人樂於接受。

# 女性？民族？歷史救贖——臺灣1970年代鄉土文學思潮與女性文學「占位」

陸卓寧[273]

「鄉土文學思潮」成為臺灣1970年代文學場域的巨大話語，根本在於其所隱喻的意蘊已遠遠超出了它作為一個普通文學話語形態的意義，直指民族意識建構、民族國家認同、臺灣社會現實關懷、中西方文化對話以及被殖民歷史的再審視等多重文化符碼。因此，則在事實上引發了曠日持久的包括主流意識形態和各種文化立場在內的話語總動員及其力量博弈，並在相當的程度上深刻影響了臺灣社會的文化品格和時代精神。甚至，在隨後更為紛繁複雜的政治文化場域的角逐中，以「本土」或「本土化」為表述，逐漸演變成為一種內涵單一的話語，進而異化為一種封閉、排他和民粹化的政治意識形態。這是後話。

然而，在一個幾乎集結了或隱或顯的社會各個話語立場的1970年代「鄉土文學」場域，發軔於1950年代、且已經表現出豐富的敘事實踐的女性主義文學話語，卻難以整合在一個線性的社會發展的歷史描述或者是「非線性」的社會文化編碼之中。換言之，在一個幾乎包容了各方不同話語、甚至是互為異己的文化立場的宏大話語場，女性文學仍然一如既往地成為「放逐」與「被放逐」的對象。

我們注意到，關於臺灣文學思潮與文學發展的論著，不論是大陸的研究，重要的如《臺灣新文學思潮史綱》[274]，《臺灣文學史》[275]，還是臺灣的研究，如《臺灣文學史綱》[276]，以及兩岸其他著述，大抵都缺乏了一種視野，一種女性文學話語「在場」的視野。一個有意味的例子：麥田出版社於2007年出版的《臺灣小說史論》，是由臺灣著名學者邱貴芬組織，陳建忠、應鳳凰、邱貴芬、

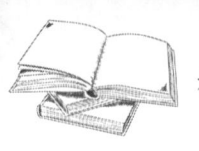

張誦聖、劉亮雅等五名學者共同完成的。邱貴芬在序言中談到,曾計畫「促使一部《臺灣女性小說史》問世」,「不過,《臺灣女性小說史》計畫不久即轉化成《臺灣小說史》撰述計畫。……會議討論中(應該是書稿寫作討論會議,筆者),研究群發現要把《臺灣女性小說史》獨立於《臺灣小說史》之外來撰述,有實際的困難,不如調整計畫,放手來撰述《臺灣小說史》,原先《女性小說史》的結構未納入的『鄉土文學』斷代也因此補回」。[277]這裡至少透露出這樣一個頗具玩味的資訊:原先計畫獨立著述「臺灣女性小說史」,不論困難與否,進入「鄉土文學」時期,女性小說是存在「斷代」狀況的。那麼,這是否可以用以佐證前述筆者以為的女性文學話語於鄉土文學思潮中「被缺席」的狀態?推而廣之,自上世紀末活躍起來的女性主義文學批評,不論是理論建構還是批評實踐都極大地拓展了女性書寫想像與闡釋的話語空間,但往往都對鄉土文學語境下的女性書寫語焉不詳。當然,在事實上確乎有過對鄉土文學思潮中的女性文學的描述,如樊洛平的《當代臺灣女性小說史論》一書,專門闢出一編討論「1970年代:民族回歸潮流中的女性觀照」[278],以及其他為數不多的關於鄉土文學思潮中具體的女性作家及其文本的討論,如邱貴芬的《女性的「鄉土想像」——臺灣當代鄉土女性小說初探》[279],楊翠的《文化中國·地理臺灣——蕭麗紅一九七〇年代小說中的鄉土語境》[280],這些著述固然因其屬已的「發現」而具有「補白」的意義,但藉助布迪厄「場域」理論的「占位」說,仍不足以回答在1970年代「鄉土文學」這一巨大話語下女性文學的「占位」問題。而同樣有意味的是,邱貴芬由原先的「臺灣女性小說史」拓展為「臺灣小說史」的寫作,至少目的之一是希望「『鄉土文學』斷代也因此補回」,但事實上最後成書的《臺灣小說史論》,「鄉土文學」是因此得以「補回」了,但「女性小說」也還是被排斥在「鄉土文學:『壓抑』的重返」(《臺灣小說史論》第三章第四節標題,筆者)之外[281]。

這一情形,且不管究竟是研究者的無意去「發現」還是有意地「疏漏」,我們不妨從這三個方面來給予考察。

第一,女性主義與民族問題。1970年代鄉土文學思潮及其論爭的泛起,直

接源於國際形勢的變化和臺灣社會的現實處境。就其所隱喻的多重話語層而言，民族主義、民族文化立場無疑是其中最為突顯的符號。某種意義上，「民族主義」是一個充滿歧義或者說語義混雜的概念，但它大體上意旨將自我民族作為政治、經濟、文化的主體而置於至上至尊的價值觀考慮的一種思想狀態或運動，還是有其獲得認肯的合理性；或者因其「在意識形態上被認定為一種包羅性和宏觀的政治論述」[282]而富有極大的社會與政治的號召力。女性主義理論千頭萬緒，但在根本上，作為一種話語或資源，其所要踐行的就是批判不平等的性別權力關係和不利於女性生存與發展的性別秩序，從而建構和維護權力平等，兩性和諧的社會秩序。

或許這就是問題的弔詭。一方面，女性主義話語的對立面直指本質上充滿性別歧視的政治文化霸權以及直接表現為排斥、壓制女性的男權話語；另一方面，民族主義所被賦予的「至尊」狀態及其包羅性，實質上與政治意識形態以及男權話語形成了一種「共謀」關係，這在政治上它也就獲得了涵蓋和凌駕於包括性別在內的其他所有社會意識範疇的權力。具體到1970年代的社會文化語境，以「鄉土文學」為表徵，牽涉到了臺灣社會的眾多層面，並最終引發了1977—1978年的鄉土文學大論戰。反映在政治上，它表現為威權統治對「庶民」現實訴求的歪曲和「圍剿」，指斥鄉土文學是大陸的「工農兵文學」；而在廣泛的社會意義上，是堅持民族文化立場、傳揚現實主義時代精神與追慕西方文化、逃避社會現實兩種意識狀態的根本對峙，進而凝聚為民族認同、民族回歸的社會主潮。由此，「民族主義政治的意識形態運作成為了政治的常態模式，而民族主義所提供的『想像的共同體』被認為最真實的單位或集體形式。結果，婦女問題（或者是庶民問題）若要被承認為政治問題，就必須用一種限定的民族主義方式加以表達。在這樣的壓制下，婦女問題似乎只有兩種出路：要麼被迫從民族主義運動中脫離開來，要麼尋求一種建構『關係—綜合政治』的另類方式」。[283]從臺灣1970年代鄉土文學語境下女性話語的「失語」和「缺席」情形看，其實它所能「選擇」的就是這麼一條路：「婦女問題」實質上已完全被民族主義所提供的「想像的共同體」所收編，這恐怕就是問題的所在。而且，正是由於「民族主義」符號的特別突顯，其他因「婦女問題」的「斷代」而引發質疑也就沒有了理

由。

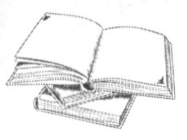

　　不過，我們在這裡「舊話重提」，既在於作為一定時期的社會意識形態有它的歷史性，更在於，因由認識歷史的主體所具有的主觀性以及「歷史」本身所提供的主觀性觀之，1970年代的女性話語不論是被「收編」或曰排斥，當然遠不是問題的「終結」。一方面，女性主義話語經由強調男女平等、標識性別差異而指向兩性和諧，這一過程在根本上提示出，「女性主義話語」作為一個範疇，隨其主體的不斷豐富，是可以超逾它最初關注的獨特現象，而在獨特性與普遍性之間獲得張力。這一點，對於思考1970年代女性主義話語於鄉土文學思潮中的「占位」富有啟示；即，另一方面，1970年代女性主義話語的「被缺席」與「歷史現場」的縫合有無可能？這也就給出了我們隨後的考察的「命題」。

　　第二，女性話語介入鄉土文學的可能與「策略」。我們應該注意到，由於女性主義話語與民族主義處於不同的甚至表現為完全對立的思想體系，往往造成了「歷史」對它們共同之處的忽略。即，不論是在話語層面對社會歷史的闡釋及其價值判斷，還是對於社會歷史的根本作用及其具體指導，本質上說，它們都共同具有高度的社會實踐性。

　　回到1970年代鄉土文學的歷史現場，如果說，「鄉土敘事」構成此間民族文化立場的實踐性表現的最突顯的著陸點，且人們或者耳熟能詳，或者能夠如數家珍地對黃春明、陳映真、王拓、王禎和、楊青矗等一眾鄉土作家娓娓道來，那麼，這似乎能夠從一個方面提示出鄉土文學語境下女性話語「缺席」的例證。確實，就1970年代的女性創作而言，並非完全以「鄉土敘事」為其重心，其間還兼及「都市」、「婚戀」、「流寓」等其他「游離」於「鄉土敘事」這一中心話題的寫作；而不論是與同時代男性創作的活躍態勢進行比較，還是與之前1950、1960年代或之後1980年代女性創作的豐富表現進行比較，此間的女性創作，當真頗有些「捉襟見肘」的窘迫。

　　但是，如果我們承認「高度的社會實踐性」構成女性主義話語與民族主義的共同之處這一前提，那麼，以免重蹈歷史虛無的覆轍，1970年代的女性話語是否介入了「鄉土文學」以及如何介入鄉土文學？這倒是值得我們去考究的。

首先，從所謂的女性文學「譜系」上看，臺灣女性文學的葳蕤氣象大抵發軔於1950年代，且從那時候開始便從未缺席過對歷史的書寫，直至1970年代的當下，以在本土「堅守」的季季、曾心儀等一眾作家與留學海外的叢甦、聶華苓等相呼應，延續著臺灣女性書寫的流脈……；其次，從期間所關懷的視角看，1950年代的「鄉愁」、1960年代的「反叛」、1970年代的「現實書寫」……，恰恰共同映照出了臺灣社會一直以來的「歷史問題」及其文學精神訴求；再次，從其處置「自我」的角度看，女性書寫從「鄉愁」一路走來，從開始的於困頓狀態中的自我撫慰到對臺灣現實處境的自覺關注，表現出了內涵的不斷拓展和不斷豐富。需要指出的是，在這裡，我們對1970年代女性話語介入鄉土文學的考察置放在一個「當代」而不是1970年代一個「斷代」的背景下來進行，並非本文的疏忽，從女性主義的話語本身來說，一旦割裂了歷史，便有可能忽略了其實踐性表現的發生和發展的脈絡。

　　女性主義由追求男女平等開始而以雙性和諧為指歸的整個嬗變過程，不論是話語層面還是實踐層面，都在事實上表明，女性主義本身的內在構成已經達成某種共識，即，在其仍然對主流話語霸權及其男性話語霸權保持警惕的同時，「婦女實際的處境不僅不能脫離民族／國家的語境加以理解，還有婦女根本是民族／國家計畫的重要組成部分。……以同盟者的身分參加由政治家發動的解放運動。」[284]與此相對應的，顯然，臺灣女性話語對鄉土文學的「介入」，也有一個嬗變過程。或者說，從上述的簡單勾勒來看，其實踐性表現，也恰好印證了女性已經無法脫離民族／國家的語境來開展歷史救贖這樣一個屬己的特點與態勢。

　　1950年代的臺灣困窘而凋敝，也決定了女性寫作的「閨怨」姿態，誠如琦君所言，「生活初定以後，精神上反漸感空虛無依，最好的寄託就是重溫舊課，也以日記方式，試習寫作，但也只供自己排遣愁懷」[285]。但是，經過歷史的沉澱，於今看來，這一看似疏離於「反共文學」主流話語的「閨怨」寫作，在實質上無不是藉助女性自我的鄉愁經驗，述說的是家國罹難的社會性集體傷痛。進入1960年代，臺灣已由一個傳統的農耕文明地區開始步入現代工商業社會發展的快車道，這一時期的女性寫作主體不論自覺與否，不論是傳統女性書寫，還是現代女性書寫，抑或是海外留學生的女性書寫，共同以其剛剛獲得的性別啟蒙的脆

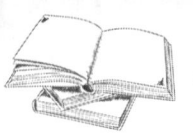

弱,既要依存或質疑於既定的男權歷史文化傳統,又企望在現實處境、外來文化衝擊與家國意識重建這一多重價值理性的逼迫中,塑造富含歷史文化與民族特質的女性自我,使得敘事行為本身在本質目標上更多了一層在政治意識形態下的歷史「承擔」。無疑,這一過程,她們已經舔去了「閨怨」的印記,「以同盟者的身分參加由政治家發動的解放運動」。

因而,進入到1970年代的臺灣鄉土文學語境,女性話語的「介入」,既表現出與歷史連結的線性過程,也完全有其在一個「非線性」的多重話語資源糾結中的獨特的實踐性表現形態。

第三,女性敘事與鄉土文學的呼應。撕開1970年代鄉土文學思潮下女性話語被民族主義收編的歷史縫隙來找尋女性敘事「在場」的印記,局囿於「民族」這一巨大符碼或許是艱難的。因為對鄉土文學的描述和闡析,出於定勢思維,文學史的關注點一般都集中在「在地」的本土寫作這樣的主體構成上,集中在「鄉土」與「社會底層」一類的表現要素上。而1970年代的女性敘事恰恰在這些層面有它的複雜性,這恐怕也是在一般論述中語焉不詳的原因。其大體表現為「在地」的本土寫作與海外的「無根的一代」的寫作相呼應,而不是單一的「在地」特別是以本土籍作家為主的作家構成;是以作為女性自身的「女性話題」去涵化對「鄉土」、對「社會底層」的關懷,而不是直接的「鄉土」和「現實」敘事。

這樣,基於我們的思考,不妨把在此期間相對活躍、且不論是「在地」還是游離在海外,我們大體上可以看到這一大批女作家,如聶華苓、陳若曦、謝霜天、施淑青、曾心儀、季季、叢甦、心岱、蕭麗紅、李昂等;以及也不論是「鄉土想像」還是「都市敘事」,她們所提供的的文本,如《桑青與桃紅》、《老人》、《梅村心曲》、《常滿姨的一天》、《一個十九歲少女的故事》、《苦夏》、《中國人》、《蛇是女人的戀神》、《桂花巷》、《鹿港故事》等等,顯然都與1970年代鄉土文學話語有著這樣或那樣意義的關聯性。在這裡,國族寓言的想像、與外來文化衝突的對峙、對威權現實統治的批判、對「生鬥小民」的關懷……,所有這些,既是1970年代鄉土文學指涉的問題與世相,同時也是女性一直以來所承受的來自民族歷史與「國家」話語對女性的鉗制和設障,都無不

進入了此間女性敘事想像或解構的空間。這就在事實上以女性敘事特有的「社會實踐性」，既要「以同盟者的身分參加由政治家發動的解放運動」，又只能「獨自」擔當起對女性自我的歷史救贖，以多元的價值向度與鄉土文學思潮形成了某種回應，從而突破了民族話語對女性敘事的界定，表現出了女性與鄉土／民族的另類關係。

誠然，就1970年代鄉土文學的「歷史現場」而言，相對於此間男性作家直接以「鄉土話語」來召喚民族認同，或是透過關注「鄉土社會」對底層人生抒發悲憫情懷，或是以「鄉土意識」來展開對現代工業社會帶來的「現代病」的審視，甚或直接以民族話語進行社會呼號以凸顯現實抗爭意志，女性的鄉土敘事，毋寧更關切自身的性別處境和生存境地。但是，這恰恰是女性話語對民族／鄉土介入與呼應的獨特的表現形態。而且，即便是時至今日，主流敘述仍然沒有能夠給予其應有的關注，也絲毫無法掩蓋這樣的事實：正是在這一過程中，女性主體歷經了一個不斷拓展、不斷豐富，不斷反思與建構的歷史；同樣，其與「民族」的關係，也經歷了一個對話與依存、反思與建構的嬗變過程。

因此，臺灣1970年代鄉土文學思潮與女性文學的關係，其留待不同的話語體系進行反思與重構的空間及其價值判斷也將是不可限量的。

# 歷史的想像與救贖——讀施叔青的臺灣三部曲《行過洛津》與《風前塵埃》

吳慧穎[286]

2008年,施叔青出版了小說《風前塵埃》,這是繼2003年的《行過洛津》之後,她構思龐大的「臺灣三部曲」的第二部。隨著這部小說的問世,施叔青以「大河小說」構築臺灣的歷史想像版圖,輪廓漸次清晰了。

## 一、臺灣歷史書寫的困境

臺灣是個移民社會,除了原本居住於山地、平埔的少數民族,歷經過明清以來的多次移民,有來自閩粵的閩南人與客家人,也有大批在1949年隨國民黨撤退至臺的外省人。由於特殊的地理位置以及屢經變亂的時代命運,這個島嶼曾在早期一度成為西班牙、荷蘭列強東方擴張的據點,更有遭逢日本殖民統治的1950年血淚滄桑。還有,兩岸隔絕期間,歐風美雨的洗禮。

誠如著名文化評論家南方朔所言:「對於臺灣這個移民社會,龐大的歷史堆疊出厚重而難以言宣的遷移經驗和記憶,尤其是它的歷史仍然在不穩定的跳躍中,因而它的『意義之莢』要如何打開,實在是個巨大的難題。復以筆記、史和傳奇雜錯,很容易就讓人淹沒在過多的重複和瑣碎裡。或許也正因此,遷移這個重大的課題儘管一直在人們的懸念中,但卻無人敢於踩出那先發的第一步。」[287]

僅以《風前塵埃》所涉及的日據時期為例。雖然日據時代距今已半個多世紀，「可是日本在臺灣至今仍陰魂不散」。「鋪天蓋地的資料史籍」，施叔青赫然發現，最近十幾年來，「有關日本殖民統治的研究成為顯學，不只是學者的論述，大學校院相關科系研究生的論文，對日治時期的著述，從政治、歷史、文學、醫學，無所不包，數量驚人，連助產士產婆、日治時代自琉球來臺討生活的娼妓都有專書……」[288]

臺灣的歷史在各種現實利益的角逐中被積極地動員和書寫。而各種文本和書寫行為，無不折射出臺灣社會近年來的內在焦慮、暗潮洶湧。如何看待政權更迭、族群關係，邊緣與中心，身分與認同……紛繁複雜的動盪，夾雜在錯雜複雜的歷史以及現實各方利益的角力下，臺灣當前混亂衝突的社會思想狀態，無疑是孕育各種想像的溫暖巢床，而這一系列「大河小說」[289]創作的衝動和寫作的困境似乎也都淵源於此。

出身鹿港望族，長期遷徙和旅行世界各地，以及掌握歷史敘述的能力和豐富的想像力，南方朔甚至認定施叔青「幾乎是全臺灣作家裡唯一有條件和能力去碰觸這個問題的作者」，[290]何況此前，已經有「香港三部曲」的成功「熱身」。臺灣三部曲的寫作，固然源自作者強烈的使命感——臺灣的現實焦慮與複雜變動的歷史，顯然觸動了作家敏感的心靈。在與陳芳明的對談中，施叔青也提及寫作的動力在於陳的鼓勵：「既然我為香港寫下三部曲，你說，生為臺灣的女兒也應該用小說為歷史作傳」。陳芳明冀望其「為臺灣立下史傳，希望能夠以巨視的觀點掌握島上社會的生命力與創造力」[291]。南方朔則視之為臺灣文學「走出『遷徙文學』的第一步」[292]。

## 二、「以小說為臺灣的歷史立下史傳」

「近八年來，我孜孜不倦地研讀、思考臺灣的歷史，按照我的理解與認識，憑想像重現我心目中過去的臺灣，企圖以小說為臺灣立下史傳。」[293]施叔青在

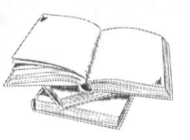

2008年獲得臺灣「國家文藝獎」時，如此回顧自己「臺灣三部曲」的創作歷程。

不同於大多數「大河小說」以一個家族或一人貫穿始終的線性敘述，施叔青的臺灣三部曲試圖以一種散點透視的方式來結構布局，時間段落截取清代、日據和光復後三個時期（目前的計畫），空間布局上則涉及鹿港、花東和臺北等，以不同的故事撐起臺灣歷史的主軸。這樣的選擇是為了突顯臺灣人的特殊歷史命運，施叔青認為：「臺灣的歷史是斷裂的，造成我們認同的痛苦，也才會有今天的爭端矛盾……」[294]

而針對現實的糾結，目前已出版的《行過洛津》處理了性別的問題，《風前塵埃》則經營族群的議題。對於施叔青來說，臺灣歷史的書寫，不可迴避的是這樣的課題：「究竟什麼才是真正的臺灣人，如何用文學表現不同政權、政策下的臺灣人的改變（或者沒有改變）」。[295]立足於此，施叔青延續一貫「以大博小」的寫作策略，採取了庶民視角與邊緣書寫。

《行過洛津》以施叔青的家鄉洛津（今鹿港）為背景，時間上溯洛津最為繁榮的清末嘉慶年間，故事描寫泉州七子戲乾旦許情三次搭船到臺灣洛津，歷經了海港起家的洛津五十年興衰。伶人許情輾轉於郊商、官員間不能自主的落魄命運，以及與一個臺灣稚年歌妓之間初萌的愛情卻轉瞬凋零。歷史洪流中卑微的生命與洛津「轉眼繁華等水泡」的枯榮相互呼應的。戲臺內外的跌宕人生和情感世界，交纏移民社會的世俗風貌、地域社會的權力運作。昔日攘攘的鹿港宛若清代臺灣社會的縮影，南管、臺灣民歌、窄窄的巷弄，還有海港曖昧潮濕的氣息，記憶加上地緣的熟悉，又有史籍和民間文獻的記載，鹿港的舊影恍惚如在眼前。作者帶著對往昔繁華的癡迷，幾乎事無靡細地鉤沉舊日庶民生活的細節，感性地豐富了歷史難以詮釋觸及的角落。而延續其寫作風格，「濃烈矯情的象徵，漫無節制的臆想，沒有出路的情節布局」，依舊表達著「女性作家對理性的、流利的父權大敘述的質疑抗擷」。[296]

如果說《行過洛津》是工筆細描，其後的《風前塵埃》則是寫意山水。《風前塵埃》的意象取自日本平安朝詩僧西行和尚的句子：「諸行無常，盛者比衰，

驕縱蠻橫者／來日無多。正如春夜之夢幻／勇猛強悍者終必滅亡／宛如風前之塵埃。」小說描繪日據時期的花東，涉及三個不同的種族、語言生活習慣各異的族群。主角有太魯閣族的哈鹿克，在殖民地移民村和立霧山生活的日本家族（員警橫山新藏、其女橫山月姬），以及愛上橫山月姬的客家攝影師范姜義明。施叔青打散大歷史，回歸自然與個體，故事別致地採取揭祕式的層次寫作，從無弦琴子——一個日本人和原住民後裔的邊緣視角，穿越歷史和戰爭的煙塵，追溯殖民歷史中年輕生命的掙扎與情愛。南方朔評說，「到了第二部《風前塵埃》，她走得已更遠了，『征服—被征服』、『認同—自我分裂』、『受害—加害』、『迫害—野蠻』這些自古以來的歷史課題已被鑲嵌進了更複雜、更細緻的架構下而一層層展開。」[297]

對於用小說演繹歷史，在眾語喧囂中，以一種儘量擺脫概念化陳述和宏大敘事，透過更為客觀、更接近庶民觀念的角度來陳述歷史，施叔青是頗有信心的。「作家憑著想像力，把人物從虛空中召喚出來，讓他們回到歷史的現場，還原重現那個時代的氣息風貌，從無到有，創造的過程令人心眩神迷，文字語言的魅力盡在其中，更何況有評論者認定我的歷史小說比起史學家對同一時代的撰述更能感動人心，貼近歷史的真實，展現了未曾為史學家所發現的生命力，更生動傳神的代表那個時代的社會。」[298]

2008年，施叔青獲得臺灣「財團法人國家文化基金會」頒發的「第十二屆國家文藝獎」，成為第一位獲得該獎項的女性。評委們給出的得獎理由之一是：「近年創作臺灣經驗系列《臺灣三部曲》、《微醺彩妝》、《驅魔》對臺灣意識的形塑，有深入觀察和著墨，突顯臺灣人長期以來的歷史命運，深刻有力。」[299]

據說，評獎時曾有一些爭議，有人因施叔青並不居留臺灣，對其是否為臺灣作家而持異議。幸而只是小小的波瀾。施叔青的文學成就和對臺灣歷史的深刻書寫，顯然是不可否認的。而波瀾內外，卻也隱約可想見今日臺灣社會複雜與偏執的一面。

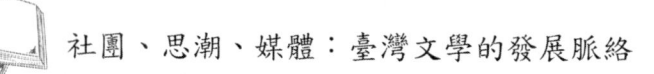

## 三、文學的超越與救贖

可是，歷史的重新鉤沉，是否企及歷史真相，恐怕也並非文學家最在意的小說主旨所在。

時代的思潮已然改變。「敘事史復興」，擺脫宏大敘事，小人物，庶民生活視角⋯⋯這樣的手法在近幾十年來興起的新微觀史[300]學家那裡也運用得頗為熟稔。伊格爾斯對近三十年來西方史學的新變化曾作過這樣的論斷：「在歷史編纂學的方法上，他從精英們的身上轉移到居民中的其他部分，從巨大的非個人的結構轉移到日常生活的各種現實的方面，從宏觀歷史轉移到微觀歷史，從社會史轉移到文化史。」（伊格爾斯.2003）例如，《叫魂》、《金翼》等史學著作採取了講故事的文學方法來結構敘述。

文學和歷史的關係似乎又緊密起來了。

然而，感性的文學，似乎並沒有義務提供一個確鑿的結論或觀念，倒是善於營造一個想像的瑰麗世界，引導讀者進入其間。動乎情，感於心，思其行。就如《風前塵埃》中，主角橫山月姬的臺灣經歷，是透過了女兒無弦琴子的追溯而呈現的，而其與太魯閣族青年哈鹿克的愛情，其情感動因亦是間接描述，來自哈鹿克的揣摩。晚年月姬假藉真子的故事訴說自己經歷。以及攝影師范姜義明的觀察。記憶與追溯交纏，明明昧昧間勾勒時代的風貌。

或許，歷史的真相如何，恐怕後人總是無法企及。而對於歷史，小說家的雄心應該不僅僅在於「心知其意」，然後「述其大意」，還希望進而「發明其意」。對於歷史，作家所背負的疑問和包袱無疑是沉重的。而「道之為物，唯恍唯惚。惚兮恍兮，其中有象」。基於對常識的尊重，回歸自然，回到個體，回到生命，以想像召喚歷史圖景。作家想要解答是：一個個活生生的生命，在歷史的紛紜中如何自處？而這，恐怕也是對人類的終極發問。

文學的立場是施叔青始終堅持的。在「國家文藝獎」獲獎感言中，她說道：「唯獨對文學創作我是用情至深，一直把寫作當成生命中最主要的志業。我把用

眼睛觀察到的，心靈所感受體驗到的世間百態訴諸文字，要求不斷的超越自己，創造言而有物的作品，最好能夠使每一本書的藝術性邁入一個更高的層次。創作有如爬山，只為那更高的一層。長年來我未曾放棄對自己的期許。」

或許正是基於身為作家的使命感和自我挑戰。臺灣三部曲並沒有成為歷史的通俗文學讀本，尤其是第二部《風前塵埃》，更擺脫了《行過洛津》對歷史細節鉤沉的癡迷，顯示出空靈、寫意之美。作者的關注點投射在「個體生命在輾轉紛紜的世代中如何自處」的主題。在《行過洛津》中，是七子班乾旦許情輾轉於郊商、官吏和歌妓間的性別困境，宛若牽絲傀儡般的無法自主；在《風前塵埃》中，是身為日本人和原住民結合的後代無弦琴子，對母親橫山月姬日據時期在花蓮情愛往事的追溯中的身分迷思。權力與支配，族群與身分，文化認同的無所適從⋯⋯歷史往事的召喚，交織進現時生活的焦慮，舊事陳跡並非遙遠的存在，而與當下人們的境況息息相關。

作者以感性之筆，從具體卑微的人物出發，去揣摩複雜、險惡的歷史處境下敏感心靈的所思所想與所為，濃墨重彩地歌頌自然的真純，純樸善良的心靈、真摯美好的愛情。小說由此不再局限於一時一地，羈縻於臺灣歷史的悲情，而試圖去探尋人類永恆的困境，小說因之亦有了更深遠的意義。

值得注意的是，在《風前塵埃》中，施叔青反覆提到了戰爭期間日本人用身上穿的和服來宣傳戰爭，這一情節彷彿音樂的主題，貫穿全篇。

儘管施叔青自認以文學為志業，盡心描繪想像的世界，欣賞於藝術之美，但作為一位深具人道情懷、有良知的作家，她同時警惕地感受到藝術絢爛之下可能隱含的殘酷，文學或藝術的想像也可能被強權利用，而成為歷史悲劇的幫兇。

無論是服飾，還是文學，或是歷史的陳述，意識形態話語都有可能藉由人們對美的陶醉，誘引想像的認同。當然，秉持善良、真誠的人們也可能經由同情與文化的寬容，以美的昇華，衝破意識形態和自我認知的禁錮。

是的，按部就班的蒼白生活，波瀾不驚的平庸世代。生命的某個時刻，需要想像的救贖。沉默的歷史，在現實的種種角力下留下一地斑駁曖昧的碎影。幸好，我們還有向善的心靈、美麗的文字，以及對愛和光明的想像。

# 臺灣文學新視野：日治時代漢文通俗小說概述

黃美娥[301]

## 一、前言

　　關於日治時期的臺灣文學，在現今兩岸常見的幾種文學史著述中[302]，最常見到的敘述模式，是從新文學與舊文學的二元發展系統論起，姑且不論其間往往存有新舊對立史觀，而另一值得商榷的是，如此所展現出的文學史樣貌，其實只是一種「雅文學」的範疇觀。然而，倘若細繹臺灣現代小說的起源，將會發現在白話新小說出現之前，由本土舊文人在當時大量報刊中所撰寫的文言、日常具程式化情節的通俗意味的小說，不僅早已存在，且能與世界文學相接軌，並在小說創作題材與敘事手法上試圖表現新意，因此最終得以裨益於臺灣新小說之生成[303]，是故藉由這批漢語文言／通俗小說，無疑可以獲見新文學與舊文學的接軌所在，以及隱藏其中的過渡現象[304]。那麼，在現有的文學史框架中，日治前期文言／通俗小說的缺席現象，顯然需要重新予以審視。

　　其次，即使是在白話新小說誕生與成熟發展之後，在1930至40年代之間，除文言通俗小說照樣持續發展外，此時期還曾出現如徐坤泉、吳漫沙等撰寫白話通俗小說的著名作家，且徐氏作品不單被視為臺灣大眾文學的代表作，其在《臺灣新民報》上甫刊出《可愛的仇人》一文，便受到熱烈歡迎，且在戰後出版單行本時依舊是暢銷書[305]；至於吳氏於日治時期之創作亦備受矚目，而到了戰後鍾肇政更表示閱讀吳漫沙戀愛小說，有益於中文之學習經驗[306]。則綜上可知，這

些日治後期的白話通俗小說，當初能在雅文學系統的報刊上刊載，自不免顯示了彼此的某種互滲或越界關係，而其在戰後對於新興小說家的影響力亦不待言，由是遂更說明瞭白話漢文通俗小說的文學史角色意義，亦有賴更為公允之評估。

那麼，這些曾經存於日治臺灣文學史上，且頗具特殊價值的漢文（包括文言與白話）通俗小說作品，其整體面目為何？在今日應當進行怎樣的剖析與探討？本文以下將試作勾勒與鋪陳，冀能促發學界更多關注與思考[307]。

## 二、「大眾文學」與「通俗小說」的指涉義界

進行上述小說的研究，首先會面臨到的是，關於這批作品群體的稱謂問題。1998年，下村作次郎與黃英哲在參加「中研院中國文哲所籌備處」舉辦之「文藝理論與通俗文化研討會」上，曾以「大眾文學」一詞來指稱此類作品；且在二人協助之下，同年臺北前衛出版社出版了《可愛的仇人》、《靈肉之道》、《韭菜花》等作品，當時亦冠以「臺灣大眾文學」之名目。而從下村與黃氏二人合撰之文章，可知使用此一稱謂，是借鏡日本文學而來，二人認為唯有從日本近代文學的演變脈絡中，才能理解臺灣大眾文學的意涵[308]。原本，在日本近代文學語境中所謂的「大眾文學」，參照二人文章之說法為：「一般是指與『純文學』」對立的通俗文學，它主要是應多數讀者的興趣而寫的一種娛樂讀物」、「大眾文學」是一種相對於純文學具有大眾性的通俗文學，包括有推理小說、武俠小說、家庭小說、幽默小說等，它是與純文學作品對立的，是一種大眾文藝」[309]，顯然係強調了作品自身與純文學的對立性，突出了大眾性與通俗性。不過，關於此一名稱用法，中島利郎卻持保留看法，他認為「大眾文學」成立的要素，廣大讀者是不可或缺的條件，然而睽諸日治時代的臺灣，閱讀語言既不一致、以商業為基礎的大眾媒體也不發達，即使銷售量達四萬本的《臺灣藝術》亦只維持在1942—1943年間而已，因此其以為若從《可愛的仇人》上述諸書的出版情形來看，當時臺灣其實並沒有具有真正可以閱讀所謂大眾文學的廣大大眾，故這些小

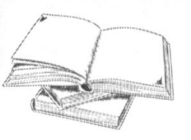

說自然不能以「大眾文學」視之,他以為採用「通俗文學」一詞較為適宜;其次,他還留意到1936年劉捷發表在《臺灣時報》中的〈臺灣文學史考察〉言及了臺灣的大眾文學,但劉氏雖使用了此一詞彙,其人所見臺人的大眾文學卻是本島人大眾最常閱讀的《三國演義》、《西遊記》、《水滸傳》、《紅樓夢》等,故由此中島利郎更進一步指出,可見臺灣本身實際並無自我的大眾文學存在[310]。

2007年,筆者與黃英哲合編了在東京綠蔭書房出版「日本統治其臺灣文學集成」中的《臺灣漢文通俗小說集》一書,有關書名我使用了「通俗小說」而非「大眾文學」一詞,主要考量不同於中島氏之讀者大眾數量問題,而係從臺人作品的創作表現整體趨向著眼,尤其對於漢文通俗小說而言,包括了多數的文言之作與徐坤泉、吳漫沙的白話作品,其實在書寫自律性上,大多仍承襲自中國古典小說傳統美學,或受到晚清、民初通俗小說書寫風潮之刺激影響,故在創作類型與敘述技藝上,明顯可以獲見其中的淵源與影響關係,因此最終選擇以「通俗小說」為名。當然,劉捷或下村作次郎等人,以來自於日本大眾文學的「大眾文學」概念指涉臺灣創作狀態,其用法也提醒了吾人應當進以留心臺灣通俗小說與日本大眾文學之間,或是對於更廣大的日本文學的可能容受關係。實際上,吾人若仔細翻閱戰前臺灣雜誌、報紙,將會發現除了大量仿照中國通俗小說各種類型而寫成的作品之外,臺人也有一系列擬仿日本描寫當代風俗、古代日本武將的小說,以及描繪現代男女生活的言情小說,而這些作品或學習自日本古典的通俗文學,或得之於明治維新後近代文學中的講談讀物,或借鏡於近代大眾文學中的家庭小說;換言之,日治時代臺灣這類具有群眾趣味性、娛樂色彩的漢文小說,在對中國小說傳統有所傳承之餘,亦多少受到日本文學書寫的薰染,更何況部分作家其作品便甚具交混性格,為此非唯形塑了日治時期臺灣漢文通俗小說的新變特質,更是同時串連起臺灣、中國與日本之間的通俗文學交通網絡,愈加耐人尋思。

那麼,誠如上述,漢文通俗小說在日治時期既早已存在,且持續發展至中後期,又同時取徑了中、日或其他世界文學,如前述偵探小說便是對西洋新興文類的摹擬,則在日治時代的時人,究竟會如何看待與評價這些作品?即以最受歡迎

的《可愛的仇人》來看，張文環曾經譯為日文出版，並在〈譯者序〉言及「中文版一下子連續印了三刷，在臺灣的文學書的出版成績裡，是非常難得的」，而另一位許炎亭也在日譯本的〈序〉中指出，該小說起初在《臺灣新民報》連載時，就受到熱烈歡迎，連報社幹部亦為之吃驚[311]，而最終日文版與中文版作品共計銷售了一萬冊[312]。除了張、許的不錯評價外，其他在《可愛的仇人》1935年中文版上也有許多撰序者、題簽者對此書內容提出看法，如林獻堂題「東　照妖鏡」、薩鎮冰題「酒後茶餘」、羅秀惠題「可憐的環境、愛情的神靈、社會人情心理」，而曹秋圃之序有謂：「文章之作有有生命者，有無生命者，關心世道為時代性寫照者，生氣盎然，則生命之延長可知，其偏於吟風弄月，更作無病呻吟者，既無生氣可言，又何生命之有？……可愛的仇人為君傑作，中之人以臺灣為背景，繪色繪聲，淋漓盡致，善讀者當先著眼其命意之所在」[313]，上述僅薩鎮冰所謂「酒後茶餘」涉及了小說之娛樂性意義，餘均重視該書之社會教化功能[314]。另外，尚有大陸人士丁誦清，其由中國新小說發展史來論本小說之貢獻，以為《可愛的仇人》不僅是一出色的長篇小說，更強調「很可以代表現在新小說之精華，實合宜於臺灣中等以上學校作文藝方面的參考讀物，我很高興牠能滿足我對於臺灣的感想」[315]，丁氏其實不從通俗、大眾化角度論斷本書之意義，她反而是由雅文學的新小說史、長篇小說駕馭成熟能力，以及充分反映臺灣世態的視域予以高度肯定；而另一位任職菲島《新聞日報》的葉渚沂，則未從地域角度去觀看這部臺灣小說，乃純以小說創作論來評斷此部小說成功之處；而「雞籠生」陳炳煌也以插畫者之身分，寫下《畫者的話》獻上無限祝福；至於作者徐坤泉本人，在其個人自序中，他不只將自己的創作經驗與多位著名世界文學家如托爾斯泰、海涅、雪萊，中國古代賦家左思、近代作家矛盾相連結，以此凸顯其苦心孤詣，他更表述寫作此篇的心境：

真的、在臺灣這樣的環境、要寫成一篇能被認為「大眾化」的小說、是難上加難的事、老先生輩好古文、中年先生輩好語體、青年同志們好白話、既然所謂「鄉土文學」、有時亦當用臺灣鄉土的口音造句描寫、所以這部《可愛的仇人》、是以不文、不語、不白的字句造成的、其目的在於能普遍讀者諸君內中定有許多俗字俗句、希望讀者諸君加以斧正諒解！[316]

透過這段文字，可知徐坤泉在書寫《可愛的仇人》時，十分留意當時臺灣文壇正如火如荼推動的「文藝大眾化」與「鄉土文學」運動，並且力求創作上之相應實踐，而為能寫出一本符合鄉土文學的「大眾化」口味的作品，徐氏最後寫出了「不文、不語、不白」的殊異文體。以上，藉由《可愛的仇人》之出版情況，以及其中題簽、序文內容所示，足以由小窺大，得以發現徐氏此一通俗小說文本，不僅在當時取得了島內文人（林獻堂、羅秀惠、曹秋圃、陳炳煌）的認可，甚也贏得大陸與菲島人士（薩鎮冰、丁誦清、葉渚沂）之推薦，且涵蓋新舊文學文人、域外媒體人，從作品之社會意義，或文學藝術表現來加以稱讚，而耐人深思的是，除薩鎮冰外，時人對於此類「通俗性」作品的「通俗」特質並不敏感，甚至還置諸於中國或臺灣「新小說」、「長篇小說」發展脈絡中進行評價；再者，徐坤泉自我亦然，其在撰寫本文時，更欲與臺灣文學史上重要文藝思潮相呼應，並且在「鄉土文學」與「文藝大眾化」面向上表現亮眼，做出成功之書寫實踐。大抵，如此的現象，指出了漢文白話通俗小說與新文學小說之間的糾葛甚深。

然而，漢文通俗小說一路之發展，實際並非均如徐坤泉及其《可愛的仇人》之大獲好評，1924年張梗在《臺灣民報》發表《討論舊小說的改革問題》時，曾經言及：「現在臺灣某報上、還是天天不缺登著那些某生某處在後花園式的聊齋流的小說」[317]，可見他注意到了新聞紙上的「舊」小說，只是張氏在此文中最終因為嫌惡其「舊」而進行猛烈批判。換言之，從初期如張梗者流之砲轟，到後期徐坤泉之贏來成功掌聲，這顯現了臺灣漢文通俗小說發展，委實經歷過一番轉折變化，箇中曲折尚待釐析。不過，雖然前引張梗的文章，未能對臺灣文言通俗小說青眼以對，但卻也留下一個重要的觀察，他道出了臺灣通俗小說與新聞報刊媒體間的密切關係。

## 三、現代性、報刊與漢文通俗小說

日人領臺之後，隨著大眾傳播媒體引進臺灣，當時的報章雜誌，或為補白，而更多時候則為吸引讀者群，便開始刊登小說以提高閱讀率。由於報紙多屬每日發刊性質，通俗性書寫更能招徠讀者，故在閱讀需求孔急的情況之下，兼以島內逐漸生成的現代化社會的嶄新日常生活，看重休閒、審美文化消費的推波助瀾下，自然產生了為數可觀，別具情色想像、奇異冒險、幽默詼諧、驚悚刺激等充滿大眾娛樂色彩的作品。故，就此看來，臺灣漢文通俗小說之興起，與通俗娛樂需求與大眾新聞媒介關係匪淺，堪稱乃因「現代性」而生[318]。

在當時的新聞紙中，最早發行的《臺灣新報》，於出刊三月後首見日文小說的刊載，即於明治29年（1896）10月29日第48號報端，「黑蛟子」所寫有關鄭成功事蹟之《東寧王》，此文明確標誌為「小說」作品，後以連載型態刊登。至此，報中雖可或見小說作品，如明治30年（1897）9月「一二庵主」所撰日文作品《頭陀袋》，明治30年（1897）10月21日至10月31日前後刊登多達十回的《空枝怨》，不過在這階段，小說仍未在新聞紙中獲致經常刊登的機會。而真正促使通俗小說在新聞紙中擁有較固定發表空間的關鍵作品，是由さんぽん所寫，刊載於明治31年（1898）1月7日至同年3月31日止的偵探小說《艋舺謀殺事件》。此一小說連續刊載近兩個多月，乃以報載艋舺一池子發現浮屍的社會殺人案件為藍本；後來八月所刊在臺日人館森鴻撰作之《鄭成功》，篇幅之長，連載時間之久，更勝於《艋舺謀殺事件》，此恰恰說明瞭新聞紙上小說的登載已經形成風氣。而在此時，連在東京的日人也加入創作行列，其中數量較多，創作甚勤者為「美禪房主人」，其人曾發表《青蓼》、《續青蓼》、《俠妓兒雷也》等篇，成為明治31年（1898）至32年（1899）間曝光率極高的日人通俗小說作家。爾後，進到大正、昭和時期，日人作家在臺灣刊載通俗小說的情形，自始至終不輟，甚至可以見到渡邊默禪、吉川英治、江戶川亂步、菊池寬等名家之作。

上述是日人在報紙上以日文發表通俗小說的初期梗概，至於以漢文從事通俗小說的創作，最先嘗試者依然是日人。如在明治32年至33年間的《臺灣日日新報》的「說苑」欄，可以發現日人以日本史乘傳贊為基礎所創作出的稗官小說。至於臺人從事漢文通俗小說的寫作，則有待明治38年（1905）7月《漢文臺灣日日新報》出刊以後，最大原因自是漢文版面增加，臺人終於擁有搦筆染翰的自在

揮灑空間。此時活躍其間的通俗小說創作者，主要是擅長古典文學的舊文人群，且多半擔任報社記者，包括謝雪漁、李逸濤、李漢如、黃植亭、白玉簪等。而自《漢文臺灣日日新報》獨立出刊起，至明治44年12月1日又與《臺灣日日新報》日文版合併為止，亦即1905至1911年間，正是臺人熱衷撰寫漢文通俗小說的高峰期，但往後《漢文臺灣日日新報》停刊，重新回歸到《臺灣日日新報》之後，在與日人／日文作品競爭的狀況下，臺人漢文通俗小說整體刊出頻率已不如從前。而這種漢文通俗小說創作略顯萎縮的情形，要待後來漢文雜誌刊物陸續出現，發表園地漸從新聞紙擴充至文藝雜誌，才獲致改善，此即1930年代以後，本身便屬娛樂性質為重的《三六九小報》、《風月》、《風月報》等刊所提供的漢文通俗小說創作的寬廣園地所致，於此才得以繼1905至1911年《漢文臺灣日日新報》的創作高潮後，再造另一階段的榮景[319]。此際通俗刊物上的主要發表作家，文言創作以鄭坤五、洪鐵濤、許丙丁為著，白話作品則是徐坤泉、吳漫沙、林荊南等人最受歡迎，尤其作品亦有單行本印行，愈見漢文通俗小說的成熟發展。以上，漢文通俗小說的出現，固然是伴隨現代新聞媒體之需求而來，但因日治時代以前之明清時期，臺灣文學創作主要大宗乃在詩、文，小說不特屬於小道，亦未見本土文人相關作品之傳世，因此進入日治時代後小說書寫風氣之萌生與勃興，自然與時人小說觀念的轉變有所關連。所以，回溯殖民地時期臺灣漢文通俗小說的書寫歷程，也正顯現了臺人對於「小說」文類的重新認識[320]與嘗試實踐的過程。

而在臺灣，因為過去未有書寫小說的習性，因此前述取效中、日小說，乃至西方文學，無疑都是培育臺人學習小說創作的養分與沃土。經由消化／吸收這些來自世界各地的作品，臺人才漸漸體會到所謂的「小說」類型，一旦掌握了小說類型的意義與觀念，以及小說的結構安排與敘事成規，便進而學會「詮釋」與「實踐」此一文類的美學意涵[321]，而其成果就是明治時期以來的逐漸興起的漢文通俗小說書寫與活動。這種從中國、日本或西方小說作品觀摩所得的體驗十分寶貴，但也不免隨著眾人體悟不同，產生差異的理解；加上臺灣未見有如中國在1902年出現的「小說界革命」活動，以及嚴復、梁啟超、邱煒菱等所提出的系統性言論，只多半出自於個人隻字片語式的感受，因此臺灣的小說新體驗，最終

缺乏整體而可觀的話語視野，而流於眾聲喧嘩，表述紛紜的現象。一旦轉化成實際作品時，致力於中國傳統志怪、志人小說者有之，模仿西方新小說的「歐式」作品有之，襲仿日人作品亦有之；甚且寫作小說的目的亦不同，尤其不同於晚清梁啟超等人的「小說救國」論述，更是一開始就染有通俗休閒色彩，並幾乎以此定調[322]。

但，具有通俗意味的小說的出現，應該是獲致了多數讀者的肯定，因為自此之後，各種類型的小說蠭出，雖然不乏雜亂無章而模稜的類小說嘗試，卻也充滿活力，這意味著此一創作領域與創作美學正待展開。而隨著小說類型的變換達到高潮，臺人對小說此一文類的探索興趣與意見也愈多，其意識型態既反映在小說創作上，有時則出現於小說內的可見的作者自評意見，由此可見臺人創作活動中逐漸形塑出的小說觀，以及當時小說寫作「規範化」的過程，這有助於釐清臺人的小說觀及敘事範式的建構情形。

首先，在漢文通俗小說的寫作上，長篇章回或短篇、中篇皆有，志人、志怪作品甚多，偵探、言情、歷史、武俠、社會小說一應俱全，但以科學技術／科普知識為基礎的科學小說，以及反應殖民困境的政治小說則少見，此外也有若干翻譯、改寫之作品，從中可見譯寫過程中的本土文化進行斡旋、協商之現象[323]。其次，在故事場景方面，或聚焦在中國、日本，或在臺灣，同時也含括了其他世界各地，如法國、英國、美國、俄國乃至非洲國家，故不乏異國風俗人情之新奇描述，如此遂形構出對嶄新地域空間以及跨國文化情境的越界想像趣味。此外，於情節內容方面，更涉及了西洋認識論、性別議題、國族認同、異文化接觸、俠義／秩序的辯證、科學／理性的現代性等文學想像與文化視域，可謂包羅萬象。再者，有關漢文通俗小說之發表場域，個別小說文本的淵源關係，或是作品傳播／消費管道情形，其背後所承載的複雜文學／文化意涵，也會進一步牽涉到如臺灣近代媒體的誕生、文學讀者層、文化公共圈的形成，以及都會文化與現代通俗文本間的互文現象等，上述皆足以為日治時期臺灣漢文通俗小說研究開啟更多研究向度。

## 四、主要小說類型

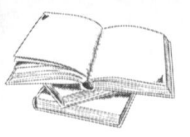

　　當漢文通俗小說獲致嘗試書寫與持續耕耘之後，小說類型論顯然也會隨之成為眾人關注的焦點所在。這些漢文通俗小說的書寫，除了題目外，其在報刊刊出時，或亦隨文冠上類別以為凸顯該文題材、內容、性質，如「滑稽小說」、「豔情小說」、「寓言小說」、「詼諧小說」、「紀事小說」、「傳記小說」、「史傳小說」、「理想小說」、「寫情小說」、「哀情小說」、「偵探小說」、「歐戰小說」、「諷刺小說」等，而這種在日治初期便已出現的五花八門分類，浮顯了時人有意形塑以小說為中心的創作知識體系，也可窺見時人從小說出發的情感投射、文化心理和審美意趣，那正是他們看待社會／世界的方法。但，另一方面，更具凝聚意識與實踐熱情的是，作家針對某些小說類型進行特別經營，包括了偵探小說、武俠小說、神魔小說、言情小說等，因此更富饒趣味。

　　其一，在偵探小說方面，此一類型本屬西方新文類，日治初期才見到臺人開始模擬學習，但整個日治時代，臺人對於偵探書寫皆感熱衷，甚至出現滲透到其他類型小說的狀況。而有關偵探小說在臺灣的書寫實踐，文言與白話作品皆有，從中除了可以見到英國「福爾摩斯」與法國「亞森羅蘋」小說系統在臺灣的擬寫變形，本土作家也會參酌社會新聞案件而自行創作。這類作品，不只於以偵探推理樣貌現身，有時則以冒險小說姿態出現，或屬間諜作品，代表作家如魏清德，其人所作《傾國恨》、《古體聖文》、《鏡中人影》皆頗具特色。

　　其二，在武俠小說方面，當時作家所寫數量不少，而所敘寫之俠，除如鄭坤五《鯤島逸史》、林朝鈞《臺灣奇俠傳》之描寫臺灣俠客之外，尚有魏清德、謝雪漁專為日本武士、劍客而寫之《塚原左門》、《寶藏院名鎗》、《塚原葛傳》、《三世英雄傳》、《怪傑彌兵衛》、《十八義傳》等，以及李逸濤《兒女英雄》、《義俠傳》、《鐵血霞》、《雙義俠》、《劍花傳》諸作筆下的中國奇俠與《南歐大俠》、《健兒殲仇記》中的法國騎士階層。但，何以臺灣文人會去書寫不同國家、地方中的「俠」，其中實隱含著複雜的道德信念、精神意識、文化翻譯與國族意義，此類武俠書寫，突出了跨語際、跨地域的文學／文化跨界交

錯的微妙面向。

其三，有關神怪小說方面，此亦屬當時小說類型之大宗，在當時報刊如《臺灣日日新報》、《三六九小報》中，便常常可以見到一長串的狐、鬼系列小說，作品如《鬼鬧婚》、《狐女》、《鬼買餅》、《鬼丈夫》、《雅狐》、《魂鬼索娶》、《蜘蛛精》、《顧家饞狐》、《狐之鬥爭》、《廁鬼》、《罐妖》、《長頸怪》、《戀愛鬼》等。而此類作品之盛行，固然係中國小說志怪傳統之延續所致，或日本愛好妖怪傳說之影響而來，但應該也與現代化社會中，人類對於鄉野怪譚的好奇興趣攸關。又，此類小說中，尚有神魔書寫如洪鐵濤《新西遊記補》、許丙丁《小封神》，場景取諸臺南，內容詼諧幽默，時見鄉土語言，此類作品既可屬中國小說在臺灣之續衍，但卻也充滿在地本土色彩。

其四，言情小說部分，文言與白話書寫都有，而白話漢文通俗小說更是以此類型之書寫最為主流。從早期媒妁婚約，到後來之自由戀愛，日治時期言情小說真實記錄了時人愛情觀、婚姻觀之進程變化，故藉由此類作品，可以理解日治時代臺灣人的戀愛史。而言情小說不僅是當時社會男女情觀之寄託與發抒，更是後來教人如何談戀愛的教科書，這可由謝雪漁《陣中奇緣》、白玉簪《書齋奇緣》、李逸濤《蠻花記》、魏清德《金龍祠》，到徐坤泉《可愛的仇人》、《靈肉之道》、《新孟母》與吳漫沙《桃花江》、《心的創痕》等作的意旨瞧出端倪，從中可見由「情緣」、「自由結婚」到「自由戀愛」言情話語之遞變，也能獲知「自由戀愛」話語內涵之建構、深化與轉折情形[324]。此外，白話言情小說如徐坤泉、吳漫沙作品，由於描繪者多屬現代都會的愛情生活，因此前者有關高雄、後者對於臺北城市之刻畫別有異趣，從溫泉、公園、動物園，到咖啡廳、電影院、舞廳、百貨公司，一一化為日常生活中的約會聖地，遂使此際之言情小說，同時成為臺灣現代城市景觀書寫之重要肇端。

以上，除前述幾種常見類型之外，部分作家對於特殊類型作品情有獨鍾，例如謝雪漁特好歷史小說，尤其喜愛嫁接日本歷史，藉以引介給臺灣讀者，其作如《三世英雄傳》、《櫻花夢》、《新蕩寇志》莫不如此。其次，亦有作家挑戰時人耕耘甚少的類型，因此同樣值得留意，如鄭坤五嘗試書寫「科學小說」，其作

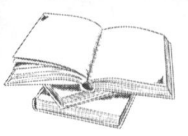

《火星界探險奇聞》便是當時極為難得的試驗。該篇小說敘述兩隊國際探險科學家前往火星探險之歷程,結果最終一成功、一失敗的故事,而成功者留下了地球人與火星人親密互動的過程與言談,失敗者則促發了新的偵探敘事,結果導致科學小說與偵探小說類型的交混。

## 五、重要作家簡介

藉由前列小說類型論之闡述,便可明白日治時代從事臺灣漢文通俗小說寫作者不少,以下僅擇要予以簡介:

(一)李逸濤(1876—1921)

李書,字逸濤,號亦陶、逸濤山人,臺北人,曾任《臺灣新報》、《臺灣日日新報》記者二十年。李氏能詩善文,但以文言通俗小說之寫作而聞名,作品類型除公案、俠義、言情、社會小說外,尚且從事偵探小說的擬寫,乃日治前期臺灣最重要之漢文通俗小說家。當時,在以古典詩歌為主流的年代,為了力倡小說閱讀與寫作,李氏於所撰《小說芻言》、《小說閒評》二文中,高度肯定小說創作的嚴肅意義與價值,並且積極戮力實踐,最終成果斐然。而從上述二文尚可得知,李氏的小說觀點或創作淵源,早年多得之於中國小說;加上後來有寓居廈門等地的多年經驗,李逸濤通俗小說的場景、人物或情節,多半發生於中國境內。其後,隨著域外知識的取得,內容則時見海外各國奇情異俗的世界想像;此外,則是聚焦臺灣原/漢族群衝突與社會案件的本土書寫。大抵,其人作品以女俠形象的描寫最具特色,深刻寄寓了其人對20世紀初期臺灣新女性的期盼與想像,如《留學奇緣》、《不幸之女英雄》、《兒女英雄》、《劍花傳》等;而創作題材中,相較他人亦頗偏好梨園優伎之作,此或受之晚清文學中狹邪文化描述之感染,但實際或因其人同時精通戲曲所致,曾擔任《臺灣日日新報》「菊部陽秋」專欄主筆。

(二)謝雪漁(1871—1953)

謝汝銓，字雪漁，號奎府樓主，晚署奎府樓老人，原籍臺南，日治以後，遷居臺北。1905年擔任《臺灣日日新報》漢文欄記者，1911年赴馬尼拉擔任《公理報》記者；大正年間擔任臺北州協議會員，1928年轉任《昭和新報》主筆，1935年後出任過《風月》、《風月報》主筆。畢生熱衷寫作，以古典詩歌為主，兼及文言通俗小說。在通俗小說之寫作上，其所譯寫自法國小說的《陣中奇緣》，是目前所知日治時期臺灣本土文人小說書寫之先聲，而作品中、長篇頗多，如《健飛啟疆記》、《櫻花夢》、《新蕩寇志》、《十八義傳》、《武勇傳》等，多屬歷史小說之作，此外亦兼及技擊、偵探等類型。其常以中國或日本史事為本，時或雜糅西方科技新知，故形成傳統與現代交混的特質，作品常流露帝國認同之文學政治色彩。

（三）魏潤庵（1886—1964）

魏清德，號潤庵，新竹人，後遷居臺北萬華。其長子是被譽為「臺灣小兒科教父」的前臺大醫學院院長魏火曜，次子則是亦曾任臺大醫學院院長的「臺灣婦產科舵手」魏炳炎。魏氏於臺灣總督府國語學校師範部畢業後，曾擔任五年中港公學校訓導，後應聘臺灣日日新報社記者，自此涉入媒體的生涯，至少長達三十年以上。除了報社職務之外，魏氏曾經參與臺灣文化協會，出任臺灣勸業無盡會社監察役、臺北市社會事業委員、臺北市學務委員、臺北州協議會員等。其人多才多藝，漢詩之外，書畫金石，亦皆涉染，而通俗小說之創作亦成果亮麗，所作明顯可見中國、日本及西方小說之創作影響，最能彰顯殖民地時期臺灣通俗文學之混雜性。其中，以取法日本及西方通俗文學者最足以觀，前者有《雌雄劍》、《飛加當》、《赤穗義士菅穀半之丞》、《塚原左門》等；後者有《獅子獄》、《齒痕》、《是誰之過歟》、《還珠記》等；尤其偵探小說之翻譯、摹寫，堪稱臺灣傳統文人之巨擘。

（四）鄭坤五（1885—1959）

鄭坤五，字友鶴、號虔老，筆名有駐鶴軒主人、不平鳴生等。原籍福建漳州府漳浦縣，幼年時返回原籍就讀漳浦中學，後歸臺定居於鳳山郡大樹莊九曲堂，曾任法院通譯、土地代書及大樹莊長。戰後遷居高雄市，曾任高雄中學與屏東女

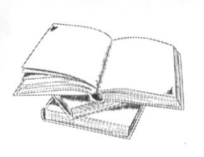

中教師、《光復新報》主筆以及高雄縣文獻委員會委員等職。1922年，鄭坤五加入甫創社的鳳崗吟社，後任社長，積極參與各地傳統詩會活動，他同時也是漢詩社屏東礪社的成員。但鄭坤五更為人所知的文學活動在於擔任漢文雜誌《臺灣藝苑》的編輯（1927）以及《三六九小報》顧問（1930），成為兩刊重要的撰稿者。其中，主編《臺灣藝苑》期間，首開風氣之先以「臺灣國風」之名，透過臺灣歌謠的採錄，進行臺灣話文與鄉土文學之理念實踐。畢生擅寫舊體詩，雜文與小說亦佳。連載於《三六九小報》上的《大陸英雌》為一述寫大陸軍閥混戰的現代長篇，代表作為文言與臺灣白話並用的章回體小說《鯤島逸史》，該作前半部先在《南方》半月刊上連載，1944年由南方雜誌社發行。這是一部以清朝臺灣為背景的通俗小說，在勸善罰惡、宣揚忠孝的訴求下，含涉了臺灣地方的歷史人文與鄉野民俗，因而廣受喜愛。但這部作品同時也因為戰爭末期的漢語刊行而備受注目，《鯤島逸史》在戰後以《臺灣逸史》等題名被輾轉發行，亦有以此為本的電視劇「鳳山虎」之放映，足見其喜好者眾與影響之遠。此外，作家遺留手稿另有《火星界探險奇聞》、《華胥國遊記》、《大樹莊勇士黃輕》等中、短篇小說，展現科幻、傳奇、鄉土等不同主題與趣味。

（五）洪鐵濤（約1896—1948）

洪坤益，字鐵濤，一名樂天；號黑潮，又號花襌。筆名眾多，有刀水、懺紅、野狐襌室主、花頭陀等等，臺南市人。洪鐵濤幼年接受漢學教育，後入學臺南第一公學校，1910年畢業。1915年，與南社諸友人王芷香、陳逢源、趙雅福等人組春鶯吟社；1923年，復組桐侶吟社；1937年，再創聽濤吟社。洪鐵濤工詩文，長擊鉢吟，屢與新竹張純甫爭鋒，並稱南北兩大將。他亦擅長書法與詩詞，臺南市寺廟楹聯多有出其手筆者。1930年9月9日，與趙雲石、連橫等人創辦漢文刊物《三六九小報》，主編兼發行人為趙雲石長子趙雅福，該報每逢三、六、九日發行，成員多為臺南南社以及春鶯吟社社友。《三六九小報》創刊以後，洪鐵濤除擔任編輯工作以外，也是重要撰稿人，在編務上，他負責「黛山樵唱」、「花叢小記」、「開心文苑」等專欄。其中，創刊伊始即開始連載的「黛山樵唱」，前後採錄情歌百餘首，在民間文學史上別具意義；「花叢小記」主要為文介紹各地詩友名妓，而「開心文苑」則是諧謔趣事的採記。而在小說創作方

面，洪鐵濤主要亦發表於《三六九小報》上，如記實小說有《姊》、《憨生》等篇，描寫資本主義下的社會眾生像；志怪連載小說如《續聊齋》、《新西遊記補》及《述異記》等等，透過章回體形式，或改寫自中國古典小說，或虛構或衍繹，透過志怪述奇的摹寫，描繪臺灣奇聞軼事，成為另一種形式的在地書寫。大抵，洪鐵濤的文學活動集中在日治時期，戰後他曾短暫任臺南市府祕書，未幾病逝。

（六）許丙丁（1900—1977）

許丙丁，字鏡汀、號綠珊盦主人，臺南市人。1920年進入臺北員警官練習所特別科，後任臺南州巡查。1921年左右開始在《臺南新報》發表漢詩，之後加入傳統擊鉢吟社團桐侶吟社。1931年1月起，許丙丁於《三六九小報》連載小說《小封神》，該作運用在地的語言，倣擬中國古典章回體小說《封神演義》以及《西遊記》，文中透過臺南古蹟寺廟眾神的描摹，神魔記述被在地化，傳統歷史與風俗也得以再現。這部小說因此廣受好評，成為許丙丁重要的代表作，也是漢文臺語文學的先趨作之一。此外，他亦有文藝評論與史實筆記等作品傳世。而除了文學創作，許丙丁在《臺灣員警時報》與《臺灣員警協會雜誌》等刊亦發表大量漫畫，名作《小封神》的插繪即出自其手。文學、漫畫以外，許丙丁對音樂亦有所涉獵。他因雅好南管，故於1945年起創立臺南天南平劇社，擔任社長三十餘年。這些多元的趣味，顯示其人良好文化涵養以及充沛的活動能力。戰後曾任臺南市參議員、市議員、第七信用合作社理事以及臺南市文獻委員會委員等職。公餘之暇，許丙丁發表許多民謠填詞與流行創作歌曲，著名者有「六月茉莉」、「卜卦調」、「牛犂歌」、「菅芒花」、「漂浪之女」等。另外，其亦戮力於臺南地區戲劇、歌謠與說書等民間文化以及古蹟和歷史的論述，為史料留下珍貴見證。而小說除《小封神》以外，尚有《實話探偵祕帖》、《廖添丁再世》等通俗著作。

以上諸位作家，大多屬於從事於文言通俗作品者，不過雖然同樣專擅文言寫作，但美學風格並不一致，即以發表場域或作家分布地域來看，亦可發現刊載於南部《三六九小報》上之作家作品，如洪鐵濤、許丙丁、鄭坤五等，較常使用鄉

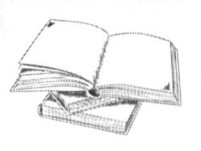

土方言與俗諺，偏好幽默、逗趣之書寫習性；而刊登於《臺灣日日新報》系統之李逸濤、謝雪漁或魏清德，則明顯嚴肅許多，作品中也會展現官報性格，在啟蒙大眾之餘，同時承載國策任務。

另外，文言作家之外，在白話通俗作品的書寫方面，徐坤泉與吳漫沙成就最高，二人之作既取徑五四新文學家、鴛鴦蝴蝶派小說，同時亦受中國傳統言情小說影響，在啟蒙大眾之餘，卻又不免固守傳統道德的發言位置、方式，使其在描寫兩性婚戀關係、臺北島都文化時，傳統與現代性兼染，別具曖昧性，深獲實仍摻雜新、舊特質的臺灣讀者大眾所喜愛，十足反應了當時的閱讀審美趣味。此外，另有林荊南亦屬當時知名作家，一並介紹於下：

（一）徐坤泉（1907—1954）

徐坤泉，澎湖人，筆名阿Q之弟。少時便遷居高雄旗津，曾於澎湖名儒陳錫如創立私塾「留鴻軒」習漢學多年，後又徙居臺北。早年曾負笈廈門英華書院、香港拔粹書院，後畢業於上海聖約翰大學。學成之後，最初擔任《臺灣新民報》海外通信記者，並在日本、南洋等地遊歷，1935年從菲律賓返臺，調回臺北總社，並擔任該報日刊學藝欄編輯，此後在長達一年多的編輯期間，連載發表長篇小說《暗礁》、《可愛的仇人》、《靈肉之道》諸作，深受當時讀者歡迎，成為其人展開文學活動的重要階段。徐坤泉在《臺灣新民報》工作任期大約在1937年四、五月結束，此與當時報刊漢文欄廢禁有關，而離職後先往大陸內地尋求發展，在湖南長沙擔任虎標永安堂經理，後被疑為日人間諜而再度回臺。十月起開始主編《風月報》50期至77期，1938年底又因經商因素無法兼顧編務而離去，再次轉往大陸發展，並擔任汪精衛政府的和平建國軍參謀。戰後，徐氏涉入「八一五獨立運動」，後獲無罪開釋，在北投經營「文士閣旅館」，1950年底曾任臺灣省文獻委員會委員，與廖漢臣合撰《臺灣省通志稿學藝志文學篇》，1954年7月肝癌病發逝世。徐坤泉是日治時代最為著名的漢文白話通俗小說家，專擅言情之作，作品常針對戀愛、金錢、婚姻進行爭鋒交辯，特別關注兩性命運，並留心世代問題，除就封建社會思想之錯誤提出批判外，也會對現代文明社會有所反思，最為特別者是其在小說中對於基督教信仰的鼓吹，由是開啟了日治時代臺

灣小說書寫中較為難得的宗教向度。

（二）吳漫沙（1912—2005）

吳漫沙，原名吳丙丁，筆名漫沙、曉風、沙丁等，福建省晉江縣人，1929年來臺，1931年返回大陸經營食品業務，1935年回臺定居，次年在《臺灣新民報》上發表《氣仔姑》、《劇後》，於臺灣文壇初露頭角，因為副刊編輯徐坤泉的肯定與賞識，先是獲邀在《臺灣新民報》開闢「晚江潮」專欄，而後更受一同參與《風月報》的編輯工作，且在徐氏前往上海後，成為主編，負責編務工作至1943年《南方》停刊止。藉由《風月報》、《南方》的發表空間與曝光率，吳漫沙的文學創作表現日益豐富與成熟，尤其通俗小說深獲好評，一躍而為繼徐坤泉之後，日治時代後期臺灣漢文白話通俗文學名家。戰後，吳氏在《民報》上撰寫小說，又創辦《時潮》雜誌，亦任《新風》主編。1946年因李萬居之邀，擔任《臺灣新生報》記者，此後投身報界，歷任《公論報》、《民族報》、《民族晚報》等報記者。而在此期間，除原有之小說寫作外，也曾嘗試商業化的電視劇本寫作；1980年代後，在《臺灣文藝》、《笠》、《臺灣時報》上陸續刊登舊稿，但同時不廢新作，而除新詩、小說、散文、戲劇外，也耕耘舊體詩的寫作，參加了瀛社、網溪吟社、天籟吟社的詩會活動，曾獲得文建會優良詩人獎。1998年，其於日治時期所寫的《韭菜花》、《黎明之歌》、《大地之春》選入臺北前衛出版社的臺灣大眾文學系列予以刊行，由是吳漫沙得以受到學界高度關注，進而確立其在臺灣文學史上的一席之地，但同時期此類作品所蘊藏的翼贊興亞與大東亞的意識也開始為人側目；2005年，吳氏病逝臺北。畢生除上述作品外，較著名者尚有《莎秧的鐘——愛國小說》、《香菸西施》、《綠園芳草》，民間故事《七葉蓮》、閩南語電視劇本《日久見人心》等。

（三）林荊南（1915—2002）

林為富，號嵐映，筆名有景嵐、竹客、余若林、哲也、蕉翁等，彰化竹塘人。東京高等實務學校滿蒙科畢業後，於1935年左右開始發表作品。1937年起任《臺灣新聞》員林支局記者，1939年移居臺北，因結識《風月報》主編吳漫沙，成為該誌主要的撰稿者以及編者。之後，他於1941年12月1日，結合理念相

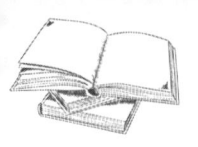

同的文藝同好創辦漢文雜誌《南國文藝》，企圖透過該誌維繫戰爭時期的新漢文文藝創作。林氏在日治時期的重要創作期，主要集中在《風月報》、《南方》階段，而除了古典詩、新詩、劇本、評論、歌謠、翻譯以外，他的大量漢文白話小說也在此間刊登。作品包括有透過書信體方式，描寫殖民地學生電車所見帝都風景之短篇《大都會的珍風景》，文中現代性欲望下的東洋摩登呼之欲出；敘述男性出征與婦人從軍，翼贊國策的連載小說《哀戀追記》；因故中斷的長篇小說《漁村》以及歌頌日軍英勇無畏精神的小說《九軍神》等等。另外，他也曾改譯火野葦平的戰爭小說《麥與兵隊》，改題為《血戰孫　城》而刊於《風月報》上，這些作品反映作家對於時代潮流的敏感性與趨從性，殖民地子民的心路歷程於此可見。戰後，他曾任《民報》副刊編輯、參與《民聲報》以及《和平日報》的創刊事宜，並發行《臺灣詩學叢刊》，網羅了昔日《風月報》同仁一同參與編務。1950年因政治案件入獄二百餘日，後獲平反，出獄後擔任《詩文之友》等古典詩刊的主編。林荊南在戰後的文學活動雖以古典詩文為主，但亦有長篇自傳小說《窮與罪》的撰述。

而從上述日治時代重要漢文通俗小說家的生平簡介中，亦可得知若干作家在戰後依舊持續書寫相關作品，如此正指出了戰前、戰後通俗小說寫作的連續性，未來亦值得再加關注。

## 六、結語

過去以來有關日治時期臺灣文學的研究，一般多側重於雅文學範疇，直到1990年代後期，日本學界下村作次郎、黃英哲、中島利郎、河原功等人才帶動「日本統治時期臺灣的大眾文學」研究，而除了發表相關論文外，其人並在日本與臺灣兩地出版了在臺日人的通俗文學集，如《臺灣偵探小說集》以及吳漫沙、徐坤泉等之「臺灣大眾文學」作品。不過，上述的研究或出版，大抵偏向日人的日文作品，或是1930、1940年代臺人的白話漢文作品，實際忽略了臺灣本土文

人自1905年來便積極從事文言通俗小説寫作的史實；2003年，筆者發表〈二十世紀初期臺灣通俗小説的女性形象——以李逸濤在《漢文臺灣日日新報》的作品為討論對象〉[325]一文，始揭示了這段臺灣漢文通俗小説史的開端歷程。2007年，筆者再與日本愛知大學黃英哲教授合編《臺灣漢文通俗小説集一》、《臺灣漢文通俗小説集二》，乃得以在日文通俗小説外，另又出版了臺灣的漢文通俗小説選集。2008年，由吳福助所編、臺中文聽閣圖書公司出版之《日治時期臺灣小説彙編》，則有更多漢文通俗小説獲得印行，更進一步證實了臺灣漢文通俗小説蘊藏之豐富。過去以來有關日治時期臺灣文學之研究，一般多側重於雅文學之探索，而忽略了通俗文學存在的事實，甚而戰後幾種有關臺灣通俗文學之相關著述，亦皆未能言及。是故，筆者特意針對此一尚待挖掘之領域進行探索，期盼能夠重現前賢幽光，並使世人得以接觸這段湮沒未彰的臺灣文學史實。

而近年來，由於從事此時期漢文通俗小説的研究，遂深刻體會到日治初期由「詩歌」寫作邁向「小説」的開發，其實牽涉了大眾媒體的因素與現代文學觀念的興起，故愈加瞭解通俗小説的興起，對於臺灣文學現代化的過程頗有助益，且這一段通俗小説的寫作進程，更是臺灣小説史的源頭縮影，如此更是涉及了臺灣「小説文類」、「小説史」的生成問題。其次，這些發表在大眾傳媒，具有強烈通俗色彩的小説，既有啟蒙作用，又有通俗娛樂的效果，故與現代性問題息息相關，其對臺灣日常大眾生活的描摹，都會空間的刻劃，社會環境的對話與省思，複雜而耐人尋味，因此可謂諸多環繞在「通俗小説」的範疇所帶來的問題性，十分豐富而有趣。另外，因為從事通俗小説寫作的文人，原本大多屬於從事漢詩、文言散文寫作的傳統文人，因此漢文通俗小説與臺灣古典文學之間的地位升降、書寫糾葛關係也頗堪玩味；而由於通俗小説的出現，其與雅文學系統中的白話小説、日文小説是否出現競爭、協力的現象？「日治時期臺灣漢文通俗小説」的存在，成為研究雅文學白話小説不能忽視的對照系統，若能兩相參酌思考，將更有利於深入掌握殖民地時期臺灣文學與小説史的面貌。當然，有關臺灣通俗小説的學習來源，包括從西方到東亞，包括日本、中國與西洋國家文學對臺灣通俗小説的滲透與影響，也值得一一關照。再者，如日治時代銷售漢文通俗小説作品數量最多的嘉義蘭記書局，又是如何做為一個出色的介紹、販賣大陸漢文通俗小説的

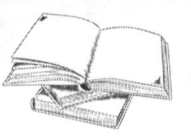

仲介者，在其跨界流通的消費管道中，又會引發出臺人怎樣的小說知識生產經驗呢？臺灣漢文通俗小說自身又有怎樣的發展變化階段，從日治初期至進入戰爭期後，通俗小說與帝國主義、國策性間的關係如何？

綜上，舉凡作品論、作家個案研究，或通俗小說之文化政治、類型論、文學藝術美學、生產／消費場域、作品傳播／消費途徑、讀者反應、小說史階段論等議題，在在都是令人亟欲一窺究竟的研究面向，而這正說明瞭日治時期臺灣漢文通俗小說既是一新興研究範疇，但同時也是高度引人注目的問題叢所在。

# 臺灣「新」身體：疾病、醫療與殖民

張羽[326]

## 一、前言

　　中國古代醫儒不分，儒不必醫，醫必須儒，故稱儒醫，故中國古代即有「涉醫文學」之稱，孫思邈、李時珍、白居易、蘇軾、曹雪芹、李汝珍等多是雙棲於文學與醫藥學，創作了大量在內容或形式上涉及到中醫藥的作品。在日據臺灣，則有醫師文學、醫事文學之稱，日據臺灣有許多醫師（西醫），畢業於專門的醫學院校，如蔣渭水（1891—1931）畢業於臺灣總督府醫學校；賴和（1894—1943）臺灣總督府醫學校；吳新榮（1907—1967）東京醫學專門學校；王昶雄（1916—2000）日本大學齒科專門部；周金波（1920—1996）日本大學齒科醫學專門部；詹冰（1921—2004）日本明治藥專畢業⋯⋯臺灣新文學中的疾病書寫早自賴和開始，就書寫了救治臺灣民眾身體和精神上的疾病，至蔣渭水更有隨筆《臨床講義——對名叫臺灣的患者的診斷》，直陳病態臺灣所罹患的各種疾病，以及如何對症治療。作為職業牙醫的周金波，作品蘊含了牙醫的職業觀察；王昶雄則在作品中設置醫生的觀察視角⋯⋯這些作家喜歡進行疾病敘事，並試圖以文字來干預社會現實。此外尚有很多作家雖不具有醫學背景，但寫作中也涉及醫療、中醫藥等主題敘事，如楊逵《無醫村》、張文環《閹雞》、龍瑛宗《植有木瓜樹的小鎮》、《黃家》等作品，我們也將在論述中，有所涉及。

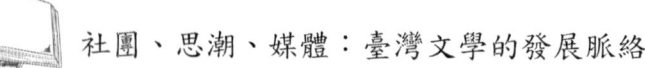

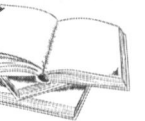

## 二、病體與隱喻

### （一）不健全的「零部件」

閱讀日據時期臺灣文學作品，相當引人注目的，是大量生理疾病的感官意象，如「莫可名狀的惡臭」、「侵蝕得一塌糊塗」的齒齦（周金波《水癌》）；患了肺病，「瘦得像白蠟」的林杏南長子（龍瑛宗《植有木瓜樹的小鎮》）、患了肺病，咳血而死的鄭三桂（張文環《閹雞》）；月裡覺得「所遇見的男人之中最了不起」的阿凜腳殘恰如「變形的竹筍根」（張文環《閹雞》）；亦有患傳染病，如患瘧疾的秦得參，藥物的副作用使脾腫得無法工作（賴和《一杆「秤仔」》）；阿勇患了急性瘧疾，「大熱天抱著火籠抖個不停」（張文環《閹雞》）。一些作品更直接設置了醫生的角色，來近距離地書寫各種疾病，如周金波《水癌》和王昶雄《奔流》都有年輕醫生每天面對形形色色的病人。

### （二）被詛咒的人：瘋狂、沖煞、「鴉片鬼」

除了生理上的疾病，行走於臺灣的似乎還是一群受到詛咒的人，男人不像男人，女人被虐待的也不像人。典型的例子如翁鬧（後死於精神疾病），其筆下的人都有瘋狂的傾向，在寫實性很強的《可憐的阿蕊婆》，完全開放的小城有很多精神失常的人，多是受虐待而致病，住在小城的人們「不久也會死亡吧。縱使不至於死亡，也非被詛咒不可吧」。又如張文環《閹雞》中，藥房的繼承人阿勇整日「淌下口涎」、「傻乎乎地想著心事似的」；龍瑛宗在《宵月》（1940年）中，描寫了一個前來討債的鴉片鬼，是個駝背，年過六十的老人，衣著襤褸，神經質地抖動那留了長指甲的手指頭。這種不完整、不理智、不純淨的精神狀態，暗示了殖民地臺灣普通大眾的精神狀態。

### （三）「患者」臺灣

身體疾病與民族隱喻，是現代中國國族想像重要的一環。

1921年11月30日，蔣渭水在臺灣文化協會第一期會報上，用日語發表了《臨床講義——對名叫臺灣的患者的診斷》，開篇列出「患者」臺灣的基本資料

如下：

    患者：臺灣

    姓名：臺灣島

    性別：男

    年齡：移籍現住址已有27歲

    原籍：中華民國福建省臺灣道

    現住所：日本帝國臺灣總督府

    職業：世界和平第一關門的守衛

關於臺灣的既往病史，蔣渭水分析道：「幼年時（即鄭成功時代），身體頗為強壯，頭腦明晰，意志堅強，品性高尚，身手矯健。自入清朝，因受政策毒害，身體逐漸衰弱，意志薄弱，品性卑劣，節操低下。轉居日本帝國後，接受不完全的治療，稍見恢復，唯因慢性中毒長達二百年之久，不易霍然而愈。」至於當前病症：「道德頹廢，人心澆漓，物慾旺盛。精神生活貧瘠，風俗醜陋，迷信深固，頑迷不悟，罔顧衛生，智慮淺薄，不知永久大計，只圖眼前小利，墮落怠惰，腐敗，卑屈，怠慢，虛榮，寡廉鮮恥，四肢倦怠，惰氣滿滿，意氣消沉，了無生氣。」按照通常病例的方式，開列出「患者」臺灣的「疾病大全」，形式相當前衛，成就了一個經典的「臺灣病體」的文化隱喻。

此外，還有愛在作品中搬弄「疾病」意象的周金波，其疾病書寫之首部，處女作小說《水癌》被看成是：「青年周金波從觀念中產生出來的理想小說」，小說設置了「臺灣疾病」——驕奢的心理疾病（「沒教養又奢侈的」臺灣女人，將幸福視為「金手鐲、賭博、歌仔戲」）……這種臺灣病體的描述，在最後被「升格」為「不乾淨的血液」，這種既有身體病態，又有人種優良，最終轉為臺灣文化落後，一系列隱喻和宏大敘述往往關切到民族性、文化和政治諸種領域。蘇珊・桑塔格（Susan Sontag）曾指出社會混亂常被喻為流行病，人們對邪惡的感覺投射入疾病，復將充滿意義的疾病投射入世界。日據時期的疾病敘事顯然具有深刻的隱喻功能，或喻指殖民地臺灣的病態落後和社會腐敗，或喻指殖民宗主國的

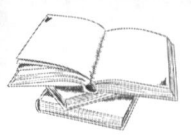

「首」與殖民地臺灣的「體」難於「和諧」。李欣倫在其碩士論文《戰後臺灣疾病書寫研究》指出：

> 在集體書寫的脈絡下，臺灣文學場域形同疾病神話的倉庫，作家借喻於疾病和病患，旨在批判、控訴病態社會的偏見，正由於疾病被視為健康世界的他者，病患被理解成「正常」軌道的異鄉人，疾病被道德手勢和醫療機構圈劃出一個「它異的世界」。[327]

## 三、「醫病」：選擇戴著帝國面具的西醫？還是選擇鄉土中醫？

魯迅以《父親的病》宣示對中醫的仇恨，那些奇怪的中醫藥引，如經霜三年的甘蔗、同窠中的原配蟋蟀一對，用打破的舊鼓皮做成的敗鼓皮丸等，其父就在中醫治療中一病不起。魯迅還描述了「奇觀」藥引的中醫藥理是：「水腫一名鼓脹，破的鼓皮自然就可以剋伏它」，魯迅最痛切中醫建立在「字義象徵」而非科學的醫理。這一「經典藥方」經魯迅的筆傳播開來，後續影響「惡劣」而深廣。魯迅的中醫無用論與20世紀初中國的社會文化氛圍有關，當時門戶開放，西學東漸，中國傳統文化受到猛烈抨擊，中醫作為傳統文化的一部分，概莫能外。[328]相形之下，日據臺灣中醫命運則頗為複雜，如西醫擠壓中醫、民眾依賴中醫、部分本土西醫尊重中醫等，「臺灣病體」在尋求「對症治療」的路途中，中醫／西醫、臺灣本土醫療／日本殖民醫療體系的選擇，也成為文化上的難題。

（一）操帝國面具進駐的西醫與擠向邊緣的漢方醫

1895年前後，日本在對臺出兵中，領教過臺灣風土和傳染性疾病的厲害，據臺後，為了殖民便利，一方面，開始著手臺灣醫療衛生等方面的改善，透過國家的運作和詮釋來支撐，給予西醫正面的標籤和特殊的地位，臺灣總督府積極著力培養西醫醫療體系，1895年6月據臺後，次年就公布「臺灣醫業規則」，第三年就在臺北醫院內設立醫學講習所（學生十數名），1899年3月公布「臺灣總督

府醫學校官制」，1918年4月，設醫學專門部，1919年4月，正式改制為臺灣總督醫學專門學校（醫學校完全消失），5月改稱為臺北醫學專門學校。1936年，臺北帝大設置醫學部，因此臺北醫專被吸收成為臺北帝大附屬醫學專門部。

另一方面則著力於對臺灣原有漢醫採取漸禁政策。1897年，臺灣中醫1070人，其中博通醫書，講究方脈，有良好的聲譽者29人，以儒學而兼施醫者91人，自稱祖傳世醫97人，其他則為稍有文字素養的一般時醫，占絕大多數。日本據臺醫政的第一要務就是要貫徹西醫為本的國策，馬上處理臺灣原有的漢醫。1901年舉辦了中醫考試，申請者多達2126人，考試及格者1097人；還有未經考試而有許可證者650人，以及考試雖不及格而給予同情許可者156人，嚴令臺灣從事漢醫和草藥仙等醫業行為者均應於1901年7月23日起至12月底，限期向管區員警官署登記《臺灣醫生許可規則》（1901年7月，府令四七號），以後就以警力取締未有登記而擅自行醫者。對未登記或新養成的漢醫，均立遭嚴格取締，即禁止新的漢醫（中醫）出現，這一點與日本國內自明治維新後所採取消滅漢醫的漸禁政策相同。那些登記後的臺籍漢醫，被稱為「醫生」，與西醫的「醫師」有所分別，受員警管理和監督。此後沒有舉辦中醫考試，從此，三十多年間，中醫師年年減少，乃至完全消滅。

1945年，臺灣回歸時，持有許可證的中醫僅存10人。以申請登記制、考試、專業教育、證照制度等衛生法規，靠警力的鐵腕強勢來層層限制醫生營業的許可，並有傾向地將資源轉移到西醫的訓練。由此可以看出日據時期整體漢／中醫受到相當的壓制，西醫成為臺灣醫療體系的主流。

（二）面對「藥命」的民間偏方，臺灣民眾為什麼還是「求醫不如求己」

在西醫的強大攻勢下，中醫日漸邊緣化，被總結出來的各種中醫藥方，也顯然被納入到不科學甚至愚昧的系列，試舉當時「對症」治療的幾個藥方：

1.道士念咒驅除邪氣或吞香灰喝符水治病；

2.活埋癲癇病患者，防止癲蟲在離開病體，傳染他人；

3.吃狗肉治療胃脹、消化不良；

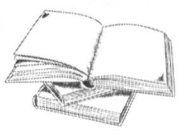

4. 摩擦破鍋讓幼兒啼哭治療痙攣發紫；

5. 吃鴉片治療氣喘；

6. 道士做法施術治療瘧疾，做草人引鬼魔離開病人或震鈴吹角驅鬼魔；

7. 用毛髮、堇和山茶油塗抹全身治霍亂。[329]

舉凡種種偏方不勝枚舉，並未真實體現有藥到病除效果的中醫良方（保密機制），而多是那些靠騙術行走江湖的巫醫的藥方，使當時具備一定醫療知識的漢醫被汙名化。但是仍阻擋不了民間對中醫需求的市場。一方面普通民眾依然崇拜醫藥神保生大帝，有病就去當地一些廟宇，求拜藥籤，這些藥籤多是當地名醫會集，對各種疾病的處方進行研究，然後用藥籤的形式記錄下來，編成號，擺在保生大帝的神像前，由求籤者向保安大帝求籤，祈求這一醫藥神的明示。據統計，在臺灣各地現有大小保生大帝廟162座，可見在臺灣影響之深。普通民眾就在中藥和精神安慰中，病體痊癒。

另一方面，貧窮也是臺灣民眾願意接受中醫治療的主要原因。賴和寫於1925年的《一杆「秤仔」》真實揭示出臺灣民眾為何更多選擇中醫治療，而不選西醫，主角秦得參徘徊於西醫和中醫之間，治療瘧疾，「診過一次西醫，花去兩塊多錢」，病症恢復後，卻不敢再請西醫診療了，寧願「求醫不如求己」，自己在家裡診斷，自己用中草藥，真實揭示了日本殖民政府有系統的推行「西方醫療」體系，但中醫仍然在民間市場有很大需求。

（三）《蛇先生》持「中醫有效論」

1925年，賴和在《一杆「秤仔」》中，輕描淡寫地結合秦得參的「瘧疾病體」，寫出了中西醫對瘧疾的有效性和副作用：「經過有好幾個月，才不再發作。但腹已經很脹滿。有人說，他是吃過多的青草致來的，有人說，那就叫脾腫，是吃過西藥所致。」（賴和：《一杆「秤仔」》）

五年後，賴和在《蛇先生》（1930年）中，對傳統中醫的知識性格進行了雖含蓄但實屬褒揚的寫作，一個蛇傷的農民，受過西醫的醫治，不見有藥到病除那樣應驗，便轉請蛇先生診治，傷處痊癒。連西醫都示弱地對蛇先生說：「不過

你的醫治真有仙方一樣的靈驗，莫怪世人這樣傳說。」小說設置了中醫和西醫雙重治療場域：西醫對蛇傷束手無策，中醫卻非常有效。蛇先生治蛇毒的經驗來自於蛇先生原來的工作——拿水雞（田雞），他深諳自然界的生物鏈：「蛇的大敵就是蜈蚣、蜈蚣又怕水雞、水雞又是蛇的點心」，對治蛇毒有合理的解說，運用這個道理，普獲信賴的求醫者絡繹不絕。小說還多次描寫了「執著」的西醫醫生一直纏著蛇先生，要他交出所謂的中醫「祕方」後，經西醫化驗，結果「此次的研究、費去了物質上的損失可以不計、虛耗了一年十個月的光陰、是不可再得啊！此次的結果，只有既知巴豆，以外一些也沒有別的有效力的成分……。」賴和傾力嘲笑了接受現代化教育薰陶的西醫，科學雖然使人進步，有時卻也容易讓人失去理性判斷或推理的本能，西醫醫生是依賴科學生活的人，仍然勝不過一位實實在在生活的蛇先生——「蛇先生是凡夫也是智者」隱然若彰。在中醫系統中，「經驗」作為中醫知識論基礎的重要部分。蛇先生累計下了這套生物鏈相剋相生的智慧，證明了傳統醫理的可信性和科學性。

　　追索魯迅與賴和兩人同樣接受過西醫教育，為何對中醫態度截然相對？與魯迅棄文從醫不同，賴和是終生懸壺濟世，「魯迅以各種不同的文學形式，揭露、解剖重重的黑暗，恰如醫生操刀，目的是醫療病體。……賴和……也是將臺灣的病症攤開來檢視。由於賴和生存的時空，直接受到日本殖民體制之宰制，在這方面他比魯迅表現得更為深刻。」[330]由《蛇先生》可以看出，賴和對中醫的看法顯然比魯迅複雜得多。1926年起，賴和負責主持《臺灣民報》文藝欄，1928年7月1日《臺灣民報》報導了杜聰明醫師設立中醫醫院的計畫，曾引發關於中西醫的討論[331]，其後，《臺灣民報》連載了31期杜聰明的《有關漢醫學研究方法的考察》的長篇論文，呼籲重視與珍惜中醫的傳統知識。賴和應當關注過，半年後，《蛇先生》亦發表於《臺灣民報》（1930年1月1、11、18日），似可看作賴和以文學之筆，對杜聰明醫師的支持。雖然賴和接受的是西方醫學與藥理知識訓練，但《蛇先生》關注了西醫擠壓下的中醫命運，未嘗不是知識精英對本土醫療的關切和保護，對中醫的現代化轉化亦抱有希望。一些觀念甚至影響到楊逵，《無醫村》（1942年）指出：「很多草囉、樹根囉，堆得很高。我把它拿一個在手裡，只嗅出霉氣以外，到底是什麼樹根卻認不出來……但是她這麼濫用民間

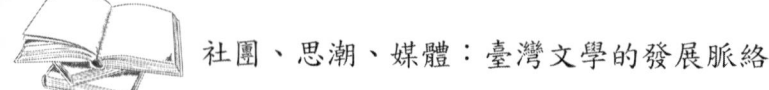

藥草,卻使我覺得很可怕。現在我開始知道民間治療法是瀉肚就給止瀉,發燒就給退熱,肚子痛就用銅錢沾水來擦脊樑以麻痺神經。」不過,楊逵更大的述求是要求以科學態度對待中醫,「需要把所有的民間藥集中起來,而加以分析,究明其中的成分,然後才集大成地詳加注明其適應病與使用方法,必要時也得到實地去應指導。」

(四)福全藥房「閹雞」的命運

張文環《閹雞》中,鄉村雖有西藥的回春醫院,「不過貴得村人們非有急症,便多半靠中藥來醫治。」藥材便宜,是村人的首選,因為昂貴,回春醫院顯然不如福全藥房的生意好。作品中,「福全藥房」的門面設計很別致:

在招牌上寫了「福全藥房」四個大字,還在卸下了窗板的窗邊擱了一隻木雕閹雞。不曉得這是為了讓不認字的人認出「有柴閹雞的店」呢,或者是為了避免與黃家的店子夾纏不清,不過不管怎樣,做為裝飾物來看,這家藥店的宣傳手法是十分成功的。村人們通常都不說福全藥房,光叫「柴閹雞」。(《閹雞》)

這個類似吉祥物的「柴閹雞」富有親民色彩,一度給鄭家帶來了豐厚的利潤,但算命先生說:「閹雞是不會傳種的,因此偌大的財產也不會有繼承人」——福全藥房的閹雞命運,其實也象徵了被閹割的漢醫命運,不過,中藥房的生意不好,張文環字裡行間傳達的資訊並不是村民的不信任中醫,而是鄭三桂過分吝嗇,對窮病的人,不肯樂善好施,因此,到了林清漂的手中,會有中藥房的生意漸漸好轉的情節轉變,張文環揭示的是中藥房的興衰完全由主人的德性而決定,民間對中藥房的依賴遠勝過西藥房。小說中,還寫道以中藥房維生的鄭三桂在失去了藥房後,罹患肺病,最後無望,「信了算命仙的話,願意接受西醫的醫治,都顯示了他的趨於軟弱。」在當時,中醫接受了西醫的治療,對中醫來說,是種恥辱,鄭三桂最後咳血而死,其實更大的原因不是肉體疾病,而是傳統中醫背棄德行,謀求私利,受到村人普遍的指責,又接受西醫的治療,最終精神折磨而死。

殖民政府在臺灣所做的醫療衛生建設,歸根結底,是為其殖民利益所做的有限度建設,西方醫學進入臺灣的基本方式都是由日本殖民者以帝國的語彙,來區

隔現代／西醫、落後／中醫（以及相關民俗療法），以殖民觀點將中醫汙名化——理論有缺失、訓練差、效果不彰……將中醫置身於「現代／傳統」、「西醫／非西醫」這一架構中，都是建立在便於殖民剝削架構之上的。中醫雖在西醫的層層進攻中，處於劣勢，但在民間仍有其頑強的生命力。近年來，包括中醫在內的臺灣本土治療受到重視。陳君愷《光復之疫》[332]從「民俗醫療」的角度，探討《民俗臺灣》和《舊慣調查》中對臺灣漢人、番人的零星醫療描述，正面肯定了臺灣醫療，特別是有別於「正統醫療」的另類療法。又如張珣的《疾病與文化──臺灣民間醫療人類學研究論集》認為研究臺灣民俗醫療的意義有三：1.是來自於人民大眾的立場；2.臺灣特有的「多元醫療文化」的特質；3.民俗醫療仍然在臺灣社會中活躍。這些觀點對長久以來對西醫莫名崇拜與信任臺灣知識界，有其啟發性。[333]

## 四、為福爾摩沙會診：「生活改善運動」、文化猛藥與皇民之道

　　對社會病體的醫療行為一旦變成文字，就不再是單純的醫療行為，而是使用各種美學手段（如隱喻），與人文、哲學、政治、抗議結合起來，這些社會疾病書寫不僅在於賦予和確定疾病的內涵，也在於剝除和消解疾病的隱喻和想像。諸種醫療和救治話語，涉及到殖民者的具體操作，臺灣本土醫師精英「大病文人醫」的文化抱負，以及那些墜入殖民陷阱的本土醫師尊奉的「皇民之道」。如何「醫人」乃至如何醫治臺灣病狀問題，這之中真實蘊含了殖民地「現代化」過程中，現代化、殖民化與知識權力之間的勾連。

　　（一）模範村裡的「苦惱」：殖民強力推動下的生活改善運動

　　日本殖民者認為在體質演化、種族位階和文明程度方面，都遠遠勝過臺灣人，因此「風土適應」成為初期赴臺殖民者的最感憂慮的問題。日本據臺後，為了避免傳染病的流行，日本當局根據臺灣公共衛生之現狀，遂決定：一、改善臺

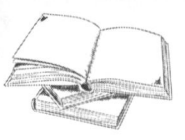

灣環境，以吸引日本移民；二、改善臺灣人體質，以供日人驅使奴役；三、以臺灣為其南進之醫學試驗場，開始著手規劃各項醫療衛生政策和措施。[334]

所謂臺灣「生活改善運動」，是臺灣在被納入殖民地制度後，由殖民政府所推行的現代化／日本化（同化）運動。蔡秋桐《奪錦標》（1931年）中描寫了農民被動員撲滅「寒熱鬼」（瘧疾），建設文化部落、模範部落的過程，小說中以嘲諷的語調「褒揚」A大人所進行的嚴厲制度：「竹刺沒刈到丈半高，罰金。竹節沒修到光華，罰金。竹根沒掘起來，罰金。窟仔沒填平，罰金。草囷要搬出莊外，不，罰金……」一個多月後，在村人的怨聲載道中，「真是整頓到有點兒優雅精緻了」，「然而這些代表現代國家的現代性的變貌，如果不是以人民的需要而是被強制實現的，那麼『進步』、『現代』、『改善』這些殖民者在現代性的引進時所宣傳的字眼，就不可免地具有兩面性的意涵」。[335]大量農民荒廢農事被迫投入到建設農村的公共衛生中來，在描寫老狗母仔中村大人領導下來美化農村的《理想鄉》，作者寫道：「今日是美化日，莊眾個個要去美化作業，莊的美化工程，是以鐘聲為號，如聽著鐘聲一響，勿論誰人有怎樣重要的工程，亦要放掉而服從這個美化工作。」事實上，「這種生活改善目的並非如A大人所言是『專專為著你們，要保護您的健康，為著您放屎百姓的衛生上打算』，而是為了個人的升官發財。這樣，這些以員警的掠奪作為殖民主義之代表的小說，深層來說，也即是為了日本帝國的殖民統治與盤剝之方便所做的『鋪路工程』。」[336]蔡秋桐藉由反諷達到對殖民者所帶來的現代主義的荒謬性。《理想鄉》也揭示了理想鄉的完成只不過是為成就主事者的「政績工程」，包含在「生活改善運動」裡的臺灣農村的「現代化」運動，其理論的基礎在於殖民主義所宣稱的殖民地「文化落後論」，但這種以日本殖民者利益為前提的「現代化」仍不脫其經濟壓榨的本質，其所以文化村落、模範農村、理想鄉、奪錦標的達成就是以農民的盤剝破產為代價，影響更為深遠的是文化的斷裂。正如施淑所說，這些以自力更生、部落振興等進步名目出現的「文化村落」所做的論斷，它們莫不是「與傳統文化臍帶斷裂，而又以農村破產為代價的措施」。[337]

（二）大病文人醫：反殖民體制下開出的文化藥方

薩伊德（Edward W.Said）在談論知識分子時說，知識分子意識是一種反對精神，那是為弱勢團體奮鬥、勇於挑戰現況的精神。知識分子不能是某種理念、運動或立場的傀儡和象徵。知識分子最不應該的就是討好群眾，通常典型的知識分子不畏艱難險阻地代表某種立場的個人，他在大眾認可的行業裡奉獻、冒險，乃至可能遭受傷害。日據時期，「真正使醫生獲得臺灣人民近乎偶像崇拜的普遍尊敬，實為大批的臺灣醫生投身於1920年代以降的反殖民體制運動」。[338]從日據時期開始，現代醫學的訓練已經強調了人格的養成。醫師在治療身體疾病的同時，也會「醫人」。很多醫師援引從西方醫學、科學得來的「客觀角度」來檢討臺灣民眾的劣根性，尋求痼疾病因，以引起療救的注意。

蔣渭水和賴和雖是日本醫學教育體制下的產物，並沒有成為日本在臺統治的應聲蟲。賴和深入地思考了殖民現代性帶來的負面影響，殖民地臺灣如果百分百地順應這種器質性的現代化改變，將面臨著喪失臺灣本土文化的危險，不過，賴和也辯證地批判了臺灣本土文化中封建、落後的一面。作為一個現代醫師，賴和夾在這樣的處境中，其小說就原生態地存留了大量的困惑，如何保留臺灣鄉土文化，而剔除那些鴉片、小妾制度、迷信的成分？如何尊重中醫精華文化，而拋棄中醫中的糟粕等一系列複雜的問題。《棋盤邊》（1930）就批判了舊士紳終日無所事事，「吸食阿（鴉）片」墮落的生活、納妾惡習。

為了補給大量知識營養劑，1921年10月17日，蔣渭水等人發起創立「臺灣文化協會」，蔣渭水曾描述創辦文化協會的動機：

臺灣人現時有病了。我診斷的結果，臺灣人所患的病，是智識的營養不良症，除非服下智識的營養品，是萬萬不能治癒的，文化運動是對這病唯一的原因療法，文化協會就是專門講究並施行原因療法的機關。

在《臨床講義──對名叫臺灣的患者的診斷》中，基於對症治療，開出五味良藥，即：正規學校教育、補習教育、幼稚園、圖書館、讀報社，則二十年內，智識營養不良症可以霍然痊癒。該散文被讚譽為「藝術構思別出心裁，堪稱歷來散文形式的創舉。內容則以平易淺近的醫事譬喻，蘊涵對日本帝國的諷刺與對臺灣同胞的勸諫，諷諫寓言體散文的佳作。」[339]

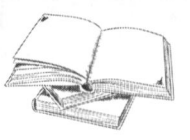

自1921-1927年，「文協」始終扮演文化啟蒙的角色，希望藉以改造臺灣同胞的思想——以根治社會的病症，「文協」廣納各個領域的知識分子，值得一提的是開辦文化書局發行《臺灣民報》、設置讀報社與舉辦各種講習會。舉辦各種講習會，蔣渭水扮演能說善道的宣傳家，深受民眾歡迎。如自1923年11月21日至12月5日的「通俗衛生講習會」，藉以啟發民眾的衛生知識。又如1923年12月8日至1924年9月27日的「通俗學術講座」充分發揮文化啟蒙的作用。[340]

賴和們葆有「為大眾而存在」的使命感[341]，希望靠接受的醫學知識來扳回被殖民的劣勢，完成「醫者、政治、文學」的三位一體[342]，他們希望臺灣現代化，但批判殖民化，希望保留本土化，但批判封建化，這四個維度的切割，顯然是殖民地臺灣的難題。

（三）落入現代性的陷阱：邁向皇民之道的「啟蒙者」

曾有日本學者將周金波與蔣渭水並行論述，指出：

從外表看來，周金波似乎只是一個甘願為總督府木偶的「皇民作家」，與民族運動者蔣渭水可謂兩個極端；但在方法上，一方是直接訴諸民族、政治運動，一方是透過文學作品將訴求直達人心，儘管方法有異，卻同樣是出於關懷而憂慮臺灣的現狀、期望臺灣能夠現代化，周金波與蔣渭水在這一點上豈不可謂殊途同歸？[343]

在隱喻臺灣病體方面，二者的確有相似之處，然而，不同的是，《水癌》主角和作者基本沒有距離，可以認為是周金波觀點的真實呈現。青年醫生秉持的是「日本精神」，俯視病痛中的臺灣，其毫不懷疑的皇民化傾向，與蔣渭水的深痛悲切，顯然不能同樣看待。有臺灣學者指出：作為「啟蒙者」的醫生，他的高高在上的姿態，和他對他要啟蒙的「庶民」那種極其藐視的態度，都讓人感到吃驚。[344]

周金波多次表現出對臺灣民眾的輕蔑，雖然有「成為醫治同胞心靈的醫師」的願望，但是其尋求的路徑顯然是以順從的皇民之道來改造臺灣，在處女作《水癌》中，主角是一個在臺灣執業的年輕臺灣牙醫（或許正是作者的化身）。因為

「知識上，生活樣式完全學會了日本式近代合理主義，那是被視為肯定的東西和理所當然的事。於是，以這種日本眼光來看臺灣時，總體上，當然反映出比日本還落後。因此，『皇民練成運動』在臺灣也只限於『燒毀迷信』、『打壞陋習』的必要而已。」[345]周金波一直以居高臨下的啟蒙姿態，對臺灣進行由身體到心理的控制與改造。但還是在字裡行間滲透了周金波行醫與皇民化實踐中的一些真實體會。在臺灣進入戰爭體制，殖民者安置「國民道場」，讓臺灣人修煉以準備成為日本國民，周金波創作的動員小說《助教》，表現了山田教官對於修練生所提示的成為日本人的基本教養的條件，重要的是「衛生觀念」，第一，「每天要帶衛生紙，大小便後一定要洗手，把手洗乾淨。」此外在《喰人種の言葉》（《貪吃人的話》）、《糞尿譚》、《志願兵》、《囝仔の弁解》（《囝仔的辯解》）、《気候と信仰と持病と》（《氣候、信仰與宿疾》）等作品中，依然在行文中，刻意地加入了公共衛生、現代化與公民化等重要論題。

　　日治時期，醫師是臺灣少數能夠接受日本語與技術教育培育的階層，日本垂水千惠發現周金波對「皇民化」所提倡的「進步文明」欣然接受[346]，周金波抱持著「異文化性不是問題，落後性才是唯一問題的信念投入皇民運動」[347]。周金波等日據時期新世代作家對於臺灣文化的認識，遠不及對日本文化的瞭解那樣深刻。他們共同的見解是，日本文化肯定是比臺灣文化還優越；在語言方面，在近代思想方面，雙方最大的落差就是受到現代化洗禮的程度。那麼，如何進行人格的改造與昇華？答案非常清楚，那就是要投入現代化的轉化過程。於是，皇民化＝日本化＝近代化的思考邏輯就如此建立起來，要達到現代化的目標，首先日本化；而皇民化運動的推展，正好提供臺灣人很好的改造機會。[348]

　　從處女作《水癌》、《助教》到《氣候、信仰和宿疾》等小說，都出現了一系列疾病書寫：口腔炎、感冒、神經衰弱、腳疾，連帶及醫院和公共領域的衛生狀況成為小說中經常關注的問題。這裡面有「周金波感受到的那根深蒂固難以解救，落後臺灣的『迷信』，同時也象徵『陋習』的心境描寫。」[349]在周金波看來，有效率就是日本現代化的表徵。與此相對照，其小說中一再描寫臺灣生活的無效率、無品質，如拖延病情、無秩序、無意義的奢侈，臺灣民眾被他視為非現

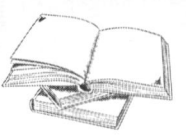

代與落伍的,解救之道即在透過醫病關係,由醫師來積極加以治療。如此一來,周金波認為醫師階層在知識上的優越性與醫病關係,理應崇慕日本的「現代化」。

周金波的作品強化了進步VS落後、文明VS野蠻的善惡二元邏輯,但是這裡面存有的誤區,正如如呂正惠所言,「作為殖民者的日本並不是『原型』的西方進步的資本主義國家,而是這些國家的『仿效者』」,試圖將歐洲的殖民壓迫邏輯帶入亞洲,以追求進步的「脫亞入歐」論點說服臺灣人否定自我,向現代化的路途邁進,而根據這樣的邏輯,「皇民化」等於進步,流著臺灣人的血就是自甘落伍,所以要毫不遲疑的「洗乾淨」,這也就是何以「皇民煉成」的策略能夠吸引部分追求「進步」及「現代化」的臺灣民眾。[350]在另一篇文章《皇民化與現代化的糾葛——王昶雄〈奔流〉的另一種讀法》,[351]呂正惠認為「皇民化」的表象下,其實還暗含了「現代化」的問題。因為對「皇民化」和「現代化」的糾纏不清一時產生混淆,才讓臺灣日語世代的知識分子表現出一種奇特的焦慮與不安,不知道要以何種「明智」的態度去面對「皇民化」問題。周金波的作品中,也包含了大量現代性、殖民性的糾葛問題。

日本殖民以文化霸權的方式帶來的西方醫學,一方面它代表著確保健康、治療疾病有效率,另一方面更是廣泛地代表殖民政治和文化霸權,關於醫學和疾病的名詞和意象,滲透著濃濃的帝國味。在帝國的強力召喚下,殖民地臺灣知識精英被迫「使用一種語言就意味著『接受了一種文化』」(《黑皮膚,白面具》西方殖民主義批判者法蘭茲‧法農,曾為精神病醫師。)他們如何保持獨立思考和批判性?其複雜性亦由此成為現實和精神抉擇的難點。在殖民教育體系中,知識分子的自覺的抵抗或自覺的歸順,賴和與周金波可以各代表一翼,賴和在知識養成的同時,能自覺地抗拒知識承接時所移轉的日本合理主義的價值觀,批判殖民合理主義;周金波則全盤接受知識利器和日本價值觀,如此對照來看,賴和等人疾病書寫的文化意義與歷史意義彰顯出來。

# 鍾怡雯散文的感性與知性——兼談臺灣女性文學

徐學[352]

一

感性與知性是散文創作中必須兼顧的兩翼,在現代散文創作中,它越來越為散文作家與評論家所關注。

感性,指的是敏銳和豐富的感官經驗,一篇感性十足的散文,會引領讀者的想像,使之如見其景,如臨其境,如歷其事,感性絕佳的散文作者甚至在視覺之外,還能夠調動讀者聽覺、嗅覺、味覺、觸覺。

知性,指的是對感官知覺加以綜合、提煉的綜合思考能力,在散文創作中,它表現為知識的融會,精警的議論和開闊的思考。

簡而言之,感性是情感,情緒和激情的活動,知性是分析思考和轉化的能力與觀照,從創作發生學上看,是感性在前,知性在後;就散文審美的內在機制而言,則知性為骨骼,感性為血肉,知性需要充分的感性來支援,在知性的骨架上應不忘著意經營富足的意象。[353]

就中國女性文學而言,長期以來,因為女子地位的低下和生活的封閉,造成了女性文學創作中一種哀怨愁惘的傳統,在漫長的中國等級社會中,不論是痛惜紅顏薄命的才女,還是「嬌多無事作淒涼」的貴婦,乃至廣大的底層婦女(有各地淒婉的山歌民歌為證),女性作者總是無法擺脫「閨閣哀怨」的。中國古典文

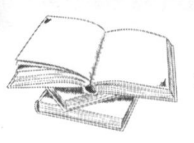

學本來有「悽愴感傷」的美學因數,「傷春」、「悲秋」「強說愁」的審美特徵在男性作家的筆下也是屢見不鮮的。但是,這一事實並不足以否定這樣的現象:在男性本位尤其是禮教盛行的傳統中國社會環境中,感傷哀怨的情感一直占據和侵蝕著廣大女性,歌吟愁苦淒清的詩詞歌賦也是最為廣大女子所欣賞和仿效,因為它們才最能引起她們深深的共鳴。當一個女性「足不逾閨閣,見不出鄉郊」,囿於小天地中,生命沒有了燃燒的激情,僅剩下一點呻吟哭泣的微弱之力,發出哀怨之聲,也是值得同情的。在暗夜如磐的年代,我們又能要求她們有什麼超越時代的壯舉嗎?

哀怨,長久以來盤踞著中國女性的心靈。因此,翻開近代以來的女性散文,我們可以見到許許多多的「斷腸」,「銷魂」;至於「啼」、「哭」「病」、「憔悴」、「淒切」、「淒涼」,更是俯拾即是。

這種「閨閣哀怨」造成了文學創作中感性與理性的不平衡。表現是多感傷而少思考,多抒情而少見地。

1980年代以來,女性主義思潮在臺灣日漸抬頭,女性團體更加活躍,女性的聲音更加強烈,女人對政治文化以及社會各個層面的參與更廣泛深入。在這種情勢的推動下,女性主義文學也更加蓬勃,呈現出與此前女性文學極為不同的新風貌。鍾怡雯的散文就是這一文學潮流中的一朵浪花。本文以此為樣本,從感性和知性兩個方面加以分析,嘗試從中觀察當今女性創作的某些特點。

鍾怡雯,1969年出生於馬來西亞,19歲到臺北,從中文系本科一直讀到文學博士,畢業後在臺灣多所大學任教。

在文學世界中,她鍾情於散文,不僅主編散文選,寫散文研究專著,更是出色的散文作者,著有《河宴》、《垂釣睡眠》、《聽說》等散文集,她的散文不但在臺灣也在新加坡和馬來西亞獲得大獎,僅1997年,她就獲得臺灣最為人矚目的中國時報和聯合報的文學獎,同時也獲得梁實秋散文獎、星洲日報文學獎和華航旅行文學獎。著名作家、學者余光中、瘂弦、柯慶明、李瑞騰對她的散文創作都有好評。[354]

在臺灣或者海外,鍾怡雯從來不是一個女性主義活動的積極參與者,從散文

的文本上看，鍾怡雯與女性主義（或女權主義）似乎也是相去甚遠，在她的散文中，不見那種出於性別自衛或者自強的咄咄逼人，也沒有長篇累牘的兩性議論，也許正是如此，眾多的女性主義批評家從不將她的散文作為女性文學的樣本。

可是，如果我們真能證明，鍾怡雯的散文與當今臺灣女性文學潮流有千絲萬縷的暗合之處，那麼，這種不露聲色或無意而為的女性作品，更能證明女性主義文學的滲透力和無所不在。

## 二

女性文學的一個特質當然是更為細緻的感性世界。女人有更敏銳的直覺，有更豐富的情感，這是自然的造化，也是上蒼對人類的恩賜。在由女性敏感的感官構築起的世界裡，有多少虛構或者神話，我們不能判定。但可以肯定的是，女性對於自己和世界，要比男性細緻許多，殷勤許多。她可以為一束花，一塊蛋糕著迷；她喜愛歌曲和笑聲；她無須準備便會伴著隨風而來的韻律擺動身軀。她得意於親手布置好的餐桌和家宴，她沉浸於和女友的絮絮叨叨中，她會把一本老相冊翻上半天；街上色彩繽紛的人流，空中變幻不定的雲朵，總會引動她莫名的悸動；一份請帖，一張賀卡，都讓她歡喜半天……由於女性總免不了在比較粗糙的男性世界裡討生活，為了補償在這粗糙世界裡大量心理和感覺的流失，她們總要盡其所能地攜帶自己的「私房」和「細軟」——她收藏各種小擺設和小飾品；她有繽紛多姿的衣櫥和書房，她喜好電影院的浪漫情調，她願意在幽雅的咖啡廳裡讀讀寫寫，她也會利用週末黃昏的閒暇，開啟老式唱機，靜靜地聽一些老歌，漂浮在旋律與追憶的起伏之間。在生活中，男人常常會抱怨女性的過分講究，出門之前過分裝修「門面」，在超級市場裡為挑揀幾件小物品而花費半個上午，諸如此類，但他們也不能不承認，女性的這種癖好也產生出一些細緻乃至精緻的東西。

在鍾怡雯的散文創作中，女性特有的心理和癖好都表現得非常醒目。為論述

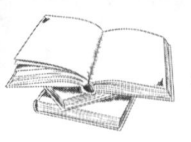

方便,我們從題材、表現手法和結構幾方面著手分析。

題材的選擇集中表現出作家的視界和關注點。與男作家不同,女作家更加關注身邊瑣事描寫,一些細微的感覺,女性特有的感覺。鍾怡雯似乎有意避開了關乎家國社會所謂的大題材,沉迷於一個女子特有的世界。[355]她寫自己的潔癖(《浮光微塵》),寫自己的慵懶、賴床(《懶》),寫自己對巧克力美味的不可抑制(《非常饞》),寫對襪子的恨與愛(《鬼祟》),寫貓,那些被毒死了的巷子裡的流浪貓和家裡心愛的寵貓(《擺脫》、《拽》、《祝你幸福》)。還有流言對於女人的誘惑與損傷(《聽說》)。《發誅》是對剪去的長髮的追憶,寫盡了一個都市女子蓄髮剪髮之間的愛恨交加;甚至臉面上不小心的搔抓痕和心不在焉的撞傷都成為她深入開掘細微描狀的題材(《癢》、《傷》)。而且,值得注意的是這種體現女性細微心理的題材,在她的第三本散文集中占了較大的篇幅,有激增的趨勢。

從結構上看,她的散文有些散漫。在19屆聯合報文學獎散文決審時,評委楊牧等人認為她《給時間的戰帖》焦點不集中,結構略顯零亂,[356]以此觀之,類似的篇章還有《芝麻開門》,從鎖匙的丟失,一直談到電梯的底層,夢的深淵,童年的井,語言,憂鬱症,奶奶……有些漫無邊際。其實,這正是女性文學的一個特點。女性言談的特徵之一就是感觸性,由於感觸的流動,也由於感觸對概念和邏輯的背離,女性文學的結構常常破壞男性中心的邏輯思考及其二元對立的封閉性。它總是點到為止,不斷地從頭再來,充滿著神祕的想像,恍惚忘形。

描寫方法表現手段中也可以看出作家情感的投射方式,在這一方面,鍾怡雯表現出鮮明的女性特徵。比如,她的記憶總是由一連串的氣味化成,童年的記憶是「帶著青苔的清香」的井水味,中學記憶裡有「強烈的日照蒸出一種發酵的酸氣,那氣味來自空地上曝晒的可哥果」,[357]而所喜歡的男孩留給她的最深印象是他身上有「由汗水、泥土、青草調配出來的青春氣味,像剛從樹上摘上的青芒果」。[358]

如果說,這細微的感觸也並非女作家的專長,有些相容兩性之長的男性散文家的筆下也時時出現;那麼,她對童話式比喻的喜好和頻繁使用應該更能證明她

的女性感覺。幼小的生命和夢幻色彩是具有母性關愛本能少女愛嬌心態的女子所喜愛的，在鍾怡雯那裡，它表現為一種類似童話的觀照和描寫。

《失魂》中説自己的魂被愛人牽走了。把魂比做可愛的小孩，「它以前也曾有多次走失的不良記錄……很快地它就乖乖地回到我身邊，用可憐兮兮的聲音好言求我原諒。帶著嬰兒乳香柔軟身體挪啊挪，慢慢地挪進我的心房，鑽進溫暖的被窩，伸個懶腰，很快就發出沉穩的鼻息。」[359]

《垂釣睡眠》一文把自己的睡眠比喻為離家出走的小孩，「此時無數野遊睡眠都該已帶著疲憊的身子各就其位，獨有我的不知落腳何處。它大概迷路了，或者誤入別人的夢土，在那裡生根發芽而不知歸途。」[360]

《傷》描寫手臂上的傷，「像小妖一樣玩起變色遊戲」；説腳趾受傷，是「腳趾頭戴了一頂俏皮的豔紅小帽，傷口齜牙咧嘴對我笑」。[361]

在鍾怡雯的散文中，植物「老是蠢蠢欲語」，金魚會「吐悶氣」，還會和人拌嘴對話；襪子有鬼鬼祟祟的性格，鼠性十足的賊兮兮的形象；陽光也很有「脾氣」，它或者是一頭「性嗜傷人的暴獸」，「翻天覆地不甘心的喧鬧」，或者「像條大白舌頭，舐走希望，留下日益深厚的困惑和沮喪」。[362]

鍾怡雯對自己敏鋭的感官經驗也並不隱晦。在《垂釣睡眠》的後記中，她特別指出：「我學會了以氣味去記憶。每個人每一樣東西都有它的氣息，只要記住了那獨特的味道，就等於擁有。」[363]

許多男性作家喜好在作品裡書寫標語和大綱，突顯自己的主流地位和家國話語，比較忽視生活中的細微之處，尤其是那種千絲萬縷，當靈魂與生活互相碰觸互相刺入的種種感覺。而女作家，特別是那些標榜女性主義的女作家卻對細節有特別的興趣和關注，並以此表明她們游離於中心之外的不羈，她們以這種特有的話語方式實現了對國家話語和主流寫作的放逐（或自我放逐），那些堂而皇之的概念和慣用名詞，在富於感性的女性寫作中，被細緻地分解和消融了。

# 三

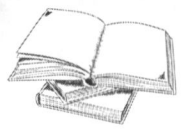

　　保持著豐滿的感性的同時，鍾怡雯的散文也顯出了新女性特有的思考，這使她的散文具有知性的品格，擺脫了純情的唯美。

　　鍾怡雯在散文中雖無意深究和描寫親情、愛情、婚姻等女性散文歷來關注的焦點，但也不可避免地在字裡行間透露出她對女性角色，如妻子、情人、女兒的思考。

　　先說親情。作為女兒（孫女），鍾怡雯對於長輩有尊重有眷戀，但也不時亮起叛逆之旗，並不一味順從，以仰視為最佳視角。

　　她大膽地採用平視甚至審視的態度寫出自己對前輩的真情實感：《凝視》一文中，曾祖父和曾祖母的遺像一直莊嚴地供奉懸掛在大廳高處，但沒有喚醒她的依戀仰慕，這種令人畏懼的逼視，在她稚嫩的心理中，一度成為夢魘般的糾纏；[364]《漸漸死去的房間》裡更如實寫出曾祖母臨終前幾年的尷尬場景，排泄失控的老人所散發出的混濁氣味是她孩提時期深以為恥之事。[365]

　　對於父親，鍾怡雯與他有相似的剛硬性格，所以兩人相處時紛爭不斷。在《候鳥》中，她對父女之間的真實關係有細緻而不加粉飾的表現：她喜愛父親年青時的英俊，喜歡父親的慷慨，但也暗自抱怨，父親「把壞脾氣和怪個性遺傳給我」。她甚至大膽寫出：「打從十幾歲開始，就有人誤以為我們是兄妹，可是一言不合吵起來，別人會以為我們有什麼不得了的深仇。鄰居一說起我們，都先要笑著搖頭。」她並不回避這複雜的糾葛，寫出在短暫的回鄉相聚時刻，父女兩人都小心地控制自己，曲折拐彎的說話，「沒說的又比說出來的更崎嶇」。[366]

　　在鍾怡雯的散文中，還可以看到真實的母親形象，這是一個單純而善良的女性，她堅持著傳統的婦道，並企圖以此塑造女兒，哪怕遠隔重洋，她也要在電話中再三提醒女兒，嘮叨一些諸如只有管住丈夫的胃才能留住丈夫的心之類，對於這種廚房宿命，鍾怡雯不是回嘴頂撞就是內心抵觸，她說，「我在竭力避免重蹈母親、祖母那一輩女人的命運，她們永遠脫離不了油煙的魔掌，把青春輕易地典

當給廚房。」[367]

再看愛情。對於男女之情，鍾怡雯並不熱衷於情欲的描寫，然而也同樣以遊戲的姿態顛覆「純情」。

《驚情》一篇記述少女時期收到第一封情書的心情，全文充滿了戲謔。

當「我」發現寫信人是隔壁班那個連續兩年保持第一名的男性，「我」竟然產生了把他的頭扭下來的衝動，「憑我殺球練就的腕力，兩下，我相信，只要兩下，就可以輕易把他填滿課文和考試的頭顱扭下來」。[368]

《換季》細述與情人分手的複雜心理，有纏綣不捨，更有壯士斷臂，在曲折的心路迂迴之後，清明的理性終於壓倒了微微的感傷，從動作上看，是「換上運動衣穿上球鞋，我以汗代淚，讓腿肌發揮它的長才，……甩掉堅隨我的記憶殘骸。冷風讓我神情嚴峻，既無快樂亦無悲戚，五官拒絕演出任何情緒的戲碼。」是「且以酒一杯相送過往，我該收拾起夏的慵懶，起身，為櫥子裡的衣服換季了」。[369]這種撫平情愛傷痛的姿態既有刮骨療傷的決絕，也有蟬蛻的輕快，也讓人想起另一位臺灣女作家的描繪：「原來就是這麼容易，也容許這麼容易，單純得像一種牙痛，拔掉它，也許就痊癒了。」[370]

就是談現在的丈夫，她也不願意仿效「我那可愛另一半」寫作模式。在《懶》這篇文章中，半真半假地說，自己是因為懶，所以大學交的男朋友都懶得換，後來大學男友就變成了丈夫。[371]

鍾怡雯散文的知性品格不僅表現於對女性角色定位的思考，也表現於她對華人歷史，對民間信仰的剖析中。

她敢於大膽質疑，質疑甚至顛覆歷史教科書的現成結論，在《葉亞來》一文中，她把教科書中立為典範的一位華人英雄還原為活生生的人，寫出他被社會磨煉出來的聰明世故，他的生意野心，他的商人氣質甚至長袖善舞的政客姿態……她說：「徒然的惋惜和追悔對歷史不具任何意義，不需要無謂的哀悼，那並不能改變已成定局的過去。只有從歷史中讀出閃爍的智慧，才有資格作個真正的讀書人。」[372]

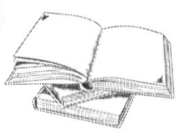

她也思考周遭生活中流布的民間宗教與禁忌。《神在》描寫宗教的兩面：對於大眾心靈的撫慰和神棍利用宗教詐財的事實。一個本是學術的命題由一篇散文來完成，本是不易，但作者卻能化險為夷，由於形象的生動使之不顯枯瘦，而知識和思考又避免了飄浮。在信佛者的虔誠面影之後，作者適時地穿插自己的多重思考：「夜裡，斜對面神壇的兩盞紅燈籠格外耀眼，像神的火眼金睛。想起神棍的惡行，我覺得它們是一對邪惡之眼，看透了人性的弱點，恣意地攪拌人類稀薄的理智和脆弱的感情；母親撚香拜佛的身影出現，我又覺得它的燈光分外溫暖安詳，在眾生心靈受創時給予無可替代的慰藉和力量。」[373]《禁忌與祕方》寫一個93歲的老婦，躲避都市喧囂往荒郊度假的「我」和她成了鄰居。老婦告訴「我」許多禁忌和祕方，諄諄告誡「我」不得違抗。作者寫道：「老人家的那套生活哲學充滿不可理喻的規範」，她「從那個古樸的年代走來，那個充滿祕方和禁忌的時代，就像老太太一樣熱情，好奇，分不清自己和他人的界限，還不懂得要求過分膨脹，要求令人敬而遠之的自我和權力。她和那個被淘汰的時代一樣，對『情』的體悟和施捨遠勝於冷硬的『理』」。[374]

對於生活之外的一些經院思考的命題，鍾怡雯的散文也時時向它們伸出思辨的觸角，比如時間，在《芝麻開門》、《浮光微塵》中，她從鑰匙的丟失，廚房的掛鐘等生活細節中展開對時間的聯想和感悟；《節奏》一文中更是連篇累牘地對時間議論不休，思考自己與時間的曖昧關係。又比如語言，她也有精闢的析論：「語言既是鎖，也是匙。謎就是語言的鎖，猜謎先要被囚禁在語言的迷宮裡，轉啊繞啊，在茫茫的辭海裡尋找解謎之匙。我們不時要求暗示和指引，有時好像靠近了謎底，彷彿一伸手就摘到了結果，有時又像在沙灘尋找一顆遺落的珍珠，茫然無頭緒，這樣的語言遊戲不正是成人世界的模擬。」[375]

## 四

對於女人，常見的偏見有兩種，一種是只見「女」而不見人。把女人視為工

具——生兒育女的工具，縱欲解悶的工具，持家理家的工具。在這種觀點裡，女人只能是規規矩矩的賢妻良母，甚至只是一雙操持家務的手，一個讓男人衝動的肉體。另一種觀點則是只見「人」而不見「女」。持有這一觀點的有男有女，男人以「解放婦女」為由，抹殺了女人的性別存在和性別特徵，炮製出「鐵姑娘」、「假小子」，投合了激進的女人，她們認為，「女」與「人」猶如魚與熊掌不可兼得，依違二者之間，只能「舍女取人」了。

在後一種觀念的影響下的女性文學家，不惜男性化甚至超男性，在創作上的表現就是抹殺或者躲避女性特有的典雅、溫情、彈性，製造出玩世不恭，乖戾兇悍，百無禁忌。

在1980年代中期以前，大部分女性散文中，都有一個「淑女」或者「才女」的形象，她是矜持的，克己的，容或有些微反叛也很快就回復了傳統故道。在1980年代中期以後，臺灣文壇掀起了一陣反叛「淑女」的潮流，詩歌首先發難，小說緊隨其後，散文也受到波及。針對純情甜美或忍辱負重，在女性作家中發展出種種「反婉約」的風格，似乎要與過去的女性文學傳統一刀兩斷。

矯枉過正是難於避免的，也是可以理解和諒解的。同時，我們也應該探討女性文學的中庸之道，在固守傳統的「孝女」文學和拋棄傳統的「浪女」文學之間，尋求一種縱身現代亦不昧於傳統的新女性文學。這種女性文學，應該是敏感而不傷感，深情卻不怯弱，典雅不流於陳腔，有清醒認知亦避開了說教。在創作中，就是知性和感性的調和鼎鼐，既保有傳統女性的細緻優雅，又容納現代女性的開闊不羈。這種創作路數，在散文中，有簡媜開路，鍾怡雯等應和，她們的努力和實績，對於女性文學的發展，具有積極的啟示。

如果說，「抒情，分享與滋潤」是陰性價值，而「控制、結構和占有」是陽性價值，那麼，文學藝術和科學技術，東方與西方，邊緣與中心似乎也都可以視為分別處於陰陽的兩極。雖然，女性文學的先行者伍爾芙，強調了文學書寫的雙性交融，主張摒棄「陰柔」與「陽剛」的二元對立。[376]還有更多的論者認為，文學藝術是只分「好壞」，不必論「陰陽」的。然而，我還是想說，在陽盛陰衰陰陽失調的今天，陰性價值的強調，應該是一條引導我們走向溝通和理解，最終

215

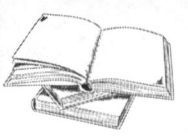

走向平衡的大道吧。

# 走向臺灣學——以沃勒斯坦「開放社會科學」為理想型

蔣小波[377]

在任何社會環境下，解決價值衝突的辦法都只有寥寥幾種。一種辦法是透過地理上的隔絕。另外一種更主動的辦法是退出。彌合個別的或文化上的差異的第三種辦法是透過一種積極的徵象，也就是說，能夠成為增進交流和自我理解的手段。最後，價值衝突也可以透過使用武力或暴力來加以解決。在我們今日生活於其間的全球化社會裡，這四個選擇有兩個已經急劇地減少了。

——Anthony Giddens, Beyond Left and Right Cambridge, 1995, p.19，轉引自《開放社會科學》，頁75。

## 一、情報與學術

陳孔立先生在《臺灣學導論》一書中提出：中國大陸的臺灣研究「現在還只是『臺灣學』的初階」，並希望「現在能夠開始從『臺灣研究』向『臺灣學』過渡。」[378]陳先生的倡議帶出一個問題，何謂臺灣學？它與臺灣研究的關係是什麼？難道從「臺灣研究」到「臺灣學」這一名詞的轉換僅僅意味著學術等級秩序中的一種「高級化」或「貴族化」嗎？還是它意味著一種研究心態、研究範式的轉換？

深入地思考這個問題，我們將會發現，名詞上的糾纏其實並不具有實質性意義。一個很好的範例便是所謂「中國學」。國際上關於中國的研究有兩個通行的名稱：sinology與chinesestudies。一般分別譯為「漢學」與「中國學」或「中國

研究」。前者的歷史相對古老，它代表著西方對傳統中國的認識，多少帶有一點傳教士附庸風雅的味道。而後者則是在二戰以後迅速崛起於美國，以解決實際問題為出發點，並在冷戰時期得到發展壯大。現在學術界基本上認同「漢學」為以中國典籍為對象的經典研究，而「中國學」則以近現代中國政治、經濟、文化為研究對象，兩種研究模式及由此衍生的知識話語既互相補充又互為支援。據說現在關於臺灣研究也已有了兩個相對應的名詞：taiwanology與taiwanesestudies。但是，如果我們以taiwanology對應sinology，我們就會發現這種對應多少有些不對稱。因為臺灣的古典研究將會嚴重地依附於中國古典學並構成對後者的重複。而臺灣研究的特點恰恰在於，「臺灣」是一個典型的現代事物，它的文明史基本上始於16、17世紀的全球性地理大發現，臺灣所位於的大陸板塊的邊緣性位置決定了它長期置身於東亞大陸文明衝突的歷史之外，換用一種黑格爾式的説法：在明朝的中國人，以及日本人、荷蘭人發現它的重要性並試圖在此進行殖民活動之前，它沒有自己的歷史。從文化學的意義上説，臺灣是現代性的產物。所以，從內涵與外延上講，taiwanesestudy這一名詞完全可以覆蓋臺灣研究的全部領域，並與chinesestudy這一即有研究範式對接，與之構成平等或從屬的關係。而生造一個taiwanology實屬多餘。[379]

但陳孔立先生的意思似乎並不在此。在陳教授看來，臺灣研究與臺灣學的區分，似乎意味著從「對策性的實用研究」向「學術性的基礎研究」的過渡[380]。如果筆者沒有誤解陳先生意思的話，陳先生傾向於將智囊、宣傳性的工作歸於臺灣研究，而將基礎性的政治、歷史、文化研究歸於臺灣學，前者適用於處理應對兩岸關係中的一些急務與突發事件，而後者透過對臺灣全面、深刻的認識來解讀一個「真實的臺灣」。換言之，陳先生試圖透過同現實政治保持距離、從政治的防線上適當撤退的方式來維護學術的自律性，從而建構一門具有自身獨特規範、性質與方法的臺灣學。這裡便帶出一個問題：如何區分政治性的對策性話語與學術性話語。

筆者淺見，以為陳孔立先生在這裡事實上區分了知識的兩種類型：情報性知識與學術性知識。我以為回溯所謂「區域研究」（regionalstudy）的起源，有助於我們理解這兩種知識類型的區別。區域研究起源於二戰時期的美國，以中國學

為例,當時美國出於國家安全的戰略需要,動員一批在高等學校從事東方學教學與研究工作的人員進行遠地區的情報收集與分析工作。所以,最初從事區域研究的中國學家們往往具有「學者」與「特務」[381]的雙重身分,區域研究自從其誕生之日起,也就一直面臨著學術與情報,公開與機密之間的尷尬。比如說美國的第一代中國學家如拉鐵摩爾、費正清等人都曾在戰時服務於美國情報局,並負責為美國政府收集遠東地區的情報,他們既是學者,又是情報人員。這種雙重身分所遭遇到的第一次重大打擊發生1950年代冷戰初起時,當時美國的大批中國學家遭到麥卡錫主義的指控,認為他們在言論與著述中大量出賣國家機密,並導致美國在遠東的利益受到重大損失。其中受到指控最多的是著名中國學家拉鐵摩爾,他被懷疑為蘇聯情報部門滲入美國政府機構內部的特務,其證據是他在二戰後期的大量著述與言論中將有關美國政策的情報透露給敵國。後來事實證明針對包括拉鐵摩爾在內的中國學家的指控都毫無根據,因為拉鐵摩爾等人所披露的資訊,都是透過公開的著述,而從未涉及任何祕密接觸,所以他們也就理直氣壯的援引「言論自由」的權利為自己辯護。麥卡錫主義對中國學的指責與迫害所導致的一個直接後果則是中國研究從情報徹底向學術蛻變,並間接地促成了1960年代以來美國中國學的繁榮。

廣義的理解,情報的範圍可謂包羅萬象。從最原始的軍事情報,到經濟情報、政治情報,到大眾傳播時代的新聞情報,甚至學術活動一開始也必須經過一個「情報收集」的過程。但是,學術與情報之間確實還存在著一些本質的區別。首先,情報的生產與傳播方式迥異於學術;第二,情報性知識不具備自反性思維的能力。我們以下圖來演示情報與學術的區別。

```
                    ┌─────────┐
                    │情報性知識│
                    └─────────┘
           ↑           ╱╲           │
         知            ╱  ╲          知
         識          ╱      ╲        識
         的         ╱        ╲       的
         上        ╱  政治阻  ╲      下
         行       ╱    抗力    ╲     行
                ╱              ╲     │
               ╱_____╲    ↓
                  ┌─────────┐
                  │學術性知識│
                  └─────────┘
```

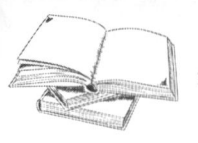

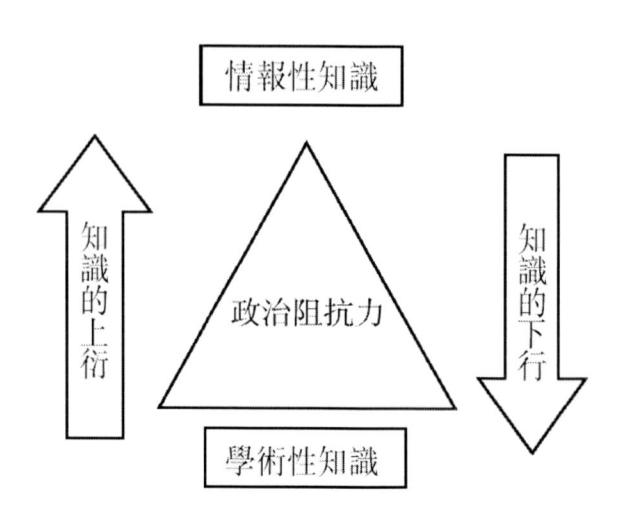

　　從上圖我們可以看出，如果把人類的全部知識生產活動比做一個金字塔結構的話，這一金字塔的塔尖或者說知識活動的源頭指向「情報性知識」，而它無限開闊的塔底則朝向學術性知識開放。而這一金字塔結構的內部介質則並不透明，我將這種不透明介質單純地概括為「政治阻抗力」顯然有失偏頗，事實上文明發展史上有許多因素在阻止知識的傳播。有些是技術方面的，在印刷術發明與普及之前，書面知識注定只能壟斷在少數人手裡，而現代社會對商業利益的爭奪無疑也構成知識普及的障礙，但是在所謂區域研究中，這種阻抗力主要來自政治層面。

　　德國社會學家馬克斯・韋伯將「學術」表述為「理解的能力」，而將「政治」表述為「行動的能力」。「行動者只能從知識中獲取手段，但是他的目標所依靠的，並不是他的知識，而是他的意志，在這裡，有待實現的價值有著決定性的意義。」[382]從邏輯上講，理解與行動是一枚硬幣的兩面，採取相應的行動總是建立在對環境、對象以及行動主體的知識掌控的基礎上。所以行動者往往力求知己知彼，三思而後行。但是在實際的操作中，行動與理解的區別仍然是明顯的，行動是一種注重效果的行為。也就是說，一個行動的價值取決於它的效果，但理解的行為卻不一定要有相應的效果。由此決定了情報與學術知識在生產、傳播、評價及接受方式上的重大區別。學術話語主要透過公開的訪問、對話、閱

讀、著作、批評等一系學術鏈條生產出來。在這裡，文本（或者說資訊）在理論上公開的，對於每個需求者而言是機會平等的，所謂「學術乃天下公器」意思正在於此。雖然在某些時代與特定的時候，由於技術手段的限制或出於少數人的私心或私利而形成對學術資訊的壟斷（比如說印刷術未普及之前僧侶階層壟斷讀書與寫作的權力，而近代「敦煌學」的發展也見證了學術與利益之間的交易），但是總的來說，隨著傳播技術的日益大眾化，「金匱石室」的故事終將成為傳說。而且，著作者總是以向公眾發布與傳播資訊而建立自己的成就。但「情報」的收集與傳播管道則是祕密的，在這裡，「保守祕密」這一古老的原則仍然受到同志的維護，並受到旁人的尊重。適用於情報的價值定律是：愈少人知道愈有價值（保密級），而適用於學術知識的價值定律是：愈多人知道則愈有價值（引用率）。今天，隨著政治民主化的趨勢，大眾對「情報」的窺探欲望將越來越衝破「保密」的樊籬，而「情報」得以生產與傳播的範圍也將會愈來愈小。同時，情報對社會生活的影響力也將愈來愈弱。因為受權利意識薰陶的民眾可能會對情報的可靠性與情報管道的合法性產生懷疑，並從感情上對這種祕密的資訊傳播方式感到厭惡，這些因素都會使情報的效力大打折扣。但即便是在標榜最民主的美國，情報的生產與傳遞方式依然最到法律的保護，並凌駕於公民的「知情權」之上。也許只要有政治存在，就會有情報生產流通的祕密管道。在政治家看來，他們為國家利益而做出的某些決策不應讓人民知情，因為一旦付諸民主程序與公眾輿論，漫無邊際的口水與扯皮就會讓政治家的運籌帷幄付諸東流。而且，某些「政治正確」的目標可能需要透過某些不太「正確」的手段，在政治的領域裡，馬基雅維利定理（為達目的不擇手段）可能始終有效。所以無論是在民主國家還是極權國家，都會許可一套合法的保密措施以保證一些特殊資訊的生產與流通。

在某種意義上，我們可以將學術看作情報的「解密化」過程，比方說，故宮博物院裡堆積成山的檔案，可能曾經是許多人以腦袋擔保的機密，但現在卻成為供學者研究的資料。所以，在知識的「解密化」過程中，學術又構成對情報的反諷，情報告訴我們：這是真的！但學術對此的反應卻是：它很可能是假的。這種自反性恰恰構成學術知識的一個基本特點，自反性思維是學術話語的本質特徵，所謂自反性思維，指思維活動指向自身的趨向，在對象中觀照自身，並反思自身

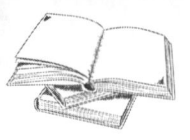

的價值立場。孔子所謂「日三省乎己」，孟子所謂「自反而縮」，以及柏拉圖的「洞穴比喻」都是對自反性思維的形象概括。情報指向一個單一的、確保正確的結論，而學術性知識卻指向多元的、開放式的價值判斷。

## 二、作為理想型的「開放社會科學」

「開放社會科學」是由「古本根基金會」在1997年發布的一個針對社會科學的現狀與未來的研究報告[383]。該報告的主題思想是對社會科學中知識生產方式的現狀進行反思並提出重建社會科學知識系譜的建議。報告中針對人與自然、國家在學術研究中的地位、跨學科研究與區域研究都提出了許多富有啟發性的思考。

《開放社會科學》在一定程度上認同當代法國哲學家傅柯對現代知識學的批判。在傅柯看來，啟蒙時代以來形成的一整套知識體系迎合甚至是創造了以民族國家為核心的現代世界秩序中的權力結構，因而，知識帶來的不是解放，而是內置化的權力牢籠，「話語不僅僅是語言。一種話語就是一種調控權力之流的規則系統，無論這種權力是肯定的，還是司法的。」[384]但是，在沃勒斯坦等人看來，傅柯對人類知識萬劫不復的宿命論概括顯然過於悲觀，因而他們試圖透過對社會科學體系的重構來解放知識，在《開放社會科學》報告中，他們提出了種種改革社會科學的方案，包括重新審視人與自然的對立，質疑各門社會科學之間的區分，鼓勵和培植交叉學科的發展，以及挑戰國家作為社會科學的基本分析框架的有效性等等。

《開放社會科學》將二戰以來興起的區域研究作為未來社會科學的理想型[385]，將其視作戰後世界社會科學領域出現的一種「新的制度性範疇」。[386]在沃勒斯坦等人看來，這一新的社會科學模式具備以下特點：

第一，區域研究突破了18世紀以來社會科學領域的「勞動分工」，而是創造了一種多學科「聯合經營」的知識生產模式；首先介入區域研究的大部分是歷

史學家，但是，區域研究的對象是要求研究者掌握研究對象的文化、地理、經濟、政治等方方面面的知識，這樣語文學、文化學、地理學、人類學、經濟學、政治學等方方面面的專家陸續加入進來，「這些多學科多方面的重合產生出一個雙重後果。一方面，無論是依據研究的對象還是依據處理資料的方法，要想為這幾門學科找到明確的分界線越來越困難；另一方面，由於可接受的研究對象有了範圍上的擴大，每一門學科也變得越來越不純粹。這樣便導致了對這些學科的統一性和學術前提的合法性的不容忽視的內在質疑。」[387]總之，一個讓人樂觀的結果是，不同學科的學者們在該領域有效的合作或同一學者「身兼數職」的情況勢必改變原來的學術職業分工，從而熔鑄成一種雜糅的、綜合的新型知識生產模式。

第二，區域研究突破了即有的政治與地理國界而重新劃分了世界地圖；區域研究的研究對象可以是一個國家（事實上在「中國學」研究中，尤其是在以拉鐵摩爾等人為代表的「中國邊疆史」研究中，國家的「邊界」也已經突破了其「現在的」政治地理範疇）、可以是一個大於國家的文化或地理區劃（比如說阿拉伯地區研究，拉丁美洲研究，非洲研究、東南亞研究、歐共體研究等等），也可以是一個小於國家的政治地理區劃（比如北愛爾蘭研究，科索沃研究，臺灣研究等等），也可以是跨國或跨文化的（比如儒家文化圈研究，伊斯蘭文化圈研究，絲綢之路研究，十字軍東征研究等等）。換句話說，透過區域的重構，區域與區域之間的重疊、交錯，世界還原了它的多樣性與變動性，並透過板塊與板塊之間的撞擊、勾連而重構了一幅多元而共通的世界地圖。

尤其值得一提的是，《開放社會科學》認為區域研究的知識實踐已經極具挑戰性地質疑了國家的權威。長期以來，「社會科學一向都是圍繞著國家這個中軸運轉著。之所以這樣說，是因為國家構成了一個假想的無需證明的框架，作為社會科學的分析對象的種種過程便發生於其間。」[388]但是，自從二戰以後區域研究等新興研究模式興起以來，有一些社會科學家開始對此持反對意見，他們並不認為國家是如此自然的一個單位，以至於它在分析上的優先性只需假定而無待證明。特別是從1970年代開始，人們對那種認為國家不言而喻地構成了社會生活自然邊界的觀點提出了更嚴肅的質疑。沃勒斯坦等人認為，這種局面的出現，乃

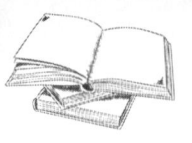

是由於兩個變化的結合所致。「第一個變化發生於現實世界，國家似乎喪失了成為現代化和經濟福祉的仲介的希望，因此不再受到大眾和學者的尊重。其次，知識領域裡發生的某些變化，也促使學者重新審視以前不容置疑的種種預設前提。」[389]由於當代世界在政治、經濟、文化與軍事等方面的聯繫日益緊密，以至於某些局部的變動或衝突往往會引發全球性的效果，因而要求行動從國家的層次上轉移到了全球和地方的層次。「思想上要立足全球（總體），行動上要立足於本地（局部）」。因此，自然科學家和文化研究的宣導者們所採取的新的分析方法提供了更為合理的模式。兩種分析模式都把不確定性（和局部性）當成是極其重要的分析變數，認為它們不應當被淹沒在決定論的普遍主義之中。這樣一來，國家作為概念容器的自明性，便遇到了嚴峻的挑戰，成為一個聚訟不已的問題。[390]

第三點可能也是本文最需要強調的一點是，區域研究透過從情報到學術的演繹創造性地開放出一種自反性知識樣式；區域研究的出現帶有強烈的現實主義動機與明顯的帝國主義色彩，從起源上講，它是一種毫不遮掩的情報收集與分析工作。美國因其在全球範圍內所發揮的政治作用，亟須瞭解不同地區的當前形勢，從而也就需要這方面的專家，地區研究的宗旨就是要培養這種類型的專家。並且，從學術層面來講，地區研究一開始帶有極強的西方中心主義色彩。最好的例子便是費政清的「刺激—反應」模式，該模式將中國以及非西方世界的現代化過程武斷地解釋為在西方的「刺激」下向西方模式趨近的「反應」鏈條。但是這一模式自從1960年代以來不斷受到挑戰與突破，新的研究者開始注意中國自身的因素在其中所起的作用，比如說費正清最重要的批評者柯文對費氏的批評便從如下兩個方面質疑費正清模式：一是「費正清模式」過度關注於沿海貿易的地區，而沒有把中國的其他地區如內陸的情況納入觀察視野；二是一些中國內部的變化全部歸結於「西方衝擊」，從而忽視了從中國人自身立場出發理解歷史真相的可能性。這一批評引發了以中國為中心的新型「地方史」研究的浪潮，其與傳統「地區研究」的差異表現在逐漸淡化中國研究強烈的對策性色彩，而形成相對獨立的對中國歷史與傳統發展的認識脈絡，柯文將這種轉向概括為「內部取向」和「移情理論」。從方法論角度而言，這次轉向明顯地受到了人類學「民族志」方

法的影響，即強調歷史研究也應重新界定研究對象的範圍，透過細緻入微的對基層社會生活複雜圖景的復原，深化對下層歷史的瞭解。[391]如果說柯文的研究代表了西方漢學研究從外部轉向內部的趨勢，那麼最近以來興盛於漢學界的「傳教士學」則更有趣味地昭示了中國學的自返心態，透過對傳教士的研究，研究者所看到的將既不是對象，也不是自身，而是介於對象和自身之間的那面「鏡子」。

## 三、建構開放的臺灣學

以「開放社會科學」的理想模式來型範大陸的臺灣研究，我們在認識與思考方式上尚需突破許多障礙。顯然，臺灣學知識範式的建構許多人共同努力，筆者作為一名臺灣研究領域的後學，管窺蠡測而率作大言，試提出一些個人的思考。

正如揚念群博士所說的，費正清所謂「刺激—反應」模式所遵循的實際上是西方宏大敘事的語法邏輯，而中國的近現代史敘事則可以看作是對這一語法邏輯的回應。[392]所謂宏大敘事，指稱規範近現代歷史書寫的一套核心話語。這套話語將歷史看作是一個具有明確目標的發展過程，並以此為座標來規約非主流的「從屬性知識」。這套核心話語發源於西方，帶有基督教原教旨主義的特徵並結合近代科學主義世俗價值觀咄咄逼人的進取精神。而中國在回應這套價值體系的過程中也相應地衍生出自己的宏大敘事。中國式宏大敘事有兩套互換的敘事語法：其一是革命的宏大敘事，革命敘事將中國近現代史的事件、人物、歷史分期與解釋編碼為一個「不斷革命」的故事。顯然，自從1980年代以來，這一宏大敘事在遭到歷史學、文學的不斷解構之後基本上已面目全非，代之而起的是民族的宏大敘事。其實，在中國近現代史上，民族的宏大敘事比革命的宏大敘事更具原生性，也更有生命力，從同盟會「驅除韃虜，恢復中華」的童稚形態到今天「民族復興」的意識形態，這套話語一直在以不斷變化的修辭形式散發其「知識魅力」。在此筆者無意否定宏大敘事的語法功能與社會動員的正面價值，但是，宏大敘事的缺陷在於，他預設了一種未經檢驗也無須檢驗的歷史命定論，而歷史

發展的開口很可能是多元的。其次，宏大敘事對地方性知識基本上採取削足適履的辦法以屈其就範，這很可能造成對地方性知識的誤解或曲解。比如陳孔立先生就指出，大陸許多學者在研究臺灣文化歷史時常常會犯「先入之見」、「以己度人」的錯誤，筆者以為，這種錯誤的根源是一種大陸中心的宏大敘事觀。在這一宏大敘事的主導下，臺灣史被看作是對中國近現代史正統敘事「偏離—回歸」的運動軌跡。同樣經不起推敲的是，「臺獨史觀」則透過對一系列事件的重新命名，將臺灣的近現代史解讀為一部臺灣人爭取「民族獨立」的歷史，筆者以為這同樣是一種民族主義的宏大敘事，並且是在前一宏大敘事「刺激」下的「反應」。「臺獨」史觀看似尊重地方性知識，其實他們對地方性知識的解釋無異於抽刀斷水，比如說，前幾年在島內引起「熱烈」爭論的「臺語」大討論中，一部分論者將「臺語」意識形態化為臺灣人民的「母語」，並提出「母語建國」的口號，而只要稍作分析，我們就會發現這套民族主義敘事很難自圓其說，遑論臺灣的族群與語言成分十分複雜，單以「臺語」論者視為母語的閩臺方言而論，正如連雅堂早就指出的：閩臺方言源於彰、泉，而其遠源則可溯自河洛，「無一語無來歷，無一字無出處」。[393]「臺語」論者將地方性知識文物化的本土主義心態，其結果勢必窒息地方性知識的發展。[394]

作為一個局外的研究者，要滲入地方性知識的譜系，一個曾經備受推崇的基本的方法是移情，關於移情（emlathy）方法的使用。柯文曾有一段相當精彩的論述，柯文認為：移情不等於同情。移情是為了理解對方，設身處地體會對方的思想、感情與處境，它並不意味著就贊同對方的思想感情。史家透過移情探知的經驗，實際上是以史家自身的經驗為基礎的。在此意義上可以說移情方法是深深地嵌在「純粹」經驗的主觀世界之中的。正如馬克斯·韋伯所說的：「移情就是把『自我』全部滲入移情的對象之中。」但是，移情論的缺陷在於：首先，一旦史家進入「局中人」的世界，他就失去了「局外人」的優勢，失去了從歷史全域上，從整體上把握這一事件的可能。柯文曾指出西方人從來沒有從外部觀察過自己，而是被囚禁在自己近代經驗的狹隘牢籠中。以至成了當代偉大文明中目光最為狹隘的文明。[395]有鑑於此，筆者以為「解釋的迴圈」更適於作為地區研究的方法論。

「解釋的迴圈」是一個解釋學用語。指在對文本進行解釋時，理解者根據文本細節來理解其整體，又根據文本的整體來理解其細節的不斷迴圈過程。德國哲學家施萊爾馬赫正式提出這一概念。後來，經過狄爾泰、海德格爾、尤其是伽達默爾等人對此一概念的發揮，「解釋的迴圈」在意義上超出一般性的閱讀活動，而上升到對人類認識活動的本質性描述。這種認識論意義上的解釋學認為：傳統（就是從過去傳遞下來的東西）構成理解者的即定文本，我們理解時，一定會受傳統的影響去認識事物而且在認識事物之後所得到的解釋又轉變成為以後認識的傳統，這種迴圈是不斷存在的。但這不是壞的迴圈.而是人的人識所必需的。將這種解釋學理論應用到區域研究中，如果將研究者與研究對象看作一個文本，那麼這兩個文本並不是封閉的，而是在互相的閱讀活動中豐富與改寫自身，這樣，研究（閱讀）活動的終點就既不是落在主體身上，也不是落在對象身上，而是可以看作兩個文本打開自身與改寫自身的開放式結構。顯然，臺灣的現代性經驗與大陸既相似又相異，我們在建構「大陸—臺灣」的想像性圖像時，與其先入為主地固定某個「中心」或「焦點」，不如採取一種「去焦化」處理淡然應之，讓二者在互相打開、互相閱讀的同時互為「鏡子」。

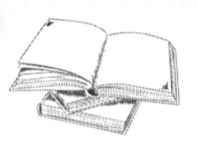

# 總結近代以來中國特殊歷史經驗的「臺灣學」——芻議「臺灣學」的建立及其研究方法

朱雙一[396]

## 一、作為「當代」和「歷史」知識總和的「臺灣學」

陳孔立先生所著《臺灣學導論》堪稱正式、系統建立「臺灣學」的奠基之作。書中指出：「臺灣學」作為區域研究，重點當然在於當代，除了對當代各個學科領域進行分別研究之外，還應當強調各個學科間互相滲透、密切聯繫的科際綜合研究。[397]這些說法顯然是精闢的。筆者想要進一步強調的是：「臺灣學」在實際內容上應代表著有關臺灣的所有「知識」的總和；它固然要以「當代」為重點，但同時也不能忽略了「歷史」。所以這樣講，實在是因臺灣的「當代」與臺灣的「歷史」有著密不可分的關係。

從歷史上看，臺灣問題從來就不是單獨的臺灣的問題。1895年臺灣淪為日本殖民地，是近現代中國半殖民地化歷史過程的一環。甲午戰爭發生於千里之外，本來與臺灣無甚關係，臺灣之所以被割讓，就因為它是中國的領土，且因其地理位置的重要而被日本垂涎已久。日本的「胃口」也不僅限於此，侵占臺灣只是它片片切割中國企圖的開始——第一刀落在臺灣，第二、第三刀落在東北、華北……最終目標則是吞噬全中國。既然臺灣淪為殖民地的根源在此，它想要擺脫被殖民、被支配命運，就有待於整個中國、整個中華民族整體上擺脫被殖民、被支配的狀態，走上民族獨立、國家富強的道路。歷史難道不就是這樣發展過來的

嗎？日據之初臺灣民眾將希望直接寄託於祖國收回臺灣；日據中期臺灣文化協會等因祖國自身戰亂、一時難以顧及臺灣而引領臺灣民眾避敵兇焰，從武裝反抗轉入文化鬥爭；1937年後在戰時體制和「皇民化」的威逼下被迫改姓氏、說日語、拜神社，廢棄祖宗牌位，徵召入伍送往南洋戰場……只有當1945年中國人民取得了抗日戰爭的勝利，臺灣才最終擺脫了日本的殖民統治。緊接著又出現了受美國覬覦和支配的問題。對戰後臺灣社會性質的判斷，陳芳明宣稱國民黨的到來是中國對臺灣的「再殖民」[398]，陳映真則認為戰後臺灣為受美、日新殖民主義入侵和掌控的「新殖民地半邊陲資本主義社會」[399]。前者是一種扭曲「殖民」概念的「去中國化」論調；後者則有社會科學理論分析的深刻性。仔細回顧一下1970年代的情況，可以發現美國對臺灣的支配企圖和支配力的減退，是與中國國力和國際地位的提升、中國在美國對抗蘇聯的全球戰略中重要性的凸顯同步的。很有象徵意義的，1970年代美軍撤出臺灣的安排，都是在中美聯合公報和美國與中國建交聲明上宣布的。如果聯繫當時美國在撤軍問題上的官方說法反反覆覆[400]，令人相信美國是在與中國大陸交好或是繼續支配臺灣二者之間作出了艱難的抉擇。出於自身利益考慮，當時美國就已不願或不敢而且將越來越不敢為了染指臺灣而激怒中國大陸。由此可知，中國的發展和強大，才是作為中國之一部分的臺灣擺脫外國支配和威脅的根本保證；反過來說，沒有整個國家、整個民族的強盛，臺灣絕難擺脫被殖民、被支配的命運，遑論「獨立」？顯然，只有將臺灣問題放到近代以來中國歷史發展的脈絡中加以考察，建立起正確的史觀，才能真正瞭解臺灣問題的來龍去脈、關鍵所在以及解決之道。

除了歷史的縱向知識外，臺灣學當然更含括了現實的橫向知識，且強調全方位的知識把握。由於臺灣社會是一整體，各方面因素錯綜糾結在一起，解決臺灣問題單靠政治、單靠經濟或單靠文化都不行，而是要「多管齊下」。就「臺獨」勢力的形成而言，當其初萌而在現實政治中毫無立足之地時，首先寄身於文學文化領域，表現為一種意識形態，然後伺機向現實政治領域擴張，這就是早期的「臺獨」分子（如廖文毅、彭明敏、王育德等）往往是文學作者、文化人的原因。於是從1970、1980年代以來，我們看到了「臺獨」經過長期的意識形態準備，開始從文化領域向現實政治版圖挺進，並最終在世紀之交時奪得執政權的一

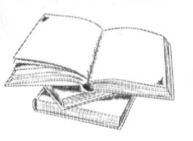

幕幕活劇。原本在政權機構中資源極少、在經濟上實力也很有限的民進黨之所以能擊敗國民黨奪得政權，除了國民黨方面的一些原因（如「黑金」政治、內部分裂、李登輝的暗中支持等），幾乎完全靠的是意識形態的操弄。試想如果沒有操弄「臺灣主體性」、「臺灣人出頭天」、「愛臺灣」、「臺灣之子」等概念和命題，沒有宣揚「三四百年來臺灣屢遭外來政權的統治」的「臺獨史觀」以及與中華民族主義相抗衡的所謂「臺灣民族主義」，沒有鼓動「日本統治帶給臺灣現代化」等親日仇華論調和思潮，沒有歪曲二‧二八事件等的歷史真相以挑撥省籍、族群矛盾，由此獲得了相當多臺灣民眾的同情、認可和支持，且這種同情和認可最終轉化成選票，民進黨、陳水扁的上臺是不可能的。民進黨上臺後，實現了由意識形態向現實政治領域的轉進，但它並沒有放棄或減少對文化、意識形態的關注和重視。在其執政的八年中，「法理臺獨」的推行屢屢受挫，於是種種「去中國化」的「文化臺獨」的伎倆和鬧劇，幾乎成為陳水扁當局的看得到的主要「政績」，文化、意識形態領域也成為「臺獨」推行最有實效、其危害最為深遠，以致讓有識者（如左翼統派作家陳映真）最感憂心的所在。2008年民進黨「大選」失利，失去了執政權，這意味著「臺獨」有可能從現實政治領域又向意識形態領域「疏散」。以筆者淺見，此後數年中在政策層面上強力推行「臺獨」、「去中國化」的現象可能消失或收斂，但問題並沒有解決，「臺獨」意識形態絕不會跟著消失，而將長期存在下去，並成為「臺獨」政權伺機再起的思想和社會基礎。我們與此的鬥爭將任重而道遠。

　　既然「臺獨」與文化、意識形態有如此密不可分的關係，既然它往往披著「學理」的偽裝，打著「學術」的旗號出現，以「攻心」（攻占臺灣人民之心）為主要策略，我們應「以其人之道還治其人之身」，立足於從學理上加以批駁，才能擊中其要害，使臺灣民眾信服。事實也充分證明，對「臺獨」意識形態單靠「大批判」是無法達到應有的效果的，需要我們透過建立「臺灣學」，展開對臺灣情況的全方位的細緻研究，掌握擺事實講道理的能力，才有可能勝任這一工作。

## 二、在總結近代以來特殊歷史經驗的意義上建立「臺灣學」

到了現在，人們已確信中國的統一將是歷史的唯一的選項。但我們不能滿足於一般意義的統一，一種能夠真正帶給兩岸人民福祉的、高品質的統一，才是我們追求的目標。如果說遏制「臺獨」、捍衛國家領土主權完整的現實需要乃是「臺灣學」建構的初始動機，那更為深層次的目的，應建立於總結近代以來中國歷史特殊經驗的意義上。或者說，探討和總結臺灣自近代以來被列強從中國主體強行剝離以及其後的種種特殊經歷和累積的特殊經驗，將是「臺灣學」的重要內容和研究的重要目的、價值之所在。

近代以來臺灣確實有著特殊的歷史際遇，然而再特殊，也並未脫離中國歷史的整體脈絡。甲午之前，臺灣是中國的一個府或省，無論是政經制度或文化傳統，都與中國其他地區無異。割臺之後，儘管臺灣人淪為日本的「次等國民」，在日據末期「皇民化」的強勢推行中，也確有部分臺灣人產生了國族身分的困惑和搖擺，但就整體而言，臺灣人並沒有也不可能成為真正的「日本忠良臣民」，整個臺灣也始終沒有脫離中華文化的基盤和根柢。光復之時，大多數臺灣同胞興高采烈、義無反顧地恢復了「中國人」的身分。因此50年淪日的經驗，也就是部分中國人的半個世紀的被殖民經驗，並融入近代以來全體中國人的形式有所不同、程度有所差別，但實質內涵卻十分相似的被欺侮、被奴役、被殖民的集體歷史經驗中，成為其中頗為特殊的組成部分。乙未之後的數十年中，中國有不少地區先後遭受日本侵略鐵蹄的蹂躪，但沒有一個地區如臺灣的殖民地化程度如此之高，遭受苦難的時間如此之長。雖是不堪回首，卻也是絕無僅有的特殊經驗，臺灣同胞的苦難、抗爭，甚至他們的猶疑和動搖，都給全體中國人以深刻的警示，是全體中國人共同的經驗財富——儘管被殖民的時代可能一去不復返了，但這段苦難和抗爭並存的經歷，無疑仍可增強中國人民面對歷史風浪與橫逆的勇氣和能力。

1945—1949年是20世紀百年中兩岸真正「統一」的短暫五年，卻不幸發生了影響巨大和深遠的二·二八事件。事件是當時官僚統治階級和廣大民眾階級矛

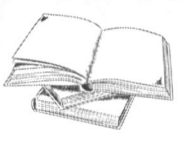

盾激化的結果。儘管經驗是慘痛的，但對它的研究，仍能給後人無窮的有益啟示。正如一位臺灣統派學者所說的：致力於1940年代後期這一段臺灣文學歷史的研究，乃因這是一個祖國統一、兩岸文化交匯的時期，後來兩岸雖暫時分割，但中國總有一天要實現統一。1940年代後期發生的事，無論對於臺灣同胞或是大陸同胞，都可作為一種經驗或教訓，使他們在統一再次到來時避免歷史悲劇的重演。

不過，近代以來中國歷史特殊經驗最具現實意義的部分，或許還在於當代。1950年以後，在冷戰和內戰的交疊結構下，暫時分離的兩岸卻得以同時推行各自不同的社會制度。雙方都有許多成功的經驗，也有一些失敗的教訓，如果能更多地看到對方優點，對照、反省自己的不足，取長補短，無疑將極大地造福於兩岸人民。這也許就是胡錦濤總書記所說的「臺灣文化豐富了中華文化內涵」的真正含義之一。30年前，大陸更多地向臺灣學習如何發展市場經濟、個體經濟以及先進的管理經驗。臺灣的「經濟起飛」說明：近代以來屢遭列強欺侮的中國人同樣能發展市場經濟，同樣能較快地邁向現代化。試想如果沒有這一啟示，我們也許將在是否實行市場經濟等問題上多躊躇一些時候。而現在，大陸也有很多做法值得臺灣好好學習，比如高效率的救災、和諧社會的建設，以及領導人的為人民服務精神，等等。由於歷史際遇與社會制度的不同所引發的特殊經驗，不管它是正面的或是負面的，都可匯入中華民族的經驗寶庫中，對於今後國家和民族的發展，提供有益的借鑑或警戒。

海峽兩岸在20世紀的被分割，是殖民主義和帝國主義一手造成的，這固然是一件「壞事」，但根據毛澤東的名言，在一定條件下，「壞事」可以變成「好事」。兩岸的分割無形中使臺灣成為中國的一塊不可多得的「試驗田」，為中華民族提供了十分特殊的經驗。全面總結這種經驗，促使「壞事」變成「好事」，不能不說是建立「臺灣學」的重要意義之一。

總的說，如果只是追求一般意義上的「統一」，那只要「臺灣研究」就夠了，並且在一定的時期內就可完成其歷史使命；如果要進一步總結近代以來中國歷史特殊經驗作為民族今後發展路向的提示，使我們能創建出更為合理、更為美

好的社會，使「統一」能給兩岸人民帶來切切實實的利益和好處，則需要「臺灣學」的長久、系統的研究。「臺灣學」也將在較長遠的時間內仍保持其理論活力和研究價值，也許幾百年後它都還將是一代又一代學者不斷探索、研究的學問。

## 三、敘事與認同：「文化研究」作為臺灣學的重要方法

臺灣學的建立還需具有學科特色的方法論。筆者以為，「文化研究」或許是特別適用於臺灣學研究的方法之一。[401]欲全面瞭解和把握臺灣情況、臺灣問題，任何單一的傳統學科方法都會顯得力不從心。如一般社會學或政治學的方法，倚重於民調、選票等資料，但這些資料只能回答「是什麼」（即現在是什麼情況），卻無法回答「為什麼」（即為什麼會變成這樣）以及「怎麼辦」（即我們如何促使它改善）的問題。比如，選前的民調往往只能「預知」而無法「改變」選舉的結果，如要瞭解部分臺灣民眾為何會產生某種認同上的偏差，也許只有從歷史中去尋找最根本、最深層的原因。至於要對民眾的認同取向產生作用，文學（廣義的還包括報刊、廣播、影視等現代傳播媒介）則具有舉足輕重的意義。試舉兩個例子。早在1930、1940年代，閱讀了魯迅等左聯作家作品而奔赴延安的青年學生，不知凡幾，甚至使蔣介石後來在總結大陸失敗的原因時，將之歸於國民黨文藝工作上的失策，稱其為「一摑一條痕」的教訓。[402]又如，筆者於2007年上半年在彰化師大客座時，目睹某親綠電視臺在其專題節目中以1948年軍警當局在上海槍斃共產黨員，以及德國法西斯在二戰中殺害猶太人、屍體堆積成垛的畫面當作臺灣二・二八事件時「國軍」「血洗基隆港」的「證據」，由此深刻體會現代媒體——特別是當它有意散播一些虛假內容時——在塑造或扭曲民眾認同時可能發揮的巨大作用。

由此可知，「臺灣學」需要跨學科的研究方法，而所謂「文化研究」正以「跨學科」為其主要特徵。理查・約翰在回答「究竟什麼是文化研究」問題時就曾指出：「任何一門學科都不能掌握這種研究的全部複雜性（或嚴肅性）。文化

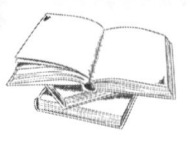

研究就發展傾向來看必須是跨學科的（有時是反學科的）。」[403]臺灣學本身的多學科、跨學科性，正與「文化研究」的這種特徵有著深深的契合。

除了「跨學科」外，「文化研究」的另一重要特徵——它的政治學的取向和批判介入立場，頗符合於「臺灣學」的根本的目標。聚集於「文化研究」旗下的不同學科、不同觀點的學者，卻有一個共同的「靈魂」，即洞悉文化（知識）與權力之間的關係，致力於抵制權力話語、反抗文化霸權。[404]常有人熱衷於宣揚「知識」、「文化」與權力、政治無關的純粹性，其實，這至多只是個別特例而非普遍現象，即如日據時代「在臺日人文藝總管」西川滿標榜其作品的與政治無關的唯美、純粹品格，其實難掩與殖民政治的某種共謀關係。[405]從事「文化研究」的學者們認定：「知識即權力」（傅柯語），民族是一「想像的共同體」（班乃狄克‧安德森語），文化並非自治的領域，文化秩序與話語是歷史地、人為地建構的，在此建構過程中，權力紐結其中。[406]在當代臺灣文學的發展中，「反共文學」、現代主義文學、鄉土文學、都市文學等先後成為文壇「主流」，1980年代以來，一些「臺獨」傾向的文學、文化論述成為具有「文化霸權」性質的話語，在在都說明了文學、文化歸根結底與政治脫不了關係。因此，有關臺灣文學、文化的研究，最終也都會——必然也是必須地——指向「政治」這一臺灣學的「終極」的任務。

這種具有科際整合特點和「政治」旨趣的「文化研究」，近年來在臺灣學界蓬勃展開並取得了可觀的成果。圍繞「認同」問題——「認同」將決定投票給誰，所以它其實是政治問題——的一些著作，就是明顯的例子。如社會學博士方孝謙的《殖民地臺灣的認同摸索——從善書到小說的敘事分析，1895—1945》（巨流，2001），臺灣大學政治系博士陳翠蓮的《臺灣人的抵抗與認同：1920—1950》（遠流，2008），研究日本文學出身的荊子馨的《成為日本人——殖民地臺灣與認同政治》（麥田，2006），歷史學博士周婉窈的《海行兮的年代：日本殖民統治末期臺灣史論集》（允晨，2003），社會學出身的「總合文化研究」博士陳培豐的《「同化」の同床異夢：日治時期臺灣的語言政策、近代化與認同》（麥田，2006），歷史學博士盧建榮的《分裂的國族認同：1975—1997》（麥田，1999）、《臺灣後殖民國族認同：1950—2000》（麥田，

2003）等等。可以看出，這些作者含括了社會學、政治學、歷史學、文學等不同學科領域，但都廣泛選擇和採用了遊記、善書、小說、民間傳說、日記、雜誌、語文教材、報紙社論與專欄等各種敘事性材料作為其論述的主要論據。作者中的歷史學者已不再全靠那些似乎具有無可辯駁真實性的檔案資料，社會學者也不再局限於慣用的當代社會的種種調查資料，反而採用了以前被認為僅是虛構的、不足為證的文學資料。這種現象與數十年來國際學術界的「語言的轉向」乃至近二三十年來的「敘事的轉向」緊密相關。原來社會學、政治學等社會科學學科，與偏重於敘事（即所謂「說故事」）的人文學科——主要是歷史學和文學——在研究方法和研究範式上是格格不入的，然而近二三十年來，廣及人類學、社會學、性別研究、社會心理學、心理分析理論、教育、法律、醫學、生物學、物理學等領域的諸多學者轉而十分重視「敘事」，甚至將「敘事」作為其方法論的基礎。

供職於「中研院」社會學所的蕭阿勤著寫的《回歸現實——臺灣1970年代的戰後世代與文化政治變遷》一書，便是採用「敘事認同理論」來研究戰後世代「國族認同」問題的煌煌巨著。這種理論認為，人們透過敘事活動理解個人生命的性質與意義，建立起自我認同。人們所訴說關於自己生命的故事，通常顯示他們如何回答一連串與自我存在、自我實現有關的問題，藉著訴說故事和實踐故事中的暗示與期望，人們逐漸變成他們後來所呈現的樣子。關於個人自我生命的故事，通常鑲嵌於更大的、關於某種集體的公共敘事，從後者取得主要的參考架構。簡單說，「認同」問題緊密關聯著歷史或文學的敘事，這種敘事可以塑造或轉換一個人乃至一群人的「國族認同」。為此，蕭阿勤以大量、翔實的文壇第一手資料來研究「戰後世代」在1970年代的「國族認同」狀況及其在1980年代後的轉變，由此得出結論：1980年代中期以後鼓吹「臺灣民族主義」的作家們，他們1970年代及之前的文學理念與活動，呈現著一種嘗試結合「中國的」與「現代的」創作理想，與當時臺灣一般的文化潮流無異；他們參與反對運動，主要是美麗島事件的刺激，並非像他們自己所標榜的，他們本來就有「臺灣民族主義」和「本土化」的理念，只是由於國民黨的高壓統治而被迫長期「潛隱」。換句話說，「實際的過去，與（臺灣）民族主義的歷史敘事或政治認同故事所描繪

者不同」[407]。這等於撕掉了這些人自我標榜的一貫堅持「臺獨」理念、長期為「臺獨」而奮鬥的「臺獨英雄」的偽裝，還他們的投機者的本來面目。蕭阿勤能獲得如此富有價值的成果，顯然得益於他並不局限於社會學的本行領地，而是大膽「越界」來到了政治、歷史和文學的領域。

## 四、「臺社」與陳映真：知識介入兩岸問題

致力於跨學科的「文化研究」並取得良好成效的另一例子見於近年來的「臺社」[408]。1994年陳光興發表《帝國之眼：「次」帝國與國族—國家的文化想像》一文批判李登輝的「南進論」，得到陳映真的肯定，這或許是「臺社」正式與臺灣文壇左翼統派連結之始。2005年陳光興編輯《批判連帶》一書首篇選載了陳映真《對我而言的「第三世界」》一文，說明「臺社」在謀求華人批判性知識分子的連結時，採用了陳映真的「第三世界文學論」的思想理論資源。「臺社」與文學的最明顯、最重要的連結之一是其20周年研討會上的「超克分斷體制」專題。所謂「超克分斷」的概念，就來自韓國「民族文學論」的創始人與奠基者、著名作家白樂晴。陳映真很早就曾提到白樂晴[409]，並自我反省：與韓國相比，臺灣的「統一派」就不免太用功不足，太懶惰了……[410]

「臺社」20周年會議上「超克分斷體制」專題的首篇文章，就是陳光興的《白樂晴的「超克『分斷體制』」論：參照兩韓思想兩岸》[411]。文章透露，臺社成員一起閱讀了白樂晴的著作，結果所有同仁都深受觸動，決定20周年會議以「超克分斷體制」來定調。而這正代表著「臺社」首次正式「介入」兩岸問題。白樂晴提出「第三世界文學」概念以及民族文學是面對帝國主義威脅所產生危機意識的產物等說法，曾深深啟發了陳映真，後來陳映真的許多理論與之遙相呼應並有進一步的闡發。

可以看到，「臺社」從原來的只講「左右」不講「統獨」到介入兩岸問題，其實就是受到白樂晴、陳映真影響的結果。在韓國，克服國家分裂這麼一個政治

的議題，卻是由一位文學家首先提出；而在臺灣，批判「臺獨」走在最前頭也是作家陳映真，非常相似。

「臺社」與文學的連結，一方面表現在他們從白樂晴、陳映真那裡獲得許多寶貴的思想資源，另一方面，也表現在他們並不單純依靠資料來寫文章，而是不吝於採用文學作品作為其立論的根據。如鄭鴻生《臺灣人如何再作中國人——超克分斷體制下的身分難題》[412]一文中，不僅以閩南話這一語言問題來談認同問題，也重舉了他在一年多前的論文《臺灣的文藝復興年代》中的觀點和資料。文學在「臺灣人如何再作中國人」這麼一個身分建構過程中，顯然具有舉足輕重的作用。

陳光興等於2009年11月籌組召開「陳映真思想與文學學術會議」，使「臺社」與文學的連結達到一個高潮。會議的《緣起與組織》寫道：

……學界以往對陳映真的研究僅僅只把他歸入臺灣文學或是「港臺文學」的範疇，這種研究方式有其局限，無法彰顯他的創作與思想是亞洲、第三世界在全球現代進程中的獨特體驗與思考……[413]

可以看到，「臺社」並不僅將陳映真當做一位作家，而是更注重從陳映真那裡吸取其深刻的思想。無論在韓國或臺灣，扛起克服國家分裂，爭取祖國統一大旗，並在理論上和思想上進行了卓越工作的，竟然都是著名的作家，這似乎是一種巧合，但也許更是一種必然：社會科學家經常是美國式、學院式地依靠資料做學問，作家卻是靠對人的深入瞭解來獲得他對世界的理解和尋求改造世界的方法。後者的思想成果經常更有其深度和實踐意義。

東海大學社會學系教授趙剛撰寫的《分斷體制下的悲劇與「喜劇」》一文，可說是一位新左派學者從認知和超克「分斷體制」的視角和高度對陳映真小說《第一件差事》的重新細緻解讀。文章指出：本省人陳映真，以其曠大的胸懷，要求大家一起對世變國難家變下的外省流離者要有同情、要有理解。這比後來臺灣的政治人物提出族群「大和解」早了30年。[414]陳映真的一篇多年前的作品由一位元社會學學者分析起來，卻達到了空前的深度，也讓人再次感受到社會科學學者「入侵」文學研究領域的所謂「文化研究」的魅力。

作為一位臺灣文學研究者，筆者寫作本文的目的更在於對文學研究自身的反省。受「文化研究」和「知識即權力」等觀點的啟發，文學研究者有必要認清「文學性」絕非只關審美，而是與政治、意識形態具有不可分割性。從20世紀中國文學的發展歷程看，當文學與社會現實乃至「政治」（非指政客爭權奪利的「政治」，而指事關國家、人民利益的「眾人之事」）保持著某種關聯——或成為反封建的啟蒙明燈，或成為抵抗階級壓迫的革命武器，或成為抗日救亡的光輝旗幟，或成為撥亂反正、改革開放的號角——就能造成「轟動效應」，其社會作用就得以凸顯；而當與社會現實、政治的關係疏遠了，文學進入象牙之塔或沉迷於個人方寸之中，文學也就風光不再，甚至難免被邊緣化的命運。這在20世紀以來中國新文學的發展過程中可說屢試不爽。「臺社」提倡「知識介入」，文學作為「知識」之一種，恐怕也只有「介入」現實生活才有出路。何況由於臺灣特殊的歷史際遇，百多年來的臺灣文學本身就與現實、政治有著格外緊密的關聯，臺灣文學研究者更難以與時代脈搏和社會現實相脫離。

　　上述有關臺灣學方法論的討論，進一步說明「臺灣學」的提出並非一個聳動視聽的噱頭，而是符合深化學術研究乃至推動學術研究更好為現實服務之迫切需要的意義重大的舉動。

# 跋

　　廈門大學臺灣研究院（臺灣研究所）成立30年來，先後在10周年慶典、20周年慶典、25周年慶典和30周年慶典之前出版《臺灣研究十年》、《臺灣研究論文集》、《臺灣研究25年精粹》和《臺灣研究新跨越》系列文集，在臺灣研究界產生了較好的反響。本書的出版，一方面是為了繼續廈門大學臺灣研究院的團隊精神，將研討會上較具學術創見的研究成果匯總起來，進行集中展示，以進一步瞭解當前臺灣研究的最新成果和思想前沿；另一方面則是希望藉此激勵全院師生在臺灣研究新的學術路程中確立新座標，找到跨越研究難題新的著力點和方向。

　　多學科交叉融合是廈門大學臺灣研究院相對來說比較明顯的優勢。2006年12月24日，中共中央政治局常委、全國政協主席賈慶林一行前來觀察，在向他做簡報時，我談到了自己在研究中的一點感想：「對於我們這些研究臺灣問題的學者來說，如果不知道臺灣的歷史，我們的研究是不會有深度的；如果不知道臺灣的文學，我們的研究是缺少人文關懷的；如果不知道臺灣的經濟，我們的研究是不能說有深度的；如果不知道臺灣的政治，我們的研究是很難有高度的。」這段話是個人在對臺交流交往和研究工作中比較強烈的感受，對於任何研究者來說，要跨越這麼多學科去認識臺灣問題實屬不易。

　　1895年清政府被迫割讓臺灣，進一步激發了中國人變法圖強的堅定意志。100多年來，兩岸中國人為此不懈努力，經歷了無數的挫折，也走了許多彎路。回顧過去的歷史，我們可以總結出許多經驗和教訓，其中知識的偏頗和缺乏系統性的思維可能是值得檢討的眾多問題之一。作為政治精英個體，兩岸的許多前輩先賢，他們各自都有對國家和民族問題極其深刻的洞察和體會，他們提出的主張

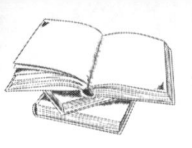

也都有一定的合理性。但是，在如何吸納其他人的觀點，在如何採納其他政黨的合理主張方面，我們太需要能夠調和鼎鼐、博採眾長的精英。學會欣賞對方的優點，真正做到有容乃大，其實並非易事，除了要有高尚的道德精神外，更需要有全面的知識和能力。這一點對於從事臺灣研究的專家學者來說同樣是適用的，當我們的國家擁有一大批知識淵博且胸懷寬廣的兩岸關係研究精英群體時，我們就有可能實現100多年來的夢想。

廈門大學臺灣研究院有30位研究人員，分別隸屬5個研究所和政治、經濟、歷史、文學、法律、教育6個不同學科。雖然平時有不少機會一起工作和生活，但跨學科知識整合和合作研究的機會仍然很有限。兩岸簽署ECFA後，民間關係發展更加迅速，涉及兩岸人民生活的研究領域已擴展到法律、教育、宗教、社會等學科，進行跨越學科研究已不僅是尋找學術增長點的問題，更是臺灣研究工作者無可迴避的挑戰。期待這一套會議論文集的出版，將進一步促動全體師生研究觀念的變革和研究視野的跨越，或許不久的將來，多學科的知識整合將給我們的研究帶來新的收穫和喜悅。

感謝所有關心廈門大學臺灣研究院的朋友們，同時也感謝全院教職工多年不懈的努力和奉獻！

廈門大學臺灣研究院院長　劉國深

[1]吳進安：臺灣雲林科技大學漢學資料整理研究教授。

[2]潘朝陽認為明鄭之儒學是具有孔孟春秋學之大義，可謂具有富抗拒精神之南明儒家，而清朝統治時期則是朱子學及閩學傳統。見潘朝陽：《康熙時代臺灣社會區域及儒家思想》，第二屆臺灣儒學國際學術研討會論文集，臺灣成功大學中文系出版，1999。

[3]熊十力：〈復性書院開講示諸生〉，《十力語要・卷二》，（臺北：明文書局）1989，頁229-257。

[4]《孟子・離婁上》。

[5]朱熹：〈白鹿洞書院揭示〉，《朱子大全》，四部備要文集／卷七十四（臺北：中華書局）1981。

[6]陳永華，字復甫，福建同安人。有睿智，深知安邦定國的道理，明亡時，棄文從武，加入反清陣營，鄭成功父子都對他十分尊敬，並且加以重用，鄭經並請他出任相當於宰相的諮議參軍職務，事無大小都要先行請教才付諸實行，並令其擔當起經營臺灣的重責大任。陳永華建設臺灣，親往各地教軍屯田，儲備糧食；教民煮糖晒鹽，以利民生；教所燒磚，改善民居；同時劃定行政區域，勵行裡甲互保，使民眾安居樂業。在人民生活物資已不虞匱乏之際，陳永華又建議鄭經興建臺灣首座孔廟，獎勵教化，同時規劃一套完整的教育制度來培育，拔擢人才。

[7]江日昇：《臺灣外記》，臺灣文獻史料叢刊，（臺北：大通書局）未刊年份，頁236。

[8]陳昭瑛：〈儒學在臺灣的移植與發展〉，《臺灣儒學》，（臺北：正中書局）2000，頁1-48。

[9]高拱乾：《臺灣府志》，臺灣文獻叢 第65種，（臺北：臺灣省文獻會）1960，頁235。

[10]郁永河記錄友人顧君之言：「新港、嘉溜灣、歐王、麻豆，於偽鄭時為四大社，令其子弟能就鄉塾讀書者，蠲其徭役，以漸化之。」見郁永河：《裨海紀遊》，臺灣文獻叢刊第44種，（臺北：臺灣省文獻會）1960，頁17。

[11]潘朝陽：〈抗拒與復振的臺灣儒學傳統〉，《明清臺灣儒學論》，（臺北：臺灣學生書局）2001，頁157-215。

[12]連橫：《臺灣通史・藝文志》，（臺北：黎明文化公司）2001，頁743。

[13]陳昭瑛：〈臺灣詩史三階段的特色〉，《臺灣文學與本土化運動》，（臺北：正中書局）1996，頁5。

[14]劉良璧：《重修臺灣府志》，（臺北：臺灣省文獻會）1977，頁1。

[15]范咸：《重修臺灣府志》，卷八，學校，序言。

[16]《大清會典事例》卷三百八十九，頁10228。

[17]藍鼎元，字玉霖；漳州漳浦人。康熙六十少孤獨學，泛濫諸子百家。康熙六十年，臺灣亂，總督覺羅滿保檄南澳總兵藍廷珍統師赴之，廷珍，鼎元從兄也，要鼎元與俱，佐庭珍招降，綏番黎、撫流民；經營歲餘而舉郡平。見陳壽棋：《藍鼎元傳・碑傳選集》，臺灣歷史文獻叢刊，（臺北：臺灣省文獻會）1994，頁448-452。

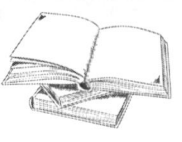

## 社團、思潮、媒體：臺灣文學的發展脈絡

[18]丁曰健：《治臺必告錄》，卷一，鹿洲文集。

[19]藍鼎元：〈經理臺灣疏〉，《平臺紀略》，卷三，附錄。

[20]黃秀政：〈論藍鼎元的積極治臺主張〉，《臺灣史研究》，（臺北：學生書局）1995，頁20。

[21]李杜：《以儒學為主導的中國文化的過去與未來》，哲學與文化月 第廿七卷第七期，2000，頁609-624。

[22]陳昭瑛：〈儒學在臺灣的移植與發展〉，《臺灣儒學》，（臺北：正中書局）2000，頁14。

[23]黃秀政：〈清代臺灣的書院〉，《臺灣史研究》，（臺北：學生書局）1995，頁108。

[24]朱熹：〈白鹿洞書院揭示〉，《朱子大全》，四部備要卷七十四（臺北：中華書局）1981。

[25]黃秀政：〈清代臺灣的書院〉，《臺灣史研究》，（臺北：學生書局）1995，頁118-119。

[26]余文儀：《續修臺灣府志》臺灣文獻叢刊第121種，（臺北：臺灣省文獻會）1962，頁335-356。

[27]按朱子學正式傳入臺灣一地，可以康熙五十二年（1713）臺廈道陳璸（1656-1718）興建朱文公祠為證。

[28]宋程頤、朱熹撰：《易程傳・易本義》，（臺北：河洛圖書出版社）1974，頁603。

[29]覺羅四明於乾隆二十六年（1761）任臺灣道兼提督學政，再修訂「海東書院學規」對於學規內容有較為接近於儒家注重義理及人倫日用之說。

[30]余文儀：《續修臺灣府志》，臺灣文獻叢刊第121種，（臺北：臺灣省文獻會）1962，頁356-360。

[31]余文儀：《續修臺灣府志》，臺灣文獻叢刊第121種，（臺北：臺灣省文獻會）1962，頁356-360。

[32]文石書院創建者胡健偉，名健，字健偉，號勉亭，廣東三水人，學者稱勉亭先生。乾隆三十年（1765）任澎湖通判，翌年到任。在任期間，勤民愛士，勇於興利除弊，念澎湖之士獨學而無師，故創書院。

[33]鄧傳安江西浮梁人，道光元年（1821）任臺灣北路理番同知兼鹿港海防，道光四年（1824），再回陞臺灣府知府兼學政，有感鹿港文風鼎盛，學生卻無專心就學的場地，於是率八郊共同倡建書院。三年後，書院落成，命名為「文開」，這就是為了紀念明末大儒沈光文，沈光文字「文開」，於荷蘭時期來臺，教導漢移民讀書識字，被譽為臺灣漢文學之祖。文開書院建成之後，延聘進士蔡德芳等名儒執教，同時蒐購三十餘萬冊藏書供學子閱讀，書院制度漸趨完備，使鹿港文教步入更輝煌的時期。從道光至光緒年間，共出了六名進士、九名舉人及百餘民秀才，是鹿港最引以為傲的事。

[34]周璽：《彰化縣志》，臺灣文獻叢刊第156種，（臺北：臺灣省文獻會）1962，頁462。

[35]朱雙一：廈門大學臺灣研究院、臺灣研究中心教授。

[36]陳映真：《現代主義底再開發》。不過筆者以為陳氏忽略了這一點：1960年代的臺灣固然尚屬農業社會，沒有產生現代主義的必然客觀基礎，但由於戰亂、漂泊、文化的虛位等原因，臺灣作家也可

能產生與現代西方人相似的心理狀態，從而促發現代主義的產生。

[37] 嚴格地說，臺灣的現代性接收是多源的而非僅是雙源的，但直接從西洋接收的，其分量畢竟難以與從日本和大陸接收的相比，所以這裡只以「雙源」論之。

[38] 鶴見祐輔：《後藤新平》第二卷，東京：勁草書房1965年版；轉引自梁華璜：《臺灣總督府的「對岸」政策研究》，臺北：稻鄉出版社2001年版，第42頁。

[39] 同上。

[40] 鶴見祐輔：《後藤新平》第二卷，東京：勁草書房1965年版；轉引自梁華璜：《臺灣總督府的「對岸」政策研究》，臺北：稻鄉出版社2001年版，第46-47頁。

[41] 張季琳編纂：《李春生相關大事年表》，李明輝、黃俊傑、黎漢基編：《李春生著作集·附集》，臺北：南天書局2004年版。

[42] 吳文星：《清季李春生的自強思想——以變革圖強議論為中心》，《李春生著作集》第2冊，第291頁。

[43] 同上，第302頁。

[44] 參見汪毅夫：《近代臺灣文人在福建》，臺北：幼獅文化事業公司1998年版，第118頁。

[45] 許贊堃：《窺園先生詩傳》，許南英：《窺園留草》，臺北：龍文出版社1992年重印初版，第246頁。

[46] 曾迺碩：《連橫傳》，臺灣省文獻委員會1997年版，第44頁。

[47] 本小節所引賴和的漢詩作品見林瑞明編《賴和全集（五）·漢詩卷》，臺北：前衛出版社2000年版，第376-393頁。

[48] 賴賢穎《女鬼》原刊《臺灣新文學》第一卷第二號（1936年2月），收入鍾肇政等編《植有木瓜樹的小鎮》（《光復前臺灣文學全集⑦》），臺北：遠景出版社1979年版。

[49] 本文有關李應章的文字，參見李偉光自述、蔡子民整理《一個臺灣知識分子的革命道路》，李偉光《臺灣農民鬥爭史簡述》、《有關蔗農鬥爭的被捕情況》等文，李玲虹、龔晉珠主編《臺灣農民運動先驅者——李偉光》（上卷），海峽學術出版社2007年版。

[50] 張寧：《許南英評傳》，福建師範大學博士學位論文，2006，第42、51頁。

[51] 《臺灣先賢集》（三），臺灣中華書局，第1648頁。

[52] 翁澤生：《誰誤汝》，《臺灣民報》1923年8月15日。

[53] 李春生：《臺事其五》，《李春生著作集2·主津新集》，臺北：南天書局2004年版，第13頁。

[54] 同上。

[55] 李春生：《臺事其一》，《李春生著作集2·主津新集》，臺北：南天書局2004年版，第9頁。

[56] 李春生：《東遊六十四日隨筆》，陳俊宏編著《李春生的思想與日本觀感》，臺北：南天書局2002年版，第260頁。

# 社團、思潮、媒體：臺灣文學的發展脈絡

[57]李春生：《蘇夷士河》，《李春生著作集2・主津新集》，第41頁。

[58]李春生：《天演論書後》，《李春生著作集》第四冊，臺北：南天書局2004年版，第26頁。

[59]王嘉弘：《從李春生對進化主義的反駁看其在近代思想史的定位》，《東海中文學報》第19期，2007年7月。

[60]李春生：《主津新集・卷二・續論天道滯行》，轉引自陳俊宏《臺灣第一書〈主津新集〉》，陳俊宏編著《李春生的思想與日本觀感》，第128頁。

[61]李春生：《天演論書後》，《李春生著作集4》，臺北：南天書局2004年版，第7-8頁。

[62]王國璠、邱勝安：《三百年來臺灣作家與作品》，臺灣時報社1977年版。

[63]蔣小波：廈門大學臺灣研究院文學所。

[64]顧亭林：《與友人論學書》，轉引自錢穆：《中國近三百年學術史》，商務印書館，1997年，第137頁。

[65]錢穆：《中國近三百年學術史》，第28頁。

[66]梁啟超：《清代學術概論》，第8頁。

[67]段玉裁：《載東原先生年譜》，《戴震文集》，中華書局，2006年，第216頁。

[68]梁啟超：《清代學術概論》，上海古籍出版社，1998年，第33頁。

[69]戴震：《與是仲明論學書》，《戴震文集》，中華書局，1980年，第140頁。

[70]戴震：《與是仲明論學書》，《戴震文集》，第140頁。

[71]同上。

[72]章學誠：《文史通義校注》，上冊，「內篇」二，中華書局，2000年，第87頁。

[73]參李敖：《胡適評傳》，中國友誼出版公司，2006年。

[74]有的學者對於戴震襲趙一事倒是採取諒解態度，但是對胡適重興此案卻十分反感。寓居澳門的酈學家江宗衍即是其例。寓居香港的酈學家吳天任也對胡氏於趙戴公案，力為辯白，徒增糾紛，表示不滿。參陳橋驛：《胡適與〈水經注〉》，耿雲志編：《胡適評傳》，上海古籍出版社，1999年，第562頁。

[75]胡適提出十組證據證明戴未見趙書，「戴震未見趙一清《水經注》的十組證據」，《胡適全集》卷16，第80-124頁。

[76]胡適：《自述治〈水經注〉源起及論述片段》，胡適全集卷14，第400頁。

[77]胡適抄錄：《龐鴻書讀〈水經注〉小識》四卷自序，《胡適手稿》第一集中冊，1965年臺灣版。

[78]胡適：《為〈水經注〉案爭曲直乎？抑為朱了報仇乎？》，胡適全集卷15，第289頁。

[79]胡適：《自述治〈水經注〉案緣起及論述片段》，胡適全集卷14，第395-396頁。

[80]關於「文藝復興」概念在晚清民初的產生與傳播，羅志田《國家與學術：清季民初關於「國學」

的思想論爭》（生活・讀書・新知三聯書店，2003年）一書論述頗詳，參上書第90-107頁。

[81]梁啟超：《飲冰室文集》卷一，雲南教育出版社，2001年，第273頁。

[82]同上，第277頁。

[83]《清代學者的治學方法》，《胡適文集》卷二，北京大學出版社，1998年，第283頁。

[84]同上，第302頁。

[85]《胡適文集》卷一，第304頁。

[86]《胡適文集》卷二，第63頁。

[87]戴震：《孟子字義疏證》，轉引自胡適《戴震的哲學》，《胡適文集》卷二，第265頁。

[88]《胡適文集》卷七，第341-342頁。

[89]《戴東原集》段玉裁序，涵芬樓影印本。

[90]錢穆：《中國近三百年學術史》，商務印書館，1997年，第529頁。

[91]阮元：《揅經室續集》卷三，轉引自錢穆《中國近三百年學術史》，第535頁。

[92]錢穆：《中國近三百年學術史》，第533頁。

[93]徐復觀：《中國思想史論集》，上海世紀出版股份有限公司上海書店出版社，2004年，第1頁。

[94]徐復觀：《中國思想史論集》，上海世紀出版股份有限公司上海書店出版社，2004年，第3-4頁。

[95]徐復觀：《中國思想史論集》，第297-298頁。

[96]轉引自徐復觀著《中國思想史論集》，第303頁。

[97]毛子水：《再論考據與義理》，轉引自徐復觀《答毛子水先生的〈再論考據與義理〉》，第314頁。

[98]林毓生：《中國傳統的創造性轉化》，生活・讀書・新知三聯書店，1996年，第273-274頁。

[99]牟宗三：《熊十力先追念會講話》，《牟宗三先生全集》卷23，第284-285頁。

[100]牟宗三：《五十自述》，《牟宗三全集》卷32，第78頁。

[101]徐復觀：《現在應是人類大反省的時代》，《民主評論》一卷一期。

[102]1948年5月12日復蘇雪林，《胡適全集・書信集》，安徽教育出版社，2007年，第161頁。

[103]《牟宗三先生全集》卷24，臺灣聯經出版公司，2005年，第53頁。原載《自由人》第87期，1952年1月2日。

[104]I.柏林著，陳曉林譯：《兩種自由概念》，生活・讀書・新知三聯書店，2005年，第1-7頁。

[105]蔣小波：《殷海光與牟宗三的自由思想辨異》，《臺灣研究集刊》，2006年3月。

[106]《理想主義的實踐之函義》，《牟宗三先生全集》卷9，臺灣聯經出版公司，2005年，第54頁。

[107]鄭家棟：《本體與方法——從熊十力到牟宗三》，遼寧大學出版社，1992年，第165頁。

[108]《殷海光書信集》，三聯書店上海分店，2005年，第247頁，致黃展驥（年份不詳）。

[109]斯蒂文・霍維茨《從感覺秩序到自由秩序：哈耶克理性不及的自由主義》，〔美〕拉齊恩・薩麗等著，秋風譯：《哈耶克與古典自由主義》，貴州人民出版社，2003年。

[110]林毓生：《中國傳統的創造性轉化》，第45頁。

[111]徐學：廈門大學臺灣研究院、臺灣研究中心副教授。

[112]張愛玲：《流言私語》，江蘇文藝出版社，2005年，第158頁。

[113]同上，第47頁、215頁、287頁。

[114]同上，第159頁。

[115]同上，第215頁。

[116]同上，第218頁。

[117]張愛玲：《流言私語》，江蘇文藝出版社，2005年，第288頁。

[118]同上，第56頁。

[119]同上，第215頁。

[120]張愛玲：《流言私語》，江蘇文藝出版社，2005年，第158頁。

[121]同上，第219頁。

[122]同上，第48頁。

[123]張愛玲：《流言私語》，江蘇文藝出版社，2005年，第159頁。

[124]同上，第259頁。

[125]今治：《張迷世界》，花城出版社，2001年，第236頁。

[126]季季：《永遠的張愛玲》，學林出版社，1996年，第112頁、115頁。

[127]馮友蘭：《中國哲學史》，北京大學出版社，1996年，第4頁。

[128]張愛玲：《流言私語》，江蘇文藝出版社，2005年，第157頁。

[129]張愛玲：《流言私語》，江蘇文藝出版社，2005年，第299頁、49頁。

[130]同上，第156-157頁。

[131]同上，第243頁。

[132]同上，第50頁。

[133]張愛玲：《流言私語》，江蘇文藝出版社，2005年，第287頁。

[134]同上，第31頁。

[135]同上，第140頁。

[136]同上，第56頁。

[137]白先勇：《臺北人》，花城出版社，2000年。

[138]簡媜：《女兒紅》，九州出版社，2000年。

[139]白先勇：《驀然回首》，臺北：爾雅出版社，1978年，第57頁。

[140]蕭成：福建社科院文學研究所副教授。

[141]袁勇麟：福建師範大學協和學院。

[142]潘樹廣：《史料學與文學史料學》，《文教資料》1992年第2期。

[143]封德屏：《〈文訊〉邁向創刊第24年》，《文訊》2006年7月第249期。

[144]封德屏：《從前，我們的靈魂曾手牽著手》，《文訊》2005年10月第240期。

[145]張錦郎：《中國現代文學史料學的奠基者》，《文訊》1993年7月第93期。

[146]顏昆陽：《踏著臺灣文學史的軌跡》，《文訊》2002年6月第200期。

[147]巫維珍：《〈文訊〉二〇〇期書評分析》，《文訊》2002年6月第200期。

[148]姜穆：《文訊‧寫歷史長篇》，《文訊》1993年7月第93期。

[149]徐錦城：《繁花似錦——〈文訊〉專題二〇〇期》，《文訊》2002年6月第200期。

[150]應鳳凰：《從林海音到文藝列車》，《文訊》2003年1月第207期。

[151]江寶釵：《與文學傳媒結緣——談臺灣新文學期刊的研究》，《文訊》2003年7月第213期。

[152]封德屏：《為臺灣出版史略盡綿薄》，《文訊》2005年4月第234期。

[153]封德屏：《回顧與前瞻》，《文訊》2005年12月第242期。

[154]高永謀：《以文字光世，以書本啟人——邁向半世紀的光啟出版社》，《文訊》2005年6月第236期。

[155]江寶釵：《蘭記在嘉南地區的活動》，《文訊》2007年1月第255期。

[156]封德屏：《我們是如此地接近》，《文訊》2007年3月第257期。

[157]劉亮雅：《走向更高遠的時空——觀察青年文學會議》，《文訊》2006年12月第254期。

[158]王鈺婷：《與單帶蛺蝶一同飛翔的探險旅程》，《文訊》2006年12月254期。

[159]簡政珍：臺灣亞洲大學外文系教授、人文社會學院院長。

[160]有關《悲情城市》的精彩敘述，請參見鄧志傑（James Udden）的《侯孝賢與中國風格問題》（Hou Hsiao-hsie nand the Question of a Chinese Style），〔鄧志傑（James Udden），《侯孝賢與中國風格問題》（Hou Hsiao-hsien and the Question of a Chinese Style）郭詩詠譯《電影欣賞》124期，第23卷第1期（2005年7-9月）：44-54〕。鄧志傑在文中並舉出兩個不動的長鏡頭，說明侯孝賢影像處理的意境。值得注意的是，這兩個例子在觀賞過程中，觀眾一點都不會感覺沉悶，甚至忘掉那是個長

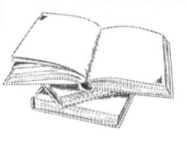

鏡頭。鄧文的分析，展現了侯孝賢最好的一面，也間接證明長鏡頭不必然會呆滯如《戲夢人生》與《海上花》。

[161] 到目前為止，「能」撇開文化論述的框架，而以美學觀點對蔡明亮的電影有所批評的不多，比較重要的有這兩篇：王長安，《臉的迷惑？》，《聯合報》（2009年10月4日），頁A19。王長安認為相同的符碼一再重複，缺少創意。另外一篇是彭小妍討論《海角七號》時，提出蔡明亮電影的自我複製，彭小妍在文章結尾說：「作為熱愛臺灣電影的人，我卻要對他說：蔡導演，下一部片子，請別在複製你自己，讓我們看見一個嶄新的你」，請見彭小妍，〈《海角七號》：意外的成功？——回顧臺灣新電影〉，「美學與庶民：2008臺灣『後新電影』國際學術研討會」論文集，臺北：「中央研究院」文哲所，2009年，頁10。

[162] 這是批評界對於蔡明亮最常用的肯定措辭。論文如張靄珠的《漂泊的載體：蔡明亮電影的身體劇場與欲望場域》，〔《中外文學》第30卷第10期（2002年3月）：75-98〕；網路討論文章如Ho Yi的「A sober allegory on the social underclass」等都是肯定其「極少主義」，Yi, Ho, "A Sober Allegory on the Social Underclass" Taipei Times. Accessed: 2008/10/2; Diogenes Hwang將《愛情萬歲》列為「亞洲十大名片」時（Nostalgiphile's Top 10 Asian Films）所持的理由是：該片是「極少主義」的經典（minimalistclassic），〔Hwang, Diogenes, Nostalgiphile's Top10Asian Films. Accessed: 2008/10/28〕。

[163] 「極少主義」在其他藝術裡也有類似聲音與回音。如美國音樂家葛拉斯（Philip Glass）的音樂，利用簡短旋律的重複，譜成曲子，而號稱「極少主義」。對於第三種讀者來說，大量的重複，事實上就是「積少成多」，也是一種「極多主義」。

[164] 鄧志傑的論文主要是分析侯孝賢的《悲情城市》，極為精彩，論文接近結尾時，提到侯孝賢光影的使用，也相當有說服力，但再精彩的影像，都會經由一再地重複與不知節制的拉長，而變成呆滯。請參見109頁注1。

[165] 高榮禧在論文裡引用蔡明亮自己的告白，後者在拍《河流》時，曾經自問：「本來只拍到父子在三溫暖碰到就好，沒做愛，只發現彼此都是同性戀，但最後卻決定要拍比這更極端——就是父親和兒子在黑暗裡做愛。」（高榮禧，〈蔡明亮作品中的孤寂主題與情色策略〉，《電影欣賞學刊》（Fa As）134，第26卷第2期（2008年，1-3月號）：142）

[166] 當然，假如理論家要將其合理化，可以輕易將這樣的文字為其戴上冠冕：由於父子亂倫不能見容於當下的社會，所以影像幾近全黑，部分的肉體是唯一光之所在，象徵其人性在暗處的唯一的救贖與解脫。再者，本人對於《河流》上述片段所得到印象，是經由Pioneer DVD機連接至Epson投影機的HDMI輸入端子（解析度720P），再投射至200英寸牆面所觀看的現象。DVD影片影像效果堪稱良好，一般說來，家裡視聽室所看到影像大都比電影院清晰。

[167] 有些批評家的論述並不是套用文化理論，而是展現自身哲學與文化的思維，如黃建宏詮釋《河流》的文章〈沉默的影像〉〔請參見《電影欣賞》93期（1998年，5-6月）：52-55〕。黃建巨集的文字散發思想的密度，但是這樣的「詮釋」，幾乎是批評家借題發揮的「自由創作」，遠遠超過電影原著的粗俚，更無法掩飾其造作與呆滯。

[168]在張靚蓓編著有關李安的導演生涯的專著《十年一覺電影夢》中,引述了名電影製片人徐立功的看法。當李安的《喜宴》送到柏林影展後,是否得獎尚未揭曉。這時新聞局要辦活動,希望《喜宴》作為首映。但徐立功打電話給李安說:「片子先不要寄回來。」李安轉述的理由是:「徐立功一直有個想法,外國人會受到中國評論界的影響。因為那時國片的風潮都跟隨著藝術片的風格走,徐立功很怕人家用這個標準來評斷我的電影。」(張靚蓓,《十年一覺電影夢》臺北:時報文化,2002年,頁111)

[169]同上,頁111。

[170]2008年12月16日、17日,亞洲大學人文社會學院舉辦「全球化與華語敘述國際研討會」。本人在研討會中,發表「全球化情境下,以『第三種觀眾』觀照華人導演的影像敘」,嘗試提出另一種電影閱讀,希望在好萊塢式電影,以及文化批評家所背書的電影之外,能透過「第三種觀眾」的視野,觸及更多技巧隱約自然而動人的電影。接著,本人在大陸《電影藝術》發表〈「第三種觀眾」與華語「傳統寫實」的影像敘述〉是「第三種觀眾」理念的美學實踐。本人在上述論文所提的「第三種觀眾」的理念,重點概述如下:(1)目前的「觀眾」似乎被一般理論家定位成兩極:一種是以盛昌流行口味的大眾為觀眾;另一種是臺灣當地的(文化)理論家作為主要觀眾,這些影片被理論家肯定,一般觀眾卻因為其枯燥無味而敬而遠之。(2)本人提出「第三種觀眾」,這些觀眾可能不認同影片被套入理論的框架,但他也不是《鐵達尼號》、《麻雀變鳳凰》、《哈利波特》、《終極警探》的愛好者。他可能喜歡伊朗的《柳樹之歌》(Willow and Wind)、越南的《戀戀三季》(Three Seasons)、大陸的《洗澡》、《那山、那人、那狗》,臺灣李安的《飲食男女》、楊德昌的《一一》等等,因為這些影片質地的感染力讓他「感動」。(3)所謂感動,猶如日本蓮實重彥所說的「考古學的恍惚」,或是Iser以及Poulet對文本的閱讀。觀眾先投入文本感受文本,而不以「知識」或是「理論」主導閱讀。(4)閱讀影像時,「第三種讀者」與套用理論的學者最大的不同是:前者經由文本動人的體驗後,原有的「知」是人生的哲思與美學的深化,而後者則是以「知識」主導影像的「分析」,因此對於個別電影的評價,也經常是理論套用的結果。(5)「第三種觀眾」並不是揚棄理論,而是與影像文本照面的第一時間,先將理論「懸置」。觀眾與文本互動,對文本有所感受後,再與相關的理論或是其他的見解對話。(6)「第三種觀眾」要提醒理論家的是:不要因為對於好萊塢賣座影片的反感,而將枯燥無味的電影誤解成藝術。(7)「第三種觀眾」在投入文本的「精讀細品」中,發現傳統的影像敘述,經常隱藏豐富的當代意涵,其中涵蓋隱喻與轉喻的自然運用,聲音與影像的非同步,甚至是後現代或是解結構的指向等等。

[171]請參見李紀舍的《臺北電影再現全球化空間政治——楊德昌的〈一一〉和蔡明亮的〈你那邊幾點?〉》,《中外文學》387期,第33卷第3期(2004年8月):82-99。李紀舍的文章在空間論述上,有其獨到的見解,但無疑文化主題的陳述,無形中混淆了美學上應有的位階。

[172]有關「第三世界美學」,請參考李安在《十年一覺電影夢》頁181-183的觀點。

[173]其實,蔡明亮很多時候讓「鏡頭靜止不動」是有意的。正如他拍《你那邊幾點?》時,要求法籍攝影師,「以靜止不動作為主要拍攝方法」。(蔡明亮,"Interview with Derek Lam." Accessed: 2008/1031)本來,鏡頭靜止無關呆滯,但是蔡明亮似乎卻無力避免呆滯。

[174]Michael Cronin, Translationand Globalization, Londonand New York: Routledge. 2003, P.56.類似對於

## 社團、思潮、媒體：臺灣文學的發展脈絡

「大一統」的反應是，對跨國大企業（giant multinational corporations）的「大」的不信任，因而刻意凸顯「小」的不同，刻意強調地域性、片段性，方言、少數族群因而復甦。請參閱G. Mulgan, Connexity: Responsibility, Freedom, Businessand Powerinthe New Century, London: Vintage, 1998, pp.100.

[175]Bernard Mc Grane, Beyond Anthropology. New York: Columbia University, 1989, p.ix.

[176]Immanuel Wallerstein, The Politicsofthe World-Economy. Cambridge: Cambridge University Press, 1984, pp.166-67.

[177]David Harmond, "Onthe Meaningand Moral Imperativeof Diversity" On Biocultural Diversity. Ed. L. Maffim. Londonand Washington: Smithsonian Institution Press, 2001, p.54.

[178]Roland Robertson, Globalization: Social Theoryand Global Culture. London: Sage Publications, 1992, p.103.

[179]Jonathan Friedman, "Beinginthe World: Globalizationand Localization" Global Culture. Ed. Mike Featherstone. London: Sage Publication, 1990, pp.311-28.

[180]張羽：廈門大學臺灣研究院文學所、臺灣研究中心副教授。

[181]翁鬧號杜夫，臺灣省彰化縣人，其作品多發表於1935年至1939年之間的《臺灣文藝》、《臺灣新文學》、《臺灣新民報》等刊物上，參加過張文環、吳坤煌、蘇維熊、施學習、王白淵、巫永福和劉捷等人組織的「臺灣藝術研究會」，參與創辦了《福爾摩沙》雜誌。《光復前臺灣文學全集》第6卷收入了11位元作家22篇作品，翁鬧作品居全書之冠，共收入了5篇，比楊逵還多出一篇。其創作還影響到龍瑛宗和呂赫若等人的文學創作。

[182]劉捷：《幻影之人——翁鬧》，《臺灣文藝》，第95期，1985年7月15日。

[183]黃得時：《晚近的臺灣文學運動史》，《臺灣文學》，第2卷第4號，1942年10月19日。

[184]張恆豪：《幻影之人——翁鬧集序》，《臺灣作家全集——翁鬧、巫永福、王昶雄合集》，前衛出版社，1990年版，第4頁。

[185]郁達夫：《海上通信》，《郁達夫文集》第3卷，花城出版社，1982年版。

[186]張良澤：《關於翁鬧》，《臺灣文藝》第95期，1985年7月15日。

[187]楊逸舟：《憶夭折的俊才翁鬧》，《臺灣文藝》95期，1985年7月。

[188]吳天賞：《蜘蛛》，《臺灣文藝》第2卷第3號，1935年3月15日。

[189]郁達夫：《雪夜》，《宇宙風》第11期，1936年2月16日。

[190]郁達夫：《雪夜》，《宇宙風》第11期，1936年2月16日。

[191]翁鬧在1936年臺灣文藝聯盟東京支部舉辦的「臺灣文學當前諸問題」座談會上的發言，見《臺灣文藝》第三卷第七、八號合刊（1936年8月）座談會記錄《臺灣文學當面の諸問題》，翁鬧在《鄉土文學、報告文學、殖民地文學》、《關於小説の趣味》等部分的發言。

[192]施淑：《日據時代小説中的知識分子》，《兩岸文學論集》，臺北：新地文學出版社，1997年

版,第43頁。

[193]郁達夫:《雪夜》,《宇宙風》第11期,1936年2月。

[194]施淑:《日據時代小說中的知識分子》,《兩岸文學論集》,臺北:新地文學出版社,1997年版,第43頁。

[195]郭秋生:《解消發生期的觀念行動的本格化建設化》,《先發部隊》1934年7月,《臺灣新文學雜誌叢刊》第二卷,東方文化書局複刻本,第18-29頁。

[196]郁達夫:《我承認是「失敗」了》,《郁達夫文論集》,浙江文藝出版社,1985年版,第112頁。

[197]郁達夫:《現代小說所經過的路程》,《郁達夫文論集》,浙江文藝出版社,1985年版,第477-484頁。

[198]莊松林:《會郁達夫記》,《臺灣新文學》,1936年2、3月合併號,第81頁。

[199]陳美霞:福建社會科學院文學所助教。

[200]劉登翰等:《臺灣文學史·上卷》,海峽文藝出版社,1991年版,第17頁。

[201]參見遊喚:《有問題的臺灣新詩發展史》,《臺灣詩學季刊》第一期,第22-27頁。

[202]陳黎:《文學臺灣》第七期,1993年7月,收於《臺灣文學的歷史考察》,臺北:允晨文化,1996年版,第81頁。

[203]臺灣方面,這裡主要是指強調「臺灣意識」、「臺灣主體性」的葉石濤、彭瑞金、陳芳明的文學史版本。早期黃得時、陳少廷的文學史,書寫年代較為久遠,這裡暫且不談。

[204]葉石濤:《臺灣文學史綱·序》,高雄:文學界雜誌社,1991年,第2頁。

[205]游勝冠:《後殖民?還是後現代?——陳芳明臺灣文學史書寫的論述困境》,源自網站「臺灣文學工作室」。

[206]參見臺灣大學「歷史敘述學研討會之六《維柯(G.Vico)、懷特與歷史想像的議題》」。

[207]孟樊、林耀德:《以當代視野書寫80年代臺灣文學史》,《世紀末偏航——80年代臺灣文學論》。

[208]《被發明的詩傳統,或如何敘述臺灣詩史》,楊宗翰:《當代詩學》第1期,2005年4月,第69-85頁。

[209]陳平原:《「文學史研究叢書」總序》,王德威:《被壓抑的現代性》,北京大學出版社,2005年版,第1頁。

[210]林正珍「海頓·懷特與臺灣文學史書寫——歷史理論中的敘述與敘事問題文本分析研讀會」。

[211]邱貴芬:《從戰後初期女作家的創作談臺灣文學史的敘述》。

[212]同上。

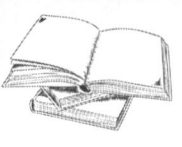

[213]楊宗翰：《臺灣現代詩史——批判的閱讀》，臺北：巨流出版社，2002年版。

[214]參見楊宗翰「海頓·懷特與臺灣文學史書寫——歷史理論中的敘述與敘事問題文本分析研讀會」。

[215]楊宗翰：《被發明的詩傳統，或如何敘述臺灣詩史》，《當代詩學》第1期，2005年4月，第69-85頁。

[216]楊宗翰：《臺灣新詩史：一項未完成的計畫》，《臺灣史料研究》第23期，2004年8月，第121-133頁。

[217]楊宗翰：《傅柯與臺灣文學史編寫問題》，《文化研究月報》第16期。

[218]陳芳明：《臺灣文學研究的新地平線》，《文訊》第205期，2002年11月。

[219]參見陳芳明：《從發現臺灣到發明臺灣——現階段中國的臺灣文學史書寫策略》，《殖民地摩登：現代性與臺灣史觀》，臺北：麥田出版社，2004年版，第189～205頁。

[220]游勝冠：《後殖民？還是後現代？——陳芳明臺灣文學史書寫的論述困境》，源自網站「臺灣文學工作室」。

[221]王德威：《後遺民寫作》。

[222]參見陳建忠：《文學史家的末世危言》，《誠品好讀》2005年12月，第61期，第98-99頁。

[223]周憲、許均：《現代性研究譯叢總序》，《現代性的五副面孔》，商務印書館，2002年版，第2頁。

[224]〔以〕艾森斯塔特·SN.：《反思現代性》，三聯書店，2006年版，第62頁。

[225]同上，第38頁。

[226]〔以〕艾森斯塔特·SN.：《反思現代性》，三聯書店，2006年版，第14頁。

[227]陳芳明：《殖民地摩登：現代性與臺灣史觀》，臺北：麥田出版社，第12頁。

[228]黃美娥：《重層現代性鏡像——日治時代臺灣傳統文人的文化視域與文學想像》，臺北：麥田出版社，2004年版，第9頁。

[229]黃美娥：《重層現代性鏡像——日治時代臺灣傳統文人的文化視域與文學想像》，臺北：麥田出版社，2004年版，第165頁。

[230]施懿琳：《世代變遷與典律更迭——從莊太岳、莊遂性昆仲漢詩作品之比較談起》，臺中縣文化局：中臺灣古典文學學術研討會，2001年12月。

[231]黃美娥：《重層現代性鏡像——日治時代臺灣傳統文人的文化視域與文學想像》，臺北：麥田出版社，2004年版，第31頁。

[232]羅崗：《危機時刻的文化想像》，江西教育出版社，2005年版，第64頁。

[233]黃美娥：《重層現代性鏡像——日治時代臺灣傳統文人的文化視域與文學想像》，臺北：麥田出版社，2004年版，第108頁。

[234]朱雙一、張羽：《海峽兩岸新文學思潮的淵源和比較》，廈門大學出版社，2006年版，第2頁。

[235]朱雙一、張羽：《海峽兩岸新文學思潮的淵源和比較》，廈門大學出版社，2006年版，第112頁。

[236]施懿琳：《世代變遷與典律更迭——從莊太岳、莊遂性昆仲漢詩作品之比較談起》，臺中縣文化局：中臺灣古典文學學術研討會，2001年12月。

[237]黃美娥：《重層現代性鏡像——日治時代臺灣傳統文人的文化視域與文學想像》，臺北：麥田出版社，2004年版，第157頁。

[238]朱雙一、張羽：《海峽兩岸新文學思潮的淵源和比較》，廈門大學出版社，2006年版，第104頁。

[239]史書美：《現代的誘惑》，江蘇人民出版社，2007年版，第59頁。

[240]黃美娥：《重層現代性鏡象——日治時代臺灣傳統文人的文化視域與文學想像》，臺北：麥田出版社，2004年版，第12頁。

[241]黃美娥：《重層現代性鏡象——日治時代臺灣傳統文人的文化視域與文學想像》，臺北：麥田出版社，2004年版，第220頁。

[242]弗雷德里克·詹姆遜：《對現代性的重新反思》，王麗亞譯，《文學評論》2003年第4期。

[243]利奧塔：《重寫現代性》，阿黛譯，《國外社會科學》1996年第8期。

[244]波德萊爾：《波德賴爾美學論文選》，人民文學出版社，1987年版，第485頁。

[245]Zygmunt Bauman, Modernityand Ambivalence, Cambridge: Polity, 1991, pp.5, 10.

[246]劉紹銘：《重層，還是重複》。

[247]同上。

[248]劉紹銘：《重層，還是重複》。

[249]同上。

[250]黃美娥：《重層現代性鏡象——日治時代臺灣傳統文人的文化視域與文學想像》，臺北：麥田出版社，2004年版，第168頁。

[251]黃美娥：《重層現代性鏡象——日治時代臺灣傳統文人的文化視域與文學想像》，臺北：麥田出版社，2004年版，第14頁。

[252]同上，第44頁。

[253]游勝冠：《理論演繹？還是具體的歷史文化研究？》，《後殖民的東亞在地化思考：臺灣文學場域》，臺南：臺灣文學館，2006年版，第403頁。

[254]游勝冠：《理論演繹？還是具體的歷史文化研究？》，《後殖民的東亞在地化思考：臺灣文學場域》，臺南：臺灣文學館，2006年版，第406頁。

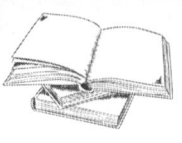

[255]同上,第413頁。

[256]黃美娥:《重層現代性鏡象——日治時代臺灣傳統文人的文化視域與文學想像》,臺北:麥田出版社,2004年版,第226頁。

[257]洪淑苓:臺灣大學臺灣文學所教授。

[258]有關古代婚俗及其演變,參考陳江《百年好合——中國古代婚姻文化》,揚州:廣陵書社,2004年,頁135-185。

[259]吳瀛濤:《臺灣民俗》,臺北:眾文圖書公司,1977年,頁125-139。

[260]陳江:《百年好合——中國古代婚姻文化》,頁181。

[261]吳瀛濤:《臺灣民俗》,頁135。

[262]楊翠:《日據時期臺灣婦女解放運動》,臺北:時報出版公司,1993年5月,頁170-181。

[263]同上,頁188-196。

[264]當時對於自由戀愛,當然也有反對的聲音,或者試圖調和自由戀愛與媒妁之言的婚姻制度。參見筆者另一篇論文:〈日治時期臺灣歌仔冊中對自由戀愛觀的迎拒與調和〉,UCSB2010臺灣研究國際學術研討會宣讀,美國加州大學聖塔芭芭拉分校臺灣研究中心主辦,2010年6月4-5日。

[265]游鑑明:《日據時期臺灣的職業婦女》,臺灣師大歷史所博士論文,1995年5月,頁3-15。

[266]游鑑明:《日據時期臺灣的女子教育》,臺灣師大歷史所研究專刊20,1988年12月,頁55。

[267]游鑑明:《日據時期臺灣的職業婦女》,頁37-103。

[268]筆者曾有專文對探討此部歌仔冊,參見拙作:〈臺灣歌仔簿中的梁祝故事之研究〉,《民間文學的女性研究》,臺北:里仁書局,2004年版。

[269]有關臺灣婚禮習俗,可參考片岡岩著、陳金田譯:《臺灣風俗誌》(1921年日文初版,臺北:眾文圖書公司中文譯本,1989年11月)、鈴木清一郎著、馮作民譯:《增訂臺灣舊慣習俗信仰》(原名:《臺灣舊慣冠婚葬祭與年中行事》,1934年日文初版,臺北:眾文圖書公司中文譯本,1989年11月),及吳瀛濤:《臺灣民俗》,臺北:古亭書屋,1969年12月。

[270]參見鈴木清一郎著、馮作民譯:《增訂臺灣舊慣習俗信仰》,頁203、204;吳瀛濤:《臺灣民俗》,頁134。

[271]陳柔縉:《囍事臺灣》,臺北:東觀國際公司,2007年。

[272]《影饗:臺灣老照片集》,「國家圖書館」編印,2006年,頁11。

[273]陸卓寧:廣西民族大學文學院教授。

[274]呂正惠、趙遐秋主編:《臺灣新文學思潮史綱》,昆侖出版社,2001版。

[275]劉登翰、莊明萱主編:《臺灣文學史》,現代教育出版社,2007年版。

[276]葉石濤:《臺灣文學史綱》,文學界雜誌社出版,春暉出版社發行,1991年版。

[277]陳建忠等：《臺灣小說史論》，麥田出版社，2007年版，第3-6頁。

[278]樊洛平：《當代臺灣女性小說史論》，河南人民出版社，2005年版。

[279]梅家玲編：《性別論述與臺灣小說》，麥田出版社，2000年版，第119-126頁。

[280]政治大學《臺灣文學學報》，2005年第7期，臺灣政治大學出版。

[281]梅家玲編：《性別論述與臺灣小說》，麥田出版社，2000年版，第237頁。

[282]陳順馨、戴錦華選編：《婦女、民族與女性主義》，中央編譯出版社，2004年版，第3頁。

[283]陳順馨、戴錦華選編：《婦女、民族與女性主義》，中央編譯出版社，2004年版，第3頁。

[284]陳順馨、戴錦華選編：《婦女、民族與女性主義》，中央編譯出版社，2004年版，第4頁。

[285]琦君：《母心·佛心〈一點心願〉》，湖北人民出版社，2006年版，第215頁。

[286]吳慧穎：廈門市臺灣藝術研究所助理研究員。

[287]南方朔：《走出「遷徙文學」的第一步》，見施叔青：《行過洛津》，臺北：時報出版社，2003年版，第8頁。

[288]《與為臺灣立傳的臺灣女兒對談——陳芳明與施叔青》，見施叔青：《風前塵埃》，臺北：時報出版社，2008年版，第262頁。「大河小說」來自法文Romance-fleave，近代法國小說的重要體式，其特徵是以多卷體連續小說表現時代歷史全貌，如巴爾扎克《人間喜劇》、左拉《盧貢-馬卡爾家族》等。到了19世紀之後，Roman-fleuve被拿來對應指稱英文中的Saga Novel或德文裡的Saga-roman。這類小說不拘泥於歷史的「重大事件」和事實真實，而著眼於歷史背景下的世態風物的狀況和變遷，其中，往往以個人或家族的命運為線索，觀照時代變遷中各種思想、文化、政治力量的消長。

[289]南方朔：《走出「遷徙文學」的第一步》，見施叔青：《行過洛津》，臺北：時報出版社，2003年版，第8頁。

[290]《與為臺灣立傳的臺灣女兒對談——陳芳明與施叔青》，見施叔青：《風前塵埃》，臺北：時報出版社，2008年版，第265頁。

[291]《與為臺灣立傳的臺灣女兒對談——陳芳明與施叔青》，見施叔青：《風前塵埃》，臺北：時報出版社，2008年版，第265頁。

[292]南方朔：《走出「遷徙文學」的第一步》，見施叔青：《行過洛津》，臺北：時報出版社，2003年版，第5頁。

[293]http://www.ncafroc.org.tw/Content/award-prize.asp?ser_no=74&Prize_year=2008&Prize_no=十二&prize_file=Prize_feeling

[294]《與為臺灣立傳的臺灣女兒對談——陳芳明與施叔青》，見施叔青：《風前塵埃》，臺北：時報出版社，2008年版，第265頁。

[295]同上，第276頁。

[296]施叔青：《施叔青早期小說的禁錮與顛覆意識》，《施叔青集》，臺北：前衛出版社，1993年

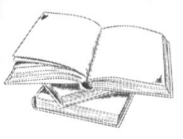

[297]南方朔:《透過歷史天使悲傷之眼》,見施叔青:《風前塵埃》,臺北:時報出版社,2008年版,第10頁。

[298]南方朔:《走出「遷徙文學」的第一步》,見施叔青:《行過洛津》,臺北:時報出版社,2003年版,第8頁。

[299]http://www.ncafroc.org.tw/Content/award-prize.asp?ser_no=74&Prize_year=2008&Prize_no=十二&prize_file=Prize_feeling

[300]1970年代後半期至1980年代的心態史學中,一批史學家在研究方法上放棄了「新史學」所重視的量化分析,重新採納了傳統史學中最富人文性的表述方式,對歷史演進過程中的事件和個人進行有聲有色的敘事性描述,從非常具體的微觀角度去考察人們的心態變化,如娜塔莉・大衛斯的《馬丁・蓋爾的回歸》等。同時,這些史家一般都選擇歷史演進過程中的社會變動時期作為其研究的時段。對社會重大轉型時期中的事件與個人進行了細微的個案考察,用流暢的筆調重構出歷史變遷中的社會場景。

[301]黃美娥:臺灣大學臺灣文學研究所教授。

[302]例如葉石濤《臺灣文學史綱》(高雄:文學界雜誌,1987)、劉登翰等人合著《臺灣文學史》(海峽文藝出版社,1991)、彭瑞金《臺灣新學運動四十年》(臺北:自立晚報系,1991),以及陳芳明在《聯合文學》連載之《臺灣新文學》(1999)系列文章。

[303]參見拙文〈文學現代性的移植與傳播——臺灣傳統文人對世界文學的接受、翻譯與摹寫〉,收入《重層現代性鏡像:日治時代臺灣傳統文人的文化視域與文學想像》(臺北:麥田出版社,2004),頁285-342。

[304]其實單以賴和早期被視為最具日治時期臺灣反抗小說原型的《一桿「稱仔」》而言,便可發現其小說寫法其實與在此之前若干常見的文言、通俗小說,概以人物為敘事主軸,並在故事情節上力求刻畫特殊遭遇為主的表現手法十分雷同,從中可見相似性或延續性。

[305]參見下村作次郎、黃英哲:〈臺灣大眾文學緒論〉,文章收入阿Q之弟《可愛的仇人》(臺北:前衛出版社,1998),頁5、頁12。

[306]同上柱,頁7。

[307]而要另加補述的是,日治時代也有日人或臺人所寫的日文通俗小說,尤其日人作品最夥,但此部分,目前除中島利郎曾就偵探小說書寫狀況有所探析外,其餘多數日人作家、作品仍屬陌生而未知者,因此本文在此尚無法進行相關研究,故文中僅就漢文通俗小說予以專論。

[308]參見下村作次郎、黃英哲合撰:〈戰前大眾文學初探(一九二七年—一九四七年)〉,文章收入彭小妍編:《文藝理論與通俗文化》上冊(南港:「中央研究院」中國文哲所籌備處,1999),頁232。

[309]同上柱,頁232。

[310]參見中島利郎：《日據時代臺灣文學：關於臺灣的「大眾文學」（節錄版）》，文學傳媒與文化視界國際學術研討會會議論文，「國科會」人文學研究中心、中正大學人文研究中心暨中文系合辦，2003年11月8-9日，頁3、頁5、頁9。

[311]參見下村作次郎、黃英哲合撰：〈戰前大眾文學初探（一九二七年——一九四七年）〉，文章收入彭小妍編：《文藝理論與通俗文化》上冊（南港：「中央研究院」中國文哲所籌備處，1999），頁239-240。

[312]同上，頁238。

[313]以上參見阿Q之弟《可愛的仇人》（臺北：臺灣新民報社，1935），曹秋圃之序原無標點斷句，此處為筆者所加。

[314]以上這幾則題簽或序，未收入於阿Q之弟《可愛的仇人》（臺北：前衛出版社，1998）新版之中。

[315]參見丁誦清〈序〉，文章收入阿Q之弟《可愛的仇人》（臺北：前衛出版社，1998），頁13-14。

[316]以上有關徐坤泉自序所述，參見阿Q之弟《可愛的仇人？自序》（臺北：前衛出版社，1998），頁20。

[317]文見張耿：〈討論舊小說的改革問題（一）〉，載於《臺灣民報》1924年9月11日第2卷第17號，頁15-16。

[318]小說書寫本就是文學傳統之一，而小說之在過去之被視為小道，也在於其中的不登大雅之堂的通俗性，因此當日治時期通俗小說之被重視而有大量創作，無疑也暗示了其間經歷了小說「通俗性」的現代轉化，箇中變化值得觀察。

[319]以上有關日治報刊與通俗小說的關係，以及相關作品刊載情形及其意義，在此援引了本人先前的研究成果，參見〈舊文學新女人——《漢文臺灣日日新報》中李逸濤通俗小說的女性形象〉，文章收入《重層現代性鏡像：日治時代臺灣傳統文人的文化視域與文學想像》（臺北：麥田出版社，2004）第五章，頁241-242。另外，《三六九小報》或《風月報》其實並非純粹的通俗性報刊，前者雅俗兼有，且具有強烈的古典文學色彩，後者在後來更具有新文學刊物的風格，這顯現了臺灣文學在1930年後的文學觀念、文學範疇已有追求分化與統合的趨向，雅俗、新舊之差異與整合，成為時人關注與努力的方向，因此兩刊才會出現此種綜合性的文藝風格。不過，在日治時代臺灣通俗性刊物極少的情況下，此二刊的通俗性質仍然十分搶眼，故在此特加強調。

[320]參見拙文〈從「詩歌」到「小說」：日治初期臺灣文學知識新秩序的生成〉，文章收入成功大學臺灣文學系編印《跨領域的臺灣文學研究學術研討會論文集》（臺南：臺灣文學館，2006），頁45-79。

[321]參見拙文〈文學現代性的移植與傳播：臺灣傳統文人對世界文學的接受、翻譯與摹寫〉，文章收入《重層現代性鏡像：日治時代臺灣傳統文人的文化視域與文學想像》（臺北：麥田出版社，2004）第六章，頁285-342。

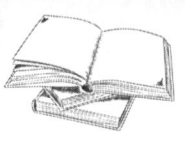

[322]以上有關臺灣小說觀的說明,參見《文學現代性的移植與傳播:臺灣傳統文人對世界文學的接受、翻譯與摹寫》,頁311。

[323]有關於臺人譯寫作品,所曾出現的文化翻譯與斡旋現象,筆者在《文學現代性的移植與傳播:臺灣傳統文人對世界文學的接受、翻譯與摹寫》一文,曾以魏清德《齒痕》、莫理斯·盧布朗《虎牙》,以及魏清德《獅子獄》、柯南·道爾《戴面紗的房客》為例,說明其間的譯寫關係,頁323-326。唯當時因為過於專注諸文之間的相似情節關係,逕直以為魏氏之作當由英、法二名家作品譯寫而來,未料近日始發現魏清德之小說寫作時間相較《虎牙》、《戴面紗的房客》更早,亦即二者並非翻譯關係,先前筆者之前推斷有誤,故特此更正。不過,仍令人感到不解的是,何以魏氏作品所述與上揭名篇竟會如此近似?而儘管如此,雖然魏清德《獅子獄》一文已非對《戴面紗的房客》的改譯之作,但由於這是一則偵探小說,故在創作類型上,仍然進行了一種西洋文類的移植與翻譯工作。該文寫及法國巴黎馬戲團一頭獅子殺人,後經名偵探「屈里克」偵破案情之故事,對於臺灣人而言,偵探小說、偵探與馬戲團獅子殺人俱非熟悉之事物,因此此篇小說其實是進行了西洋小說類型、西方文化,乃至西洋動物之跨界移譯與詮釋,因此文中魏清德先從臺北圓山動物園的老虎、大象談起,俾使臺人對於獅子之兇猛有所體會,而後才又對偵探形象多所刻畫,而其中尤其高度強調偵探之品德,然此與西方偵探形象要求實有所不同,故仍充分體現了箇中的文化翻譯與在地協商情形。

[324]更深入的內容,可以參見由本人所指導的徐孟芳《「談」情「說」愛的現代化進程:日治時期臺灣「自由戀愛」話語形成、轉折及其文化意義——以報刊通俗小說為觀察場域》(臺北:臺灣大學臺灣文學研究所碩士論文,2010.1)第二章、第三章。

[325]黃美娥:《二十世紀初期臺灣通俗小說的女性形象——以李逸濤在〈漢文臺灣日日新報〉的作品為討論對象》,《臺灣文學學報》第五期,2004年3月,臺灣政治大學中文系,頁1-48。

[326]張羽:廈門大學臺灣研究院文學所、臺灣研究中心副教授。

[327]李欣倫:《戰後臺灣疾病書寫研究》,臺灣中央大學中國文學研究所2002年碩士論文。

[328]1930年代的中國大陸,中醫的整體發展狀況不是很好,當時棄文從醫的惲鐵樵曾指出原因是:「其一是政府中人反對。其二是西醫反對。其二是自身敗壞。」(惲鐵樵:《我們醫學的將來》,《鐵樵醫學月刊》第2卷第2號,1935年2月,第1頁。)

[329]陳永興:《臺灣醫療發展史》,臺北:月旦出版社,1997年版,第45頁。

[330]林瑞明:《臺灣文學與時代精神》,臺北:允晨出版社,1993年版,第310、311頁。

[331]《杜博士が漢醫醫院の設立計畫》,《臺灣民報》第215號,1928年7月1日,第12頁。在該報導中,大量引用了杜聰明博士對中醫的看法,當時歐美既有對漢醫學的研究,臺灣中醫受西醫的輕視和誣衊為普遍狀況,此次計畫從病理、臨床乃至處方對中醫進行比較研究,用新方法重新評估漢醫學,認為中西醫同樣都源於對症下藥的醫學,現代西方醫學的高科技儀器檢查來輔助傳統的中醫藥,兩者相輔相成,以提供更好的醫療,進而尋求傳統中醫的現代化發展。隨後,第220、223號,刊登了署名啟源的文章《杜博士の「漢醫醫院設立計畫」》,反對中醫。《臺灣民報》第224號至254號,至1929年3月底分31期連載杜聰明《關於漢醫學的研究方法考察》。發表文章皆為日文,筆者試譯。

[332] 陳君愷:《光復之疫》,《思與言》31卷1期,1993年3月,第111-138頁。

[333] 張珣:《疾病與文化——臺灣民間醫療人類學研究論集》,臺北:稻鄉出版社,1989年版。

[334] 陳君愷:《日治時期臺灣醫生社會地位之研究》,臺灣師範大學歷史研究所專刊(22)1992年,第21頁。

[335] 陳建忠:《新興的悲哀——論蔡秋桐小説中的反殖民現代性思想》,《臺灣文學學報》2000年第1期,第250頁。

[336] 同上,第251頁。

[337] 施淑:《日據時代臺灣小説中的知識分子》,《兩岸文學論集》,臺北:新地文學出版社,1997年版,第37頁。

[338] 陳君愷:《新興的悲哀——論蔡秋桐小説中的反殖民現代性思想》,《臺灣文學學報》2000年第1期,第2、144頁。

[339] 林秀蓉:《一篇診斷日治時代臺灣社會病症的政治文獻——蔣渭水〈臨床講義〉探析》,宜蘭縣立文化中心出版,《宜蘭文獻雜誌》第45期,2000年5月,第135頁。

[340] 林柏維:《臺灣文化協會之研究(1921-1927)》,中國文化大學史學研究所碩士論文,1984年,第115-118頁。

[341] 吳新榮:《社會醫學短論》:「或者有人説政治家和醫生不可同日而論,那麼他們曾否考慮到政治家和醫生的存在理由與社會意義。他們兩者均不是以大眾為對象嗎?可是大眾不是為他們而存在的,反之他們才是為大眾而存在的」。收錄於吳新榮著《吳新榮選集》(二),臺南縣文化局,1997年版,第7、8頁。

[342] 陳芳明:《吳新榮:左翼詩學的旗手》,收錄陳芳明著:《左翼臺灣》,臺北:麥田出版社,1998年版,第193-195頁。

[343] 塚田亮太著,黃毓婷譯:《閱讀〈周金波日語作品集〉:一位臺灣「皇民作家」的精神軌跡》,《臺灣文學學報》第3期,2002年12月。

[344] 呂正惠:《殖民地的傷痕:「脱亞入歐」論、皇民化教育與臺灣文學中的認同危機》,《文藝理論與評論》1999年第3期。

[345] 中島利郎:《周金波新論》,《臺灣作家全集·別集·周金波集》,臺北:前衛出版社,2002年10月版,第2頁。

[346] 請參閲垂水千惠《臺灣的日本語文學》(臺北:前衛出版社,1998年)中《日本化與近代化的夾縫——呂赫若的清秋》一文。關於垂水千惠論臺灣文學的偏頗,可參看陳建忠《徘徊不去的殖民主義幽靈——論垂水千惠的「皇民文學觀」》一文,見《聯合副刊》1998年7月8、9日。

[347] 垂水千惠:《戰前「日本語」作家——王昶雄與陳火泉、周金波之比較》,黃英哲編、塗翠花譯:《臺灣文學研究在日本》,臺北:前衛出版社,1994年版,第100頁。

[348] 陳芳明:《殖民地傷痕及其終結》,《聯合文學》191期,2000年9月,第131-132頁。

[349]中島利郎：《周金波新論》，《臺灣作家全集・別集・周金波集》，臺北：前衛出版社，2002年10月版，第2頁。

[350]呂正惠：《殖民地的傷痕：「脫亞入歐」論、皇民化教育與臺灣文學中的認同危機》，《文藝理論與批評》1999年第3期。

[351]呂正惠：《皇民化與現代化的糾葛——王昶雄〈奔流〉的另一種讀法》，《文藝理論與批評》1998年4月。

[352]徐學：廈門大學臺灣研究院、臺灣研究中心副教授。

[353]這裡需要指出的是，臺灣學界所使用的知性一詞與大陸文論界的知性有概念上的不同。在大陸，知性是從黑格爾、馬克思那裡找來的，是德文Verstand，又曾譯作悟性或理解力，它是介於感性與理性的中間階段，是「分析的理智所作的一些簡單的規定」，它「將對象的具體內容轉變為抽象的、孤立的、僵死的」，需要藉助理性才能克服知性分析方法所形成的片面性和抽象性，而使一些被知性拆散開的簡單規定經過綜合，恢復其豐富性和具體性，從而達到多樣性統一。臺灣學界的知性來自英文的Intelect，指的是人類的精神作用中，相對於感情和意志的一種知的機能或思考力，指人類對感覺和知覺所取得的素材加以整合。相對於感性，知性指的是對感官知覺所提供的素材，加以綜合認識的創造能力。

[354]具體評價可參見《垂釣睡眠》一書的附錄和序言，臺灣九歌出版社，1998年版。《聽說》的序言，臺灣九歌出版社，2000年版。

[355]鍾怡雯：《亞洲華文散文的中國圖像》，臺灣萬卷樓圖書有限公司，2001年版。書中列舉了充滿中國圖像和符號的散文創作，如三三，神州，作者並無效法之意，而是認為它們「架構起一個抽離當下的現實」。

[356]見《第十九屆聯合報文學獎散文決審紀要》，收入鍾怡雯《垂釣睡眠》，臺灣九歌出版社，1998年版。

[357]鍾怡雯：《聽說》，臺灣九歌出版社，2000年版，第28、50頁。

[358]鍾怡雯：《垂釣睡眠》，第95頁。

[359]鍾怡雯：《聽說》，第191頁。

[360]《垂釣睡眠》，第34、64頁。

[361]《垂釣睡眠》，第21、73、81、180頁。

[362]《垂釣睡眠》，第頁。

[363]《聽說》，第115頁。

[364]《垂釣睡眠》，第193頁。

[365]《聽說》，第193頁。

[366]《垂釣睡眠》，第209頁；《聽說》，第41、42頁。

[367]《垂釣睡眠》,第96頁。

[368]《垂釣睡眠》,第81頁。

[369]童大龍:《交談》,載《臺灣散文選》,中國友誼出版公司,1986年版,第381頁。

[370]《聽說》,第82頁。

[371]《垂釣睡眠》,第152頁。

[372]《垂釣睡眠》,第109頁。

[373]《垂釣睡眠》,第221頁。

[374]《聽說》,第27、53、63頁。

[375]《聽說》,第27、53、63頁。

[376]維吉尼亞·吳爾芙著,張秀亞譯:《自己的屋子》,臺北:純文學出版社,1973年版,第35頁。

[377]蔣小波:廈門大學臺灣研究院文學所。

[378]陳孔立:《臺灣學導論》,臺灣:博揚文化事業有限公司,2004年版,第7頁。

[379]相比較於taiwanology與taiwanesestudy的分類,我以為陳孔立先生的分類方法要高明一些。陳先生將臺灣學做了廣義與狹義兩種定義,廣義的臺灣學是「以整個臺灣為研究對象的一門學問,包括歷史地理、語言文字、哲學、宗教、政治、經濟、社會、文化、軍事方面,涉及歷史學、地理學、人類學、社會學、政治學、經濟學、哲學、宗教學、民族學、新聞學等學科,涵蓋人文科學、社會科學各個領域(不包括自然科學),從古到今,研究範圍十分廣泛。」而狹義的臺灣學則是「以現代臺灣為對象的一種『區域研究』,包括當代臺灣的政治、經濟、社會、文化、事軍、對外關係等領域。」陳孔立:《臺灣學導論》,臺灣:博揚文化事業有限公司,2004年版,第25頁。

[380]陳孔立:《臺灣學導論》,臺灣:博揚文化事業有限公司,2004年版,第18頁。

[381]關於美國第一代中國學家「特務」身分的爭議,是一個饒有意思的話題。1950年代,中國大陸學者指責費正清等人為「美國特務」(參週一良《西洋「漢學」與胡適》,《歷史研究》1955年第2期),而臺灣方面也指責美國漢學家為「紅色間諜」,同時美國國內也有人指控多名中國學家「出賣情報」。現在看來,大可不必急於為費正清等人「平反」,事實上他們所遭遇的尷尬是由他們的雙重身分決定的。或者說,費正清一代中國學者所經歷的是中國學由「情報」向「學術」的轉型。

[382]李凱爾特:《馬克斯·韋伯的科學觀》,收入馬克斯·韋伯著,馮克利譯:《學術與政治》,生活·讀書·新知三聯書店,1998年版,第134頁。

[383]沃勒斯坦等著,劉鋒譯:《開放社會科學:重建社會科學報告書》,三聯書店、牛津大學出版社,1997年版。

[384]〔美〕愛麗森·利·布朗著,聶保平譯:《傅柯》,中華書局,2002年8月版,第38頁。

[385]「理想型」或「理想類型」(idealtype)一詞為馬克斯·韋伯所首創,是韋伯社會學理論中的重要概念之一。簡單點說,就是試圖仿效自然科學研究中普遍採用的「理想模式」的方法,先進行超驗

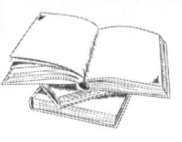

的、純觀念的研究，然後再以這種研究所假設的「理想類型」作為參照來解釋經驗的、現實的對象或關係。參馬克思・韋伯著，於曉、陳維綱等譯：《新教倫理與資本主義精神》，生活・讀書・新知三聯書店，1992年版，第51頁。

[386]沃勒斯坦等著，劉鋒譯：《開放社會科學：重建社會科學報告書》，生活・讀書・新知三聯書店、牛津大學出版社，1997年版，第40頁。

[387]同上書，第50頁。

[388]沃勒斯坦等著，劉鋒譯：《開放社會科學：重建社會科學報告書》，生活・讀書・新知三聯書店、牛津大學出版社，1997年版，第87頁。

[389]同上，第87-88頁。

[390]沃勒斯坦等著，劉鋒譯：《開放社會科學：重建社會科學報告書》，生活・讀書・新知三聯書店、牛津大學出版社，1997年版，第89頁。

[391]參楊念群：《美國中國史研究的範式轉變與中國史研究的現實處境》，收入張西平編：《他鄉有夫子——漢學研究導論》（下冊），上海人民出版社，2002年版，第365頁。

[392]楊念群：《美國中國史研究的範式轉變與中國史研究的現實處境》，收入張西平編：《他鄉有夫子——漢學研究導論》（下冊），上海人民出版社，2002年版，第365頁。

[393]連橫：《雅言・三》，《臺灣文獻史料叢刊・第八輯》，第165冊，臺灣：大通書局，1987年版。

[394]關於「臺語」論述的詳細分析，可參拙作《語言・族群・意識形態》，《臺灣研究集刊》2007年第1期。

[395]〔美〕柯文著，林同奇譯：《在中國發現歷史——中國中心觀在美國的興起》，中華書局，1991年版，第81頁。

[396]朱雙一：廈門大學臺灣研究中心、臺灣研究院教授，博士生導師。

[397]陳孔立：《臺灣學導論》，臺北：博揚文化事業公司，2004年版，第21、26頁。

[398]陳芳明的臺灣「戰後再殖民論」（或稱「殖民三階段論」）見於其至今尚未完稿的《臺灣新文學史》的第一章《臺灣新文學史的建構與分期》，臺北《聯合文學》第178期，1999年8月。

[399]陳映真：《「臺獨」批判的若干理論問題——對陳昭瑛〈論臺灣的本土化運動〉之回應》，臺灣：《海峽評論》第52期，1995年4月。

[400]參見何迪、熊志勇：《美臺關係大事記（1949-1988年）》，資中筠、何迪編：《美臺關係四十年（1949-1989）》，人民出版社，1991年版，第326-350頁。

[401]嚴格說來，「文化研究」並非一種「方法」，這裡因其鮮明的跨學科特性而權宜地用來指稱一種科際整合的研究方法。

[402]國民黨中央文工會編：《第二次文藝會談實錄》，1977年版，第13頁。

[403]理查·約翰:《究竟什麼是文化研究》,羅鋼、劉象愚主編:《文化研究讀本》,中國社會科學出版社,2000年版,第206頁。

[404]余文秀:《「文化研究」思潮導論》,人民出版社,2002年版,第13頁。

[405]參見朱雙一:《西川滿殖民文學的後殖民解讀》,《華文文學》2002年第1期。

[406]余文秀:《「文化研究」思潮導論》,第12-13頁。

[407]蕭阿勤:《回歸現實——臺灣一九七〇年代的戰後世代與文化政治變遷》,臺北:「中央研究院」社會學研究所2008年版,第30、390頁。

[408]「臺社」為《臺灣社會研究季刊》的簡稱,也指集合於這一刊物的來自不同學科領域的研究者群體。

[409]蔡源煌:《思想的貧困——訪陳映真》,《思想的貧困(陳映真作品集6)》,臺北:人間出版社,1988年版,第123頁。

[410]陳映真:《肅穆的敬意》,臺灣《中華雜誌》第208期,1980年11月。

[411]陳光興:《白樂晴的「超克『分斷體制』」論:參照兩韓思想兩岸》,《超克當前知識困境》(臺社20周年會議論文集),臺北:世新大學,2008年9月。

[412]鄭鴻生:《臺灣人如何再做中國人——超克分斷體制下的身分難題》,見於《超克當前知識困境》論文集。

[413]《緣起與組織》,《陳映真:思想與文學學術會議》論文集,新竹:交通大學,2009年11月,第5頁。

[414]趙剛:《分斷體制下的悲劇與「喜劇」》,臺灣:《臺灣社會研究季刊》第75期,2009年9月。

國家圖書館出版品預行編目(CIP)資料

社團、思潮、媒體：臺灣文學的發展脈絡 / 張羽 編著. -- 第一版.
-- 臺北市：崧博出版：崧燁文化發行, 2019.02
　　面 ； 公分
POD版
ISBN 978-957-735-639-0(平裝)

1.臺灣文學史

863.09　　　108001238

書　名：社團、思潮、媒體：臺灣文學的發展脈絡
作　者：張羽 編著
發行人：黃振庭
出版者：崧博出版事業有限公司
發行者：崧燁文化事業有限公司
E-mail：sonbookservice@gmail.com
粉絲頁　　　　　　網　址：
地　址：台北市中正區重慶南路一段六十一號八樓815室
8F.-815, No.61, Sec. 1, Chongqing S. Rd., Zhongzheng Dist., Taipei City 100, Taiwan (R.O.C.)
電　話：(02)2370-3310　傳　真：(02) 2370-3210
總經銷：紅螞蟻圖書有限公司
地　址：台北市內湖區舊宗路二段 121 巷 19 號
電　話：02-2795-3656　　傳真：02-2795-4100　網址：
印　刷：京峯彩色印刷有限公司（京峰數位）
　　　本書版權為九州出版社所有授權崧博出版事業股份有限公司獨家發行電子書及繁體書繁體字版。若有其他相關權利及授權需求請與本公司聯繫。
定價：450 元
發行日期：2019 年 02 月第一版
◎ 本書以POD印製發行